明 年 有

橘

收

翁新华

著

中国出版集团

现代出版社

图书在版编目（CIP）数据

明年有橘收 / 翁新华著. -- 北京 ：现代出版社，
2017.4

ISBN 978-7-5143-6011-0

Ⅰ．①明… Ⅱ．①翁… Ⅲ．①中篇小说－小说集－中
国－当代 Ⅳ．①I247.5

中国版本图书馆CIP 数据核字（2017） 第072048 号

明年有橘收

作　　者	翁新华
责任编辑	李　鹏
出版发行	现代出版社
地　　址	北京市安定门外安华里504号
邮政编码	100011
电　　话	010-64267325 010-64245264（兼传真）
网　　址	www.1980xd.com
电子邮箱	xiandai@vip.sina.com
印　　刷	三河市京兰印务有限公司
开　　本	710×1000　1/16
印　　张	23
版　　次	2017年7月第1版　2020年6月第2次印刷
书　　号	ISBN 978-7-5143-6011-0
定　　价	49.80元

目 录

CONTENTS

上山采蘼芜

　　细雨索索地飘落在这个江南小火车站上。红灯，绿灯，黄灯在雨雾中忽闪着迷离的眼睛。山峦，屋宇，脚手架以及静静地卧在乌青色卵石怀抱中的枕木和钢轨，全都沉浸在银灰色梦里。

　　梅子挑一担绿汪汪的春前草，傍着铁路缓缓走着。草很满，蓬蓬的从箩筐口边伸展开来，几乎遮掩住她大半个身子，远远看去，像两团棕榈树在悠悠地滑动。雨水濡湿了她的头发，濡湿了她的衣衫，濡湿了的裤脚紧紧巴巴地贴着肉。竹扁担的凹槽里积下了一汪汪清凉凉的水。走上一段路之后，她歇下担子，用胖藕似的胳膊托住扁担，抬起忧郁的眼睛，久久地望着前方没有尽头的铁路。

　　她是来卖草的。

　　这些年，长途贩运耕牛的人多起来。那些运载着牲口的火车弯在小站歇歇脚时，押车的牛贩子们便要买些青草给牲口解解乏，开开胃口。要是运气好，碰上财大气粗的人，奉承两句，加一点夸张，一担青草甚至还肯出上七八块钱的价码呢。

　　她家的生活不宽裕，老小六张嘴巴吃茶饭，男人石臼除死做田地功夫，不会弄半个活钱，因此，总觉得缺钱花。她不得不割些牛草卖，以弥补开销的不足。

　　每天才粉粉亮，她就担上一担箩筐，带上镰刀，来到梅溪岸边。古老的梅溪，在晓月残辉映照下闪着粼粼波光，载着无穷尽的故事，潺潺地流向远方；溪面上浮游着淡淡的银灰色雾岚，南风送来丝丝寒意……她忧伤地瞅了一会溪水，便放下箩筐，卷起袖口和裤脚，踩着岸边的浅滩，摸索着割起草来。听到水响，睡在岸边芦苇丛中的野鸭子惊得扑棱棱地腾空而起，嘎嘎叫着扑向远方……她握住镰刀，痴痴地望着远去的野鸭，一直等到它们的影子望不见了，才躬下身子，继续割草。

　　她觉得脸有些发烫。这是为什么呢？为什么老想到那个人身上去呢？不是早就一刀两断了么？……"梅子，你真不该那样轻率！"她从心里骂自己。她把每一片枯叶剔除干净，把一只只草把缠得紧些，把皮笼装得拍拍满满，然后，望一眼天际的曙色，挑起担子，缓缓地走向小站。

其实，她去卖草，并不仅仅是为了几个钱。她喜欢借卖草的机会，会会那些南来北往的贩牛人。

有一回，她在小站上遇到一个小牛贩子，坐在一块废枕木上紧锁双眉，唉声叹气，身边躺一条瘦得皮包骨头的老黄牛，便歇了担子，站在小牛贩子面前：

"哎，这位小哥，牛生意好做么？"

小后生见她态度宽厚，问话诚恳，便以诚相告："不瞒大嫂，我是个新手，不懂行情，不谙江湖上的规矩，懵懵懂懂在外边混了一年，真是赔了夫人又折兵。手边这条老牛迟迟不得脱手，盘缠全都赔光了。这牛已经饿了两天……"

她顿生恻隐之心，便把笼筐里的青草倒在老黄牛的鼻子底下，还掏出身上仅有的十斤粮票大大方方地送给了小牛贩子。小后生感激得快要哭了，无论如何要把随身带着的一把油布伞回赠给她。她决然不肯收下："这有什么呢？人到了外边，都得求人的。我，不过是替他着想……"

小后生从她紧蹙的眉头与若有所思的神情上，洞悉了她心中的些许幽微："大嫂，莫不是您丈夫也在外边贩牛？"

"丈夫？"她两颊飞红，眼睛里立即潮潮的了。她嗫嚅着，想说点什么，但犹豫了一下，终究没有说出来……

乡亲邻里瞧不起她卖草的无本小生意：

"黄泥巴筑的园心，就会吊死在一棵树上！"

"也可怜呢。六张嘴巴吃茶饭，牙齿都拔得下一瓜瓢，难哟……"

也有人直言不讳：

"放着个财白星不要，抱条蛮牛怀里困觉。"

"木匠戴枷——自造。贱！"

……

　　乡邻们的议论和奚落使她痛苦。尤其那末尾一句，就像蜜蜂蛰了一口，一直痛到心里去了……但是，在这荷花出水品高低的世界，能埋怨乡邻们的褒贬不对么？

　　她只能默默地忍受着这一切……

　　"哎，大姐，把草挑过来！"

　　一个浑厚柔缓而略带苍凉的男声打断了她的沉思。

　　她立住脚，发觉自己已经走近那列货车，正站在那节关着几条黄牛的闷罐子车厢面前。车厢门口横拉一条铁链，后边站着一个穿着黑色皮夹克的中年人。当她拭去睫毛上的水花，看清他的面孔时，身子微微哆嗦了一下：

　　"哦，树民！"

　　"嗯，是我。"

　　中年人从车门口跳下地，蒙了一层薄薄煤灰的小白脸上带了几分忧伤，定定地望着她：

　　"梅子，我老远就认出了你！……"

　　她把箩筐放下地，用胳膊托住扁担，望着他的眼睛：

　　"你这是从何处来，又到何处去？"

　　"从内蒙古一个牧场来，到江苏一个畜牧场去。坐了七天七夜火车，腰都累酸了。"

　　"你好久没有回来了。"

　　"嗯，是有蛮久了。"树民的话里带着伤感，"到今天，恰好是十年。记得那天夜里出来时，也正是下雨……"

　　"那天雨下得比今天大。"

　　"是呢，那场雨下了好长时间，瓢泼一样。"树民说，"我刚来到车站，棉衣就打湿了。怕雨淋死，开车之前，在这坡下的溪岸拔了一大堆野艾蒿堆在车厢里。车一开动，人就拱在野艾蒿里。还好，蛮软乎，蛮暖和，一闭上眼睛，扎扎实实困了一大觉。等到翌日傍晚醒过来，火车把我拉了整整两千里……"

　　她下意识地把眼光从树民脸上挪开，瞟瞟站台下的溪岸，那里仍有一丛丛银灰色野艾蒿。她闻到带点苦味的幽香了……

"你卖草么?"树民轻声问。

"是呢。"她把眼光从坡下移上来,注视着车门,"我喜欢到这儿来。也并不是卖草上了瘾。但总是……喜欢。"

"日子,过着还顺遂吧?"

她喉咙口涌起一股辛酸。顺遂?还是不顺遂?她不知怎样回答……即便苦到了极点,能说不顺遂?

她想起了丈夫石臼。

她是在离婚十天之后嫁给石臼的。

石臼是个守本分的作田汉,牛牯一样壮实的身子,臂上的腱子肉一股一股能用手掐住,力气好大,搬得动打稻机,两条公牛斗架,他各抓一条牛的角,运一口气,把它们掀开丈把远……

作为丈夫,不能说坏。

温顺,听话,什么事全由着她。

要他把一块田犁完,他决不会留下一畦半垄。要他种白菜,绝不会种萝卜。只是夜间,她希望同他亲热亲热,说上些体己话,他除了牛牯般粗蛮地在她身上做完那件事之后,便死去一样沉沉入睡,用隆隆鼾声来回答她的温存。

除此之外,他节俭,耿直,不抽烟,不喝酒,不打麻将,一生就会盘泥巴、赶生活……

然而,就是这么一位老实巴交的丈夫,却没法改变家庭的贫困。随着日子的飞逝,光阴的变换,他成了乡邻们鄙薄的对象。

"力气有什么用?力大不养家!"

好些人这样评判他……

她勾下了脸。

树民一直瞅着站台下的梅溪,沉浸在浓酽的乡愁里。

他想着小溪的清澈,想着小溪的古老,想着遗留在小溪里的美丽而又有些悲凉的梦……

穿开裆裤年纪,他常和小伙伴们在溪里玩耍,拾蟹、钓虾……每逢端阳,总要在溪里拔些石菖蒲,洗净根须,串起香喷喷的野艾蒿,挂在门楣上辟邪。发了桃花汛，他和伙伴们在溪里划船，撒网捕捉肥得流油的桃花鱼……

他问村上最大年纪的老人，"太爷，梅溪有了好大年纪，您晓得么？"

太爷捋着银须，眯上眼："谁知道呢？我问过我的太爷，他说他穿开裆裤时也在溪里钓过虾，拾过蟹……大概盘古开天地，就有了这条溪吧……盘古开天地开得累了，喝了几口酒，倒地便睡，腰里的酒葫芦歪倒在地上，塞子悄悄松开来，酒顺着葫芦嘴淌出来，一直淌进一片杨梅林——就有了这条梅溪……"

他相信了太爷的话。

他的家就在溪边的湘妃竹林里，村小学也在竹林里，他结识了梅子。他们曾经是亲密无间的小伙伴。在竹林里，他们领受了青梅竹马的乐趣……

后来，学堂的老师死了，上吊死的，他被红卫兵打成了黑帮。梅子成了孤儿。十五岁的梅子天天哭，常往溪边跑，说是找她的父亲。她父亲到哪儿去了呢？树民不知道。

再后来……

一天晚上，刮着大北风，下着大雨，大队支书闯进了她的破屋……二人正在搏斗，梅子明显地处了下风，被支书压在了身下，他闯了进来，将支书暴打一顿，扔进了梅溪……

再往下……

他不愿想了。他没有家。即使有，也是短暂的破碎的回忆。

而不会消失的只有梅溪……

他把眼光从梅溪的水面上抬上来，望着梅子罩上了蓝晕的眼睛："哦，你的眼睛有毛病？"

"不呢，"她抬手揉揉，"风大了，飘进了水珠。"

……

一前一后，在列车跟前缓缓地走着。

"禾坪上那棵杨槐还在么？"

"在呢。"

"好高了吧？"

"高出屋檐丈把了。每年春上，树丫上都要添上一只喜鹊窝子。上面有十个窝了。"

"木槿花篱笆旁边，那只石狮子还在么？"

"在的。长了青苔。你走后，再没人在上边系牛……"

"茅草屋顶太旧，经不住风雨。该翻新了。"

"打算下半年换上红瓦。不过，这要看猪伢子出窝，能进多少钱……"

"东岗那片菜园子，如今种些什么菜呢？"

"多半地方育的平术和百合。"

"这样安排是对的。"

"……"

"这些年，梅溪两岸杨梅树多么？"

"多呢。搭成桥、盖成屋了；船在溪里划，半天见不到日头面。"

"梅子呢？"

"多得成堆，成山。"

"俏么？"

"往年，供销社还派人下来收购一点。近几年，索性不收了。沤烂一多半。倒进溪里，酸了溪里鱼……"

"好哩！"

"什么'好哩'？"

"我是说这里有文章做。"

"如何做法？"

"贷款办个罐头加工厂。"

"没技术呀？谁肯贷款给你？"

"一开始，不要把规模弄得太大，待到有了眉目，再往大处做。小额贷款，乡村信用社还是大力支持的。万事万物，难就难在不敢想，不敢做。不然，百事都不难。"

……

他们走到一根水泥界桩前，折回身子往回走。

一列绿色客车呼啸而过，车轮碾着大地，整个小站都悸动了。

"人都好么？"

"好呢……"

"石臼呢？"

"人也好……"

"石臼是个直人，心善。他会对你好一辈子……"

"……"

"志群还像从前那么凶？"

"不，"她带了鄙夷，"早撤了。上边开始不肯，他舍得送礼。下边都不肯在他名下画圆圈，就撤了。"

"哪个当支书？"

"九哥。"

"村长呢？"

"缺着。大家等你回来。"

"逗耍我呢。"

"不哄你。你的案子也弄清了，乡长作了宣布——那次，你是帮牛打针治瘟症，不是偷牛。偷牛是志群诬陷……"

"我其实又算什么呢？"

"都说你是好角……"

"好角？好角还不让人一脚踹了？"

"……"

"呜——"

火车突然一声长啸。车头开始急促地喷吐白汽。

交谈给侵扰了。

梅子说：

"这草，喂牛吧。"

树民没有推却，攀上车厢，将两筐青草倒进一只大铁桶，把箩筐递下车厢时，眼光触到了梅子手上的血痕，心中动了一下，转身从什么地方掏出一双羊毛手套，抛在空筐里。

梅子说："你留着戴吧？"

树民说："天热起来了，我以后再买。"

梅子点点头。

"这手套别丢了，也别送人。"

梅子再次点点头。

车开动了。

梅子追着车厢："什么时候回乡啊？——"

车越开越快，树民把头伸出门口，大声说："说不准的——兴许个把月就回来。也许一辈子不回来了——"

一会工夫，火车就与远处的青山、碧水、白云融为一体……

梅子挑着空筐往回走，心里总觉不自在，便在路边歇下，细细把玩那双手套，远远看见一个男人踢踢踏踏跑过来，走近了，是石臼。

"你怎么来了？"

"早饭都凉了，我怕你出事，就来找你。牛贩子都不是好东西，有的还贩女人呢！"

"你真细心。"她说，"我能卖几个钱呢？"

石臼憨憨一笑：

"三娃子饿得直哭，也该喂奶了。"

梅子说：

"由她饿。心烦。"

石臼又一笑：

"还要生一个呢。就烦啊？"

梅子说：

"不生了，坚决不生了，回去就结扎！"

"还没个男娃呢。"

"生一个罚三千，有几多罚？一世莫想起水。"

石臼抓起梅子手上的羊毛手套，憨然一笑："嗬，几多好看哟！自己买的，还是同牛贩子换的？"

梅子不回答。

石臼把玩了一会，试着把手伸进去……忽然高叫一声："里面有东西！"

梅子没好气地说：

"少见多怪！什么东西？"

石臼抠出一卷票子。

两人同时一惊：

"啊！"

夺过一点数，三千元。

梅子一声不响，头勾下去。

石臼笑咧了嘴：

"拾到的么？八成是牛贩子丢失的。"

梅子流下了眼泪。

"哭什么？你哭什么？应该笑呀！"

梅子抬手揩眼睛。

石臼问：

"这手套真是拾到的？"

梅子想了想，点点头：

"拾的，应该还给失主。"

石臼开始不大同意，犹豫了一会，说：

"是你拾到的，既然你想还人家，我没意见，由你……"

梅子大吼："由我，由我！凭什么一切事都由我呢？你是个男人啦！……"复又觉得过了分，落下嗓门，"石臼，假如不是拾的，是人家送的呢？"

石臼嘿嘿一笑：

"哪有这么大方的人呢？那不是蠢宝？"

梅子想告诉他钱的来龙去脉，犹豫了一会，还是没说。她把票子掖进怀里，把手套递给石臼："这手套，你戴吧，手上尽是圻呢。钱，我们先留下，过一两年再还人。明天，我去县城一转，托同学请个懂做罐头的人来。自家办个罐头加工厂，做杨梅罐头……"

石臼不知所云：

"你说什么？办厂？"

"是呢。小作坊。人家做得到，我们也做得到。"

"谁叫你这么做的?"

"我自己。"

石臼说:

"由你……"

"又是'由你'!"

石臼一笑:"我说错了?"

梅子用指头朝他额头戳一下:

"就会笑,石臼,什么事你都要学着动点脑筋,想一想划不划得来。要像个男人的样子。莫要一心想生娃了——生不生娃子就不由我了?"

石臼笑笑:"哦,我晓得你刚才碰上谁了。"

"谁?!"

"我不说。"石臼望望梅子的脸,把箩筐接过去挑在肩上,"快走吧,还没饿坏?……办厂就办厂,试一盘我也同意。过两年还他钱,我也同意……"

梅子觉得石臼并不蠢,高兴起来。伸手在路边摘下一颗又红又圆的刺莓塞进男人嘴里,自己也吃下了一颗,吃得嘴红红的……

原载《长江文艺》

村眼

驼九年轻时在国民党部队吃粮，挨过鬼子一枪，落下终生残疾。那枪子打得不是地方，觉得有了羞处，见人爱用双手捂住下腹，久而久之背就驼了。"文革"期间划为"21种人"，常被人叫到台上陪斗，模样十分凄惶。

祸兮福所倚。这天陪斗回来，他勾头耷脑走近村口，被蹲点的县委刘副书记碰上，忙退到路边上戳住。

刘副书记低声问随行的生产队长大黑："这人就是驼九了？"

"正是。"

"家属子女多不多？亲戚朋友多不多？交际广不广？"

"光棍一条，破碗一只，筷子一双，无朋无友无亲戚，阎王菩萨开饭铺，鬼都不上门。"

"表现如何呢？"

大黑斜睨着刘副书记脸色，揣度了一会，说："大错没见犯过，只是间常顺手捎带偷点队上的黄豆、蚕豆，少时一两把，多时两三斤。其余的东西倒是从没见偷过。"

刘副书记笑道："如何只偷豆子？比方，谷子、高粱之类的主粮就不爱？"

大黑说："这，您就不知道了。驼九有个老习惯——喜欢吃炒豆子，当得饭呢。要他不吃炒豆子，除非要了他的命。为这事，跪过多次台板。至于主粮，他并不缺少，是个正劳力，挣的工分足够养他一张嘴巴。"

刘副书记若有所思，点了点脑壳。

这天夜里，杨村开群众大会，举行一年一度的保管员选举。这个队领导班子有正、副队长、贫协主任、妇女队长、会计、保管员六条铁扁担，前五个职务常常是两三年选一次，走走过场而已；唯独这保管员却常常待不到一年到头就要更换，轮流执政的味道。刘副书记来后，对这一现象作了深入细致的调查研究，觉得这样频频轮换影响抓革命促生产。因此，近一向他都在为保管员人选问题操心。

选举会一开始，他开门见山："我提议驼九当保管员，适合不适合啊？大伙掂量掂量……"

话刚落音，百十双眼睛一齐四下搜寻，见驼九不在场（选举会"21种人"不参加），堂屋里立时像煮开一锅粥：

"这不是托付黄鼠狼看鸡么？"

"一天得半升豆子对付呢。"

……

大黑朝刘副书记使个眼色："他当兵吃过枪子呢……"

刘副书记诡秘地笑笑，问大黑也是问大伙："那枪子打在什么地方呀？"

这一问，满屋子人都笑了。

有个纳鞋帕子的马脸女人大声说："打在鸟蛋上呢。刘书记，您也讲痞话子？"

众人笑得前仰后合。

刘副书记也笑，说："好哇！你回答得好呢。请诸位挨心伴骨想一想，这样的人，当保管员不是再合适不过了么？……"

众人便相互咬耳朵。

大黑第一个悟出刘副书记用意，一拍屁股，可足嗓门说："选得准！到底是县委领导，下棋看五步。我一百个同意刘书记意见！"

杨山崾不轻不重地说：

"顺着杆子爬呢。"

大黑不气不恼，笑道："山崾哥，你若是鸟蛋吃过枪子，大伙就让你继续当保管员了。可惜你不具备这个条件……"

"邪乎。中央军成铁扁担了！"

"驼九能当保管员，太监能当皇上。"

刘副书记轻轻咳一声："允许发表不同意见，这是民主选举，人人都有选举权与被选举权。不要勉强。勉强的就不要举手。这是大家的权力……我坚持驼九担任最为合适……"

有人说："刘书记您得说出推荐的理由呀！"

刘副书记说："我是让大伙酝酿嘛。这举荐在不在理，最终还得大伙说了算。"

于是，人们陷入了层次的酝酿，对比、权衡、琢磨、优胜劣汰……每个人都在苦苦寻找自己这份神圣选举权的接受人……不知是相比之下发觉自己某处地方确实不如驼九，还是驼九的某个不足以称为优越的优越强于自己，以至于眼睁睁望着荣誉和信赖的旁落而深感悲哀。

半个时辰后，大黑吼着让人付表决。男男女女老老少少一百零八只粗手，全都陆陆续续戳了起来。于是，杨村生产队保管仓库那串黄晶晶的钥匙，在一片庄重无比的气氛下，带着温热从杨山崽裤带上解下，堂而皇之拴到驼九那狗肠一般的裤带上了。

殊荣骤然而至，驼九十分惶惑。会议结束，刘副书记和大黑留住他谈话，他以为自己做了什么错事，勾下腰双手下意识地护住小腹，脸壳子白如纸灰。

刘副书记说："驼九，我晓得你是能当好这个保管员的，你是清楚如何才能当好这个保管员的。保管员职务虽然不高，却是六条铁扁担之一，甚至比前五条铁扁担还重要。事情明摆着，杨村就九十五亩三分水田、七十二亩一分旱地，人平摊不上半亩田地，收下的粮食，除去上交的征购粮、三超粮、爱国粮，剩下的就是杨村三百九十一条命了。这钥匙交你掌管，等于把命交你手心捏着。这是大伙的信赖呢。当然，这是很光荣的事。你可不能负了大伙的重托。"

大黑说："你要帮我当好这个内当家，做到颗粒归仓，不允许进了仓的粮食有一斤一两糟蹋损失，更不能做老好人，拿起大伙的命做顺水人情。其余的我就不多说了。"

驼九诚惶诚恐地说："刘书记，大黑队长，我可是历史不清白的人啊！"

刘副书记粲然一笑："这个我清楚。你就愈发要把保管员当好，才能将功补过。毛主席说，政策和策略是党的生命。毛主席还说，出身不由己，道路由人选。……事情就这么定了。你要大胆工作，我和大黑会替你撑腰。"

驼九戳在地上半晌没挪步。

杨村的田地分布在长江岸边低洼地带，虽然土质肥沃，却十年九涝，歉收的日子多。有时，好生生的青苗正在拔节扬花，长江上游呼啦涌来洪峰，等不到稻子成熟，洪水就将田地淹了。作田人不得不跳到齐腰杆深的浊水里，用镰刀把半熟的水谷子抢割上来。收成自然不理想。在驼九任前的二十多年里，杨村的平均口粮没超过二百斤这个数。

杨村一大片破破烂烂的泥坯茅屋十分稀散，房舍之间挤满了白杨树、刺槐林。保管室是杨村独一无二的红砖瓦房，大门门扣上挂着三把牛卷锁和弹子锁，没有窗户，只有贴近屋檐的墙上开了两只透气孔，墙壁厚实，是用两层红砖叠砌起来的，自从仓库后壁被人多次凿过小洞，偷走一些谷子后，大黑指使人在墙壁上抹了厚厚一层水泥。隔远些看，这灰色建筑物有些像电影里日本鬼子的炮楼碉堡。

刘副书记初来杨村，就笑着称作"碉堡"。大伙都说这名字取得像，也就这样叫开了。紧贴"碉堡"是队上的晒谷坪，占有一亩地盘，溜平的，年年开镰之前都要荡上厚厚一层牛粪糊糊。谷类晒在上面自然不沾泥不含沙。

驼九大多数日子拑把长柄扫帚待在禾坪上。他歪着身个，一下一下地扫，把溅落在禾坪边上石缝和草苑下的谷粒子，一颗不剩清理出来，归于禾坪中的谷堆，使得爱在禾坪里拾谷穗的老人娃娃常常一无所获。

这是逗人怨恨的。公家的谷子，人人有份，拾那谷粒子磨成粉子拌了红薯丝做粑粑吃，多少可以弥补主食的不足。驼九这一"颗粒归仓"，自然遭人唾骂。但骂归骂，怨归怨，驼九不辱使命，扫帚照例不走过场。

正午的日头勇猛无比,人影被晒得缩起来,杨槐上的黑蝉聒噪一阵,歇了歌喉静静地喘气。看得见黄澄澄的谷子在日光下"哔哔剥剥"跳跃,豆荚子爆裂时,豆粒子弹射在豆秸上"嗳嗳"作响。那谷子薄薄的一层铺在禾坪中央,像薄薄一层蛋皮铺在锅底上,显得可怜而寒酸。

驼九把脚趾拱在谷皮下蹚开去,蹚出一圈紧挨一圈的波纹,十分好看。他是替谷子转换身个,让它们最大限度地接受光照,变得干嘣脆爽。这样,交给国家的那份,上边不会说三道四,分给社员的那部分,也是货真价实。

对此,社员们有两种评价,到手的那份自然没话讲,有实足的斤两;而上交的似乎不必晒到那种程度,因为再干枯,收购人员也不会添加些斤两。这就让队上吃了暗亏。

刘副书记和大黑不便干预,他们是干部。驼九见两位领导没话说,依然我行我素,不打马虎眼。

扫帚正一个劲地扫呀扫,便有三五个挽着小竹篮的娃子闪出树荫,几双小手一伸一缩,在他扫帚下拾起几大把谷穗子。驼九抢上一步,从那些竹篮里把谷穗子缴获过来,扔在谷堆里。

"不行呢。这不行呢!"

他温和地批评越轨的小家伙们。驼九白皮嫩肉,不长胡子,脾性柔柔的,说话柔柔的,像个女人。也许是大人们告诉过自家娃娃驼九当过兵历史不清不必害怕,所以,这边刚弹压下去,禾坪对岸便有一个油壶塞子般的小女娃闪藏在石磙下,勾身往小竹篮里装豆荚子。

驼九一路小跑过去,夺回了那豆荚。

小女娃就夸张地号哭起来。藏在树荫下接应的马脸女人闻声赶来,指着驼九鼻子骂:"老东西!凭什么打我家玉花呀!颠狗子咬了啵!"

驼九被骂得脸皮泛红,鼻尖冒出汗粒子:"玉花偷公家豆荚子呢。你还骂我?我却是没动她一指头呀……"

马脸不肯善罢甘休:"饱人不识饿人饥。谁能像你一条光棍戳着！别看现时还动得，到时还不靠细伢子养你的老，埋你的尸？"

驼九摸出挡箭牌："是大黑和刘书记让我管紧些。你这是骂大黑和刘书记呢。再说，这粮食你家不也有一份么？"

马脸女人见提起刘副书记，有了胆怯，不轻不重地敲了玉花一个耳刮子，拖着她走了。隔好远，丢过一句恶狠狠的话来："好了，好了，等这老绝户动不得了，你们撵他困狗窝，吃猪潲……"

驼九被骂得一声不响。

下工的男子汉们挑着谷箩，在大黑的监视与带领下一字儿排开，有气无力地哼着语录歌进了禾坪，把谷子倒在地上。驼九上前逐一将空筐倒扣在地，用扁担揎几下，不让一粒谷子沾在筐底被人带回屋。有几条汉子裤口卷起老高，里面明显裹挟了不少谷粒子。驼九勾下腰替他们松开裤口，将那点谷子刮进禾坪。这很讨人厌嫌，走远了，还有人骂：

"孤老呢！没生娃的不晓得屁痛！"

"驼九哪里清楚养儿育女的艰难呢！"

"绝了人种，居然就选上他了。"

"记住，以后我们都莫投他的票。这人受不得宠。"

……

驼九有点悲哀。

分粮时，驼九把秤。那吊着秤砣的穗子是不偏不倚地咬正那准星，绝不许有半丝偏差。秤杆子也是绝对调试在水平线上。若是秤杆尾巴往上翘起一点，他会坚决地从箩筐中掏走那么几小把。有人在这节骨眼上笑眯眯地递上喇叭筒烟卷，企图贿赂他的秤杆。驼九笑笑："我不抽烟，你是晓得的。还要如何呢？这秤不正好带点笑脸么？"

行贿者只得无可奈何地笑一笑，离开禾坪时绝对会咬牙切齿地嘀咕一声"老绝户"。

自开镰收割，驼九就住进"碉堡"。那密不透风的保管室有一处空当，刚好摆下一架竹床。虽然酷热无比，他也坚守要塞，在自家屋里吃罢夜饭，便摇着蒲扇打着手电筒过"碉堡"守夜。

这天午夜，刮起大南风，杨槐被吹得呼啦地响，天黑得像倒扣着的大锅。不一会，就下起瓢泼大雨，十步开外莫辨牛马。驼九躺下不久就惊醒过来，支棱着耳朵听动静。他的听力好，任风声雨声大作也能分辨夹杂其中的异样响动。

"嚓！嚓嚓！嚓！……"

是铁器挖凿墙壁的声音。果然，不一会"碉堡"后壁就被人从外边凿开一个脸盆大小的豁口。驼九当兵时打过埋伏，胆子大，并不畏惧，见两个脑壳一前一后从洞口钻入，便闪身在墙角，随手抓只大竹筐将自己罩住。那男人手上拖只麻袋，狗子似地趴在地上，轻轻擦了一根火柴，火苗一闪，驼九就认出是杨山崽。那女人则是他婆娘——马脸。一公一婆趴在地上听了一会动静，大约觉得没事，便一齐伏在谷堆上往麻袋里灌谷子。

驼九掀开竹筐，用手电筒射住两个家贼："山崽兄弟，你还是党员呢！"

两公婆一下骇得目瞪口呆，手脚发颤。愣怔了几秒钟，杨山崽突然将他的女人往驼九怀里猛力一推，自己抢先逃出了洞口。驼九想上前捉人，腰杆被马脸女人紧紧搂住，两个扁扁的奶子紧紧贴住他胸口。

"驼九叔，莫喊！我喜欢你呢。"马脸女人一边急急地亲他的面皮，一边往他小腹下乱抓乱摸。驼九闻到一股浓浓的皂荚气味，觉得有点恶心，推了她一把。

马脸女人就势仰躺在一叠麻袋上，自己解开了裤带，柔柔地说："过来呀，驼九叔，让你尝尝鲜。用不着害怕，山崽不会怪你的……我屋里九口人吃饭，我只找你要半袋谷子……这事，就你一个人晓得，打个马虎眼就过去了。来呀！……"

驼九感到晕眩，想呕吐，木然地立了一会，掉转头去，压低嗓门呵斥道："真不自重！娃子都人长树大了。我是个老人呢。走吧。走吧。我不会把今晚的事捅出去……"

马脸女人大概记起驼九吃过枪子的事儿,突然双手捂住脸哭起来,神情沮丧地钻出了墙洞。

驼九生了一会儿气,拨亮马灯,勾下腰将那豁口认认真真砌上,又在里外抹了点水泥糊糊,不露一丝痕迹。

"双枪"生产总结会上,刘副书记表扬了驼九,说驼九保管员当得蛮称职,并鼓励他再接再厉,一如既往地把工作做好,争取更上一层楼……

驼九平生第一次受表扬,很是得意。咂巴这滋味,忽然想起了炒豆子的滋味,舌苔上骤地涌起一股滑腻腻的唾液。

吃炒豆是他从小养成的嗜好。他七岁成了孤儿,替地主杨九敖放牛。草场在离村七八里远的洞庭滩上,中饭不能回屋吃,杨九敖就炒半升蚕豆或黄豆,灌一瓶凉茶让他抵中饭。他放了七年牛,差不多都是炒豆子代饭。

后来,他学着当牛贩子,在外面转悠的日子多,吃饭不应时,常常以炒豆子当饭。再后来,他当了兵,常被撵得东躲西藏,瞅着机会大吃大喝一顿,逃窜时就以炒豆子当干粮。

年长日久,他的牙齿、舌苔、胃腺对炒豆糊糊有了一种特殊感情,三天不吃饭没事,三天不吃炒豆子就馋得淌涎水。他一生节俭,不抽烟不喝酒不沾女人,唯有这一嗜好。要说,实在算不上什么奢求的。

待到他种田作地了,吃炒豆子自然不成问题,多种些黄豆、蚕豆、扁豆、麻豆、芸豆,可以现炒现吃,也省了涮锅煮饭的麻烦。一九六〇年过苦日子那阵,吃公共食堂,定量,没得炒豆吃了,他就偷来吃——为此他没少挨批斗。不过却也不改这嗜好。

自刘副书记来蹲点"三同"后,杨村也种豆子,但不当口粮分发,全部归仓抵征购任务,自留地也取消了。这就成了问题。实在抵抗不住诱惑,竟偷过队上几回,被队长大黑扇过几个耳刮子。

眼前,局面就不同从前了。当了保管员,成箩成囤的黄豆、蚕豆晒得焦干嘣脆的,并且全部由自己把守。虽有使命在身,到底不能望着咸鱼吃淡饭吧，驼九也不是蠢人呢。

　　这天夜里，他斜倚在黄豆袋子上捉蚊子，那浓郁的炒豆香味直往他鼻腔里扑来，黑油油圆滚滚的小粒子幻化成活的精灵，排成密匝匝的战阵朝他发起进攻，弄得他胃袋子一阵阵剧烈的搓揉，霎时间鼻腔里、眼眶里、食道里淌出了浓浓的涎水，人如丧魂落魄一般，任是再强烈的理智，也无法遏止这种食欲膨胀而生发的偷窃意念的扩张。也就终于完成了一次大胆的监守自盗行动——不顾一切地将裤脚用绳子扎紧，将三斤黄豆灌进裤裆，弄进了自家茅屋。

　　细细地用文火炒了，焙枯，加了点菜油盐末，吃得十二万分香甜可口。吃毕，一瓢凉水灌下肚子，伸腰放了个响屁，那气味都是香甜无比的。

　　大黑敲钟上工时，他胡乱抹了一把嘴巴，带着满口余香踅回"碉堡"晒谷子。

　　踏进禾坪，劈面遇上下地的杨山崽，想起那晚间的事，觉得他简直不是个人种，数落道："山崽兄弟，你女人做那号辱没先人的事，是你的支使吧？"

　　杨山崽羞得无地自容，心里愤愤地骂："好个老绝户呢，居然真的不喜欢女人……丑都让我杨山崽丢尽了，却没松半边口！说不准这老东西三天两晚就张扬出去了呢。"

　　死鱼眼从驼九头发一直瞅着额角，再从额角滑到嘴巴……骤然一个愣怔——他发现了粘在驼九嘴皮上的几点黄豆碎末，还带有些豆香……"好啊，驼九！原来你也是个贼牯子！"死命剜一眼，恶恶地咒一句，悻悻地走了。

　　吃炒豆于驼九来说，实在是件快活事。

　　斜躺在床上，信手抓起一小把，一颗紧接一颗往嘴里抛，尽管屋里黑灯瞎火，居然不脱靶一颗。一颗豆粒从尺把远的地方发射过来，舌头一卷就稳稳当当地揽住，运动至板牙轻轻一碾两嚼就成了一小泡豆糊糊，散发些唾沫调拌成半流汁状，眯紧眼皮咽入食道，有如醍醐灌顶般舒坦，一时间便觉得驼九成了天底下顶顶幸福顶顶神圣的人……

"嘎嘣！"

"吧唧！吧唧！"

"嘎嘣！"

"吧唧！吧唧！"

正品味到兴头上，不意屋门被人敲得十万火急："开门！开门！快开门！"

驼九慌乱中将半把豆子"噗"地投进嘴里，三两口嚼烂，"吱儿"一声咽进喉咙，起身打开屋门。

立在面前的竟是大黑和刘副书记！

"啊，啊啊，大黑队长，刘书记，这么晏上门，有什么急事么？"

大黑说："有人偷了队上的黄豆，你作为保管员应该是有线索的，却没报案。我和刘书记只得挨家逐户查一盘。大伙意见大呢。查了，对大伙也有个交代吧？"

说着，用电筒朝屋里乱晃，而后直勾勾地对准驼九的脸。刘书记吸了一下鼻子，夸张地嚷："哟！好香，炒黄豆香呢！"

驼九做贼心虚，掩饰道："队上不分豆子，哪来炒豆香呢。二位弄错了吧？"

大黑拿捏不住证据，有些尴尬。

刘副书记灵机一动。他是读过古书的，据说包公出山当大法官之前，嫂子想考验一下他的破案能力，悄悄拿一只鸡蛋给一名丫鬟吃了，然后让他尽快破案。包公就把所有丫鬟叫出来，给她们每人一碗清水漱口。不下几分钟，吃鸡蛋的丫鬟就找到了。刘副书记兀自一笑，和大黑咬了一阵耳朵。

大黑就倒了一碗清水递到驼九面前，说："真心不怕雷打，真金不怕火焚，你若是过得硬，就用这水漱口，然后吐进碗里。"

驼九知道，这一漱，残留在牙缝里的黄豆渣子全漱下来了。与其这样露马脚，不如主动招了。便勾下头，讷讷地说："刘书记，大黑队长，我承认，我实在熬不住，就偷了队上几斤豆子炒着吃了。你们罚我吧？撤了我吧？要不，分谷子时扣掉十斤也行……"

刘副书记正色道："看来，群众检举并没有错……你就是这样当保管员的吗？我们算是认错人了！……"

驼九"扑通"一声跌坐在椅子上。一勾头，发现地上有一颗炒熟了的豆子，忙伸手拾起塞进了嘴巴（这也谓之"颗粒归仓"）……

翌日驼九上工，一群小把戏尾随他拍手顿足："'碉堡'出了只大馋猫，偷了豆子用油炒。'碉堡'出了只大馋猫，偷了豆子用油炒！"

驼九暗自叫苦，自知这保管员当不长久了，悔恨交加，想到赎罪，那扫帚扫得更勤。

杨山岽嘲笑他："驼九，加紧扫吧。把地皮都刮起三尺。等到队上开群众大会，想掌扫帚也没份了。"

自此，杨村罢免驼九的呼声日渐高涨，唯独刘副书记和大黑充耳不闻，似乎仍没把开会罢免驼九的事列入议事日程。

好容易挨到入冬，粮食该上交的交了，该下分的也分光了，只有少部分种子粮密封在几口大缸子里，搭上了封条。驼九的工作相对轻松，成日只做些收检农具的杂碎活儿。

这一天，一年一度的保管员选举会终于来临。大黑一敲钟，人们就汇集到大黑的堂屋里。驼九破例应邀出席了会议，他蹲在门角弯里，一袋接一袋抽叶子烟。他原本不抽烟，这一向心绪不好，学着抽了。没学像，吸进的少，吐出的多，干瘦的小脸壳子始终泡在烟雾里。

他有些悲哀，几届保管员都连任过来了，这一回却马失前蹄。好悔哟，好悔！他恨自己的嘴巴——它原不该对炒豆子有这么大的兴致。他想，假如不曾偷过队上的豆子，这个保管员是不会被人罢免的。然而却是无望了……

想着这些，他把脸勾下去，双手把小腹捂得更紧。

刘副书记说："一百零八双眼睛都摆这儿，三百多张嘴巴等吃食呢。杨村满打满算一年就收十多万斤粮食，上交了四分之三，余剩的一点好比一个大粑粑，再也大不到哪里去了。有人啃去一口，大伙就少分一口。啃得少一点，大伙就多分一点。这保管员究竟谁当合适？——可不能随便凑合……

"当然，舆论是有的，也调查研究过了。这舆论原是无根无据的事。既然是谣传，性质就不同，就不能冤枉好人。我提议由驼九叔连任第五届保管员。当然这只是我个人意见。我不是杨村户口，没有选举权。我仅仅是建议……

"到底选哪个，还得大伙心悦诚服，把手举起来。不能强迫的。大伙再想想吧……"

大黑照例赞同刘副书记意见，并声明是他的独立思考，不是顺着书记的杆子爬。

杨山崽朝大黑直翻白眼。他是个老党员，"大跃进"时进的党，虽然因偷盗谷子的事罢免过几次保管员，余威还是蛮高，在社员中说句话有煽动作用。

他嫉妒驼九，憎恨驼九，自己堂堂老党员居然在驼九手上栽过跟头露过丑。驼九如何呢？不同样是个惯偷么？要说有什么不同，只不过是偷窃的数目小些罢了，而大偷和小偷，性质都脱不了一个"偷"字。刘副书记和大黑却偏偏替他打掩护，捂住盖子不揭开。这是让人生气的事。他试图提出个更合适的人选与驼九竞争、抗衡。但是，选谁呢？

——贫农杨万青？不行，全家七口；中农于石柱？九口人吃饭；刘占魁？同样人多；李月英？死了男人，一个妇道人家拖着四老三小过日子，试用半月保管员就弄回去三袋高粱；刘金万？人多，手脚也不算干净……

一百零八个拥有被选举权的人，都过了一遍筛子，最终眼光又落到驼九身上……

杨山崽终于想起一个人，说："我提议由青海叔当保管员。他手脚干净。"

堂屋里响起一片激烈的议论声。

大胡子青河叔脸膛发赤，讷讷地说："山峁哥，莫开玩笑了。我没进过学堂门槛呢……"

马脸女人尖声骂杨山峁："蠢东西！你放什么屁哟？青河叔，青河叔人是没说的，可他屋里有六口人吃饭，本身是个瘸子，不说打不开牛卷锁，那杆秤都认不准……"

大黑笑笑："同意青河叔的把手举起来！"

结果，只有驼九一票。

刘副书记望着杨山峁笑，说："还是付驼九的表决吧？同意的请把手举起来！"

堂屋里巴掌一只接一只往上戳。

唯有杨山峁的手想举又不想举，一会掰脚丫子，一边挠头皮。

马脸女人冲他吼："你的手发了鸡爪疯啵？好生举起，选命呢！选人掌管大伙的命呢！有人往驼九叔脸上泼粪，你杨山峁也跟着泼？蠢到家了！……"

杨山峁分明领略到女人的警告和提示，顿悟了，瘦小的枯手便缓缓地戳向空中，足足三分钟没有落下。

刘副书记看得真切，杨山峁举手的当儿，苦瓜脸上有水粒子在闪，心里禁不住一阵发酸……

就这样，弹劾驼九的提案被弹劾者自己否决，驼九再次连任保管员。

由此，驼九有了戒豆的意念。只是，做到却很难。他尽量做到三餐饭吃饱，有时搁下了碗筷又重新拿起添加小半碗，想以此压制炒豆的诱惑。他克制自己少喝茶水，让口里始终保持焦渴状态，试图培养一种对枯燥食物的厌恶与恐怖情绪。

只是这两种方法都不很灵验。往嘴里抛掷惯了硬物，那抛物线经常在眼前晃来晃去，唾沫时不时往舌苔上涌。躺在床上便常常失眠，一心想弄点什么打发嘴巴，简直是活受罪。

这个试验过程中，他又一次去"碉堡"偷来两把蚕豆。预备现炒的当儿，想起选举会上那些犹犹豫豫终至于戳起的胳膊，耳朵边就响起马脸女人"选命"的叫喊，暗暗地骂自己："驼九！你就是这样管命的么？活脱脱一条不忠实的看家狗呢！……"他恼恨自己，"啪"的一巴掌抽在嘴皮上，胡乱抓一把木炭塞进嘴洞，"咕噜"一声强咽下去，梗在脖子里半晌下不去吐不出，差一点噎死。

一会，他又找出那只炒豆的小铁锅，"嚓"的一声摔成一堆碎片。当晚，他把偷来的豆子送回了"碉堡"。

不过，硬抗也不行。他就每餐留下一碗剩饭，晒干，炒枯，豆瘾来了弹射几颗嘴里，闭上眼睛乱嚼一气，并努力把枯饭粒子想象成炒豆。这样，倒也能把炒豆滋味淡忘一阵子。

顽固的积习与嗜好要彻底戒绝，精神上的痛苦是大的，像得了痴呆症，像患牙痛病。要说，驼九得以彻底戒豆，根本原因还在于马脸女人之死。

杨山峁一直为自己投了驼九赞成票耿耿于怀，觉得自己打了自己耳光，但又并无什么人强迫他这样做。这种极为古怪的心理矛盾，弄得他常常发火、狂躁，见了自己女人怎么看怎么不顺眼，尤其是驼九禾坪上那场训斥，常常像钝锯锯他的自尊心。

那勾当原本是他临危想出的脱身之计，事后却怀疑女人那晚真的让驼九睡了，几回回盘问婆娘。马脸女人说没有干那事。他就当没有。而选举会上女人却替驼九说话，还当众骂自己男人发了鸡爪疯，这就使得他不得不重新考虑女人说话的真实程度。不然，她怎么会在大庭广众之中替驼九评功摆好驳自己男人面子呢？说不准婆娘真的和驼九暗地相好了啊……

便再次逼问女人，要她供出真情。

马脸女人原是个恶煞星，说："困了就困了，不是你把我推到他怀里么？驼九又不是瘟猫，哪有不吃腥的？驼九这人晓得疼女人，轻手轻脚，不像你粗蛮，趴上身三下五除二……"

杨山峁见她说得入港，又羞又恼，火气压不住，揪住女人头发一阵恶打，还连连骂：

"骚货！贱货！早知你是个偷汉子的角色！让人困了却光着的手回屋！"一气之下下手重了，打折了女人一根肋骨。马脸女人就在当晚跳了长江。

马脸女人娘家来了百多个男女，把杨家锅碗瓢盆砸了个稀巴烂，栏里一头架子猪也拖出去宰了，还扬言点火烧屋。为了消灾化吉，刘副书记当机立断，让人将杨山崐关押起来，并宣称不判死刑也要判个无期。

杨山崐在看守所痛陈驼九调戏奸污自己女人的事。派出所顺藤摸瓜，案子就牵扯到驼九身上。

驼九被拷走时呼天抢地喊冤，无奈，就把杨山崐和他女人凿墙洞偷谷子的细节原原本本说了出来。

刘副书记为了给驼九和马脸女人洗清冤屈，叫了几位壮汉和一名赤脚医生，当众将驼九裤子剥下，查验了小腹下那片地方，也就一个大疤痢，撒尿都要像女人蹲在地上淅淅沥沥老半天，证明那勾当是实实在在不能进行的。驼九这才放了出来。

杨山崐知道错怪了自己女人，但为时已晚，悲痛欲绝，从派出所回来几番寻死觅活，让人从长江里救起过三次。终于觉出养儿育女的责任重大，才勉强苟活下来。

杨村第二个悔恨莫及的便是驼九了。他对人说，要是知道杨山崐女人会寻死，他当时无论如何都会让她带袋谷子走的，不然，他还可以把自己的口粮给她一袋子。由此，他觉得对杨山崐不住，尤其对杨山崐女人不住。假如他驼九是一个正常男人，马脸女人以身相许，尽管带有交易成分，也足见一个女性的情意了……

打那以后，他就真的戒了豆子。挨到七十五岁这年，他戒豆成功了，从此不再想吃炒豆，并且别人一提到豆子，他就想起杨山崐女人从江里捞上来时，瞪着两只大眼泡的样子。那对大眼泡活像两颗肿胀了的蚕豆。

他觉得吃炒豆是一种奢好，一种罪孽，戒了，反倒觉得内心清静。

……

光阴随同槐花的飘落而飘逝。照例，入冬就应当开选举会，重新选举保管员了。驼九掐着指头算计时日，害怕这个日子的到来。

就在那个例日的前七八天，刘副书记光临了驼九的茅屋，并主动提出和他一同吃中饭。

刘副书记也老了不少，头发全白了。虽然近两年来杨村的次数少了，半数时间待在县城里打门球，但还是隔三岔五来住一两天，帮村里调理一些生产上的事，好像他与杨村人的生计有着密不可分的关联。

吃过饭，驼九感叹道："刘书记，您的头发也白了呢。"

刘副书记笑笑："老了啊。我已退居二线，让有文化的年轻人顶上吧。向上递了报告，批了呢。"

驼九一惊："真的么？退了？以后还来杨村办点不？"

刘副书记说："点，还是要办的。见了马克思就不来了。只是这个办点不同以往的办点，是我对杨村牵着一份旧情，我得隔三岔五来看看，就像走亲戚。驼九叔，您也老了哟。您当了近十年杨村保管员，已经劳苦功高了。人人要过老人桥啊！……"

驼九觉得刘书记对自己有了不信任，说："要说老，也不算老。收收检检的事不是蛮费力气，还凑合几年吧。刘书记，驼九辜负了您的心血呢。您有什么要说的，就说吧……作为保管员，我想提个建议——把'碉堡'拆掉，重修一幢牢实的仓库，咬咬牙花点本，用钢筋水泥砌墙。'碉堡'的北墙被硝盐咬坏了，经不得风雨呢……"

刘副书记淡然一笑："应当……没这个必要了……驼九叔，牛歇端阳马歇夏，人歇六十无人骂。您都七十五了，退下享几年福吧……"

驼九神情黯然，讷讷道："刘书记，掏句心里话，近七八年，我是从没做过亏待乡亲们的事啊！……"

刘副书记说："不是这个意思。我是说您老了，动不得了。至于您的工作，乡亲们是有眼睛从背后望着的……"

驼九再也无话。

半晌，他从裤带上摸摸索索地解下那串温热的钥匙串，颤颤地放在刘副书记手心里。刘副书记看到有几颗混浊的老泪从驼九眼里滚下来，滴在钥匙串上……

刘副书记说："这串钥匙，派不上用场了。你就留下做个念想吧。"

"念想？如何派不上用场了呢？"

不久，杨村的田地承包到了户，用不上保管员了。刘副书记正是因为先得了这个政策，预先来给驼九表示安慰的。他何曾想到过撤下他保管员职务呢。

杨村开始各家各户种庄稼，收谷子，完成上交，没人把曾经的保管员当回事了。

驼九生了一场病，在床上躺了四五个礼拜。

他硬撑着起了床，摸起长柄扫帚轮着到各家各户禾坪上去，帮着扫谷子、豆子，替人扬场，教导人保管粮食、防止鼠害、虫害的方法，不要任何报酬。

一些人慷慨地送他蚕豆、黄豆，他摆摆手谢绝：

"早就戒了。不吃炒豆了呢。"

两个月之后，他再也起不来床，得的是没治的胃癌。

乡邻们忘了他前些年的刻薄，纷纷上门看望，送来了许多豆子，有拌了盐末、爆炒的豌豆，有自制的五香芸豆，有特地从小店买来的怪味豆，有调了白糖的炒黄豆，把他柜子里的坛坛罐罐装满了。他斜倚在枕头上，漠然地望着柜子，一颗也没吃。

刘副书记从县城赶来看他，恰逢驼九弥留之际，面朝奄奄一息的病人，心情沉重，嘀咕道："驼九叔，还得请你原谅我……直到你临死之前，我都把你当成惯偷呢。没想到你居然戒豆五六年了……"

又转而对乡亲们说："也得请大伙包涵我……我犯主观主义，一直压着大伙选驼九当保管员。我是这样想的，杨村唯有他一张嘴巴吃饭，纵然是个惯偷，又能偷多少呢？一个人的肚子也就这么大嘛。至于人口多的，我就一概放不下心……侮慢乡亲们了，请不要记在心上。尤其山茆大哥，我最对不起的是你……"

大黑心里酸溜溜的。

众人心里也都酸溜溜的。

杨山茆抬头揩了一下眼睛，黯然道："刘书记，莫做检讨了，其实，我们全都和您想到了一块。不然，如何次次选举都一致投驼九的票呢……"

原载《作品》

再生屋

一

清风镇的刘再生原是一筒阴沉木，拾了大半世破烂，穷得没个偎脚的，长年累月一条破裤子包不住屁股。这几年时来运转，办起了一爿"再生废品收购店"，赚了几个钱，没料到一本账查下来，却又犯下"偷税抗税"的律条，补税三千块，外加罚款两千块，和泥带水，满打满算，要拿出整整五千块。这样一来，就好比赶着赤膊钻刺蓬，出得来身子，都要脱层皮了。

刘再生人像条腌黄瓜，罗圈腿，砂锅背，五官平庸缺少福禄；尽管他当上店主之后在那件灰布褂子的荷包口拴上了三支水笔，名字也上了三回电喇叭，却未能改变那副凄惶相；加之连日来的轰炸，饭不思，茶不饮，人便瘦成个活鬼了。为了消灾化吉，他不得不像饿狗子觅屎一般四处奔走求告，实指望遇上人世间救苦救难的观音菩萨……

这天早上，他脸都没有洗，眼角弯里还粘着两砣白眼屎，便敲开了邻家的小木板门。

这是一间残破的茅草偏屋。金钓老伯跪在火塘旁边的稻草上煮米粥。半明不灭的湿柴茆子在火塘里冒着青烟。一只乌漆墨黑的瓦钵用三块断砖头支着，里面的米粥"咕哝咕哝"地翻着气泡。老人那双死鱼样的眼睛含着饥渴的欲望，透过烟雾与白汽，直勾勾地落在瓦钵里。

粥大概煮得差不多了，有了香气。老人便用那枯柴样的手拈起木勺，颤颤地搅了那粥几下，舀起一点，哆哆嗦嗦地递到垂着一小绺山羊胡须的唇边，吹吹气，兔子似的急急地嚅动着嘴巴皮……

一日两餐，一钵米粥煮三个时辰，吃两个时辰……

——这就是一个孤苦伶仃的摘帽地主的残生。

刘再生立在他身边，神态中除了凄苦不安之外，还带着点肃然，一直等到他吃完三勺米粥，才讷讷地问：

"米，还有得煮么？"

金钓老伯兀自舔着木勺，漠然中带着点傲然。

刘再生朝他靠近一步，眼望着火塘旁边的米缸：

"要不，我送些米过来？……"

老人这才停止咀嚼，带点感激地望了刘再生一眼，冷冷地问：

"封了么？"

"封了哩。"

"求得情动么？"

刘再生摇摇脑壳："恐怕难了。上了铜版册哩。镇税务所的刘所长限定三日之内交齐罚款；差一分都不许动封条……金钓伯，我是实实在在拿不出呀！您是晓得我底子的……"

"唔，"金钓老伯打了个饱嗝，"家有黄金，外有戥秤。人人个个都晓得的……"

刘再生苦着脸道："老伯，我，我是来找您讨主意的……您帮我指条路吧。这……真是要我的命哪！……"

老人又开始舔那只木勺，里里外外，凹凹凸凸，细细地一遍又一遍地舔，仿佛粘在木勺上的是百宝仙丹，吃了可以长生不老似的。老半晌了，才果敢地说："找隔壁的去。磕头，下跪，哭秦庭。莫怕舍不得眼泪。听到了么？"

刘再生好生吃惊：

"您是说史奶奶？"

"哪个在老虎的脖颈上系得上铃子，他就解得下铃子。这阵势，除了她，还有哪个帮得了你？"

"您说她？史奶奶可是个好人哪！"刘再生叫起来，"那天，镇税务所的人来查我的账，封我的店子，可是瞒着她的呀。后来，她晓得了，还帮我求情，直冲刘所长发脾气呢。'天庭的神仙下凡，还得先朝拜本方土地！'——史奶奶就是这么发火的。刘所长可是全不把史奶奶的动气放在心上。求她，有得用么？"

金钓老伯悲哀地摆摆脑壳，长长叹了口气，朝刘再生挥挥木勺："莫讲了。去吧。求她去。天亮时，我见她上镇子方向去了，走的小路。"

……

迷津业经指点，刘再生于是不再作声，木桩似的戳在地上老半天，却想不出其中蹊跷，便不再想，快快地退出偏屋。出门丈把远，复又返回，从腰里解下片钥匙，勾身放在米缸盖上：

"金钓老伯，我怕要晚些才得回屋。您等会过那边照看一下。灶里在煮猪潲，怕发火呢……"

二

史奶奶是镇上的代理税收员。

刘再生和她家只隔一板墙，不但鸡犬之声相闻，就连说话、洗碗筷的响动也听得见。土改前，两家就是紧邻，两间茅房眉毛鼻子造在一处；土改时，两家同时住进了金钓这一溜四间青砖瓦屋，分享胜利果实。人称瓦屋为"再生屋"；金钓则住进了偏屋。

史奶奶说，照理，刘再生不应分上这两大间瓦屋的，这并不是他穷得不够份，而是他的穷骨头缺少点硬气。史奶奶当区长的崽舍生忘死斗地主、分浮财，他帮工作队送个信也是提心吊胆。斗争会上，要他揭发金钓的剥削罪行，他立住像只木鱼，半晌没放出个响屁来，催得急了，才说了句"人家金钓伯人也还勤快，就会死做，一粒豆豉下两口饭。"他帮金钓打长工时，明明挨过人家的牛鞭，斗争会上史奶奶把牛鞭塞把他，要他"一礼还一拜"，他捏着牛鞭的手就像发了鸡爪疯一样直打战，举在天上就再也落不下来……这就使工作队很不满意。要不是史奶奶做崽的工作，这瓦屋是断然分不到他名下的……

一九七〇年遭春旱，油菜收成不好。刘再生完不成菜油上交任务，不晓得哪个帮他暗暗在油壶里掺了三斤生水，没料到被查验出来，一根麻绳子吊到大队部横梁上，粪便都屙到裤裆里了。亏得史奶奶仗义相救，拼死将他解下地来，还打了支书九癞子一巴掌……

后来，他就四乡八里拾破烂，饿得肚皮贴住背脊骨，身上喷臭气。史奶奶呢，屋里胜利果实分得比别人足实，加上自己勤耕苦做，纺纱织布，喂猪圈鸭，当专员的崽又源源不断地补充给养，日子过得相当宽展。于是，老人成了刘再生的孟尝君。

刘再生穷，常常是三月而不知肉味的。而每逢饭前半个时辰，总有一股浓烈的香气从墙缝里飘过来，弄得他馋涎欲滴。而往往这时候，隔壁就会响起史奶奶慈爱的嗓音：

"再生哪，过来，过来吃菜呀！我这里弄了拍拍满满一土钵腌肉呢，还有上餐吃剩的白面大半碗，够你吃的了。过来嘛！"

得到这诚挚的邀请，刘再生便端了碗，笑着挨过门去。筷子一捣，风卷残云，一下就把那点荤荤腥腥捞了个一干二净，还嚼得嘴巴"吧唧吧唧"响。

史奶奶一旁站着，望着他吃，并鼓励他："吃吧，吃呀，泡汤，泡汤。莫不好意思。下餐记得来，莫要我喊了。吃我不穷的。我养了个当专员的崽，他敢不给老娘汇钱来！"

刘再生便放心落胆吃，残菜剩饭由肚子装。

"哎，慢点。帮我挑担水再走。"等刘再生吃完往回撤兵时，史奶奶便这样留住他。

他有的是力气，立马放下碗，一口气帮她那口大水缸挑进十担水去；一直挑到水溢出缸口，让你大水淹了龙王庙。

有时，史奶奶支使他："帮我菜园子里泼几担粪吧。"

他二话不说，又挑上粪桶去了菜园。放下家伙时，史奶奶自然还有奖赏，不是塞给他一双烂胶鞋，就是送他一件破衣裤。这些东西都是史奶奶从崽屋里拿回家来的。刘再生对史奶奶答谢的最佳方式就是当场试穿，让老人家望起他哧哧地笑一场。

"蛮合脚，蛮合身哩！我崽屋里有的是旧衣旧鞋。都是你的。只要我史奶奶不死，保准你有得吃有得穿……"

史奶奶常常这么说。

刘再生就憨憨地笑："史奶奶，谢您呢。"

"谢我？"史奶奶笑得更响亮，"你拿什么谢我呢？送我一筐破烂么？金钓老鬼想破脑壳，我都不得把他呢！再说，你史奶奶是外人么？我的脾气你未必不晓得？——我是逢善不欺，遇着个叫花子，脱条裤子把他穿起；却又是逢恶不怕，哪个脑壳上长了八只角，我也要扳下它两只做号吹！嘻嘻……"

……想起史奶奶往日这些恩典，刘再生的肠子下水都发热……

远远地望见老人家从镇税务所的大铁门里闪悠出来，他忙整整衣冠，苦笑着迎了上去。不过，待史奶奶走拢身，他想好的一套话却变作一个不响的屁，沿着那串九曲十八弯的肠肠肚肚漏掉了。

嘴没张开，倒被史奶奶抢了先："唉，再生哪，又是去求人吧！其实呢，这都是枉然了。这偷税抗税的大事情，哪个敢沾边啰？打个屎壳郎，沾上一身臭呢。我才又向所里求了情，汇了报。他们还批评我没得觉悟呢。再说，那一天罚你的款，我和人家麻子所长吵起来，你都是看见了的……"

"史奶奶，"他把一副极卑贱的苦笑做在瘦长的瓦刀脸上，落下嗓门恳求道，"史奶奶啊，这事，全凭您看在邻居的分上，拉我一把吧……我实实在在拿不出啊。凭良心说话，我没偷那么多税呀！三千块！天咧，我敢么？我又没吃雷公胆？要是这样，我刘再生就不是人了……"

史奶奶笑笑，说：

"账是摆在桌面上查的，会冤枉你么？刘所长他们和你又无冤无仇的。再生哪，打击偷税抗税，是上边的政策，到处都贴着告示呢。我看也不是哪个有意和你过不去。我和你虽然打邻居，一窝雀雀一窝亲，沾着和别人不同的情分，可我史奶奶也不能拿起政策做人情哪。哪个叫我的崽是地区的专员呢？我那崽拿的是共产党的俸禄，我是共产党的娘，我也不能不对政府尽力呀……讲句良心话，你一个翻身贫农，住的是再生屋，享的是政府的福，政府也待你情分不薄呀。你反倒在税款上做手脚，坑害公家，也损了心了……

"要说钱，你还是有的。三岁小把戏都晓得。这几年，你发旺了，吃的都是带把把的烟呢。喇叭匣子都表扬过几回呢。刘镇长见了你都装烟呢。这笔罚款——该缴公家的——就没有了？哪个肯信啰？我看，你就认了吧。好汉不吃眼前亏，免得上边派人来拆你的屋，牵你的猪呢。弄得不好，人家把你往牢里一送，吃几年官司，你反倒吃大亏。我劝你卖掉家神，当了土地，把账还了吧……"说着，车转身子要走。

刘再生抢上前一步，拽住她的一只袖子，哭丧着脸说："史奶奶啊，我们是邻居呢，您也照看我大半世人了。我这身骨肉都是您养大的呀。这回，您就见死不救了？史奶奶啊！……"

史奶奶见刘再生喊声悲切，泪水盈盈，居然也提及了往日的情分，心软了一下，略加运神，又骤然一硬，挑心剔骨地笑着说："唉，从前是什么年月？如今又是什么年月？世间有几人上了岸还记得撑船手？世间有几人抱了伢儿还记得起臭媒婆？你也莫求我了。'人不求人一般大'——你说得在理上呢。我怕是配不上做你刘大老板刘大经理的邻居了。要说，金钓老鬼才是你的邻居哪！共得裤子穿，胜过亲娘舅呢。如今，他也摘了帽子，和我们贫农平起平坐了。你倒是应该去求他帮忙的……"说着，把刘再生的手解开，颤着兰花步子，晃晃悠悠地走了。

三

刘再生之所以受到史奶奶冷遇，原是他自作自受。清风镇方圆三十里，哪个不晓得老人家待他恩重如山呢？刘再生却是不识好歹的。

那天夜间，他被史奶奶恭恭敬敬邀请去看电视。清风镇是个小村镇，当时唯独史奶奶家有台电视机，那是专员孝敬母亲的，试制品，九吋的小家伙。不过，在乡邻们眼里，却是稀罕物件。因为是头一次看电视，史奶奶好喜欢，瓜子花生和盐姜茶任乡邻们享用。刘再生是史奶奶家的常客，又沾着友邻的情分，自然被安排在顶前排椅子上，瓜子花生伸手可得，任他吃个饱。

史奶奶常到城里住，见识广，扭扭这个旋钮，拨拨那只开关，屏幕上的图像跟着史奶奶的胖手指起着各样变化。大家赞不绝口，都夸史奶奶有本事，有福气。

刘再生紧傍史奶奶坐着，吃花生的声音比哪个都响亮，加之有了几分店主的荣耀，几分富户的派头，议论就有了，显得比史奶奶还有见识的样子。

好巧，电视里放出的是江青受审的场面。那女人一边抹眼泪，一边撒泼，一副泼妇骂街的样子，逗起电视观众笑声阵阵。屋子里热闹得像看猴把戏。

史奶奶却显见得心绪不佳。

这是令乡邻们大惑不解的。哪个不晓得，一九六七年，她那当专员的崽因为上书中央文革小组，反对农民进城造反，被江青点了名整，腿杆子都差一点打断了。史奶奶不怕事，逢人就骂蛤蟆精缠住圣人了，江山要败落在她手里了……

而眼前电视里这么一判，江青居然等着吃官司了。老人家却又勾下脑壳……

知趣的乡邻立马收住谈笑，停止吃瓜子，一个个死人似的呆坐着。唯独刘再生不晓得随大流，反倒拍手顿脚，连声喊：

"有味？有味！"

史奶奶说："笑什么？蠢笑！那一年把你吊到屋梁上，屙了一裤裆屎，有味么？……人家到底陪主席那么些年，还替主席生了一胎，下手到底有点……"

"史奶奶，您如何说这号话哟！"刘再生以一个店主的身份指评道，"不把这伙害人精下大牢、砍脑壳，过得上如今的好日月么？您真没得觉悟！"

"啊！我没得觉悟？"史奶奶火气好旺，脸都寡白了，"你一个拾破烂的，也晓得打官腔了！你呀，就不配看电视，只配拾破烂！"说着，悻悻地站起身，"啪嗒"一声关掉电视机，"好了，好好，今夜里到这里打止。没得好节目。明天夜里过来。"

对史奶奶的武断行为，刘再生有些不满，乡邻们走了，他却仍然坐着不走，大有同史奶奶煮酒论英雄的气概。史奶奶被他当众驳了面子，火气正蓬蓬地蹿着呢，指着他的鼻尖说："走吧，走吧，又不是我屋里看家狗，还坐着做什么？以后莫来看电视了。我这人没得觉悟，和我这号落后脑瓜子坐一条板凳，怕沾上邪气呢！……"

其实，这也仅仅是气头上的一句话。论辈分，论年纪，论情分，论地位，史奶奶都有资格这么数落两句的。也原本没得什么恶意的。没料到，刘再生却顶了真。我还是往日的刘再生么？走在清风镇街上，哪个不晓得我是再生废品收购店的刘老板？连人家镇长见了都握握手呢……

第二天夜间，第三天夜间，他果然没过去看电视。

第四天早晨，他在水井旁边当众宣告：他要置一台电视机！

史奶奶忘不了友邻责任，劝道："成家好比针挑土，败家恰似决堤水。你苦了一世人，才起水两年，就怕票子咬人了？"

刘再生闷住不作声。

史奶奶又劝："再生哪，您想想，我们两家就隔堵墙，老鼠蚊子都是合养的。我屋里电视机还不和你自己的一样么？"

刘再生瓮声瓮气地：

"到底不一样……"

"哪门不一样？"

"看人家的怄气，让你看，你就看，不让看，把你当狗撵。人不求人一般大呢。"

"不求人？"史奶奶被呛得瞪圆了眼泡，"你想不求人了？你发财了？你想和你当专员的堂兄赌气派、论英雄？"

"这电视机……我还是置得起的。"

"赚了几个露水钱，不能大手大脚的。打肿嘴巴充胖子，蠢呢。你要记得从前的日子……"

"从前是从前，现时是现时。"

"我是好心劝你！不能信马由缰的。"

"劝我做什么？我又不去当贼牯子。"

"再生哪，你不听劝，要翻船的！"

"我花我自己的钱。"

"花自己的钱？!"史奶奶直翻白眼，一时无言以对，"好，好，由你，由你。我嘴巴皮不发痒了。"

翌日，刘再生果然撇下史奶奶，从县城置回了一台黑白电视机，却是十四吋的，比史奶奶的大去五吋。

接下来，史奶奶的电视暂停五天。她去城里打了一转，回来时，居然抱回来一台十四吋的彩色电视机。

自此，她屋里看电视的人比往日还要多。招待呢，除了瓜子花生这些"保留节目"外，还添了带把把的芙蓉王香烟。史奶奶说，那烟一支要值一角钱。刘再生的电视虽然也填补了五天空白，无奈彩电一到，小巫见大巫。乡邻们也不管你什么店主不店主，当即又来了个改换门庭，一齐往史奶奶屋里涌。那香喷喷的带把烟较之刘再生的板凳清茶，自然要诱人得多。

刘再生呢，到底落了福，不到半月工夫，那电匣子居然被花脚母猪从方桌上拱下来，又朝着嵌喇叭的细缝缝里屙了一泡尿，哑了。卖把别人，活生生蚀了四百块本钱，落得了乡邻们一场耻笑。

金钧老伯则说这是"退财折灾"。

"灾"在何处呢？刘再生不晓得。后来，他耐不住金钧老伯的苦劝，想到自己开店，日后还是少不了和史奶奶打交道，居然又厚着脸皮过史奶奶屋里看电视。史奶奶虽然没把他当狗撵，但安排的座位却是最末一把椅子，加上人多，摆在电视机旁小桌上的瓜子花生就难得到他手上了。一场电视看完，史奶奶一连给男人们装了三排带把烟，唯独没有装把他。

刘再生受了"无鱼"之礼，从此不肯轻易踏史奶奶的门槛，只是勤勤恳恳地做生意，把个收购店治理得红红火火，远近都出了名，满世界的人都把破铜烂铁往这里送。

为了"雪耻"，他有时当了史奶奶的面，故意在荷包口挂上一大排水笔，让那笔扣子的闪光刺得老人家睁不开眼睛。有时，史奶奶剁肉吃，他也立马跟着往案板前挤，还吹牛皮说，自己一天不吃肉肚子里就要起火。

其实，史奶奶原是德高望重的贤惠人。"惩罚"刘再生之后，气也消了大半，正所谓大圣不记小人过呢。加之刘再生不上门来，水缸里的水便显见供不应求了，茅坑里的大粪也齐了缸沿，蛆婆子都爬上墙壁了呢，而菜园子里的韭菜萝卜因缸少粪肥，已是黄皮寡瘦的了。倒是应当与刘再生重修旧好呢……

于是，她隔着墙喊刘再生帮忙泼几担粪。

刘再生还是去了，可才挑了一担，就放了家伙，说是生意太忙，不能久留。为了显显店老板的卫生，他舀了一盆水细细地洗那双拾惯了破烂的手，并且还大大方方地动用了史奶奶刚开封的香肥皂。

史奶奶虽然有了看法，待他临出门时还是要送他一斤精白面条尝尝鲜。刘再生不想收。近年把，面已吃得多了，觉得当了店主之后尚接受人家的"嗟来之食"有失体面。不过，碍着史奶奶的面子，还是带了回来。一嗅，竟有了点霉味，他不想吃它了，把它转赠给金钓老伯。

见是史奶奶的东西，老人家也拒绝接受。他不食周粟。刘再生就把它丢进泔缸，由花脚母猪打了牙祭。

有一回，刘再生和金钓伯闲聊，东扯葫芦西扯瓢，竟扯到专员身上。刘再生说，那位专员工资也不高，小菜豆腐都要掏荷包，怕还不如个拾破烂的……哪知墙有缝，壁有耳，这话竟被史奶奶听了去，气得半天作不得声。对此，刘再生全然没有自觉，似乎史奶奶也算不得什么了……

这样的冷战一直挨过了半年时光……

不久，史奶奶就给刘再生判了个"八字"，断言他迟早要遭报应。她认为"以怨报德"的人是不会有好下场。

果然不下十天半月，刘再生就受了罚……

史奶奶在税务所大门口撇下刘再生后，心里感到十分爽快，想起这些往事，走起路来步子都轻快了……

要说，在这清风镇方圆三十里，她史奶奶从来都是受人敬重的。平日里肉案前一站，就有那蹦蹦跳的滚刀肉跳进她的网兜里；她往菜摊子上一立，那水淋淋鲜嫩嫩的菜蔬就像长了脚般往她提篮里跑。那些做生意的、开店的，以至阉猪割狗的好角，隔老远就把一副笑容挂在脸上，奶奶长、奶奶短，喊得她耳朵皮上起硬茧；即使刘镇长、税务所的麻子所长这些有名望的头头脑脑，都是拿起她的话当圣旨，事事处处顺着她的杆子爬……

原是贤德招来万人敬啊！

刘再生哪，刘再生，你倒是把我史奶奶一副好心肠当作驴肝肺了呢。想来，世间的人哪，遇到急时，巴不得掏出心来供庙堂；灾星一过，就来了个翻脸不认人……倒是太没意思。如今，你倒也落到这步田地？……

她好快活哟，走着，笑着，想着；想着，走着，笑着，遇到石头鼓都要打个响哈哈……"刘再生哪，刘再生，去找金钓老鬼救驾去吧。"她窃窃地在心里喊了一声，伸手掏出税票簿子，朝着一个肩膀上扛着半边猪肉的汉子颤悠悠地凑过去……

四

金钓老伯讲究了一辈子仁义礼智信。即便到了风烛残年，也恪守不移。在他昌发的那些年月，他就待刘再生情分不薄呢。

刘再生是从四川逃荒来到湘北的。乙丑年腊月的一天，他拾破烂来到清风镇，饿昏在禾坪勘下。金钓见了，便动了恻隐之心。心想，这苦命之人虽然黄皮寡瘦，满脸凄惶之色，五官却憨厚忠直，扶起来却也有人大人粗，若是收养下来做阳春活计，力气是有一把的，便从灶屋里舀来一瓦钵吃剩的米粥，喂进了这饿鬼的嘴巴。自此，刘再生果然成了他屋里一名极听话的长工……

六十年风水轮回转。

土改之后，他们的主仆关系虽然翻了个个，但刘再生却把那一钵米粥之恩记了一辈子；尽管他手头从来就干巴，时常八节却忘不了偷偷给偏屋送去一点柴米油盐，让金钓老伯一条残生苟延至今天……

自然，金钓老伯对刘再生感恩匪浅。"人是还魂草呢。"他常常这样念叨，"恩恩怨怨一把锯，来来去去扯到死哪！……"精神上，他的威风也似乎并没有全然丧失。尽管刘再生当了贫农，他从来就没有把他从自家长工的花名册上划出去。在他看来，世间的人，有的通达明晰，有的则穷愁糊涂，大家都是命，半点不由人；那么，通达之人就应该担负起照管指点糊涂之人过日子的道义，这便是人生的要义……正由于他的世故与练达，他总是快活的。他虽然天天吃稀粥，但快活就藏在粥里。

史奶奶虽然也与他打邻居，但老人家阶级觉悟比刘再生高，过去也好，摘帽之后也好，见了面总把脑壳歪向一边，全当没看见。金钓老伯就报之以笑，一种淡泊而深沉的笑。凭什么呢？——庄子死了老伴，尚能鼓盆而歌，不就全凭他窥破了隔着阳世与阴间的那层薄薄的帷幕，通晓宇宙苍穹间的全盘真谛么？……

想来，大千世界的事理就是这么怪。人，就纯粹是个怪物了；活得久了，原是蛮有意思的呢。

只可惜，忠厚人偏偏遭恶报，倒也是神明的刻毒了。想来刘再生哪，竟又作下了罚款损家的罪孽，真是可悲可叹哟……

吃罢米粥，金钓老伯便拿了钥匙，磨磨蹭蹭地走过来履行自己的承诺，心里却三十年河东，三十年河西，想着些人世间的事……

哆哆嗦嗦举起钥匙，战战兢兢地塞进聋子锁的"凸"字形锁孔，转了一下，锁开了。他佝着背，晃晃荡荡地走进刘再生的堂屋。一股难闻的烂污气味迎面扑来，他不由打了个喷嚏，摇了摇盘着几绺稀疏白发的脑壳。

屋是好屋，青砖三丈，汉瓦万片，画栋雕梁，千古不磨；一声"土改"，这屋便成了人家的"再生屋"，和他永生永世断了缘分……想了三十年，悟了大半世，却是没悟透个中的道理哟……

一阵悲怆骤然荡遍老伯的周身……

他抬起衣袖，朝眼睛上点了点，咬咬牙，进到店堂里：

临窗摆一张残破的八仙桌，缺了一条腿，用砖头支起——原是"胜利果实"；地下胡乱地摞一些猪毛、龟板、废纸之类的破烂，散发出一股股呛人的臭气。金钓老伯抚摩着那张桌子，立了一会儿，又颤颤地进到里面那间。屋里的摆设同样寒碜：屋子一分为二，中间隔着一床破芦席，当作间墙，挨后边这一截是卧房，摆一只小床，棉絮皱巴巴地堆起；蚊帐顶上落满薄薄一层阳尘，像吊着一片阔大的黄烟叶子；几把缺脚少腿的破椅子横七歪八地摞在屋中间。靠面墙的一截则是厨屋。一只没了门的破大柜立在墙角落里，既装衣物又装碗筷；地上湿气好重，一只花脚母猪大概要生崽了，屙了满地的粪尿，拱了满屋的柴火；将军灶还是老灶，糊在灶墙上的司米菩萨和石灰泥浆剥落了，露出里层的灰砖坯；锅开了，猪泔翻涌着气泡，发出"咕嘟咕嘟"响声，像一群泥蛙闹着池塘……

金钓老伯走近灶门，心中不由一阵抖颤：塞进灶门的干枞枝已经烧尽了里面的一截，红色的火苗子像狗舌子一般朝外舔，枞枝的尾巴和柴湾粘在一起，柴湾又和那间破大柜挨伴一处，大柜紧伴着芦席，芦席上方的屋梁上码着几大捆干稻草，而水缸却是空的……

"穷柴湾，富水缸——古人的教训呢；可怜的人哟，一个响雷劈下来，就乱了方寸了！"

金钓老伯兀自发着感叹，把背弯成一张弓，开始摸摸索索地收拾地上的柴火……

蓦然间，他想起了什么……搂着柴火的手便僵滞了，双眼竟定定地盯在那只破大柜上，并一直穿透大柜，直勾勾地落到大柜后背的墙壁上……

——他记起，那地方原本嵌着一只空心木砖的，那木砖像斗那么大，而木砖则曾经是他的秘密钱匣子……昔时，他是用一只红漆小茶柜挡住那木砖的……

刘再生有一笔钱。

他晓得刘再生不敢存信用社，也没有亲戚朋友家可以收藏，而这屋里又没有可以存钱的箱箱柜柜……那么，这笔钱藏在何处呢？

他运了一会神，斜眼瞄瞄灶门口的火苗子，便试着走近破大柜，喘着气将它挪开一点——他果然找到了那只空心木砖。所不同的是，自己从前在木砖上糊着一张文王八卦图，而眼前却糊着一张发黄的旧报纸。他默了一下神，便试着将报纸揭开一只角，把塞住空心木砖的活动挡板揭开，然后把手伸进去——

掏出的居然是几扎用塑料布包住的票子！他忍住心的剧跳，颤颤地解开其中的一扎，试着点了一下数，一千块。共是五扎，合起来五千块——这就是刘再生的全盘积攒。

他双手捧着票子，心中不由涌起一股难言的哀伤……

唉，再生哪，再生，蠢了呢。兔子不藏现窝窝——山间禽兽尚有这点灵性，你一个有眉有眼的六尺汉子，竟如何走了我金钓当年的老路呢？待不上三五日，你这再生屋被人抄了，这些钱不都进到税务所的铁斗柜里去了么？……票子哟！票子哟！你是祸，是祸哪！票子哟，票子，帮我金钧做个伴去吧……

他没有犹豫太久，便急速地把票子塞进裤腰，封上活动挡板，把破大柜依然挪拢去挡上。他正预备离去，复又立住脚板，朝那灶门口望了一眼。火烧得好旺，"哔哔剥剥"地炸开一些火星子。他抬眼望望屋顶，又细细审视了屋中的全盘家具一圈。他似乎有了某种谋算。于是，他用极短的功夫把这种谋算的利弊得失权衡了一番。于是，他勾下身子搂起一抱柴火，把灶门、柴湾，以及那只破大柜连接起来……

当这一切做熨帖之后，他慌乱得有点晕眩了。他望望窗外，不见半个人影子，也听不到隔壁有任何响动。接着，他便退出屋门，将大门锁上，猫腰钻进了自己的偏屋……

大约过了小半个时辰，就有一股浓黑的烟雾蹿上刘再生的屋顶，眨眨眼皮，血红的大火就把再生屋烧着了。

直到大火快要接近史奶奶的疆界时，屋后背的山坡上才响起金钧老伯老狼一般沙哑的呼喊声：

"救火呐！救火呐！再生屋起火呐！"

……

五

日头落山，刘再生从镇上打回转，脚板刚踏进禾坪，脑壳中骤然"嗡"的一声巨响，像被人着实敲了一榔头。"天呐！"他急惶惶地发一声喊，"咙"的一声瘫软在地上……

他的两间瓦屋已经烧得只剩下一堵"日"字形的秃墙；屋顶上的灰瓦已经被打火人刨得一干二净；烧得焦黑的檩子椽皮稀稀朗朗地架在秃墙上，像个丑死人的癞子脑壳；烧裂的门框窗棂和残凳断椅七歪八扭地戳在瓦砾堆中，余烟袅袅，宛如一只大香炉里插着些烟雾缭绕的香烛；那块曾经给他增添过无上荣耀的白漆招牌也烧掉了一只角，被人撂在阶基下边的臭水沟里；那只造孽的花脚母猪少了一条尾巴，伏在禾坪的木槿篱笆下哼哼唧唧，见了刘再生忙抬起长嘴筒子咬裤脚，似有千般苦楚要向主人倾诉……

"屋啊！我的再生屋啊！"

他喃喃地喊一声，从地上爬起，死命踢了花脚母猪一脚，亡命地钻进快要坍塌的门洞，踩着一路瓦砾木炭径直冲到摆下那只大柜的地方。可是，柜不见了，剩下一堆木炭！那只要命的空心木砖被烧了，墙上剩个黑咕隆咚的焦洞，俨然张着一只阔大的嘴巴！他顾不得洞口的烫手，忙把双臂捅进洞里去——掏出的却是一大把黑灰……

于是，五雷轰顶，地裂天倾！

刘再生眼前一黑，扑倒在地，嘴皮啃灰，闭过气去……

危急中便有乡邻们围上来，掐人中，灌茶水，喊亡魂，推推搡搡，吆五喝六，并发着各类感叹：

"造孽哟！造孽哟！"

"苦了大半世，才起水，受了罚，这阵又遭天火烧，天地菩萨没长眼睛啰！"

"好在人没烧着，猪没烧死，却是万幸。"

……

年轻后生不像老年人和妇女那么心慈，却对墙上的那个洞口提出质疑："日怪！金钓老伯的屋墙上造个洞做什么？"

"听我大伯说，这洞是藏钱的。金钓伯的三百块银洋，土改那年就是史奶奶从这洞里搜出来的。"

"史奶奶如何晓得？"

"听说她从前帮金钓伯打短工推磨子。哪个不清楚她蚊子分公母？不是马虎人呢。"

"恐怕再生伯学金钓伯的样也说不准。他就是掏了这洞才昏倒的。里边肯定藏有值钱货……"

"可能是票子。"

"偏偏又不存信用社。古板人。"

"存得么？住那头的逼起牯牛下崽呢。……"

刘再生刚才昏倒，原是因为一时焦急过度，急火攻心，失去了知觉，并没有断气。被人一推一搡，却又恢复了神志；迷迷蒙蒙中听到后生家的猜测，更觉火烧乌龟肚里痛。想起自己受罚之后，曾向满世界人哭过穷，喊过冤，且眼下那罚款尚未交分文，便哭着掩饰道：

"天哪，天哪！你是找着瞎子剥眼屎呢。这墙洞里放着我一件新棉袄、十五块现钱、五十斤粮票啊！"

人却又昏死过去……

六

雄鸡叫响头更，他才醒转来，发觉自己竟困在史奶奶堂屋里的竹床上，身上还捂着热乎乎的棉絮呢。定睛一看，椅子上还搁一双筷子，一芦花碗面条，只是那面已经凉了。

他斜眼望望里间厢房，史奶奶困在床上正打鼾，心头一热，随之又一酸，竟掉下一泡泪来。他用双脚在地上探到布鞋跋上，披上衣，磨磨蹭蹭地起了床，魂魄悠悠地出了屋门，踱到自家烂屋前，泥菩萨样立了个把时辰，之后便跟跟跄跄地朝禾坪右侧的溪边挨过去……

月亮像一只铜盆子，照得满世界粉粉亮。溪水曲曲拐拐，像条羊肠子扯向远处。山丘、村舍、竹林子像涂了一层薄薄的白霜。夜风一吹，水波荡动，像浮动着一片细碎的金银铜铁锡。

开春了，野花好香哩，阳雀子花好香哩，金银花、墨竹花、灯盏花好香哩。寸金草、车前草、三叶草、野蓼兰长起厚厚一层，像铺在岸边上的一幅大毯子……

这一切，他都不爱了。

溪水上游架一座青石小拱桥，密密匝匝的木瓜藤从桥洞边沿垂下来。月亮把拱桥的影子投射在他眼前的溪面上，像一扇大彩门。

他立在彩门下，抬眼望月亮，犀牛望月一样傻；勾下脑壳望溪水，天狗嗅花一般呆。天上的月亮停下来，他也停下来，立在彩门下像尊铜菩萨……

他想起了了却凡尘之后的快乐，他想起了阴间世界的舒坦……他没念过书，不晓得耶稣是哪个，想象中就没有伊甸园与方舟式的高雅境界；乡间的和尚道士曾经给他以指点：阴间有那地狱的森严，无常鬼的凶恶，还有奈何桥下的铜蛇铁犬、血盆河的乌风黑浪，还有金童玉女的姣好与和善……那些，都是真的么？……

脚板踩着了一团软乎乎的东西……像一只鞋帕。于是，他勾身从脚底抠起来，果然是一只烂胶鞋底。不过，他只把它拿到鼻子底下嗅了嗅，就将它撂在地上，放了生。

　　他万物都不爱。破烂也不爱了。破了一个洞的鞋尖离彩门口只有两尺远了。

　　凤尾竹上栖一只翠衣鸟，正可怜巴巴地望着自己。它的嘴巴好长好尖，有个钩子，像钩破烂的铁钩子。翠衣鸟怕莫是拾破烂人转的胎呢。可怜的人哟，你又少了个伴了……

　　破了一个洞的鞋尖触到彩门了。水湿了鞋面子，湿了脚趾头。好凉哩！他闭上眼皮，张开双手往前一扑——

　　"刘再生！"

　　——岸上响起史奶奶呼啦地一声响，接着是一串细碎的脚步声和喘气声。

　　"想死！好角哩！欠下政府一屁股情、一屁股债，想去图快活？死了不值一条狗！夜歌子都没得唱的！……"

　　史奶奶一迭声骂。

　　他一个冷战，立住脚板，车转身子，"咚"的一声跪倒在史奶奶的怀里，竟"呜哇"一声号啕……

　　清风镇三十里，哪个不晓得史奶奶的为人？扇头风蛇恶么？吐着信子追起人咬呢。她却敢于麻起胆，用那三寸金莲踩脑壳；一旦被踩得翻了白眼、仰了肚皮，倒又心痛得将它埋起。刘再生遭罚之后，望起人家倒了老板的威风，成了个人不像人鬼不像鬼的落汤鸡，她心里头好爽快哩；而刘再生的屋一烧，她的心却又成了个被火烤过的糯米粑粑，软塌塌的了。

　　原来，她晌午时分从农贸市场回屋时，正遇上乡邻们帮刘再生打火，二话没说，随手抓起一只水桶舍命爬上木梯子，朝那火势正旺的地方一顿乱泼，还主动充当起现场指挥的角色，立在屋脊上，指指点点，大声吆喝，让每一桶水和每一把粑子都发挥出最大效益。待到大火扑灭，她的头发被烧去了一大绺，身上崭新的丝棉裤也烧了几处洞。刘再生昏死之后，又是她指使人几次将他救醒来。夜深人静时，见刘再生没了窝，又让人把他弄到自家竹床上，下了一碗精白面，守候他两三个时辰。半夜醒来见刘再生走了人，心下一估摸，便风忙火急追到溪边上。见着了刘再生，自然就是一顿骂。

她想骂，她要骂。她有资格骂。在她看来。刘再生自寻短见算是鬼迷了心，只有痛痛快快骂一场，才能让他懂得寻死原是一条走不通的路呢……

不过，刘再生这一声号啕，她的骂也就随即改成了规劝，语气也就温柔得多了。

"莫哭了，莫哭了。又不是三岁小把戏！"她搂住刘再生的肩膀，颤颤地说，"钱是过圳水，去了有得来；屋是再生屋，牛种田马吃谷，原是金钓老鬼造的，你也没花一分钱。这么伤心？再说，刨烂了一些瓦，墙是现存的，修起来怕莫要三四百块钱。至于你屋里那几样家伙，值什么？拢共怕折了五六百块钱。值得赔你一条命么？你还是贫农呢。金钓是地主，今日整，明日斗，活到七老八十还不想死，巴不得脑壳上长角屁股下长尾巴呢……"

刘再生停止了号哭，抽咽着说："您就莫劝我了，让我死了吧。"

"阎王菩萨没勾簿，死也由不得你呀！"

刘再生又哭："史奶奶啊，我是个犯了律条的人哪。屋这一烧，那笔罚款就更还不起了哪！哎嘿嘿……呃！"

史奶奶低声问："说句实话来，你存了好多钱？"

"有……"他打了个顿，"有，八百多块呢……哎嘿嘿嘿……呃！"

"如今，钱放在何处？我问过信用社，问过县银行，可是没得你的户头啊？"

刘再生哭道："我把它藏在墙洞里……都一把火烧了啊……史奶奶，您莫帮我求情了。让我去坐牢吧。哎嘿嘿……呃！"

"坐牢？坐什么牢哟。"史奶奶叹口气，"你这样的人，倒又是杀无血，剐无皮，既可嫌，又可怜呢……"说着，竟也落下一泡泪来。一闪念，自知降了身份，复又提高嗓门，点起刘再生的错处来，"唉，再生哪，这几年，你有了几个钱，好瞧人不起哟。眼泡子鼓起比猪尿泡还大呢。连我那当专员的崽，都不在你眼角角里了。喇叭匣子把你一吹，戴了顶万元户的高帽子，你就挂出‘万事不求人’的招牌了。置台电视机，我要你置小的，你却要置大的。大的好些么？我崽的身个比你小，他当专员，你拾破烂……唉，帮我泼担粪，都洗去我大半块香肥皂——摆阔呢。送把你的旧套鞋，其实只破了蚕豆大两个洞，你都当废品卖了——欺人呢。那一回，我送把你的白面，你都忍心喂了母猪——充富呢。你还和金钓老鬼嚼蛆，说我那崽如何如何……损心呢。你呀，从前帮金钓打长工，就拾条死女人的花短裤当龙袍穿。即便后来成了贫农，不也是见着了我屋里鱼肉就流馋涎么？这两年，你又穿了什么绫罗绸缎？吃了什么龙肝凤胆？……

"回过头来说，我史奶奶哪一处亏了你？薄了你？就讲你开这背时的收购店，不也是我帮你办的执照，贷的款么？我虽然当个代税员，又几时卡了你，难为了你……

"你呀，吃了御米斋，忘了水豆腐；后脑壳上有反骨，像戏文里的魏延……真真是得志的猫公雄似虎呢。到头来，却也经不起一罚！……"

史奶奶语重心长一番训诫，刘再生如梦方醒，追悔莫及，喉咙颤颤地大叫一声："史奶奶，我刘再生不是人哪！"

"唉，也莫作践自己了。"史奶奶纠正道，"你呀，真叫人没得药治，偏偏又和我打邻居，沾着前世的缘分……"说着，眼泪也就没了遮拦，大把大把甩落在刘再生的背脊上。

刘再生虽然没有其他本事，却会哭。史奶奶提起"邻居"二字，他蓦然记起金钓老伯"哭秦庭"的叮嘱，也就配合史奶奶的呜咽大放悲声。一边哭，还一边念念有词：从身世的卑微哭到日子的艰难；从漏税的过失哭到眼前的悔恨；从天火的无情哭到晚境的凄凉。字字泣血，声声溅泪，层次分明，主题突出。自然，"华彩乐段"却是对史奶奶的歌功颂德……

至此，老人家的慈悲已经被全数调遣出来，于是，响响亮亮地许诺说："好了，好好，再哭，我都会让你哭死去。兔子护草，野鸡护林。时下，你屋里这条破船真的翻了，我还是不会望起不管的……好冷呢，回屋里困去吧。你的事，我还是有把握的。莫急，莫急，船到弯处自然直。等我的讯吧……清风镇团转三十里，我史奶奶说句话还是算得数的……"

刘再生虽然对史奶奶的意思不完全领会，倒也从她的口气中见着了一丝光亮之外，自然是感激万分。

"好人！好人哪！"他勾下脑壳磕头，却被史奶奶扶起。

七

翌日下午，从县城方向开过来一辆绿壳子的小汽车，车鼻子印着"北京"两个红字。车开到刘再生的禾坪里，"吱嘎"一声停下来。旋即下来一群人，大都肥肥胖胖的。小把戏们喜欢看热闹，立马围了上去。

刘再生正在烂屋堆前收拣家伙，见来人中有个穿制服的（实际上是消防服），以为自己偷税的事发了，上面派人拿他进牢门的呢，丢下耙子就往木槿花篱笆后边躲。恰逢金钓老伯提着小半桶水路过。老东西歇下水桶，指指那车子，对刘再生笑道："塞翁失马，安知非福？"

刘再生也不懂得老人家咬的什么古典文章，仍往篱笆下蹲。支书九癞子从电话里得信之后，匆匆赶过来迎候，恰好与刘再生相遇，骂道："蠢东西！躲什么？上边来了大干部，帮你救灾呢！快去筛茶！"

刘再生哪里肯信，仍站着不动身。九癞子推了他一掌，他才信了九癞子的话，匆忙火急地冲进史奶奶屋里，提来一只热水瓶，一叠茶盅，憨笑着上前打招呼。

不过，因为他脸上仍有两坨白眼屎，筛上的茶大家都不喝。他们简而言之地说了些安慰话之后，就一齐围住烂屋，指指点点，谈谈讲讲，察看得十分认真。有个上了年纪的人还不时在本子上写点什么。

刘再生抱着那只热水瓶，呆愣愣地立在一旁望着。

大约过了吃一盅热茶的辰光，他们达成一项决议之后，就一齐上车走了。

九癞子告诉刘再生：县民政局决定救济他一千块钱、两立方杉木、八百斤碎米；镇政府救济三千片红瓦、一千斤石灰、一套家具、一套铺盖；村委会负责组织劳力帮他修造烂屋，并承担工钱……

刘再生见九癞子说得真切，信了，感激得眼泪都出来了。自然，对九癞子的吊打之恨一笔勾销。

翌日早上，镇民政助理——一个胖胖的笑和尚开着汽车把救济的家伙送上门来。他告诉刘再生，经刘镇长提议，镇委会决定追加他三百块救济款。刘再生自然又哭，并强行感谢人家三盒纸烟。笑和尚接了，临走表态说。还有什么困难可以直接去找他。

笑和尚前脚走，县民政局的人又开车将那笔救灾款及杉木、碎米送上门来。

接下来三天，九癞子派来了砖匠、木匠、小工十多人，还开来一部手扶拖拉机。他们弄了三天，烂屋就起死回生还了原状，而且灰瓦变红瓦，木格子窗户变成玻璃窗，外观胜过史奶奶的屋。这些人纯粹是做义务工，没吃刘再生一餐饭，仅仅抽了他一条烟。

又过一天，村小学的细伢子排了长队，敲锣打鼓来到再生屋，送来了募捐的五十支铅笔、六十只橡皮头、一件蓝白色滑雪服，外加三十块现钱。钱分装在十只粉笔盒子里，都是一分两分的银毫子和皱巴巴的纸币。校长一五一十地办交接，足足点了大半个时辰的数。

刘再生捧着装钱的瓜瓢，听着银毫子落下去的"叮当"声，激动得翻肠搅肚，半天都作不得声。交接仪式结束，他跑进屋去端出一筛子米糖，硬要分把小家伙吃。那米糖上头落了薄薄一层灰，原是天火之后的幸存物。小东西们想吃，又觉得不卫生，都不肯伸手。有个穿开裆裤的小把戏指着刘再生的脸说："眼屎！眼屎！米糖不卫生！"

笑倒了一禾坪人。

这天夜里，乡邻们都过来贺新屋，还放了文武鞭。史奶奶暗地告诉刘再生，说罚款全免了，没得事了，原来定的"偷税抗税"改成了"因为不认得字，不熟悉业务，无意中遗漏了几笔小税款"的性质，并且把原定的"偷税二千九百元"缩减为"二百一十二元五角二分整"。

刘再生起初不大相信，以为史奶奶逗耍他呢。待到史奶奶掏出税务所的通知单时，他才晓得史奶奶讲的是真话。望起史奶奶微笑着的胖团脸，那副厚嘴皮子就一个劲地抖颤，双手搂定史奶奶的臂膀，腔子里一阵"咕咕哝哝"地响：

"史奶奶啊！要是没有您帮忙，这阵，我刘再生怕坐在牢里了呢！您的恩情，我今生今世是还不清了。来世我变牛变马，都要找到您门下出力的……"

史奶奶谦让说："都是政府好呢！再说，爷的牯牛崽有份。你是贫下中农，遭了灾，就有理由吃救济……只是，从今以后，你再莫做开店的梦了。二道贩子做不得的。政府的锅子大得很，还少了你这一口么？"说着，指指偏屋，"那边的不也是勒紧裤腰带子置田置地置屋么？到头来，还不成了你我的'胜利果实'？还是本分点好呢……"

刘再生连连称是。

刘再生因祸得福，这头份功劳是应当记在史奶奶名下的……

八

那日天才麻麻亮，老人家就去镇委大院，喊醒守电话总机的妹子，把长途电话摇到了专员的床边上，笑呵呵地说：

"腊狗么？日头都晒着屁股了呢，还在困懒觉？好福气哪！"

"无聊！"专员火气好大，"你是哪个？放肆！……哦！娘！您好早哟，有什么急事么？"

"阴沉木屋里遭天火烧了！"

"您是说失火？哪个阴沉木？"

"贵人多忘事呢。记不得了？那年六月间，你顽皮把屎屙在金钧的南瓜里，替你受罚的那个长工汉就是……"

"刘再生？"

"是呢，正是他。"

接下来，史奶奶原原本本地向崽说明了自己的意思。

"娘，我都清楚了。不过，您以后摇电话要注意影响。我都快五十了，大小是个专员呢。动不动就喊小名，几多不好？……"

"是的，是的，倒学得装大了。你就是做了皇帝，我也要喊你腊狗。给娘记住，刚才娘吩咐的事，你要快些办好！"
　　……
　　打完电话，史奶奶就去了镇税务所，恰逢所里召开税务工作会。她不怯场，不心虚，响响亮亮抛出了免除刘再生罚款的"提案"。
　　开会人都蛮吃惊。税政股长是个眯子，平日与史奶奶心存芥蒂，他讪讪地笑着问：
　　"史奶奶，三月的笋子六月的卦，中间也隔着了三个月。您老人家怎么两天前打的阴卦，才过三天，又换了阳卦呢？"
　　麻子所长也感到纳闷，正待接着眯子股长问问根由，史奶奶立即睃了他一眼。他原本同史奶奶关系极好，正有意无意地朝那位主管人事的副专员靠拢呢。加之请史奶奶出山当代税员时，他就亲口许诺过，凡事大小都得支持史奶奶，帮她树威信，因此，前几天史奶奶一汇报，他立即带领人马对刘再生来了个"下马威"。眼前见史奶奶改变了态度，虽然还未彻底弄清老人家的意思，立场上却跟着拐了急弯子。不过，他精明透顶，唯恐眯子股长说他原则性不强，便也只望起史奶奶笑，并引发她讲出道理来："史奶奶，您可是个优秀代税员呢。讲透彻些，让大家议议吧？"
　　史奶奶对麻子的意思心领神会，笑着说："大家都晓得的，我史老婆子当个代税员，从来就是一碗水端得溜平。收起税来，纵然是皇亲国戚都不认的。古话说，兔子不吃窝边草，我都吃了呢。刘再生是我的邻居，房下侄子。我首先就是拿他上砧板的。只是眼下他败落了，要罚，也又拿不出了……"
　　眯子股长针锋相对："您晓得他手里没钱了？刘再生那人面子上老实，内心里倒是装着鬼呢。"
　　"刘股长说得对。看人不能看外表。"
　　大部分人都附和眯子。
　　史奶奶扫了众人一眼，来了个攻心战术："人都要凭良心。昨夜里，刘再生无计没奈何，一脑壳扎到溪水里，不是救得早，这阵怕到阎王菩萨那里吃烧酒去了呢。大家要将心比心。刘再生手里有钱，会去寻死么？……"

麻子所长点点脑壳："这话，道理蛮充足的。这年月，收税的事要抓紧，但政策要把握好，死人的事要杜绝。"

"死也吓不倒哪个。谁叫他偷税的？对这号人，就不能心慈手软！"

几个年轻人态度颇为坚定。在他们看来，挖出一个漏税人，就是一份功劳。怎么能让到手的功劳化为徒劳呢？

史奶奶立马来了个忆苦思甜："后生家，你们是不懂得过去的苦楚哇……刘再生七代贫农，三代讨米，苦得很哟。再说，他人还本分，从来不偷不抢，不赌不嫖，本质却是极好的。我们是社会主义坐江山，不能不讲成分历史……"

"史奶奶政策水平很高。"麻子所长说。

仍有人唱反调："偷税犯法。法律面前，人人平等！"

"说得蛮好！"史奶奶笑笑，"要说法律，就兴一尺十寸。你们查他的账，嘴巴一张罚两千，不也是和汤带水的数字么？"

后生们一时无言以对。

麻子所长听了史奶奶的反诘，吃了一惊，他倒是有道理驳斥史奶奶的。枪打出头鸟，杀鸡把猴子看，这不都是你史奶奶提出的么？但是，他说出口的却是："好了，好了，从前的事就不追究哪个的责任了。大家都是一条心，为落实国家税收政策做工作呢。再说，百岁接生婆，也有抠破尿泡泡的时候，何况罚刘再生款并没有错。既然史奶奶讲到政策上头，大家就本着政策议议吧。"

史奶奶立即接上话："要说政策，我那崽是专门造政策的。这方面的事，我多少也晓得一点——不是兴'惩前比（毖）后，治病救命（人）'么？刘再生人还是要救的……"

有个后生子"扑哧"一笑："史奶奶，是治病救'人'呢！"

屋子里哄堂大笑。

史奶奶一本正经："是的，是的，救命救人，一个理。我才都和崽摇了电话。他就点了刘再生的事，说要'特别慎重'……"

抬出地区的菩萨，眯子股长就上了火。他堂客的叔舅公是地委书记，比史奶奶崽官大，颇有些有恃无恐："我看哪，出不起钱就送他劳教！都莫求情讨好，搞不正之风！"

麻子所长心头一动，唯恐被揪住小辫子，便笑着附和："刘股长说的也对。眼下正在整党，对照检查呢。刘股长是说在理上的……"

"在个屁理！"史奶奶口气蛮硬扎。她怕什么？地委书记已经拍拍满满六十岁，正在做工作养老去，不显圣了。他的崽正把椅子往前挪呢。

"刘股长，哪个做官的一篙子撑得上岸啰？……忘记了么？去年五月赵股长罚款逼税不凭良心，冤死了养兔子的刘老万，撤职开除回老屋扶犁把手去了。倘若刘再生一索子吊死在你屋门口，上边追查下来，你缩脑壳么？"

眯子股长想起前任的下场，不寒而栗，也就勾下脑壳，只管吧烟。上了年纪的也都摇起脑壳来。罚款，他们倒是喜欢。死人的责任却是不好担的呀。

麻子所长见史奶奶占了上风，顺水推舟说："是呀，是呀，还是慎重点好。大家仔细议议吧。都发发言，如今也讲究'宽松'呢。"

有个后生家不信邪，钻牛角尖道："捉鬼放鬼，作了决议的事又推翻。假如免了刘再生的罚款，一个骡子带坏一群马，哪个负责任？"

"这……"史奶奶一时答不上腔来。

麻子所长想起日后的工作，不免面露难色："倒也是呢。这件事……恐怕要先请示上边才能定盘子……"

至此，讨论陷入僵局……

就在这时候，史奶奶早晨布下的那条"热"线接通了。那位专员原是个孝子，高堂大人的口谕不敢违逆，上班时就摇了个电话给县长，政策性地指示关心一下清风镇刘再生屋里失火的事。对罚款一事他原本不清楚，当然只字未提。县长立刻电话通知民政局全力救灾，以实际行动保护个体户的利益，把党的温暖送到广大村民的心窝上。一方面电告镇委妥善安置受灾户，不能不关心人民群众的疾苦。刘镇长人极好，帮刘再生借贷款时，买过他三只壮鼓鼓的芦花鸡婆，刘再生只收了两块钱，因而对刘再生印象不错，加之刘再生早就为罚款一事找他喊过几回冤了，于是，执行县长指示时加了点"主观发挥"，便顺带摇了个电话给麻子所长，要他"特别注意政策"。

麻子所长与刘镇长沾亲，是他一手培养起来的。他脑壳极灵活，接过电话有了胆子，回到桌边就拍板表态，同意全盘免除刘再生罚款，并派史奶奶和两个办事稳重的税务干部，对刘再生的账目做了一番认真核实，打了些折扣……

于是，接下来就有了前面叙述过的头头们打马游街，踏勘烂屋，以及四面八方援救的细节……

九

夜里，刘再生困在救济的木床上，盖着救济的新棉被，望着再生屋上的红瓦片，心里好激动哟……

罚款免了，剐皮剥肉的日子一去不回了；一场天火虽然烧得苦，如今却是旧屋变新屋，不但自己没花钱，反倒落下了一百多块救济款，全套新家具……

这一切，真像做梦一般哩！

回想起自己当上店主之后，竟把政府那一头轻薄了：那满满一车破铜烂铁卖给了王铁匠，图他的好价钱，居然忘了上账本，确确实实"偷"了一笔税；二狗送来那车狗皮，收了货付了款，什么凭证没留下就让他走了人，虽然不是存心漏去这笔税，但日子一久长，不也就忘了么？这和偷税抗税有什么两样呢？平日里，小把戏偷来废铜烂铁换米糖，从来就没有秤斤两，胡乱敲块米糖就打发出了门，到底从中揩了油、沾了光呢……

思前想后，三省吾身。他开始感到对不住政府，对不住乡邻，对不住史奶奶，对不住刘镇长，对不住九癞子，尤其对不住那班细伢子——那一分两分的银毫子，像一只只大眼泡子朝他鼓起，使他困不安稳哟……

有时候，他也想起那只被烧的空心木砖来，心里头不免隐隐作痛。那些钱，都是他毫子换纸币，分票凑块票，块票凑十块，穿上身的剐下来，吃进嘴的吐出来，积积攒攒一世人才积下来的苦命钱哪……

天火哟！天火哟！你怎么忍心烧到我刘再生脑壳上来呢？金钓伯呀，金钓伯，你不是答应过帮我灶里添一把火的么？如何说话不作数了呢？……

唉，老了，老了，记性差了，动不得了。这也就不能怪你了。人人要过老人桥呢。怪只怪，我刘再生命里只有八合米，走遍天下不满升呀……

连日来，他的瞌睡困得不香甜。

这天夜间，正当他一千遍一万遍地想着这一大堆麻缠不清的往事时，大门忽然被人敲得"笃笃"响。他起身把门打开——

却是金钓老伯。

他鬼头鬼脑，像个阴魂，胳膊弯里夹着一个小小的黑布包袱，神色有点慌乱，像个被人追赶的贼牯子。进得门后，忙反手把大门闩上了。

"金钓老伯，这么晏来，有事么？这几天，我忙，就没顾得上您了。米，还有得煮么？"

刘再生一边筛茶，一边给老人端椅子。

金钓伯把那只黑布包袱放在床上，说："完璧归赵，物还原主。你点点数吧。"

刘再生一脸的狐疑："什么物还原主呀？您又不欠我什么？"

金钓老伯并不露底，指着那包袱说："这里面的东西，你好好藏起。就像茅台酒，埋在地底下过三十年。不说三十年，三五年之内是动不得的……

"从今以后，你要戒烟酒，吃粗粮，顶好是煮稀粥吃，莫放糖；也莫做新衣裳穿，讲不得阔气的；伤寒病痛，要打熬住，莫要一个屁不响就去看郎中；还有一条，隔壁的送家伙你吃，你还是要吃，臭的烂的馊的霉的莫嫌弃……这些，你都记住么？如若不听我的劝，取了的紧箍咒又会重新套上你脑壳，人家回头找你要罚款，西天佛祖显灵都救不得你的驾了……"

刘再生如堕五里雾中，心想，这不是要我出家，吃素当和尚么？……他一边咀嚼金钓老伯的叮嘱，走近床边，把那黑包袱缓缓地解开……骤然间，他脸上的皮肉全都扭扯到一处，咧开嘴巴，似笑非笑，似哭非哭，一直挨到堵在喉咙的一口气转过来，才连哭带笑地发一声喊："钱！我的钱哪！"

"细声点！又不是小把戏！"

金钓老伯摇手警告他。

刘再生镇静之后，声音颤颤地问："这钱，是您救火时抢出来的么？"

金钓老伯说："这，你就莫问了。我藏起它躲刀关呢。"

"那……您是如何晓得地方的？"

金钓老伯笑笑："你把它藏在我的屋墙里，我怎么会不晓得呢？忘了么？那年腊月二十七，你还在那地方偷过我三块银洋呢……"

"银洋？偷……"

刘再生浑身哆嗦了一下，就像背脊上被人着实抽了一鞭子，一下痛进五脏六腑中去了。他没有把金钓老伯送出门，就搂着那包袱颓然倒在床上……

十

那一年，他二十四岁，在金钓屋里打长工时，与镇子东头的寡妇秋莲相熟了，一来二去，两人都有了意思。他做梦都想把她娶过去做堂客。

秋莲是个苦命人，拖着一双细儿女过日月，穷得糠粑粑都不得下肚呢。他一年辛苦到头，一挨洗了牛脚放了工，金钓老伯给他的六担谷子、三丈土布，他大半都送她养了崽女；三餐饭常常躲到磨子屋里吃，暗地省下两碗用荷叶包了，托史奶奶夜里送过去……

那年腊月里，秋莲染上了伤寒症，病得半死不活，却没有钱请郎中。他好心痛咧，不晓得暗中抹过几多眼泪呢……

那天夜里，趁金钓吃寿酒去外边歇，他就把那红漆茶柜挪开，从那空心木砖里拿走了三块银洋……没承想金钓一逼，他就跪在地上悔了过，实指望求得金钓宽恕。金钓却把他拖到屋门外雪地里跪着，朝他的脊背上抽打了十三鞭，一鞭留下一条青红紫绿的蛇皮印。

回到屋里，金钓却又帮他伤处洗盐水，涂膏药，弄得他伤口上清亮亮、麻酥酥，一边涂，还一边起誓，说保证不把这事往外传，而打他却为的是让他图个男子汉的好名声，日后讨得起堂客……

四十年光阴一晃过。金钓老伯奉守这条誓言，终也没违拗。

苦楚么？仇恨么？恩德么？苦非苦，仇非仇，恩非恩。他反反复复想过了，似乎哪样都有点像，又似乎哪样都不像。只是风风雨雨四十载，他从来不偷不抢，不赌不嫖，规规矩矩出入街头巷尾、李下瓜田，人虽下贱，却还是抬得起脑壳，说得起人……

他，刘再生，自打七岁死了爹妈，就一担竹筐一把钩，弓腰屈背，成年累月狗一般在地上嗅，双手鸡爪一般在烂污中刨，拾起人家的解溲纸都要拿到鼻子底下嗅一嗅，一身骨肉都招蚊子呢……后来，时来运转住上土改分得的再生屋，堂堂皇皇开起收购店，乡邻们人人个个都敬重，三岁小把戏都爷爷伯伯喊起耳朵痛……

凭什么？仅仅是筛子里的米糖么？凭自己一根直肠通屁眼，凭自己手脚不净心干净哪……顺过来思，却又有一根绳子勒得颈根喘不转气，见着了金钓低下声，孝子一般侍候他三十多年。为什么？一半是怜悯；一半是贿赂。怕的是他把那桩丑事全抖落啊……

到头来，你金钓老伯原是一个立牌坊当婊子的角！

漏税么？原是漏了五百块，通过一番风风雨雨，他是觉悟了的，原是一桩损心败德的勾当哩！你金钓老伯却唱的是和声，这又为哪桩呢？唱了和声不打紧，竟又藏起这五扎票子，想让它躲过那张罚款单，让政府人蒙在鼓里头，花钱花米为我修烂屋，让那细人子打起锣鼓把东西送上门……原来你金钓老伯倒是在暗中撮合我做贼牯子哟！原来你是教我不偷私人偷公家哟！……

好你个金钓老鬼呢，你一根鞭子抽了我刘再生一世人哪……

"政府好！政府好！政府点点滴滴对得住我刘再生哪！歹毒哟，金钓！"

他想着想着就喊出了声，眼泪鼻涕糊满了瓦刀脸……

钱！钱！钱哟！我还得一口气把你藏五年。我刘再生今年拍拍满满七十一，还过五年脚板朝了天，还要这钱做什么？带到阴间做酒钱么？钱！钱！钱哟！偷来的锣鼓打不得，又还值什么？……

好悔哟！好悔哟……

他伸手扯亮电灯，把那五扎票子解开，一张一张地点了一遍，又重复点了二遍、三遍、五千块一文不差。他把票子摊开在米筛里，然后用手指摩挲票子，把筛子端到眼前闻一闻，有了点霉味，还带点烂污的气味。他又把筛子端进厨屋架在灶门口烘起来。他睁着眼泡子盯着筛子，不时摸摸筛子的底部，严密注意票子的温度。他就这样木然地坐在灶门湾里，像一尊虔诚的财神菩萨……

堂屋里"哐当"一声响。

他吃一惊，眉毛骤然立起，以为是什么人进了屋，忙把筛子端进里屋用棉被盖起。一想大门是闩着的，鬼都进不来，原是花脚母造孽呢。"瘟猪！"他悻悻地骂一声，把票子重新一扎一扎包好，垫到枕头下边，扯熄电灯，脱衣上床……

他翻了个身，使力伸伸腿，一身骨肉都是酥软的，气都不打喉咙里出了……

老了，老了啊！死齐脚杆子了呢！就是早天夜晚的客了啊……死了哪个为我做道场呢？哪个为我唱夜歌子呢？那班细人子帮我送花圈么？即便请得道士到，人家拿起如何唱呢？——唱再生公偷税款；二唱再生公私藏票子骗救济；三唱再生公哭穷装穷欺哄细人子？……

那样唱，死到阴曹不安魂……

世间的人哟，两腿匆匆走不休，面朝黄土背朝天，原都是为了钱哪！……可我刘再生遭了难，连拖鼻涕小把戏都一分两分凑了银毫子送上门，却又是图什么？……古怪！古怪呢！唉，自己想钱赚钱攒钱，操心劳碌一世人，老了才晓得活在世间要钱花；有了钱就应花出去；花在自身花在他人都是花；自己攒钱他人花，钱才花得有意思……刘再生仰起脑壳伸起腰，原也有腊狗一般高！人不求人一般大——又有什么错？……

想着想着，枕头下边熊熊升起一团火，一下把他那颗心烧得烫烫的了。瞌睡虫也不知不晓爬到了他的眼睛角……

十一

一觉醒来，却是春日临窗，燕子呢喃了。刘再生洗净脸，吃了三大碗饭，穿上学生伢子募捐的那件浅蓝色滑雪服，把三支水笔正正端端地挂在荷包口，挑上他的竹筐，笑模笑样地朝着镇委大院方向去了……

夜里七点钟，对门山上的那只电喇叭叫得比往日响亮。一个甜言蜜语的妹子一字一板地念了一则表扬稿，说的是"再生废品收购店"经理刘再生同志积极、主动补交税款的事，还讲了刘再生老伯伯如何如何关心四个现代化建设，关心祖国的少年一代的成长，胸怀全局，克己奉公，把四千块人民币捐赠给村小学集资办学的事……

妹子刚讲完，村小学的年轻校长白皮念了一封给刘再生的感谢信，信中把刘再生称誉为"中国新时期的武训"……白皮校长是个小后生，"文化大革命"之后生的，他大概不晓得武训曾经挨过批斗，是个和金钓老伯一样的摘帽地主，念着"武训"两个字时，嗓子还特别响，显得蛮有学问的样子……

再生屋正对着电喇叭，那声音刘再生困在床上听得最清楚。听着听着，眼睛便湿润了，竟至于泪如雨下……

哭什么？碰到鬼了么？他朝自己脸皮上搧了一巴掌。但他也说不清楚，反正他想哭。那么，既然想哭，眼泪也就由不得人做主了……

另外，他还有个疑问，不晓得武训究竟是什么人，有些什么动人事迹。想了好久，想了一夜，都没想出来……

翌日一早，他去问史奶奶。

老人家脸色不大好，见他朝自己屋门口走来，厌恶地皱了一下眉头，骂了声"闷老虎"！脸子一落，"啪嗒"一声把门关上，刚好卡住刘再生伸进门槛的一只脚。他死命推门，喊史奶奶开门让他把腿退出来。史奶奶反而用力压了一下门才把门打开一条缝。刘再生刚把脚抽出，她就把门关上了。

刘再生不清楚史奶奶为什么生他的气，以为是她身子不舒坦。于是，他便打算去问金钓老伯。

虽然有了反感，有了厌恶，但忠厚人是不肯贸然取消承诺的。他没忘记圈点米端过去。可是，等到他把偏屋的小木板门推开，却差点把腰子　心骇出来——

　　金钓老伯一根麻绳子吊在屋梁上。

原载《青春丛刊》

日曝

一

　　粮站晒谷坪上飘散着新谷的醇香，在清风镇大街小巷荡漾。上交公粮的季节到了，四乡八里的村民们抢住这晴朗，纷纷把该上交的粮食送往粮站，摊开在地坪上翻晒大约小半天光景，挨到日落之前，逐一过磅入库。

　　这阵是正午，天上悬着一轮白炽的日头，酷热，蝉蜩早已歇了歌喉躲在树荫里打盹。手扶拖拉机在晒谷坪上"突突"进退，黑烟滚滚。赤膊短裤的庄稼汉把一袋袋新谷从拖斗里掀下地，倾倒在地坪上。已经到了火候的，则用耙子收拢，灌进麻袋，一扭身甩上肩，扛上秤台。

　　送粮的农户太多，晒谷坪尽管扩大了不少，每户仍只能分配一小片地方。这样，地坪上的新谷便分割成数小块。当然麻烦也有，难免发生些边界纠纷。

　　粮站主任老徐咋咋呼呼，显得身价极高，尽管围墙上"严禁烟火"的标语赫然入目，仍有人讨好地往他手上塞纸烟。他接住，不抽，两边耳轮上各夹住三五根，走路"吧嗒吧嗒"往下跌。

　　天户在给自己的几个帮工分冰棍，整齐的白牙咬着两块正在淌着水汁的方块，笑出一脸的今非昔比。斜眼瞅瞅立在一旁的王老万，塞一块冰糕在他手上。

　　王老万笑着摆摆手："谢了，我胃不好，吃不得冷东西。"

　　天户仍往他手上塞："吃嘛。"

　　天户是清风镇的种粮大户，处处显示出一种出人头地的气概。

　　老徐有点不屑。

　　"王支书，您也来送粮么？"老徐权当没见着天户，冲王老万搭讪，"为什么不告个讯儿？我可以让粮站派车帮您拉嘛。"

　　天户说："人家这阵退休了，放马后炮有甚意思？落个空头人情呢。"

老徐被刺，方觉天户的存在："天户，你是出了名的种粮大户，红得发紫呢。得把谷子晒干些，带个好头。"

天户最恼人教训自己，对老徐又尤其厌恶，笑着说："这样弄也麻烦，站长大人何不上道奏折，建个议还是大呼噜好？大呼噜就免得人藏奸耍滑了。"

老徐自我解嘲地一笑："这奏折我迟早会上的。到时，就怕你提条破麻袋缠着我求爷爷告奶奶买碎米养婆娘哟。"

天户正待加大火力还击，王老万插上话："旧事莫提。如今政策好了，眼光就得看远些。扯那些陈芝麻烂谷子做什么？大呼噜日子不会再来了。"说着，抬眼望望天，叫声，"不好！"

众人齐齐地把脸壳戳向天上。

二

一团团乌黑的吊脚云罩过来。

汉子们不约而同地叫起来："要落雨啦！"

天户把半截冰棍一抛："娘的，这雨恐怕还不小呢。"

谷子是庄户人的命。便一齐拥入晒谷坪，抢起耙子把自家那方谷子拢成堆儿往麻袋里灌。晒谷坪上立时大乱，如一场短兵相接的肉搏战。

然而，尽管大伙行动是如此之快，雨水须臾间就发了恶。而且没有前奏，没有序曲，一开始便进入高潮，势如瓢泼。

老徐大叫："别拢啦！来不及收堆啦！快把油布拽过来盖上，快呀！"

这嚷叫十分奏效，汉子们立即蹿进仓库，将一床床阔大的油布毡子横拉竖拽弄进谷坪，顶着大雨，把遍地谷子捂个严实。

之后，大家一齐退到墙根下避雨。

水柱敲击在油布上，先是"咚咚"脆响，不久就发出"笃笃笃笃"的浊音。很快，就有水流从油布下涌出，汇合成股股激流，裹挟着黄澄澄的谷粒子漫向四方。

汉子们的心抽紧了。

三

雨过天晴，白日重悬天宇。

待人们小心翼翼揭开油布，地坪上那横横竖竖的"疆界"已经浑然不见，黄澄澄水漫漫一大片谷子搅成一堆儿，让人觉得它们在重温一个大呼噜的梦。

汉子们全都愣住，如乱爪挠心。

老徐的脸俨然成了一条苦瓜，望望一张张挂满震惊的脸壳，想想一场严重的争抢即刻就要爆发，情急智生，外强中干地叫一声：

"都不许进入禾坪！自有办法分清谁是谁的谷子。一个也不许乱动！"

喊毕，仍是没主意，便飞身窜入办公室，一个电话把镇长刘满生唤来了。

刘满生是王支书王老万的高徒，精心培植的接班人，极精瘦极温柔的一条汉子。他瞟瞟地坪，便知发生了多大的麻烦。

"都不要着急！"想一想，他对众人说，"先把谷子耙开翻晒。坏不了。日头猛着呢。刚才这场雨正好给它洗个澡。一会就有办法分清各家的数目……"

果然都没哄抢。大家涌入晒谷坪，一会儿就把谷子耙开荡平。倒也重温了一回大锅饭的痛快。

刘满生说："待谷子晒干后，先整个儿过秤入库。从现在起，大伙实事求是地给老徐报个数目。我充分相信大伙的正直，干了三十多年社会主义，都是政府信得过的村民。是多少报多少。就这样吧。"

老徐补充说："谁虚报一斤一两，镇委也能查出来。若是浑水摸鱼，少交多报，报请镇武装部和派出所，严惩不贷！"

接下来，老徐捧个簿子逐个询问，一个个都报了，老徐登记之前，总要来一番轰炸：

"不是实数吧？"

"我凭了良心。"

"要打折，七折。水谷子一晒，怎么还会是原先的斤两？"

"我的谷子原本就晒过一轮，再低也得九折。"

"不成，七折！"

老徐走到天户面前。天户胸肌发达，膀壮腰圆，正大大咧咧同人说话，全当没见着他。老徐用圆珠笔戳戳他的膀子："天户，问你呢。"

天户笑笑："瞧，多麻烦，还是赶快上奏折撤销联产承包责任制吧。"

老徐说："少放屁。天户，你报多少？"

天户斜眼瞅瞅老徐，压下火气说："你是站长，你想登多少就登多少吧。种田人喂惯了狗！"

"怎么，你敢骂国家？上交公粮是喂狗？"

"我骂那打着修粮站幌子搞摊派，落下油水为自个儿造楼房的狗！"

"这话什么意思？"

"哑巴吃汤丸心里有数！"

"没工夫跟你啰唆。多少？"

天户犹豫一下，说："打七折，我也还有七万三千斤干谷。"

"这么多？"

"不多算得上种粮大户吗？不多能省城开会戴红花吗？"

"你虚报了！"

"凭什么？"

"凭你在上交的菜油里掺生水！"

"我掺了你老娘胯里那一汪水！"

"你敢骂人？你这贼！"

"贼？我是贼！揍你！"天户双眼冒血，扬手要打，被王老万架住。

"天户，什么事发这么大脾气？还动粗。不像样子。"王老万批评道。

刘满生就过来，拍拍天户肩膀，把他拉得离老徐远一点，笑着说：

"不要发火嘛。都知道你贡献大。你怎么会在一点小数目上做手脚呢？不过，骂人可不对。打人，就更不对了。"

天户咬咬牙，说："打七折，我也短不了七万三。"

刘满生说："抹掉那个零头吧？"

"不行，已是七折了。"

"权当赈了灾？"

"打屁不响的事我不干。"

刘满生说："好吧，那就登上，七万三。"

老徐就登了个七万三。

天户转身正待离开粮站，不意刘满生追上他，找他讨了一支烟，点燃，吧了一口，笑着说："天户，我估摸着这样子弄不行。短不了有漏洞。湖大了，什么鱼没有？老徐会收不了场呢。"

天户笑笑："他能！"

"他能什么？上交国库的粮食，一斤一两都要入账上报的。"

"他可以割肉补疮。那年，他不是扣下我两百斤碎米指标，偷着给野老婆了？他还可以报损嘛。"

"如今上面抓得紧了，不允许有损，再说，铁桶似的仓库，蟑螂耗子都偷吃不了一粒谷子，损哪里去？"

"我就看他逞能！"

刘满生笑笑："天户，你是名人了，县政协委员呢，想想法子看，如何堵了虚报这漏洞？"

"还没统计完，怎么知道有虚报？"

刘满生狡黠地笑笑：

"你笑什么？"

"没笑呀。"

"笑了。"

"什么时候你见我笑了？"

"你报数之后。"

天户"扑哧"一笑。

刘满生也"扑哧"一笑。

四

日落时分谷子归堆进了仓，一统计，果然与众人上报的总数对不上茬，短了九千三百斤。

老徐立在库房门口，手上晃着那簿子，声嘶力竭地吼喊着：

"收据现在不能发。有人不老实，虚报了数目，这些人，刘镇长和我实际上已经掌握了。为了给个面子，暂不公开。等他自个儿找我把虚数拿捏回去。如果都不承认，只能统统打六五折了……"

众人便吵吵地闹。

"谁虚报，当众点名嘛！"

"该打的脱裤子，给什么面子！"

"痛脚不能连累好脚！"

"打六五折绝对不行，才入桶的毛谷也能晒出七成干谷！"

……

刘满生把老徐拉到一边，笑笑：

"数目不大。你当站长的就认了吧？报损嘛。"

"哎呀，我的镇长！"老徐苦着脸，"我又生不下谷子，如何贴得起呀？九千三哪！上头有政策，粮库的存粮早就没了报损一说，只能狠狠心打六五折了。"

刘满生说："打七折，已经够狠的了。摆这儿晒的毕竟不是刚扮下的毛谷吧，还能往下压吗？如此手辣，下年谁肯交粮？"

"那就报案。"

"报案？包公再世也白搭。据我所知，这些庄稼人还是正直的。可着胆儿虚报，恐也不至于。当然，略微泡松一点也不会绝对没有，还有，大水成河，随着水流冲走的也不少，但被你打了七折，也就折回来了。我在这儿当了六年镇长，人心也摸得差不多了。刚才，和王支书通通气，他也这么看。王老万在清风镇当了整整二十九年支书，谁的囤心有几个洞洞几道沟坎都摸得出的……"

"可短了九千多斤是事实呀！"

"这当然。"刘满生说，"先按七折开收据吧。都等候一整天了。得回去赶生活呢。双抢大忙，什么火候？"

老徐说："天呀，这个漏洞让它悬着？"

刘满生说："让天户认了吧。"

"天户？这人口松屁眼紧，只挣面子不顾里子，抠得很，专和我找茬。"

"你们俩面和心不和，要追缘由，互有亏欠。老徐，乱子到底出在你饭碗里——粮站，就算他做了手脚，也只能由你落下面子找他了。"

老徐无奈，答应去找天户，并把收据发下，把人遣散。

但天户没来领那纸条儿，有人告诉刘满生，他带上伙计上镇里吃酒去了。

五

一同邀去吃酒的还有王老万。

老家伙是被天户强行架去的。

王老万不从："肝病真的犯了。"

天户说："我当了您二十几年臣民，您从没吃过天户一口萝卜白菜。从前，您是支书，吃百姓怕沾上吃喝受贿的晦气。我不犯您这忌讳。如今，您退职为民，吃一餐便饭不会有人说长道短。"

王老万仍是双手抱拳拱手推辞。

天户就强拽："王支书，请您吃餐饭，我已思谋几十年了。在我家揭不开锅时，是您送来一袋碎米救下七条命。您这生不回吃我一餐饭，我死不瞑目！"

王老万只好跟着天户往酒楼上的雅座走。

正吃得热烈，刘满生和老徐来了。天户添了三个菜，拽住老徐和刘满生按进椅子。

刘满生只是慢慢喝酒。老徐自是吃得不痛快，一方面那亏空还悬着，二则天户才同他吵过，吃起来不是滋味。

天户原本有好多话要当王老万吐吐，碍于人多也便只是一个劲劝酒。王老万没吃惯不花钱的酒菜，君子风范仍然如故，加之肝部隐隐作痛，吃得十分斯文。

见大伙吃得拘谨，刘满生便放胆大吃大喝，愈吃愈觉得这桌酒菜意味深长，吃得不冤。

老徐迫不及待说明了来意。

天户一听就大声嚷嚷："我早就说过。打屁不响的捐献我不干。捐，也要捐得光明正大，一粒谷子十粒汗，一粒汗水摔八瓣。一万斤谷子撑不死人，一袋碎米却可以救下七条人命。我不能拿一万斤谷子不声不响填这笔亏空。徐大站长，你神通大，应该向上报案，挖出那个虚报数字的人严惩不贷嘛。为甚绕来绕去打我的主意呢？我这人，粮食是打下一点，可人奸呢。"

刘满生微微一笑。

老徐碍着刘满生的压力，仍然给天户戴高帽子。

天户又吼："你口头上给我灌米汤，骨子里却骂我是贼。这又何必呢？倒是自个儿打自个嘴巴呢！"

王老万见天户愈叫嗓门愈大，考虑到影响，轻轻拍拍天户的肩："犟牛，有理不在声高。请人喝杯酒，犯得着吵吵嚷嚷么？人家吃得下？"

天户见是王老万发话，立即挫下锐气，笑着给众人敬酒散烟。

刘满生觑觑王老万，瞟瞟天户，心上豁地一亮，悄声对老徐说："有了。"

老徐问：

"什么有了？"

刘满生和他咬了一阵耳朵。

老徐走到王老万面前，说：

"王支书，请把我给您的开的收据拿出来。"

王老万从兜里掏出那纸条。

老徐接过收据撕了。

王老万一愣："怎么回事呢？"

老徐板着脸说："您这两万斤数目有水分。实际上您只交了一万斤。有人揭发了。"

王老万笑笑："短命鬼，逗耍我？"

"不是逗耍。"老徐一本正经，"确实有人透了讯儿，说您虚报了数字。王支书，您当了这么久干部，觉悟原本应当比一般人高。怎么一卸职就变了。这样做，真叫人不可理解。"

王老万看出老徐不是开玩笑，就着急了："是谁透的信儿？能不能抵质？检举是需要证据的呀！"

老徐说："质，就不用抵了。您认了也就算了。何必把影响扩大，到底身份不同。"

王老万见老徐严肃，老脸壳红起来，一口气堵塞在喉咙口半晌才咽下去："老徐，你不该这样。我哪能这样做呢？千万不要轻信别人的谣言哪！"

天户再也按捺不住怒火，一把揪住老徐胸口，用一个指头戳住他鼻头说："你敢往王支书脸上泼粪，我敲掉你大牙！你徐家十八代祖宗的老脸加起来，也抵不上王支书屁股干净！有人为给野女人转国家粮，二更天往他窗户洞扔貂皮袄子，一件袄子值两三千，他都交公了。他会虚报数字？狗屁！"

老徐嘴仍硬："我是实事求是。"

"揍你！"天户扬起拳头要打，被王老万喝住。"不许胡来！我相信，事情总会调查清楚。不过，老徐，满生，你们可别轻易下结论，还是多弄几个回合再说吧。一时弄不清楚，还有县里、省里、中央嘛。"

刘满生说："听到检举，我也心里难过，宁可信其无，不愿信其有。但人家说得有鼻子有眼，不由得你不信了。直说了吧，有三个人作证。说您请了三个帮工，分三次送的粮，麻袋恰好也是十只，正好合上一万斤这个数。怎么会有两万斤呢？"

王老万说："不错，我是请了三个人，可他们三更上路，每人跑了六趟。怎么不是两万斤呢？"

"问题就在这'趟'数上。"刘满生笑笑，"三趟，六趟还不由人说吗？"

王老万一上火，腹部尤其疼痛。他强忍着说："满生，你是我抱大的，我让你在镇委当了五年文书，五年副镇长，你也是看着我老的。连你都说这种伤感情的话了？"

天户将桌上的杯碟碗盏"哗啦"一声掀在地上，抢起杠子要找老徐拼命。

刘满生严肃地说："我们找王支书谈话，与你何干？像个政协委员样子吗？你又不是王支书肚里的虫虫？闹什么闹？我们也没百分之百认定举报属实，只是处于调查研究阶段。"

天户叫喊道："我就要闹！你们抓王支书砍头，我替他伸脖子！"

王老五一只手揣着心窝，一只手朝天户挥挥："不关你的事，天户，你走吧。"

天户掏出一张百元面值的票子往桌上一拍，气势汹汹地冲下酒楼：

"狗眼看人低！"

刘满生也不示弱：

"天户你好汉，明天来趟镇政府！"

天户可足嗓门答：

"除非老徐用轿子抬我！"

六

王老万虚报上交粮的消息很快在镇上传开。尽管他涵养极好，遇事能够思前想后，但仍是承受不了这急火攻心。刘满生是否还有其他用心呢？……如果他还在台上，任人临时拽住演一番苦肉计，尚能承受，恰恰他现在一介小民了，他甚至怀疑刘满生和老徐真正把他误解了，不然，一连三天为何不见登门呢？

强撑三天，王老万病倒了。

一时间，好多人登门探望。

众人心里有把尺，不管王老万这一回是否马失前蹄，而他为官二十九年却是从没沾过公家荤腥的。单凭这一点，就算个不错的支书了。于是，各种瓜果点心，时鲜菜蔬，鸡蛋禽鱼堆满了王老万的床头。看他的人走了一泼，又来了一泼。

王老万不像往日那样严辞拒绝，而是默默地收下，礼品太多，堆满方桌，象征民意，很好看。王老万渴望刘满生和老徐来看看，让他们从这些礼品上悟出他原本与藏奸耍滑无缘。

天户是夜间来的，并开来一辆大卡车，坚决要送王老万去县城医院看病，医药费由他支付。他拍着胸脯说：

"王支书，你要跟他们斗。不然就背上恶名了。"

王老万问：

"你如何知道我受了冤呢？你怎么就知道我没虚报数字呢？"

天户说："凭您一辈子清正。"接着，他又细诉了王老万桩桩件件足以自证清白无辜的事例，也细诉了王老万对他一家的大恩大德。说着说着，还淌下热泪。

王老万感到十分安慰，说：

"那么，你揣摸又是谁弄虚作假了呢？你揣摸这人是谁？"

天户就有些讷讷的了。

王老万沉重地叹口气："这回，我是断然活不长了。死了，镇人也会把我当个邋遢鬼，死得不干净……这口气，我出不了啦。"

天户问："你到底什么病？"

"肾衰竭，尿毒症。检查过了。别说县医院，省医院都没治。"

天户骤地一颤，说："这口气，我为您出了。明天，我就去找刘镇长，超交公粮三万斤。那漏洞就填上了。"

"可这冤还是没洗清呀。"

天户一声不吭。

七

刘满生在田垄上遇见天户，笑着说："天户，如何说话不算数？为什么不来找我？"

天户说："老徐没抬轿子来。"

刘满生笑笑。

天户说："我超交公粮三万斤。"

"是吗?"刘满生说, "不过, 现在有政策, 一般不提倡超交公粮。你粮食收得多, 可以上自由市场变卖。个人所得, 政府不眼红。政策提倡一部分人先富起来。"

天户傲然一笑: "政府一会这么大方了? 既然这样, 为何把王支书冤成那副样子?"

"一码归一码。"刘满生说, "该上交的那份, 虚报却不行, 这也是政策。政府办事也得桥是桥, 路是路。上交公粮也不归老徐个人所有。他不是地主收租子……"

天户有点着急: "我超交三万, 还填不上那个小漏洞吗?"

刘满生将他一军: "依我看, 王老万与老徐关系不好, 你不知道, 老徐从前整过王老万的黑材料? 王老万兴许想逮个机会给老徐出难题呢。你凭什么说他冤呢? 如果你硬是认定王支书受了冤, 除非是你虚报了, 黄狗吃食, 黑狗遭殃。"

天户大叫: "你怀疑我吗? 你怀疑我虚报数字? 我敢超交三万斤, 能在这九千三上做手脚?"

刘满生说: "我不怀疑。但有他人怀疑。你和老徐是冤家对头, 如今你得志的猫儿雄似虎, 想找机会给他一个狗咬刺猬下不了嘴。他是粮站站长。他收上交粮, 出了乱子, 得负全责。"

天户说: "怀疑我, 权当放屁。给王支书栽赃, 你怎能附和? 王老万不懂得记人仇怨。他抱大了你, 你也和老徐一样说这种阴损话?"

刘满生说: "不管怎么样, 王老万的事还是要一追到底。至于你, 超交也行, 但打屁就响个透亮, 不能冲销那个漏洞。除非你承认虚报了——说开去, 并不是丑事, 谁都知道你是种粮大户, 你那样, 无非就是整一整老徐, 给他闹个恶作剧。"

"可我没有。"

"那王支书就遭殃了。"

天户说: "你们会逼死人的。"

刘满生说: "王支书性子柔, 当了二十九年支书, 吃了大半世亏, 倒也没冤死他。听说闹'文革'时, 镇中学红卫兵把他逮住, 牛棚关了十九天, 也没出问题。"

"这一回不同!"天户愈发着急,"你没去看王老万吧?他得的是尿毒症,晚期了。他活不长了!是你们冤死的!刘镇长,你良心上过得去?"

刘满生问:"你良心上过得去?"

刘满生额上大汗淋漓。

八

老徐、刘满生去了王老万家,刘满生掏钱买了许多礼品。

不过,刘满生自始至终没提虚报数字的事,一开始他的怀疑对象就锁定了天户,突然发觉天户与王老万非同寻常的关系,便别出心裁往王老万头上栽"赃",想以此胁迫天户主动认账——但他失算了,而王老万却气病了,且又是没治的恶症。问题就趋于复杂化了。

王老万急于见到刘满生。他虽然相信自己,并揣摸出刘满生可能在利用他与天户的关系,而天户矢口否认,他就有了蒙冤之虞。静观刘满生神态,心中便有说不出的恼怒。

"满生,我掐定你迟早会来。"王老万轻轻地说,"我还以为等不及你来了呢。"

刘满生说:"我怎么会不来呢。我是您抱大的,找天户说话,来得迟了。没想到您病得这样重……王支书,去医院吧。镇政府不惜一切代价,也要把您治好。不就换肾吗?省城不行,送北京大医院去!"

王老万说:"罢了,无论是个人,还是镇上,都没有必要花这笔冤枉钱。我清楚镇政府底子,全年总财政收入也不过十来万元,而换肾得花五十万,还不一定配得上。天户也要出钱送我上医院,我同样没答应。我最受不得冤……"

"天户来过?"

王老万瞅着刘满生的眼睛,喃喃地说:"他什么也没说,只嚷着送我去医院。既然我已宣判死刑,该说的,也不会说啦。我死得不是时候……"

"老支书,我该怎么办呢?"

"去找天户,找他。还有,老徐,你应该把轿子抬到他门上去……事情不是很明显了么，还用得着装聋卖哑？……"

刘满生说："已经找过他了。"

王老万颤声喊道："满生，老徐，算了。我的死，与你们无关。你们……也不用找天户了。别坏了他的名声……至于我，人死一抔土，生前的名声好坏无所谓了。"

老徐想想自己与王老万的关系，想想王老万的宽宏大量，也就顿悟了刘满生到底在走一步什么棋。他有些悲怆，上前拖住王老万的手，大声说：

"我去找天户！我这就去找他！我认定是他捣了鬼。我先把轿子抬到他门口，替他磕头喊爷爷，还不认账，就和他拼个白刀子进红刀子出……"

王老万已经昏晕过去。

刘满生朝老徐摆摆手，示意他不要乱说。

老徐一脸的困惑。

刘满生说："找天户有什么用？王支书说得对，人死了，天户不会再说什么。不然，他早就说了。活人比死人重要。都是我，害了王支书啊！我不该出那馊主意……"

九

剩下的日子，刘满生和老徐再没登王老万的门槛。

天户夜静无人时来过几次，给了王老万家属一些钱，在王老万床边立了一些时候，再也没说什么。

王老万没几日就去了。

追悼会空前的悲壮。灵堂搭在粮站晒谷坪上。前来吊唁的人不少。县里也来了不少人。刘满生主持追悼会，哭得死去活来。天户戴了孝，同他的三男二女跪在灵柩前。

刘满生噙着泪念悼词。他回避了王老万虚报上交粮这样一个几乎人人皆知人人想知的传言。他是这样巧妙措辞的：

"……王老万同志，身患绝症，还带着病体，冒了酷暑上交爱国粮……至于有关他的流言蜚语，终有一天会水落石出……"

提到这段话，天户就号啕大哭，用额头往王老万的棺材上撞，大声喊着："王支书，是您救了我一家七条命哪！……"除此以外，果真再没说其他什么。

老徐捏住天户一条膀子拽向一旁：

"哭什么哭？王老万救了你七条命，你就不能救他一条命？你想设计陷害我徐某人，到头害了自己的大恩人。还好意思鬼哭狼号！"

天户没与老徐逞强斗胜。

追悼会结束。刘满生向众人挥挥手，说："会议散了。都去赶活计吧。"

众人仍然不肯散去。大伙都觉得王老万冤了。

刘满生手指朝上戳戳："你们瞧瞧这天。"

大伙望望天——

白日高悬，炸开万丈光华。

原载《湖南文学》

痴虎

痴虎在玉泉中学念初三，担任班上的生活委员和劳动委员。桌椅板凳腿断了，他从家里带来锯子、锤子修修好。教室盖着土窑烧制的青瓦，年久失修，常漏雨，他搭梯子爬上屋顶堵漏，猫一样在屋脊上走动，弄得瓦片"吧嗒"往下掉。班主任黄玉娥老师为他捏一把汗："痴虎，快下来，掉下地就没命啦！"痴虎从瓦缝中涎着脸朝黄老师笑，露出两颗黄黄的大门牙："黄老师，没见我腰上拴根安全带吗？"黄老师仰面一瞅，果然有根粗草绳连在屋梁和痴虎的腰上，这才放了点心。痴虎还主动冲洗厕所，冲了男厕所冲女厕所。女生力气小，从半里地外的井里提桶水到厕所来，累得龇牙咧嘴直哼哼，痴虎担来几大桶水，立在女厕所门口叫："肃静！回避！"无人应声，将木桶的水兜底儿冲进去。由此，女生们也拥戴痴虎，班上评选三好学生、发展团员，没有一个不往上举胳膊的。

痴虎是玉泉学雷锋的一面红旗。

黄老师说，痴虎上小学时就喜欢学雷锋，比如有人拖板车上坡，他不声不响就从后面粘上了，憋口气使暗劲往上推，若是拖车人给他一句夸奖，他会一口气帮你推到坡顶，转而下坡了，他还马不停蹄使劲，让你连人带车翻倒在坡下。再比如替孤寡老人担水，若是受了一句夸奖，他会把清凌凌的井水一担接一担往你缸里倒，直到水从缸口漫出来，让你大水淹了龙王庙。

玉泉是个穷山窝，孩子们念到初中毕业，都巴望考上中专，早些谋只饭碗。报考中专是要分配指标的。这一期，指标下来了，玉泉仍是两个。

为这两个指标的分配，先是由班主任黄老师和科任老师商议，后由学校党支部复议，经过反复权衡研究，决定给赵行和向学文。

消息很快传出去。这一天，痴虎领着他爹来找黄老师，老人家恳求说："黄老师哎，让咱痴虎也报个中专吧？听说没他的份儿，他在家里急得直哭呢……"痴虎不满地扫了他爹一眼，没他份儿他的确着急，但不至于"急得直哭"的，没必要夸大事实嘛。"黄老师，"他说，"我想报考中专呢。我爹见我没份儿，真的急得哭……"黄老师细声软语说："我何尝不想多让几个人报考中专呢？只是名额太有限了。上面巴不得多培养些中专生，可指标分到县区，都不肯多要。愁的是中专毕业后没法分配工作。名额一少，录取线就高了。填个普高志愿吧，只要下功夫，将来考上大学还是有希望的……"痴虎爹揩揩眼睛，说："痴虎这次若是上不了中专，纵然考上了高中，也念不成了。人长树大小伙子，一日三餐九碗饭不说，一期还得近千块学杂费，外加这费那费的，实在负担不起哪！黄老师，您若是看得起咱痴虎，就给想想办法，弄个指标吧？如果这指标要花钱的话，我就拆半边屋卖了……"说着，朝儿子脑袋按了一下，"给黄老师磕个头！天地君亲师，老师是你的再生父母呢……"痴虎脸憋得血红，不大情愿下跪。他爹朝他膝后弯不轻不重踹一脚，痴虎就半倚半就跪下了。

黄老师赶紧把痴虎扶起来，望望痴虎爹，心中一软，犹豫了一会，说："我领你们去找找杨校长吧。"

杨乐高校长正和教导主任李小翠老师谈工作，见有人来找，忙起身相迎。痴虎爹抖抖嗦嗦地递上一根皱巴巴的纸烟，恳求说："杨校长啊，帮痴虎一把，给弄个指标吧？今世我们父子报不了您的大恩大德，来世变牛变马也要寻到您的门下拉犁的呀！"说着，自个儿"嗵"的一声跪了下去。

杨校长吓了一跳，忙把他拉起，扶在椅上坐了："老人家，千万别这样。这样不好。"

杨校长很喜欢痴虎。玉泉中学学雷锋全县有名，这与痴虎的贡献有着很大的关系，分配那两个中专报考指标时，他就提出过选择赵行和痴虎的看法，只因考虑到痴虎成绩稍次，录取的可能性低于赵行和向学文，才忍痛割爱舍弃了痴虎，见到眼前这状况，心里不是滋味，考虑了几分钟，悄声对黄老师说："据我所知，县教委尚有几个机动指标。我去想想办法，看能不能给玉泉增补个指标……"黄老师说：

"痴虎这孩子确实不错，表现好，成绩也不差，值得为他说说话，跑跑腿的。再说，玉泉若是考上三个中专生，你校长脸上也有光了，积点德吧……"

杨校长对痴虎爹说："您老人家先回吧。我和黄老师尽力去争取争取。万一实在没有指标了，还得请您体谅……"

黄老师把痴虎爹领出校长办公室，送他回去，走到无人处，悄声问："你家里养有乌鸡么？"痴虎爹问："派啥用场啊？""是这样……"黄老师说，"县教委孙副主任是专管招生的。听说他有胃病，正四处弄乌鸡治病呢。"痴虎爹眼睛一亮，说："我家没养乌鸡，可痴虎姑姑家养了两只。我立即去把它弄过来。只是，我不知道孙副主任住哪儿。"黄老师环顾一下左右，说："今晚八点整，我和杨校长去找孙副主任。你带上两只乌鸡在楼下等着。待我们出来，你再一人进去，别收钱。这样，兴许顺利一些。还有一点，这事儿，千万不能让孩子们知道……"

黄老师打转后，痴虎问他爹："什么白鸡乌鸡呀？谁要吃乌鸡？"

痴虎爹脸一板："不关你屁事！还不都是为你这个不争气的畜生。不好生读书，害得老师为你操碎了心……"

二

痴虎爹妈都是老实忠厚的作田人，常对痴虎说，农家孩子读到初中不容易，不能学坏，要学好，交友需胜己呢。痴虎就交了两个好朋友。一个是赵行，班上的状元。他高高的个头，举止大方潇洒，长长的头发严格地按左右各半的比例一分为二，中间留个"百慕大三角"，标准的小虎队发型。赵行智商高，学习用功，曾经摘取过全县中学生奥林匹克数学、外语竞赛两枚金牌，连主管教育的赵副专员都称他秀才。他的成绩始终占着班上头一名，并且与第二名一般要拉开三十分到四十分的档次，其他同学要想追上他或超过他，都是不切实际的幻想。赵行有点骄傲，原本不屑与痴虎交友的。那次去县城春游，风把他的头发吹得蓬起来，城里孩子嘲笑赵行是只"燃烧的火鸡"。赵行和他们打起来，被人按倒在地，身上挨了不少拳脚。痴虎奋不顾身扑上去解救，打败了城里孩子，脸上留下一朵酒杯大的"紫玫瑰"。赵行从此引痴虎为知己，常帮痴虎解难题，有次考试，还偷偷给他递了个小纸团。赵行对痴虎冲洗女厕所看不惯，嘲笑痴虎是喜欢吃胭脂的贾宝玉。痴虎没读过《红楼梦》，问吃胭脂啥意思。赵行说吃胭脂就是吃雌性粪便。痴虎就把赵行放倒在地，骑在他脖子上要他喊"爷爷"。过后，仍亲如哥俩。

痴虎交的第二个好朋友是向学文，班上的学习委员。学文瘦得像根罗汉竹，外号三寸丁骨树皮。学文爹妈都是盲人，姐姐被人贩子拐走，至今下落不明，家里吃了上顿没下顿。学文上初中，全靠瞎子爹替人算命弄几个钱。学文读书最用功，眼睛高度近视，戴副大圈套小圈的近视眼镜。同学们逗他玩时，偷偷把他的眼镜摘下，让他张开手到处乱摸，像盲人摸象。他的成绩是班上第二名，每次考试与痴虎又拉开十来分档次。进入初三，学文患上了严重的神经衰弱，吃不香，睡不甜，每晚只能打两三个小时盹儿。爹妈请巫师为他驱过邪，还跪在观音娘娘膝下许过愿："娘娘啊，只求保佑我儿学文平平安安考学，取个中专学堂，我们化缘给您老人家砌个新庙堂……"尽管这样，学文仍然睡不好，而且日渐消瘦。他爹又请人写了些红纸条贴在人多的地方：天皇皇，地皇皇，我家有个醒儿郎，过路君子念一遍，保佑醒儿郎一觉睡到大天光。黄老师说这是迷信，不管用的。她宽慰学文说："你一直是班上的榜眼，只要再不往后落，考中专还是蛮有希望的。你要开朗一点，不要自己替自己制造压力。要自信。你不是夺得过全县中学生奥林匹克化学竞赛季军么？赵副专员亲自给你颁过奖呢。几次全县中学生作文比赛，你也夺得过头二名，才十五岁就在省级刊物上发表过作品了！读书固然要刻苦，但也不能废了身子呀，无论如何都要保证五小时以上睡眠才行……"黄老师征求全班同学意识，动用二十元班费给向学文买了两盒太阳神补补，问大家同意不同意。同学们都同意。黄老师就给向学文送去两盒太阳神。

痴虎和他交朋友，一是因为学文成绩比自己好，更重要一点是因了一件往事。念小学六年级时，他们是同桌。学文是班上第一名，痴虎始终屈居第二。痴虎不服气，怀疑老师对学文有偏爱。一次段考后，痴虎又比他少了一分，仍是第二名。痴虎就对学文说："把你的试卷给我看看吧？我想对照你的标准答案找找自己的薄弱环节呢。"学文就把考卷给了他。痴虎没有找自己的薄弱环节，而是鸡蛋里头挑骨头，使劲寻找老师扣分时可能的疏漏之处，果然就找到了应扣未扣的 1.5 分。他当即拿着那份试卷偷偷去找老师，把那 1.5 分给扣了。由此，第二名与第一名交换了位置。痴虎首次战胜学文，原本十分高兴的，但事后，总觉得对不起学文，疙疙瘩瘩几个星期之后，就向学文道了歉："学文我……不该给你的试卷挑刺儿……你能原谅我吗？"学文坦然一笑："这没什么。老师判分愈严，愈是对学生有好处呢。"痴虎深受感动，觉得学文的形象太高大了，真是"需仰视才见"呢。从此，他对学文十分钦佩。

三

　　放学路上，三位秀才勾肩搭背结伴而行。夜已深了，山坳里亮着星星点点灯火，萤火虫在漆黑的夜空中忽明忽灭，闪闪烁烁。刚爬到一面山坡的半腰，学文就累得吁吁直喘粗气："歇、歇歇吧？我上不了这、这坡了……"赵行抬眼望望天：星星疏朗，还没有开始眨巴眼睛。"星星还没疲劳呢，你就开始犯困了。"他对学文的提议有点举棋不定，因为他急于回家做作业。痴虎说："状元，你先走一步吧。我等等学文。"赵行有点歉疚地迈步走了。学文仰躺在草坡上，四肢张开成个"大"字。空气中浮动着股股热浪，稻草和泥土的气息浓烈，蛐蛐和蚊蚋开始低吟浅唱。他觉得这样躺着简直是一种近乎奢侈的享受。痴虎和他躺在一起，无意中触摸到他的手，感到很凉，说："你的手冷得像条蛇。学文，你爹说你晚上只睡两三个小时觉，会废了身子的。别的不说，下周就要考体育了。体育成绩占总分三十分。你这样下去，怎么达标呀？退一万步，纵然剩余的七科打满分，丢了体育三十分，也可惜了……"学文感到一阵惶恐："我害怕。长跑、短跑、跳高、跳远、掷铁饼、扔铅球，我从没及过格。怎么得了呀？"痴虎想了想，安慰他说："也许黄老师会想到这一点呢。黄老师太好了。像我这次考中专，就是她和杨校长想的办法。我总觉得，凡是学生该想到的，她都想在前面了；学生没有想到的呢？她也想到了。学文，别急，你会过关的。起来，我背你过这山坡吧。"说着，勾住学文的手将他拉起，背上，一步一步往山顶上爬。两只沉甸甸的书包从痴虎的胸口垂下来，一晃悠一晃悠的。学文细声说："痴虎，我一直瞒着黄老师和我爹妈，但我不能瞒着你了。这两个月，我的右肋骨下隐隐作痛，还常常恶心，小便黄得像啤酒……我总感到自己有了一种厉害的病……"痴虎说："那就看医生嘛 。""看医生，一是没钱，二是怕耽误复习。你想，就要中考了，我怎么能去医院呢。学校好不容易才分我一个报考指标呢。听说有些没分到指标的同学的家长，都吵到乡政府去了。我想挨过中考去看医生。痴虎，这事，你要替我保密哟。"痴虎说："我起誓，保证不告诉别人。"到了山顶，人与天贴得近了，星星也密集得多，银河像一道发亮的大拱桥扣在头顶。二人坐在山顶上歇息，木呆呆地望着天宇。一颗陨落的小星星在天幕急速地划出一道抛物线……

学文忽然有点感伤，说："痴虎，我有一种感觉……"

"啥感觉呢？"

"我总觉得自己活不长了……我甚至还这样想，如果真是这样，还不如把中考的报考指标让给秦玉洁呢。秦玉洁也想考中专，可学校没给他指标。玉洁见了我，爱理不理的……"

痴虎笑笑："你主要是劳累，一天二十四小时基本上没喘过气来。人一累，就好像自己马上会死去。其实，你根本没有大病……"

二人挽着往坡下走。痴虎觉得学文太悲观，有心逗他一乐，装出一副神秘兮兮的样子，说："学文，三天前那个扑朔迷离的傍晚，我在杨校长办公室窗下发现了一个斯芬克斯之谜……"

"嗬！哪来这么多谜呀？"学文有气无力地问。

"黄老师领我去见杨校长，我走在前面。往窗里一瞅，只见杨校长和李老师坐在沙发上抱着亲嘴儿，一个是眉目传情，一个是杏眼含羞。哪里是谈工作？分明是谈情说爱嘛……"

"瞎说！"

"没瞎说，"痴虎嘿嘿一笑，"我都亲眼见着了。他们一见窗外有人，赶紧分开了。"

"这不可能。"学文批评道，"痴虎，中学生说这些下流话不合适。不许你以后再这样了。毛主席青年时代上学时就要求自己和同寝室人很严格，订了个'三不准'，其中有一条是'不准谈女人'……"

痴虎说："学文，我向你保证，以后，我不再说这些了。全当没见着。"

"这就好。"学文说，"今天晚上，你来我家，我们一道复习几何吧？余老师拿来的几道怪题还真有点难。不知你感觉如何。"痴虎说："十道题，我只会解五道，听黄老师说，这是从县三中用钱买来的中考模拟试题，是一位退休老师出的。县三中最会猜题了，年年中考都猜了个八九不离十呢。"

四

三更天，痴虎爹摸黑进了菜园子，摘下满满一担新鲜蔬菜，空心菜、豆角、丝瓜、苦瓜什么的。痴虎说："爹，这么早，你去镇上卖菜么？我送你一截路吧？"痴虎爹说："这担菜，你给你们老师送去。上回去学校，才知道你们老师也很苦。每月才那么一点工资，都拖下三四个月没发了。他们种的菜都黄皮寡瘦的。看他们碗里吃的，比作田人好不到哪里去。我们也得识好歹呢。没别的好东西谢老师，就送点菜去。"痴虎甚觉为难，说："爹，这个任务我完不成。主要是害怕同学说我拍老师马屁。""屁话！"痴虎爹脸一板，"老师是再生父母，无职无权，就一门心思为学生好，位置是要上中堂的。拍什么马屁？拍官人马屁，丑。爹也不让你干这卖祖宗的丑事。谢老师，不丑。人家为你弄指标，半夜三更跑县里去，求爷爷拜奶奶，图个什么？去！担去！把它分成十份，每个老师一份，趁天没亮放在各家门口，他们一开门就发现了。你也用不着告诉他们菜是谁送的，通共就这芝麻大的人情。还有，要是他们给你钱，你无论如何都不能收。"痴虎还想推辞，见爹的脸色很难看，怕挨揍，就担起蔬菜，悄悄上了路。

为了赶天黑，他是一阵风跑到学校的，路过教学楼时，顺带瞄了一眼本班教室，发现里面亮着一支蜡烛，估摸一下位置，就知是学文早已到校了。他赶紧去了宿舍区，上了楼，也不管分得匀不匀，每人门口扒下一小堆，就挑上空筐飞也似的往回跑。第二次出门时，恰好碰上赵行上学，时间大约是凌晨四点。赵行问："要不要叫学文呀？"痴虎说："叫他一声吧。"赵行便轻轻敲学文的窗子："榜眼，榜眼，该上学了，天快亮啦！"学文爹在屋里回话说："学文早就走了呢。"二人这才加快步子往学校赶。

进校门时，赵行轻声说："哎，探花，学文考体育明摆着不及格，你替他代考行不行？"

"代考？"痴虎一惊，"怎么代考？这不是舞弊吗？"

"别嚷嚷好不好？"赵行说，"现在不是什么舞弊不舞弊的问题，而是你肯不肯替朋友帮忙的问题。主考体育的人是县教委的，他们根本认不出张三李四王五赵六。待到主考官叫向学文名字，你就上。你身体棒，准能考个满分……"

"天呀，这行吗？"

"少见多怪。其他学校都这样。龙泉中学昨天考过了，他们不但让体育尖子替体质差的学生代考，还把主考灌醉后，偷出记分簿，把低分改成了高分呢。"

痴虎说："我怕黄老师发现，在我的毕业鉴定中加一条'不诚实'。"

赵行粲然一笑："这些，你都不用担心。毕业班考体育，黄老师委托我带班，杨校长和其他老师都不到场。"

痴虎犹豫了半晌，挠着后脑勺说："代考，我倒是愿意。可是，我自己也得考呀。我总不能一张面孔考两次吧？他们把我认出来，当场取消我的考试资格怎么办？"

"对应策略，我早合计好了。"赵行说，"我让弟弟小牛代你考。他是初二的体育尖子，玉泉中学两届运动会的全能冠军。主考人念到你的名字时，小牛就上。他还考不过你吗？"

"这倒行，"痴虎嘿嘿一笑，"只是我总担心黄老师和杨校长……"

"傻蛋！"赵行笑着说，"他们俩不是在班上反复强调过了么？——'同学们注意啦，体育成绩是要纳入中考总分的。什么林黛玉呀，三寸丁骨树皮呀，小瘪三呀，罗汉竹呀……千万要好好把握自己。没把握的，主动找赵行同学想想办法……'这'把握'二字意味着什么，你难道听不出来么？……"

痴虎一拍大腿："着！我就当一回榜眼。但你这还属多此一举，干脆让小牛替学文代考不就得啦？"

赵行说："我自有安排，咱仁不是'刘关张'吗？这是对你义气的考验。"

"那行啊！"痴虎在赵行肩上擂了一拳。

"痴虎，中考后要体检，你索性还帮学文一把？"

痴虎笑笑："两肋插刀！"

五

东方微明，山野泛起一层黛青。因为停电初三教室已经亮起一片烛光。同学们正在晨读英语，真是人声鼎沸。黄老师穿条大摆裙，反剪双手，在走廊上来回踱着步子。她双眼浮肿，眼晕青紫，眼珠上爬满血丝，一脸的肃杀。室内读书声稍有低落，她轻咳一声，立即掀起一个高潮。她已经四十九岁了，当了近三十年毕业班班主任。她实在太累，自进入初三下学期，从没休过一个礼拜天与节假日。她甚至连什么叫大礼拜、小礼拜都弄不清。黄老师一直不愿当班主任，每年把毕业生送出校门，就找校长溜一回套。她一抱怨，杨校长就笑着说，"你是全县出了名的优秀班主任，玉泉的台柱子呢。你不作奉献，谁作奉献呢？"黄老师经不住表扬，说声"你真是要了我这条命呀"仍然当班主任。黄老师不重视科学教学方法，注重学生苦读，教师勤教。她认定，教学和读书都没有捷径可走。她特别喜欢补课。

八小时之外补课，得给老师酌量付点酬劳。自然，羊毛出在羊身上。学生收费多了，意见就反映到上面去了。下来一拨人调查，不许"乱收费"。黄老师开家长会，说："今天召集大伙来这儿，主要是征求意见。学生基础差，教学没仪器，师资配额不到位，教师工资不到位，大家心里有谱。我们也不是铁打的身子，谁都想节假日喘口气，巴不得不补课呢。可到时没考上几个中专生，大伙可不能责怪我们。还有，我们不补，人家补，上面不让补，下面偷偷补。我们补一节课，发两元钱，买不上两斤豆角。如果大家认为这也是'乱收费'，我们就不补了……"

家长们着急了，交头接耳半晌，表态说，课一定得补，合理收费不属'乱收费'，只要娃娃们考个好成绩，剐皮剥肉也心甘情愿。黄老师说："既然这样，我们还是补课吧……"

杨校长佩服黄老师会做思想工作，凡黄老师说的，都言听计从。

"哎，黄老师早。"杨校长冲黄老师点点头，"明天考体育，准备工作做落脚了么？"黄老师笑笑："落脚了。让赵行带班。向学文的考试摆在下午头节课。中午，你可要把酒陪好呀！"杨校长说："放心，这些我都安排好了。今年中考，玉泉的奋斗目标是保一求二争三。这就是说，无论如何要保证有一名学生考上中专，不削光头；但求两名学生考上；力争三名学生报名三名录取。刘乡长昨天开会发了话，今年玉泉如果不削光头，保证教师工资年底全部兑现；考上两名，每个教师发年终奖三百元；录取三名以上，教师按新套改的工资标准下发。"

黄老师说："保一有把握，求二碰运气，争三可能有困难，主要是痴虎这孩子把握不大。前年中考最低录取线 680，去年是 710，按照逐年递增 20 分的趋势，今年有可能超过 730。昨天模拟考试，赵行考了 745，向学文 725，痴虎是 716。向学文如果临场发挥得好，中途不犯病，说不准就过了这坎儿。痴虎就差得远了点。向学文，我昨天傍晚找他谈了话，他今天早晨四点就到了校，已经是超负荷了。痴虎呢，五点钟到的，还是老样子，不冷不热，像杯温吞水……"

杨校长说："再去家访一次吧，让他爹再加道箍。至于向学文，这孩子脸色不大对劲，兴许是带病上学吧？"黄老师说："我早觉察到了，让他去看医生，他死活不肯。他怕耽搁一分一秒的学习时间……"

杨校长说："黄老师，你辛苦了。这次，县教委分给玉泉一名地级优秀教师指标，我已经把你报上去了。"

黄老师心上一喜，却又装出无可奈何的样子，笑着说："杨校长，别开玩笑，你还让我活几年好不好？"

六

痴虎正在做习题，黄老师用教鞭轻轻碰碰他的胳膊肘，把他叫到门外走廊上。

痴虎估计送菜的事露了马脚，有点着急，嘿嘿一笑："黄老师，有事吗？"

"那些蔬菜是你送的吧？"

"蔬菜？什么蔬菜呀？"痴虎装聋卖哑，"我没送什么蔬菜呀。"

黄老师盯住痴虎的手，略微大了点嗓门："你还不承认？看看你的手指，这绿生生的不是菜汁是什么？"

痴虎看看双手，果然沾满绿汁，自知抵赖不过，面孔变得血红："黄老师……是爹逼我送的。他说谢老师不是拍马屁，老师不是官，老师无职无权，就一门心思教娃娃。老师是再生父母，学生谢老师，天地良心，不是丑事……"

黄老师心头一热，胸中涌起一股美好的情愫。社会上送礼成风，行贿索贿的事屡见不鲜，而精心育人的老师，却无人问津。痴虎爹能想到老师身上，足见老师还是受人尊重的。一担蔬菜虽然价值不大，但是人与人心灵的沟通，是心的馈赠，是一种纯洁无瑕的情感表露……望望痴虎脸上的尴尬，后悔自己态度过于粗暴了。她柔声说："痴虎，以后不兴这样。其实，我并不是责怪你。尊重老师，固然可贵，但有一份心，也就够了。特别是你们年轻学生，好比刚出水的荷花令箭，清清白白，一尘不染。不能养成遇事送礼的庸俗习惯。要学会正直，学会无私。你这次模拟考试不理想，离假定的中考录取线还差 15 分。你要想办法，把成绩再提上去十来分。还有两周时间，你要拼一拼。像向学文，他就比你能吃苦……"

"学文他……"

"他怎么啦？"

痴虎嘿嘿一笑："我是说学文能吃苦，我也要吃苦。"

"这当然好，"黄老师说，"你是得向他学习。从现在起，要抓住一分一秒的时间攻难题。还有，明天的体育考试，你一定要把握好……"

提到"把握"二字，痴虎记起赵行安排的代考，想和黄老师对实一下，犹豫了一会，说："赵行让我……"

"不用多说什么了。"黄老师打断他的话，"这几天，我和杨校长特别忙，考体育，委托赵行带班。他是学生会主席，又是你们的班长。他叫你怎么做，就怎么做吧。还有，你刚才对我撒了谎，学文有病，你和他都在瞒我。其实，我早就知道了。过一两天，杨校长会带他去看医生。"说着，从口袋里掏出一叠纸币，交给痴虎，"这是五十元菜钱，大伙交的。你拿回去如数交给你爹。你们农家人种菜太辛苦，就指望着这点收入。老师不能白吃白拿……"

痴虎缩回手："这钱，我不能收。收了，爹会打断我的腿……"

"不会。我写个条，你一齐交你爹。"

"他不识字，写条是白搭。"

"你爹不识字，你不能念给他听？"

"他是个牛板筋。"

黄老师板起了脸："你收不收？作为一名团员，县级三好学生，带头搞不正之风，不学好样，你还图不图个好鉴定？"

痴虎苦着脸，伸手把钱接了。

七

同学们蹲在食堂门口吃午饭。饭是从家里带来的，有的装在钵子里，有的盛在把缸里，只有几名家境稍好一点的用的铝制饭盒。菜很简单，大都是饭上压几片酸萝卜，或几只腌辣椒。学文刚吃几口，就"哇"地吐了，勾着腰坐在地上，脸色苍白直冒虚汗。痴虎问："你怎么啦？你的气色很难看。"学文用手指抠着右上腹，说："这儿疼，像锥子锥，老恶心……"痴虎不由分说，将他背起就往乡卫生院跑。刚拐过一个山嘴，后边追来一辆自行车，是杨校长和李小翠老师。他们把向学文扶上车座，由杨校长推着，痴虎和李老师各搀一边，急急地往前赶。

乡卫生院已经承包到人了。因为是急诊，挂号要交十元钱。杨校长掏钱垫上了。医生给学文号了脉，看了舌头，用手一次接一次按压学文的腹部，问他："痛不痛？"学文咬紧牙关，说："不痛，只一点点痛。"医生要给他量体温，学文说："不，不用量了，我不发烧的。"医生一边开药方，一边说："不要紧，中暑了，打一针，吃点药就没事了。"杨校长说："这孩子一向就瘦，皮肤好黄的，我就担心他有什么大病呢。"医生说："你们教书的，应当相信科学嘛。他没有大病指征，既不发烧，又没哪处地方痛，问他小便怎么样，他也说不黄。明明没什么大问题嘛。"杨校长拿着方子去抓药。两包仁丹，一支藿香正气水，打一针阿托品，一共要交五十元。杨校长身上没钱了。李小翠老师从身上掏了半天，掏出了十元。杨校长反复看着那点药，嘀咕道："划错价了吧？好贵呀，这点药值五十元么？"医生说："如今什么不贵？米价昨天九毛，今天就一块三了。你们教书的，学费也不收得挺高么？"痴虎爽快地掏出身上的五十元，交给了医生。

打转时，向学文仍在淌虚汗。杨校长不放心，说："学文，你刚才没当医生说实话吧？你明明肚子痛，却说没哪儿痛。今天下午，我们索性送你去县医院看看吧？我那儿有个熟人。"

学文说："不了，我真的没什么大病。刚才打了针，好多了……痴虎，杨校长，李老师，你们刚才给我垫了医药费，过几天，我一定让我爹设法还给你们。我真感谢你们……"

痴虎说："我这五十元，不用你还。这是我姑姑给的零花钱。"

李老师说："我这十元，也不要你还。"

八

填写志愿书之前，进行了一次摸底考试。赵行得了满分，向学文刚好与假设的中考最低录取线挨着，痴虎比学文少十分。黄老师十分焦急，用指头戳着痴虎的脑门说："痴虎哎，你就为什么不能再加把劲，追上学文呢？要你追上赵行，要求过高，但追上学文，不算苛刻吧？真正的中考试题可能还要难呢。比方，秦玉洁。一直是班上第十名，这次这追到了第四名，比你只差五分了。他爹已经三次找我要求中专报考指标呢。"痴虎也挺着急："黄老师，这个把月，我每晚睡觉都没超过五小时，人一打盹，就用酸枣刺刺胳膊……""可是，你并没有掉肉。你要像学文，要不怕掉肉呀！"痴虎把两只袖子捋齐肩头，露出两条光膀子："黄老师，您看看……"黄老师看看痴虎的膀子肿得又粗又壮，红通通的如两条火腿，上面沾满密密麻麻的刺眼，有好几处地方已经溃烂化脓，有些地方正淌着血汁，心里一酸，竟掉下泪来。她没再说什么，把痴虎带到自己家里，烧了一盆盐水细细的洗了，给涂上点药膏和紫药水，叮嘱说："以后别这样了，历史上的苦读，也有凿壁偷光、锥股悬梁的，但还不至于自罚到这种地步。打盹儿，就嚼几只红辣椒，喝杯浓茶。还有，你的学习方法可能不大对头，你的重点是攻难题、怪题；基础题你早已过关了。你要多找赵行和学文。从今天起，你停止生活委员和劳动委员工作，主要是迎接中考。痴虎，再努把力吧，好孩子……"

痴虎给黄老师鞠个躬，退了出来。

这天晚上，黄老师还是去了痴虎家。下了几场暴雨，这幢泥坯土屋歪斜得更厉害了，墙壁上撑了几根棕木筒子，筒子上端吊几块废磨盘。沤烂的茅草屋顶上拱出一层新绿，长势繁茂。家里的桌椅板凳，全是缺胳膊少腿的。痴虎爹见老师来了，朝痴虎妈暗地使个眼色。痴虎妈就去掏鸡窝，记起家里的三只母鸡已经拿去换了乌鸡，便装作借锄头溜出屋门，上邻家借鸡去了。黄老师把痴虎摸底考试不如人意的事告诉了痴虎爹，并顺带代表其他九位老师对送菜一事表示感谢，问痴虎是否把那五十元交了。痴虎爹先是一愣，继而道："黄老师啊，想不到送去一点蔬菜，你们都不肯收。您看不起农家人呢。看来，咱痴虎考中专是没指望了啊……"

黄老师解释说："不是嫌礼轻。您家里太艰难了。老师再苦，每月还有两百来元吧。即便拖一拖，到时，总归还会拿到手的。可你们……痴虎带去的午饭，就是半钵剩饭加上两片酸萝卜……一担菜，够得您一家三个月的油盐钱，我们怎么忍心白吃呢……待痴虎考上了中专，我会邀上全体老师上您家吃顿好的，说不准，还会找您讨个红包呢……"

说话间，痴虎娘已从邻家借到一只母鸡，为了不至于惊动黄老师，进门时狠着劲将鸡头拧下，藏在衣摆下偏身进了厨房，烧水拔毛，开膛破肚，没弄出半点声响。对此，黄老师早有觉察，她借口先到学文家看看再回来，蒙过痴虎爹出了门。

待到饭菜摆上桌，哪里还有黄老师的影子？两口子用米筛把饭菜扣上，满村去找。学文娘说，黄老师在她家坐了一会，留下一盒太阳神一包奶粉，说是急着赶回去开会，走了。

痴虎爹妈互相责怪了一阵，便坐在堂屋里黯然神伤："没指望了，没指望了。痴虎考中专是没指望了。人家乡干部、村干部进了门，赖着不走要吃要喝呢。当老师的，饭都不吃你一餐，人家是担心吃了饭，娃子考不中学堂不好交代啊……"

痴虎夜里十一点放学进门，放下书包，摸把水瓢伸进缸里舀水喝。水瓢刚凑近嘴边，痴虎爹一把夺下，重重摔在地上，冲他大吼："给老子跪下！"

痴虎只得跪了。

"你们那个摸，摸底考试考了没有？"

"考了。"

"为啥考不过学文？"

"我的智商不如他高。"

"为啥不如他高。"

"爹妈把我生得笨嘛。"

"分明是贪玩！倒怪到爹妈头上了。"

"我没贪玩，蹲茅坑都在默念英语单词呢。"

痴虎爹决计给儿子一顿好打，上前扯住痴虎的两侧前摆，用力一拽，把那件白布衫子剥了下来，操起早已预备好的一把竹丫子。正待往下抽打，痴虎娘斜刺里捉住丈夫的手腕："痴虎爹，他没贪玩。你看你看，他用酸枣刺刺胳膊赶瞌睡，都肿成腿肚子啦。孩子爹，不能再打了啊……"

痴虎爹瞅瞅儿子那双胳膊，心也软了，旋即升起另一股怒火：

"那担菜送到了？"

"难道我吃了不成？"

"你找老师要钱了？"

"没，没有。"

"没有？你这畜生，还敢哄我。黄老师刚才都来过了。你找老师要了五十元钱。我问你，钱呢？"

"钱，是老师硬给我的。我不收，她就说我搞不正之风。"

"钱呢？钱呢？"

"我，我不小心……丢了。"

"丢了？看我如何揍你这狗杂种！"痴虎爹怒发冲冠，抡起竹扁担就往儿子背上、屁股上、大腿上乱砍乱劈。屋子里发出一阵阵"噼噼啪啪"的响声。痴虎在地上翻滚、扭曲，但自始至终不哭不叫，并一口咬定钱丢了。痴虎爹见儿子不成才，就豁出去往死里打。痴虎妈号哭着奋力解救，身上也挨了几下。她索性大叫："救人哪！来人哪！痴虎要让他爹打死啦！……"

情急中，学文和他娘破门而入，死命抱住痴虎爹的手臂。一问原委，学文便跪在了痴虎一起："大伯，大婶，前天中午，我犯了急病，是痴虎送我去看医生的。他给我垫了五十元医药费。大伯，大婶，这钱，我一定会还的……"

学文的瞎子娘闻声，也跪下去替痴虎求情："大伯，那五十元等学文爹一回屋，我们一定想办法还。学文爹为学文筹集学费，已经三个月没回屋了。我们一定还您的……"

痴虎爹胳膊就软下去，竹扁担"当"的一声落在地上。他问痴虎："果真是这样吗？快说！"

痴虎说："想不到，想不到您还是个见死不救的吝啬鬼！"

痴虎爹说："学文娘，早知道这样，我还打痴虎，就没人味了。亲为亲好，邻为邻安。平日，我是把学文当儿子一般看待的。这五十元，不要你还了。你们家比我们还作难呀。"瞅瞅痴虎，兀自掉下泪来。

学文和痴虎娘见痴虎被打得遍体鳞伤，抱住痴虎，哭成一团。

痴虎爹拿出一只空碗，将那钵原封未动的鸡肉倒了一半在碗里，端给学文娘："学文有病，这鸡肉拿给他补补。"

学文娘坚执不受。

痴虎爹说："您若不受，就没把我当人待呢。天地良心，我向大庚不是那种见难不帮的畜生！……"

学文娘战战兢兢接过了那碗鸡肉。

九

考体育时，痴虎身上隐隐作痛，站在操场上，显然不如往日那么虎虎有生气。赵行警告他："从现在起，你是向学文，不是痴虎。别弄错，要记着！……"

痴虎说："我腰胯痛得厉害呢。如果万一没考好，你可别怪我。""你是担心学文的总分超过你吧？怎么腰胯从来不疼，这会儿就疼起来了呢？"痴虎摇摇头："无可奉告。"赵行很着急，赶紧去告诉黄老师。黄老师把痴虎叫到操场边一丛女贞树下："痴虎，你怎么突然间腰胯疼了呢？可不能怀什么私心杂念呀……"痴虎说："黄老师，您不该向我爹告状的。我把那五十元菜钱付了学文的医药费，担心爹找学文讨钱，就说那钱丢了。爹给我一顿好打……"黄老师撩开痴虎的衫子，果然满身青紫，像位纹了身的武士，心里酸酸的，忍不住泪水盈盈："不是我有意告状，我只不过随口提到了那五十元。痴虎，老师对不起你。老师不是圣人，也有做错事的时候。比如这点菜钱，给了就给了，用不着再向你爹提起的。我这样做，一是对你不放心，怕你把钱花了。二是……也有显示清高的因素。原谅我吧……考体育，估摸着还挺得住么？只是，考试都开始了，下面一个就是你，再调换别人，已经来不及了……"

痴虎说："我能忍住疼。我一定挺住。"

黄老师噙着泪，目送痴虎跑向人丛。

该向学文上场了，同学们都用目光朝人群中搜寻。主考员中餐喝了很多酒，这会还有点恍恍惚惚。他颤着手指翻翻学生名册，看看照片，大声叫唤："下一个，向学文！"

赵行暗地往痴虎背上捏一把，痴虎发出一声"哎哟"，便走到沙坑面前。主考员问："叫啥名字？""痴……向学文！"主考员盯住他："痴什么？""嘁！我笑这考试对我向学文来说是小菜一碟。"同学们都笑。"那好，"主考员说，"你按规定的程序把动作完成吧。"

痴虎一口气完成了掷铁拼、扔铅球及长、短跑动作。主考员都给了满分。有人忍不住勾头窃笑。赵行吼道："严肃点！这是中考，不要嬉皮笑脸！"说着，给主考员敬了一支烟。主考员手上的烟刚点燃，夹在两只耳朵上的烟"吧嗒"往下掉。赵行索性把一盒"红塔山"塞进了他的口袋。

最后是跳高，占 5 分，痴虎跳了两次，都没及格。跳高是按三次起跳中的最高一次为准，最后一次就成了关键性一着。第三次起跳前，痴虎下意识地望望教室的第三个窗口。此刻，向学文正怀着一种复杂的心情远远地注视着痴虎呢，倏然间，痴虎便想到了学文对自己的威胁……论学业成绩，他是比不过学文的，从小学到初中，他都没有战胜过他；论体育，他无论如何都应当超过学文的。他应不应该替学文考个满分呢？不过，想起学文、赵行平日对自己的帮助，便觉得自己的想法有点卑鄙了。他伸伸臂，阔阔胸，做着冲刺前的预备动作。赵行说："向学文，这是最后一次机会了。有种的，跳出个高纪录来！"痴虎咬紧牙关，如一匹脱缰的野马射向沙坑，漂亮地一跃而起——当他意识到自己身体已经超过横杆的高度时，一阵剧疼骤然袭来。他感到一阵晕眩，眼前一黑，从横杆的另一边滚落下去，土袋般跌扑在沙坑里，随后，就什么也不知道了……

主考员看过高度，判了个满分。

同学们一声喝彩，朝痴虎围上去，七八个人强行将他拽起，抬到教室去了。

半晌，痴虎才醒过神来。黄老师赶紧将一杯凉开水递过去。他接过杯子，含了一口，漱了漱，觉得凉开水带点咸味，"哇"地吐了。水渍中夹杂着殷红的血丝儿。

十

小牛较之乃兄，还要傲气。开始，他坚决不肯替痴虎代考："我是玉泉中学的体育尖子，县里都挂了名的，我不能也不会去冒充那个傻蛋！"

"谁傻蛋？"

"痴虎啊！"

哥哥伟大地搐了弟弟一拳：

"你才上二年级，就偷偷谈情说爱。不听我的话，我就去杨校长那儿揭发！"

"你血口喷人！"

"我证据在握。你写给女同学的九封情书我都截获了。"

"你诬陷！捏造事实！"

"你把安琪儿写成'按嘴儿'，把丘比特写成了'邱波特'，把'所谓伊人，在水一方'写成了'有位美人，在水一方'，把'爱你没商量'写成了'爱你没尺量'……错字连篇，别字冠军，恋爱专家。你还不承认？"

小牛就蔫了："好哥哥，我听你的话，我去代考。不过，露了马脚，考砸了你可别怪我。"

"不但不能露马脚，还得考满分。差 0.5 分我也不饶你。"

"好了好了，哥呀，你千万别当特务呀！"

"从今以后不准谈情说爱！"

"好，哥呀，我起誓！"一闪念，粲然一笑，"赵行，我不怕你当特务。你去揭发我，我也去揭发你。你让我代人考试，是舞弊行为。我去告杨校长！"

赵行说："那好，我们就一块去告吧？看杨校长怎么断案。大不了同归于尽吧——不过，你可要弄明白，我赵行可是玉泉的重点保护对象哟……"

小牛权衡了一下，表示妥协：

"好了，屠夫状元。咱俩谁也不犯谁，行吗？"

结果，小牛替痴虎考了个满分。痴虎对小牛说："小牛，我是你哥的朋友，我就是你哥。今后有人欺侮你，告我一声就是了。"

小牛说："你当我哥？没门。我哥是状元，你行么？我哥不冲女厕所，你三天两头往女厕所钻，丢男人的丑！"

痴虎大度地一笑："还嫩着呢。你既然这样厌恶女同学，为什么还'爱你没尺量'呢？"

小牛亮拳欲打，痴虎忙举手投降。

十一

又一次模拟考试有了结果。痴虎仍是第三名。他在日记里写下这样一段话："今天又挨了黄老师的批。天呀，我何尝不着急呢？离中考就一周了。可是，我下功，人家也下功；我吃苦，人家也吃苦。真是船高一尺，水高一丈。任是我丢下这条小命，恐也追不上学文了。唉，考中专可真难哟！怪只怪中专办得太少。我真不想考中专了。不过，万一考不上，我也无所谓。我要去广东打工，积攒一笔钱，去找特级超人侯希贵拜师学艺，赚一大笔钱回来，在玉泉办一所中专，让玉泉所有的毕业生都去上学……理想万岁！"

没料到，日记让赵行看到了。赵行不会偷看人家的日记，全因黄老师强交"任务"，要他检查全班的日记，以便及时掌握学生临考前的思想动态，赵行就检查了，而且大有收获。出于朋友的友谊，赵行揣摩痴虎有了临阵脱逃心理，就把这事儿告诉了学文，和他商量帮助痴虎的办法。向学文又原原本本告诉了黄老师。

黄老师经再三考虑，找了痴虎爹，要求他这次来点软办法，激励痴虎作最后一搏。

这天晚上痴虎放学回家，刚进门，爹妈双双给儿子跪下。

痴虎问："爹，妈，你们这是干什么呀？莫名其妙！"

爹说："你在日记本上鬼画桃符，爹都知道了。"

痴虎马上意识到了赵行的"出卖"，笑着说："爹，妈，我不过在日记上写着玩玩。实际上，我在鼓暗劲呢。这几天，我一打盹儿，就嚼干辣椒。您看，我的嘴巴皮子都辣起泡了。"

爹妈仍然不肯起来："回答我，你想考中专么？"

痴虎说："我几时说不考了？"

"能考上么？"

"正在想办法呀。"

"啥办法？除了用功读书，还有啥办法？"

痴虎说："比方这次考体育，玉泉就兴请人代考了。我就代学文考了。事后，我一直担心杨校长和黄老师找麻烦，谁知，他们还在会上表扬我风格高呢……"

爹说："人家搞歪门邪道，是人家的事。咱家不作兴。爹就要你下苦功考学。"

痴虎说："爹，妈，起来吧？我一定下苦功考学，不朝歪门邪道上想。还不行么？"

老两口这才战战兢兢地爬起来。

待爹妈起来，又去给自己做好吃的，痴虎傻乎乎地笑了。

十二

六月天，三天两晚停电。晚自习，同学们刚进教室，电没了。痴虎买了些蜡烛，送给那些没钱买蜡烛或者来不及买蜡烛的同学和老师。停水更要命，住在宿舍楼的老师个个叫苦不迭，人们提着小铁桶到校外半里地的井里打水，歪着身子提上楼去，累得腰酸背疼。大热天，洗澡煮饭也成了问题，厕所没水冲洗，气味很难闻。

痴虎毅然舍弃金子般的复习时间，从家里偷偷带来一担大木桶，每逢停水，就担上井水，挨家逐户送上楼去，每户三担，一户不漏。李小翠老师教毕业班政治，她尚未结婚，特别爱清洁，偏偏又是个柳条腰，没力气。她住五楼，提一小桶水上去，荡荡滴滴，泼泼洒洒，到家时剩不下小半桶，为此，她常常气得直哭，找杨校长抱怨最多。痴虎朦朦胧胧觉得她的话杨校长最爱听，每天就先给她送三担水上楼，把她家的盆盆罐罐全灌满。李老师很感谢痴虎。

有一回上晚自习，痴虎给李老师送水。李老师劈了两大瓣西瓜让痴虎吃。痴虎笑着说："我不爱吃冷东西。"李老师就笑："你真是个好学生……唉，可惜成绩还差了那么一点点。痴虎，这几天，你就不要学雷锋了，加把劲复习吧。"

痴虎说："老师补课，比我们还辛苦。我宁可考不上中专，也不忍心看到您提水上楼时的吃力样子呢……"

李老师深受感动，叹道："难能可贵呀！这一回，你要是能评上个三好学生，考中专就有把握了……"

痴虎说："李老师，我期期都是三好学生呀。您忘啦？"

"不，你弄错了，你那三好学生，是县级的。"李老师说，"我说的这个三好学生，是地区级，每个中学就一个指标。上面有文件规定，谁评上，在他中考总分里加二十分……"

痴虎问："李老师，这事儿，黄老师怎么没讲过呢？"

李老师一惊，自知无意间泄露了秘密，笑着说："我也是道听途说，玉泉尚未接到正式文件通知。当然，要当这地级三好学生也不容易。痴虎，你既然知道了一点底细，可不许往外传。别说学生，对老师，学校都作了严格的保密规定。传出去学生、家长都来争，指标只有一个，分下去就难了。你呢，既要努力去争取，又要把成绩赶上去……"

痴虎点点头，挑上空桶走了。刚出门，又拾起门口的拖把，返回把地板细细擦了一遍。李老师塞给他一只香蕉。痴虎接了。这是他第一次吃香蕉，觉得香蕉比什么都好吃。

十三

赵行警告痴虎："探花，这几天，你还在学雷锋呀？考不上线，雷锋叔叔可帮不上忙哟。拍马屁，也得认准时候吧。"

"也不能说这是拍马屁的，"向学文批评赵行，"老师确实太辛苦了。夜里补课到十一点，回到家，连洗澡水也没有……"

赵行说："学文，既然你认为不是拍马屁，那你为什么不替老师担水呢？"

痴虎反问赵行："学文能担得动吗？他已是气血两亏，吸支太阳神都要换三口气呀！"

赵行说："学文，刚才我是替痴虎着急，才呛了你一句，并不是责怪你没替老师担水。现在，我只希望我们三人同时考上中专，掉下一个就没意思了。你们俩也许不清楚，五十多名毕业生，三个报考指标给了我们。没摊上的同学，还有他们的爹妈，心里啥滋味？苦着呢。一些同学现在就不安心复习了。黄老师问这是为啥？姜小驹、于红喜就说，'复习个啥？反正我们都是残渣余孽，入了另册的嘛。'黄老师说，'不上中专，不还可以读普高，考县一中，上大学么！'他们说：'别说考不上一中，即便考上了，爹妈也不让读了……'黄老师很会说话的，这时也瞠目结舌，无话可说了。你们想想，这阵势，我们不拼命，为学校争口气，行吗？痴虎，说你拍马屁，也过了火，显然用词不当，你别生气。这样，明晚担水，我也去。各担十五担上楼，也就为你节省两个钟头时间……"

痴虎说："你是玉泉的头号种子选手，要是考砸了，玉泉就要削光头。万万不能让你去。"

赵行说："你就能考砸？"

痴虎一笑："我反正是个'替补球员'，学校对我的期望值不高。还是我一人去担水好了。"

第二天晨读，痴虎把赵行的想法告诉了黄老师。黄老师马上把赵行叫到走廊上提了警告："我的活祖宗哎，这节骨眼儿，我不要你学什么雷锋了。老师干死渴死，头上长虱子，身上生蛆，也没你的事。耽误了一分钟复习，我就处分你！你别骄傲，考场上没有常胜将军，上一届班上头名状元就没上线，名落孙山呢……"

返回教室，赵行擂了痴虎一拳："谁说你痴，分明是只乖乖虎嘛。"

痴虎嘿嘿一笑："我写了那则日记，你不也告了黄老师么？来而不往非礼也。为了神圣的友谊，我是迫不得已打小报告的。你是玉泉的骄傲，玉泉的希望，人人都有保护的义务。至于我，中考落榜，还可以去南方打工。我有的是力气。你就不行，倘若马失前蹄，玉泉的牌子就砸了，黄老师、杨校长都会抹脖子。"

十四

临考前三天，玉泉中学为地级三好学生人选问题争论很激烈。谁都清楚，这个指标给了谁，谁就增加了一份上线的保险系数。二十分，多么了不得的数字！有时，0.5分都要压倒一大片人呀！

校长专门召开了毕业班科任老师会议，广泛征求意见。他说："我们一定要吸取上两届削光头的沉痛教训，评选三好学生，第一要稳妥。为了旱涝保收，我的意见是给赵行。他一直成绩优异，考试从没失败过。再加这二十分，中专上线就万无一失了……"

李小翠老师粲然一笑。作为团支部书记兼教导主任，显然不同意校长的意见。

黄玉娥老师翻着一大叠学生历次考试花名册和排行榜，说："杨校长的意见当然有道理。不过，我总觉得保守了一点。这几天，我把全县九十七所中学三百零八个初三毕业班一年来所有考试的分数表册都收齐了。其中由县教委统一命题的考试是三十次，包括九次模拟考试、十二次摸底考试、七次各种竞赛考试。这三十六次考试中，赵行有三十次全县总分第一、四次第二、两次第三；三次全县中学生奥林匹克竞赛，他都是数一数二的名次。在这种实力面前，再给个三好学生的二十分，等于吃圆了肚皮之后再给只馒头——浪费了。浪费了才可惜呢。大家想一想，三好学生给赵行，有必要吗……"

静场了几分钟，大家都表示赞成黄老师的意见，三好学生把赵行剔去。

李小翠老师说："黄老师完全正确，我百分之百同意。"

杨校长望望李小翠，说："嗯，这倒也是的。那就不给赵行吧。"

黄老师说："剩下的就是向学文和痴虎。向学文也是班上的尖子，还得过全县奥林匹克化学竞赛冠军，作文比赛获过奖。但在全县的优等生中排排队，就当不了前锋了。好几次中专模拟考试，他的成绩刚好与假设的最低录取线挨着，三好学生给他，等于雪中送炭。他属于边沿地带的危险人物。就是说，他餐餐吃饭都差那么一两口吃饱，给了二十分兴许有点撑，但过线就顺利了。我的意见是，把三好学生给他比较合适……"

大部分老师觉得黄老师分析得有道理，表示赞同。

李小翠老师说："三好三好，我觉得先得看看政治思想素质，不能只认成绩。拿向学文和痴虎相比，痴虎这孩子显然纯洁得多。他学雷锋不是一阵风，不是形式主义，而是三年如一日。如果没有痴虎，咱玉泉全县学雷锋先进单位这面红旗就夺不回来。再说成绩，他也是班上第三名嘛。向学文呢，人是不错，似乎学习动机不如痴虎这么纯，身体也很糟，父母又都是从事迷信职业，对他影响不好……我认为三好学生应当给痴虎……"

杨校长说："李老师从另一个角度提出问题，值得重视。大家都发发言吧？"

余老师藐视了李老师一眼："我赞成班主任意见。学生学生，学习好就是思想好，现在不是'文革'时代了。不能说给挑几担水、见老师哼哼哈哈下个跪，给女厕所冲过几桶水就评三好。我们有些老师也该替学生想想，节骨眼上，还拉着学生送水上楼，焚香沐浴，打扫自个儿的华清池，摆出杨贵妃的作态。误了人家的复习，于心何忍呀？"

李小翠老师说："痴虎送水，是自觉自愿。再说，在座诸位谁家没送过水？收了人家瓜菜，班主任收钱，还不愿掏荷包呢。"

"他每次送水，我都不让他干。"

"我不同样劝阻过么？"

"挑担水赏瓣西瓜，擦次地板奖只香蕉，这不是鼓励再创辉煌么？"

"好了好了，这些就不用提了。"黄老师说，"痴虎这孩子，确实不能说坏。评给他，我也同意的。每次考试，他就差那么一丁点儿，估计不给个二十分加分，上线很成问题……"

"给了呢？"杨校长问。

黄老师说："他每次吃饭，都差那么一碗或者大半碗，给只馒头，刚好吃个饱……话说回来，向学文和痴虎都需要这二十分，究竟给谁，我就拿不定主意了……"

接下来，九名科任老师纷纷发言，意见始终不见统一。李小翠老师说："我们是育人的，育人先育心，学生的思想素质总归要摆第一位。体育是人代考的，父母算八字抽签搞迷信职业，给个三好，广大家长怎么看呀？"

赵老师说："现在什么年月了，还说这种话？龙泉中学的三好学生给王小满。王小满前不久从个体户摊上偷了一条香烟，刚从派出所放回来，就评三好了。凭什么？凭他是王校长的儿子，凭他大舅是主管教育的副县长……"

"这有啥了不起的？"孙老师说："冬水中学的三好学生给王小娟了。王小娟是什么人，外语考试回回不合格，才满十五岁就谈情说爱。可地区教委某主任一个电话，三好学生就给她了。"

"那个指标是追加的。"

"追加不一样？为什么偏偏只追加王小娟呢？"

"我看给了她，也是浪费。别说二十分，再加一百分，她也上不了线。"杨校长说，"这些，无根无据的事就不要提了，讲出去影响不好。我们还是三者兼顾吧？万一统一不了，大家付个表决怎么样？"

于是，就付了表决。

结果，十人开会，五人赞成给学文，五人赞成痴虎。杨校长很为难，说："既然这样，就由班主任定夺吧？"

黄老师也为难，说："两个孩子，我都同意给，他们也都需要。学文家更苦，似乎更需要考虑。痴虎太纯洁，也不能冷了他。杨校长，你去找县教委追加一个指标吧？"

杨校长说："这指标硬是没有追加的。"

黄老师说："既然这样，只能由校长拍板。"

众人都表示同意。

杨校长重申："现在宣布一条纪律，在毕业生中考完毕离校之前，谁也不许泄露秘密。黄老师，过几天，在上解毕业生档案之前，我再把意见告诉你。"

十五

痴虎临下晚自习前二十分钟，瞒住赵行，溜出教室给老师送水，十一点下晚自习学生回家，校园里闹嚷嚷的，他就蹲在井沿没作声，待学生走光了，才挑上一担水往宿舍送，无意中遇上杨校长爱人金学梅。

金学梅没文化，吃的农村粮，当上校长夫人后安排在食堂打零工，一月挣百来元。因是"半边户"，她和丈夫住在一间低矮的平房里。杨乐高大学毕业后分配到玉泉中学教书，与她好上的。初结合时，两口子还恩恩爱爱，时间一长，就显出了文化档次与素养上的差异。两人吵架时都有个"没想到"。杨校长是"没想到你这人如此庸俗，整日除了麻将就是唠叨。"金学梅是"没想到你这人这般无能，当个芝麻粒大的校长，别说沾你半点荤腥，每个月连工资都拿不到手。不如拔根屌毛吊死。"这天晚上，他们又吵了一场，吵完，杨校长骂了金学梅一声"泼妇"，碰上门就走了。金学梅在家待了两三个小时不见丈夫敲门，决计来个秘密盯梢。

见痴虎挑担水上楼，截住他问："你是痴虎吧？"痴虎说："是呀，杨师母。""半夜三更的，给谁送水呀？""李小翠老师"，痴虎说，"她住五楼，没力气提水。""去过她家啦？""送过一担水了。她让我别再送了，不过，我还想多给她送一担。""见到杨校长啦？""见到啦，他在李老师家谈工作呢。"

金学梅笑笑，求痴虎把这担水先送到自己家里，因为三餐没洗碗了。痴虎自然同意，去了金雪梅家。金学梅有意拖住他歇了大约一节课时间，待到夜深人静了，才催痴虎再担一担水送给李老师，并嘱他脚步一定要轻，别惊了其他老师睡觉。

痴虎担着水，果然轻步上了楼，见李老师的门关着，门缝里亮着一线微弱的灯光，也没把水桶放下，就准备按门铃。不意金学梅突然出现在身后，手一伸把他的手挡开，从口袋里掏出一片钥匙，轻轻塞进锁孔，然后猛地将门一推——

杨校长和李小翠老师嘴儿咬着嘴儿紧紧抱着坐在客厅的沙发上……

见门口赫然站着两个人，这对儿愣怔了一秒钟，旋即一分为二。

金学梅冲上去，狠狠扇了杨校长一记耳光。李小翠老师转身逃进里间，把门关了。金学梅上前打门，杨校长扑通一声跪下，把她的双腿紧紧抱住。金学梅怒不可遏，冲丈夫说："姓杨的，我就知道你嫌我没文化，是与这骚狐精勾上了。咱们县教委见！"转身面对痴虎，"痴虎，你都撞上了！你都见着了！到时，你要作铁证！"

痴虎早已吓得魂飞魄散，喃喃地说："不！不！我什么也没见着！我什么也没见着！中学生读书，不准谈女人，我什么也没见着！"放下水桶，掉头跑了。

十六

两天后，县教委纪检会来了个老马，打发黄老师把痴虎叫到教导处谈话。痴虎见老马一脸的严肃，知道与咬嘴儿的事有关，像小偷见了包公，有点怯场，站在办公室桌前手不知往哪儿放。

老马和蔼地笑笑："痴虎同学，别紧张。我是你们杨校长的同班同学，一直是好朋友。杨校长多次当我提起你是个乖孩子呢。"

提到"同学"与"好朋友"，痴虎就联想到自己与学文、赵行的关系，心一下就放松了。

"问你个事儿，"老马说，"大前天晚上，你给李小翠老师送水啦？"

"送了。"

"什么时候呀？"

"大约九点吧。"

"当时，其他老师都睡啦？"

"没有。还早着呢。"

"和你一同上李老师家的还有谁呀？"

"杨校长爱人杨师母。"

"杨校长在吗？"

"在呢。"

"他在李老师家干什么呢？"

"谈工作。一个校长，一个教导主任，工作当然忙呗。"

"你进门时，杨校长在干什么呀？"

"他……他手上抱只大花猫。那猫咪好乖的，身子是黑的，四只脚掌是白的，叫'雪里站'。还呜呜直叫呢。"

老马笑笑："果真是大花猫吗？"

"猫呀狗呀我还分不出来吗？我家就养了只大花猫呢。"

"再想想，当时杨校长坐那儿？李老师坐哪儿？"

"一个坐书桌旁，一个坐沙发上，隔七八尺距离的样子。"

"嗯，不错。你真是个诚实的孩子，"老马点点头，"你说的是事实吗？"

痴虎点点头。

老马把问话笔录念了一遍，让痴虎签了个名，还捺下个红色指纹。"没事了，好孩子，你去吧。"老马友好地在痴虎头上摸了一下，将他送出教导处。

翌日上午，痴虎倒垃圾，又遇上了金学梅。他有点害怕，忙拐个弯想避开。金学梅却把他截住，骂道："好个痴虎，都给那骚狐精教乖了！"骂声未落，一记重重的耳光便沾到了他的脸上。

痴虎眼冒金星，站在原地半晌没动，腮帮上直发木，心里暗暗骂道："真是个母大虫，就爱扇人耳光。杨校长讨了这号婆娘一辈子不知要挨多少耳光呢。杨校长真是太可怜了。"

十七

李小翠老师再没让痴虎送水。她去镇上买了一瓶"三七"片和一小包西洋参，暗地里交给痴虎，说："三七片是专治跌打损伤的，你一天吃三回，一次吃一片，连着吃两天腮帮就不肿了。西洋参片是提神醒脑的，大后天中考，进考场前，你吃三片，保证头脑清醒，精力充肺，会发挥得好的……"

痴虎接过药，谢了李老师，但一想到她与杨校长咬嘴儿的事，就想发笑，觉得那滋味定然妙不可言。李小翠老师望着痴虎，觉得这孩子真是异常可爱，便问："痴虎，你想上中专么？"痴虎说："这还用问吗？做梦都想啊。若是这次上不了线，我就永远失去上学的机会啦。不过，我也不像学文那样着急。万一考不上，我就去广东打工……"

"别说傻话了,"李小翠老师说,"你一定要考好,争取上线。"

痴虎说:"我可能希望不大,黄老师说,我每次考试都没吃饱,还差半碗饭。这节骨眼上,谁能给我半碗饭,让我吃饱呢?"

李小翠老师环顾左右,轻声说:"杨校长没事。不过,县教委的领导已经和他谈了话,下学期,他会调到县城一所中学去当校长。待中考结束,他就要走了。痴虎,你对杨校长有啥个人要求吗?有什么要求,我可以转告杨校长……"

痴虎憨憨地一笑:"啥要求呢?我就想上中专呀。那个地级三好学生,我做梦都想啊……不过,还是给向学文吧。他的成绩比我好,思想表现也比我好……"

李小翠老师笑笑,说:"嗯,你的想法,我知道了。我会和杨校长好好商量的。你放心好了……"

痴虎说:"我一辈子忘不了您和杨校长的大恩大德!"说完,给李老师鞠了个躬。

他很激动,几乎是一路小跑进教室的。他很感激李小翠老师。他觉得李老师对自己的关心胜其他任何一位老师。但是,他却侮辱了李老师的人格,竟然把她比作一只大花猫。他心里过意不去。

这天放学,痴虎把那包西洋参送给了学文,叮嘱他进考场前吃三片。不知为什么,他见了学文,心里有一种莫名其妙的歉疚感。直到学文把西洋参收下了,心里才稍微舒坦了一点。

十八

黄老师正在给学生写毕业鉴定,收到一封匿名信。她仔细分析了笔迹,摸不透写信人是谁。犹豫了一下,她把学文叫到了办公室,悄悄说:"学文,问你个事儿。你要实事求是回答我。念初二时,你偷过人家的派克钢笔吗?——你不要激动,即便有过这事,只要承认就没事了。我不会告诉任何人……"

学文的脸骤然变红,继之变白,嘴唇微微发颤,脑子一阵晕眩,瘫坐在椅子上了。黄老师赶紧给他太阳穴擦风油精,喂开水,揉他的胸口。

学文上气不接下气说："黄老师，我绝对没干过这种事呀……您可以去调查。万一您调查不出来，可以向派出所报案，让他们来破案……黄老师，这是谣言！是百分之百的诬陷。您千万不能把它写进我的鉴定呀……"

黄老师说："嗯，这就好。我也坚信你不是这样的人。我不会贸然相信谣言，杨校长也不会相信。放心吧，我会弄个水落石出的……"

接下来，一天一晚时间，黄老师翻遍了玉泉中学三百多名学生的语文和作文本，又翻遍了玉泉乡十二所小学学生的语文本和作文本，终于发现匿名信是玉泉小学六年级女生秦玉珏的笔迹。而这秦玉珏又是班上男生秦玉洁的妹妹。秦玉洁也是班上的县级三好学生，学业成绩仅次于痴虎，有几次考试还与痴虎持平过。他叔父是镇上出了名的个体户老板。这次为争中专报考指标和三好学生，还试图给杨校长送一只金戒指。后来，是他自己在县教委走后门弄到了一个中专报考指标。显然，他在地级三好学生尚未确定之前，把竞争对象锁定了向学文，故而想以匿名信的方式把向学文挤掉。杨校长认为黄老师的推理符合逻辑。黄老师就找秦玉洁谈话，态度很严厉：

"玉洁同学，你叔父用不正当的手法替你弄到了中专报考指标，学校没为难你，让你填写了志愿书。学校里，对每一个学生都是关爱的。有时候，学校没办法解决的事，你自己设法解决了，学校里也是认可的。但是，你却采取写匿名诬告信的卑鄙手法，企图挤掉向学文，让自己评上地级三好学生。……真没想到你人小鬼大，思想意识如此不健康……"

秦玉洁哭了："黄老师，我叔叔送礼，我确实不知道。这信，是我叔叔写好，逼我妹妹誊抄的。妹妹告诉我后，我还找叔叔吵了。我爹也说我叔叔这样做损了心。学文怎么会那样做呀，学文从没偷过别人东西的，有一回，我的派克钢笔丢了，学文捡到了，立即交给我了，我哪里会诬告他呀？我恨死了我叔叔呢……"说着，从口袋里掏出一张纸条，交给黄老师，"这是我瞒着叔叔写的检举信，检举他写匿名信诬告学文。我正准备把它交给您，您却先把我叫来了。黄老师，您千万不要对我产生不好印象呀……"

黄老师看看纸条，又看看那封匿名信，不禁感慨万千，掏出手帕替玉洁揩揩眼泪，说："好孩子！我教出的学生都是好孩子！别哭了，我不会怪你。玉洁，不管你这次能否考上中专，我都坚信你会成为一个有出息的人，一个诚实的人，一个高尚的人。别哭了，去吧。"

秦玉洁走后，黄老师在秦玉洁的鉴定中加了一句："出淤泥而不染，是一朵冰清玉洁的美丽莲花。"

十九

中考结束了。

毕业班举行毕业典礼。黄老师反复动员，让每个学生交五角钱，其中两角用来照一张合影留念；另外三角用来买十只瓷杯，分赠十名科任老师（包括校长）。同学们都交了。黄老师让赵行用红油漆在瓷杯上写下"寸草春晖"四个字。开会时，十位老师都参加了，赵行以班长的名义向老师致感谢词，并把瓷杯送到老师们手上。尽管瓷杯只值一元五角，老师们都很高兴。

老师们发言后，是学生自由发言。农家孩子都老实，全班五十名学生只有五人发了言，而且都只讲了一两句，脸就红红的。

为了活跃气氛，音乐老师领头，让同学们合唱毕业歌：

> 长亭外，
> 古道边，
> 芳草碧连天。
> ……

农家孩子，歌唱得不准，但透出一种别离的伤感。唱着唱着，一些女生哭了。黄老师也哭了。她说："同学们，大家就要告别玉泉走向社会了。不管能不能继续升学，大家都要做个自强不息的人……我这班主任没当好，对大家关心不够，有时甚至还骂过你们，打过你们，请同学们原谅我……最后，我还要告诉大家，向学文同学病了，大伙都见到了，他是从考场抬到医院去的。他病得很重，很危险。但现在还在县医院走廊上躺着，没办正式住院手续。因为他家交不起六千元医药费……"

杨校长接过她的话："向学文是我们的同学，是我们的兄弟姊妹。我们要向他伸出救援之手。从今天开始，玉泉的全体老师和你们毕业班，分成三个小组，分别去镇、县城、全县各中小学给学文募捐医药费……"

黄老师问："都愿意去吗？"

同学们齐声回答："愿意！"

"这就好！"黄老师说，"毕业典礼到此结束。大家立即行动，做横幅、募捐纸箱、借电喇叭。赵行，你赶紧把募捐词拟好……"

老师和同学们纷纷行动。

杨校长把黄老师叫到一边，问："毕业生档案建好了吗？县教委催着呢。玉泉原本迟交了两天。"

黄老师说："就差三好学生没到人了。"

杨校长说："给痴虎。"

"你想好了？"

"想好了。给痴虎。"

二十

痴虎领一支募捐队伍，来到小镇的十字路口，将横幅拉在烈日下，三张桌子一字儿摆开。他手持电喇叭，喊话嗓音特别大，而且充满着感情，把许多过往行人吸引过来："爷爷们，奶奶们，叔叔伯伯大婶们，哥哥姐姐弟弟妹妹们，伸出您的友谊之手，献上一片爱心，救救一个中学生吧。玉泉中学初三班向学文同学患了急性肝炎，因为父母是盲人，付不起医药费，生命垂危呀！救救一个孩子吧！救救一个孩子吧！救救一个孩子吧！救救一个孩子吧！……"他的声音几乎是哭出来的。十字路口一会儿就黑压压地挤满了人。

有人上前看那贴在黑板上的募捐词，有人朝箱里塞进一元两元，有小孩子扔进几枚硬币。痴虎连连向这些人鞠躬致谢，脸上沾满亮闪闪的泪花。

赵行领支队伍来到县城的东方广场。他手上举个电喇叭，肩上斜披一片红绸，上面写着"全县中学生数学、英语奥林匹克竞赛冠军"几个显目的白字。他高高地站在桌子上，面对川流不息的行人和车辆，伶牙俐齿地呼喊着："首长们、同志们、老师们、同学们，叔叔伯伯阿姨们，玉泉中学初三学生，全县中学生化学奥林匹克竞赛冠军向学文患了急性肝炎，因为父母是盲人，出不起六千元医药费住不了医院，生命垂危！献上一片爱心，救救一个孩子吧！苍苍蒸民，谁无父母，提携捧负，畏其不寿；谁无兄弟，如宾如友……省吃一根冰棍，少抽一包香烟，少打一圈麻将，省坐一回的士，少住一晚宾馆，省赴一场舞会，少吃一餐早茶，少喝一杯咖啡……就可以救下一条生命呀！病魔无情人有情，我们是社会主义国家，克己让人，扶危济困是我们的传统美德。献上一元十元五分一角吧！救救一名中学生，救救一名化学奥赛冠军吧……"

捐献者有了一些，但大多数行人及车辆对此不屑一顾。赵行灵机一动，跑进一家精品屋。几分钟后，年轻的女老板举着一叠钞票，当众交给赵行，说："我捐一千元！"赵行立即大喊："这位阿姨捐了一千元，请接受我的敬礼！"这一着真灵，紧接着，便有不少行人和生意人纷纷仿效，十元二十元往箱里扔。负责开收据的女生暗地告诉赵行："已经有两千五百元了。"赵行从箱里取出那一千元，去精品屋还给了女老板，并向她鞠了个躬。女老板愣了一下，还是抽了三张百元面值的钞票，交给了赵行。

一溜油光锃亮的"奥迪"缓缓开过来，见路口被人堵死，渐次停了下来。一名交警忙过来驱散人群。赵行把身子骄傲地一挺，故意让对方看清斜披上的白字，用电喇叭对准领头的小车大声呼叫："首长同志！首长同志！献上一片爱心吧！献上一片人民公仆的爱心吧。少坐一回小车，少吃一餐宴席，就可以救活一名全县中学生化学奥赛冠军的生命啊！……"

车门突然打开，一位体微胖的中年人从车里走出来。赵行一瞅，认出对方正是主管文教的赵副专员，便亲切地大叫一声："赵专员，

赵专员，您好！"

赵副专员盯住他："你是？"

"赵专员，我是地区中学生数学、物理奥赛冠军赵行，可是您亲手给我颁发的奖杯呀！……"

赵副专员同他握握手，微微一笑，"嗯，记得，秀才嘛。怎么回事？"

"向学文病了，没钱住医院。我们为他募捐呢。向学文，地区化学奥赛冠军，也是您给他颁的奖。向学文快死啦，他还一遍又一遍念叨着您的名字呢……"

赵副专员收敛了笑容，他为一名普通中学生临死念叨自己的名字而深受感动。他挥挥手，遣开了交警，接过赵行手上的电喇叭，朝人群喊道："我是赵公民。同志们，我以副专员名义呼吁大家给一名生命垂危的中学生献上一片爱心。血浓于水，情重于山。中学生是国家的未来，民族的希望之所在。献上一片挚诚，一片爱心吧！……我向大家鞠躬了……"

赵副专员的呼吁很有感召力，立刻有人捐上十元五元，硬币投进募捐箱，发出"叮叮"的响声。赵副专员把电喇叭还给赵行，从口袋里掏出五张崭新的百元面值钞票，交给了赵行。坐在小车里的其他首长们，也纷纷仿效，掏出十元百元，交给赵行。

赵行向赵副专员深鞠一躬，恳求说："赵专员，您的动员比我们灵，还领我们转几个街口吧？"

赵副专员说："秀才，实在太忙，今天下午有三处工程验收剪彩。还是你们自己去发动吧。今晚，我可以在电视里呼吁一下。"

募捐一直进行到深夜十二点，三支队伍在乡政府门前汇合了。清点数目，已有四千余元。杨校长吩咐赵行："赶紧先把这部分钱交给医院。所欠部分，继续募捐。"

二十一

两周过去，中考成绩及中专最低录取分数线有了结果。杨校长接到通知，抽空去县教委抄来了玉泉考生的分数。

尽管暑气蒸人，酷热难耐，科任老师还是紧紧地把校长围住，听他报告分数。

杨校长翻看着花名册，说："赵行759，他报的是省财校，超过录取线二十三分，名列全县同类考生第一，为玉泉夺得了状元荣耀！"

老师们热烈鼓掌。

"痴虎702分，"他接着说往下念，"加上地级三好学生20分，共722分。他报的农校，超过录取线2分，录取是没问题了。"

老师们再次鼓掌。

"除此之外，"他继续念："凡报考自费、委培中专的，录取线在公费基础上降低五十分，向小山、康清、刘小驹、王菊英等四名同学上了线。秦玉洁自己弄到的中专报考指标，他报的省印刷学校，据说他的总分没上线，还差1分。他叔父交了一大笔查卷费，查出了漏统的3分，反超录取线2分，录取铁板钉钉了……总之，玉泉这次中考，算是打了个漂亮的翻身仗！……"

老师们欢呼雀跃，喜形于色，议论不休。黄老师焦灼地问："向学文呢？"

"是呀！向学文呢？"

杨校长叹口气："可惜呀，可惜……他报考的是地区师范，最低录取线是730分。他只考了729.5分，因0.5分之差，被挤出了线外……"

黄老师叫起来："您为什么不给他查卷？您应该给他查卷嘛！秦玉洁不查出了3分吗？"

"查了，"杨校长说，"我替他代交了五十元查卷费，七科试卷都仔细查了。县招生办的人说，判分很公正，找不出伸缩余地……"

有人嘀咕："五十元能查出什么啊？听说秦玉洁叔叔交给县教育局长三千元查卷费。查什么卷啊，实际是卖分！……"

老师们神色黯然。

黄老师哽咽着说：

"天呀，怎么向学文交代呀？他昏迷中还念叨着中考分数呢。都怪我！都怪我啊，他执意报考师范，说当教师神圣，念师范录取线不高，收费也很低。我就没阻止他。去年师范没有人报，录取线最低，今年大家都钻这个冷门，想不到一下子把分数线提得这么高了。都怪我啊！我把学文给坑了。我为什么就没想到大小年呢？要是我极力阻止他报师范，填个农校志愿，他就过线了。我把他坑了！我黄玉娥白吃了三十年班主任这碗饭哦！……"

杨校长说："黄老师，别自责了。这不能怪你，只怪学文命不好。这样，宣布一条纪律，在向学文病好之前，准也不许把真实情况告诉他。不然，他会熬不过的。假如他问分数，就说他已经上线了。"说到这儿，杨校长感到一丝不安，补充说，"若是学文能病好出院的话，我们再设法让他当个代课教师吧。他确实太苦了。"

二十二

凌晨一点，赵行从医院回来，痴虎已在他家等候多时了，见了赵行，忙问："学文怎么样？他好些了吗？"赵行摇摇头，沉重地说："情况很糟，他可能好不了啦。可医院还是不肯给办住院手续，还欠一千元没交清……"

痴虎勾下头，一副木呆呆的样子，缄默了半晌，说："若是学文死了，活着的人也没啥意思了。赵行，你说说，还有啥好办法吗？"赵行说："唯一的办法就是加紧募捐，尽快凑齐医药费，让学文早些住进医院。只有医生才能救他了。"见痴虎仍不肯离去，说，"痴虎，都两点了，快回家躺会儿，明天一天亮我们就上路。"

痴虎犹豫了一会，讷讷地说："赵行，这几天，我心里一直闷得慌，学文这一病，更加不安稳了，人像掉了魂……"

赵行有点诧异："你不是上线了么？"

"赵行，我给你讲个事儿。可不许告诉别人……"痴虎双手抱着头，"县教委纪检会老马找过我了……"接下去他把事情的原委一五一十叙述了一遍。

"原来如此！"赵行叫起来，"太卑鄙了！我压根儿没想到你会这样……知道吗？杨校长和金学梅已经正式闹离婚，昨天晚上，金学梅都上过一回吊了，要不是黄老师发现，她早已魂归西天啦。痴虎，你扮演了一个为虎作伥的角色，太不光彩了。"

痴虎说："我，我也不知道自己为什么会当老马说出那番话。赵行，我想去找老马，把说过的话更正过来。你说，行吗？"

赵行在屋里急速地踱着步子，气急地说"不，不，我也不知道该怎么办。这号事，我从来没遇上过。我能给你拿什么主意呢。对了，听听小牛的意见吧？也许恋爱专家能给我们指点迷津。"说着，去里间厢房把正在熟睡的小牛从床上拉了出来。

小牛睡眼惺忪地听完痴虎的叙述，哈哈大笑："一个屠夫状元，一个傻蛋，原来为这芝麻小事犯愁哟……"

赵行瞪了弟弟一眼；"别吊儿郎当。痴虎这样做，你说说自己的看法。"

小牛说："痴虎这傻蛋傻了一辈子，这回倒是办了一件聪明事。我认为一千个正确，一万个合理！"

"瞎说！合什么理？"

小牛侃侃而谈："杨校长和金学梅三天一小吵，五天一大吵，动不动拳脚相加，完全应当分道扬镳，强扭的瓜不甜嘛。再说，杨校长和李小翠老师好上了，彼此心有灵犀，合二为一，不是顺理成章么？男女亲个嘴算个屁事？……"

"瞎说！杨校长和金学梅当初为什么会结婚？"

"那是他一不小心成了失足青年。所以，我认为痴虎非常伟大，我对他的行动一百个支持……"

"不，不，"痴虎说，"我总觉得那个三好学生的 20 分加分，我拿得理不直，气不壮……杨校长给我，怀有私心……"

小牛走后，赵行仔细想了很久，说："痴虎，小牛刚才说的也有道理。我坚信，杨校长在拍板三好学生时，没带什么私心杂念。因为他并不是一个自私的人。退一万步说，三好学生又为什么只能评给别人，而不能评给你呢？……"

痴虎离开赵家时，仍然有点忧心忡忡。赵行望着他的背影，深深叹一口气……

二十三

这天晚上，痴虎没有回家睡觉，而是摸黑走了五十多里夜路去了县城。他没去过县教委，迂回曲折拐过好几条街巷，才找到那座院子。黎明已经来临，院门口有洒水车驶过，一大团水雾朝他喷过来，把他的裤子和鞋子弄湿了。当他像只落汤鸡般站到老马的门口时，老马吃了一惊：

"你是？"

痴虎欺骗过老马，见了面心里慌得不行，愣怔了一会，鼓足勇气说："我叫痴虎，玉泉中学的毕业生。老马，我心里有一句话，不当您吐出，人会憋死……"

"哦，记得。"老马友好地一笑，"什么话这样重要呢？说吧痴虎同学。"

"那天，我没当您说实话，我对您不住。那天晚上，杨校长在李小翠老师家里不是谈工作，他手上抱的也不是什么大花猫……"

老马不由"嗬嗬"大笑，忙把痴虎让进客厅，给他递上一杯开水："有意思，有意思。痴虎同学，是谁让你到我这儿来的呀？"

痴虎说："是我自个儿来的。"

老马摸摸他的脑袋："痴虎同学，过去了的事，就不要再提啦。当然，今天你能主动来找我，把说错了的话更正过来，是难能可贵的。实事求是，才是真正的好学生啊。我要表扬你呢。看来，评选你为地级三好学生并不冤枉啊！"

"不，不，"痴虎一急，脸就红了，"老马，我够不上这个三好学生呀。我说了谎话，还能当三好学生么？我在为虎作伥呢。请把我的这个'三好'取消吧？要说'三好'，只有向学文才够得上呀……"

老马严肃起来："痴虎同学，至于评谁当三好学生，这是组织上的事。你作为一名学生，完全可以不管的。况且，你们杨校长在决定三好学生之前，也把自己的想法与县教委通过气了。教委的领导认为他的选择是对的。再说，人，总是有缺点的嘛，金无足赤，人无完人呀。能说三好学生就没有一点儿毛病吗？你说了一百句真话之后偶然说过一句假话，就把你的三好学生资格取消，这合乎道理吗？退一步讲，你今天不是以自己的行动把这个错误改正了么？……关于杨校长与李小翠老师的事，你们十四五岁的学生娃又怎么说得清是是非非呢？作为一个中学生，不谈女人是对的。痴虎同学，回去吧，不要把这事儿搁在心上了。"

痴虎说："老马，我求您了。那天，我说一句谎话，您这么重视，工工整整记在纸上，还让我捺上指纹，今天我要把那句话重说一遍，您也像那天一样作个记录吧？这是大实话，实话比谎话更重要啊！"

老马收敛了笑容，皱紧眉头想了想，掏出纸笔写起来："好吧，你说说，我把它记下来……"

痴虎觉得有点羞于启齿，迟疑了一会，还是把杨校长和李小翠老师咬嘴儿的事原原本本复述一遍。

老马点点头："嗯，好了。我已经记下啦，放心吧。痴虎同学，这事儿，可不要随便外传，主要是怕影响不好。明白了吗？"

"明白了。"痴虎这才觉得心头的一块石头落了地，临出门时又说："老马，请您给杨校长打个电话，把三好学生换成向学文吧？向学文快死啦，可他……离中专录取线还差 0.5 分呀……"

老马便仔细问了向学文的情况，眼睛有点潮润了。他点点头，说："我一定给杨校长打电话，放心吧。"他把痴虎送出门，复又转身回屋取出两只热包子，撕下刚才的那张问话记录纸包上，塞给了痴虎。

痴虎向老马鞠了个躬，转过身，像头快活的小鹿，一眨眼便跑进了街上的人丛。

二十四

学文躺在县医院门诊部走廊上的一只竹床上，右侧悬挂着一只药瓶子，黄色药液正在一滴一滴缓缓地输进他干枯的身体。他的瞎子爹妈守候在竹床两侧，凡是有白色的人影儿在身边晃动，老两口就鞠一躬，以示对医务人员的答谢。

学文通身黄染，眼睛深陷，眼球如两只黄色酸枣。他的面部发黑，不时呛出一口半口黑色的血沫。他原本高度近视，这会，连输液管中下溅的药汁也看不清了。天花板一会儿是黑色的，一会儿是黄色的，一会儿变幻成一堆堆印满铅字的零乱的考卷，风吹乱云似的向他盖过来，压得他胸口憋闷，喘不过气来。

他喃喃着："爹，妈，别，别守着我了。去玉泉呀，去找黄老师，找赵行、找痴虎……问，问我上线没有……都两周了，分数，应、应该，公布了……去，去呀……"

爹说："孩子，安静些。我掐算过了。你命中带'学堂'，会读书，老天会保佑你考上学堂的……黄老师、杨校长，还有赵行、痴虎他们，正在给你募捐呢。你现在还没有住进医院……昨天晚上，赵行来过了。他替你付了一多半医药费。医院逼他全部交清才安排你住院。赵行看你一眼，又连夜赶回募捐去了……"

"赵行，他，他来过啦？我为什么，没见着呢？问过他了吗？我，我上线没有……快，快去问他们呀……"

黄老师领着一群学生，提着半袋子钞票，来到门诊部。乡下孩子进城，见地上和墙壁很洁净，有点缩手缩脚，一个个把步子放得很轻很轻。他们默默地站在竹床四周，把各自的礼物轻轻放在竹床下面。

黄老师勾下身，握住学文的手，轻声说："学文，同学们看你来了。医药费已经凑齐啦！学文，你好点儿吗？马上就要给你办住院手续了……你一定要挺住呀！这阵，坚强的意志比什么都重要呢。"

痴虎和赵行上前，一人握住学文一只手："学文，我是痴虎！我是赵行啊……"

"痴虎，赵行，快告诉我。我上线了么？"

痴虎说："考分，还没有公布……"

"不，不，快三周了。应该公布了。告诉我吧……"

同学们都把脸掉向一旁，生怕学文问到自己。

黄老师被一名护士叫到了办公室。主治医生说："你是向学文的班主任吧？我现在要告诉你的是，用不着办住院手续了。"

"这是为什么？"

"向学文是慢性乙肝转恶化为肝癌，已经晚期，癌细胞已经扩散至全身，化验结果出来了。我们已经无能为力……目前，最乐观的预计，他还能活一到两天……"

　　黄老师身子颤抖得厉害："是，是真的吗？"

　　"我干吗要欺骗您呢？"

　　黄老师泪如雨下："医生，你可要尽力抢救这孩子的生命啊……"

　　"迟了。已经没有办法了。您作为他的班主任，没有及时送他来医院诊治……他的病情给耽误了……"

　　黄老师双手颤颤地掐着那只钱袋，呜咽不止。

　　来到学文床边，黄老师揩揩眼睛，紧紧握住学文的手。

　　"哦！黄老师！您是黄老师！我，我一触摸您的手，就，就知道您是黄老师……您的手好粗糙，有许多裂痕，是，是石灰腌坏的……黄老师，中考……我，我有多少分呢？我……我……过线了……吗？"

　　黄老师噙着泪，说："学文，你考得不错……"

　　"我，我，上线了么？"

　　同学们面面相觑。

　　黄老师说："过线了。学文，放心吧。你超过分数线一大截呢，你的作文打了满分……"

　　"您、您不会哄我吧？"

　　痴虎说："黄老师没哄你。你的总分至少会比我高20分。你会评上地级三好学生的。等你病好出院，录取通知书就来啦……"

　　"哦，哦，太好啦。痴虎，赵行……你们都上线了吗？"

　　赵行说："都上啦。"

　　向学文身子抽搐了一阵，四肢便软了。他静静地躺在床上，干瘦焦黑的小脸蛋上，渐渐地浮起一缕笑意。这笑意，如丝线缕缕泉水，渐次向脸颊、眉梢、嘴角延伸，把整个脸庞装扮成一朵恬静的黄菊。他喃喃地念叨着：

　　"太，太好啦……我终于……要成为一名教，教师啦……谢谢……老师……谢谢……同学们……我会像……黄老师……一样，当个好老师……当个……好，好……班主任……老师……班……主……任"……

二十五

这天早上，痴虎爹找到赵行，送给他一张字条，焦急地说："痴虎的录取通知书来了，我正在为他筹集学费，痴虎却说他不念中专了。他说学文死了，他也没了心思上学。我还以为他在说玩笑话呢。谁知道，他昨天晚上留下一张字条后，真的出门走了。赵行，你给念念，上面都写些啥呀？"

赵行展开纸条："爹，妈，我没有资格走进中专校门。那个地级三好学生的 20 分，只有向学文才有资格享受……爹，妈，我走了，到一个我向往的好地方去，一年三载不会回来。你们别去找我，即便去找，也找不到的……"

痴虎爹哭着说："咱痴虎，他，他真的不念中专啦？他果然打工去啦？"

赵行喃喃地说："痴虎，你没有权利这样做。学文要是还活着，他也不允许你这样做。痴虎，你知道吗？这薄薄一张通知书，它的代价多么大？老师、家长、同学们，还有咱们的玉泉故乡，以及整个社会……都不允许你这样做……"

痴虎爹哭着说："赵行，这，该怎么办呀？"

赵行想了想，说："这样，我给录取我的学校和录取痴虎的学校以玉泉中学的名义，各去一封推迟报到的请假信，然后，去广东找痴虎。我一定要把他找回来……"

第二天，赵行登上了南去的列车。与他同去的还有杨校长和李小翠、黄玉娥老师……

原载《芙蓉》

挂在树上的死猫

一

区爱卫办检察机关清洁卫生，扣了宣传部奖金，曹大姐（办公室主任）领工资时把扣款单带回来，往党部长办公桌上一摞，气呼呼地说：

"每人扣了一元。缺德！"

大伙同时一惊，抬眼望曹大姐，等待下文。

党部长问："其他部室扣了吗？"

曹大姐说："看了工资表。这院子九个部室，唯独我们扣了。问原因，说是清洁卫生工作没到位，留有死角。具体指哪处地方，财务科也说不明白，他们只认爱卫办的扣款单。"

党部长有些窝火，但作为领导者，冷静了一下，说：

"清洁卫生没搞好，是该扣的。算了吧，扣了就扣了，以后注意点就是了。"

小马（通讯干事）说：

"他妈的爱卫办这些人成天喊卫生检查。吃饱了没事干！丑陋的中国人，饭都吃不饱，讲什么臭卫生！"

"小马，你这就说得不对了。"党部长批评道，"书记、区长都带头扫大街呢。清洁卫生不搞好，怎么行呢？就说咱们部里吧，没个文明卫生办公现场，又如何谈得上工作效率？这点，你倒要向老陈（中心干事）学习。瞧你的桌子上，文件书籍站的站着，躺的躺着，像个鸡窝。再瞧老陈的桌上，头是头，脸是脸，一看就叫人舒服。"

老陈微微一笑，对扣奖金一事，他是很敏感的。要说，他的火气比谁都大。宣传部四个人，数他顶爱清洁。每天上班都要花个把小时把办公室内外打扫一遍，还把大大小小三十几份新来的报纸，分门别类夹得整整齐齐。

他最看不惯小马的邋遢，有时，小马乱扔废纸团，他就亲自勾身拾起扔到废纸篓去。党部长烟瘾大，有时乱弹烟灰，也常常受到他的批评，说党部长德才兼备百样都好，就是不讲卫生。党部长挨下属的批评并不生气。他是个随和的人。曹大姐是部里唯一的女性，女同胞的卫生意识天生比男同胞强，因此还没受过老陈的批评。

不过，部里四个人，小马和党部长站在一条战线，曹大姐执行不结盟政策，老陈与党部长、小马抗衡，总有些寡不敌众。这次，见奖金果然扣了，正好发泄，说：

"小马，老党，这次扣一元，下次扣十元，长期扣下去，看你们有几多工资认扣。老板，清洁卫生的事，您不能不列入议事日程了。"

"老陈，你说得对，"党部长点燃一支烟，"你起草个清洁卫生工作细则吧。要么，就叫《宣传部清洁卫生岗位责任制》，弄它个十条二十条，指导思想、工作目标、具体措施、奖罚细则……拟好了，大家讨论通过，再用毛笔抄好，嵌在玻璃框子里，挂在办公室显眼的地方。免得人家总说我们不重视清洁卫生工作。"

老陈说："我明天就起草，先去其他部室参观一下。"

曹大姐余怒未消，说："小马，你是管广播稿件的。每个部室每个月上多少稿子，也是上了岗位责任制的。给爱卫办任务加大些，完不成，也扣！那几个男女除了扫大街，文化档次高不到哪儿去。"

小马说："爱卫办有个小张，没事干，专门写广播稿，一天可以写七八篇，是个造消息的机器。扣他们不着。"

曹大姐提醒他："你审稿时就不能多杀下几篇？只要有心，不愁鸡蛋里挑不出骨头。"

小马茅塞顿开："哎呀呀，曹大姐还真内行。我怎么忘了呢？这个月，老子就叫他们尝尝马某人的厉害！"

党部长说："这怎么行呢？这怎么行呢？人家是为了工作嘛。"

小马扮个鬼脸，说："老板，放心好了。我不过说着玩玩。"

二

第二天上班，老陈花两个半小时去组织部、团委会、政府办公室、行政科、财务科、政研室等单位参观了一圈，离开时悄悄摸了一下他们的报夹子、玻璃板，发现指头上沾了薄薄一层灰。回到宣传部，瞟一瞟钉在门上五年之久的"文明卫生办公室"铁牌子，火气尤其大。

还要怎样呢？一礼拜搞一下午大扫除，四个人忙得腰酸胳膊疼，连地板都擦得可以揉面团，院子里的卫生责任区也找不见半片落叶，还要怎样呢？死角，死角！死角在哪里？宣传部哪点地方比不过人家部室？老陈伏在桌子上起草卫生细则，越想越写不下去了。搁下毛笔，拨通了爱卫办电话：

"喂，爱卫办吗？我是宣传部老陈呢。"他心中有火，说话声音有点激愤，"我找周主任接电话……周主任么？惊动您大驾了。上个月你们扣了宣传部卫生奖金。我们通过学习，都作了认真的反思。党部长对这件工作也相当重视，现在，我们正在制订整改措施。为了开创机关清洁卫生工作新局面，我们想认真分析一下存在的问题……周主任，党部长希望您派一名同志亲临指导工作，要不，就告诉我们一声：宣传部清洁卫生死角究竟在什么地方……"

周主任笑了一通，说："老陈同志，上月扣了，这个月可以奖回来嘛。请不要在意啊，主要是市政府抓得紧，红头文件发了三次，区长办公会都开了七八次。为这事，区长亲自签过责任状的……我们不严格一点，市里打区长的屁股，区长就要打我们的屁股。我们不象征性的扣一点奖金，如何向区长交代？……老陈，要说死角，你们的死角不在办公室，是在院子里的风景林。你们到那些钻天杨树上找找毛病吧……"

老陈透过玻璃窗瞟瞟院子里的钻天杨，对着话筒说：

"钻天杨不是长得好好的么？树上没有一片枯叶，地上没有一片落叶啊！"

周主任说："再仔细找找吧。死角是区委毛书记发现的。后来，方区长也发现了……"

老陈的心为之一紧，觉得有可能真的存在问题。

三

下午上班。天气很好，春光明媚，万里无云。党部长、老陈、曹大姐、小马一齐来到院子里。院子很大，围墙圈住五十来亩地盘。中间是个大花圃，四周是风景林，分别为香樟林、松柏林、凤尾竹林、水杉林、雪松林。每片林子归一个部室管理。紧靠围墙北面是一片钻天杨，挺拔修长，如亭如盖，青枝绿叶高高耸入云天。微风吹来，枝叶轻轻摇曳，"刺刺啦啦"发响，飘下纷纷扬扬的淡黄色花粉。这片钻天杨属于宣传部的卫生责任区。

四个人立在树下，左看右看，上看下看，怎么也找不到什么不卫生的死角。

小马摇头叹气。

曹大姐说她望得头有些发晕了。

党部长不停地转换观察的方位、角度。既然爱卫办和书记、区长都找到了，这就证明问题确实存在。

党部长想了想，说：

"大家分头包干负责，五十五棵树，你们三个一人包十棵，剩下的二十五棵归我检查。一根树枝，一片树叶都不许漏掉。"

老陈说："还是平均分配的好，你是老板，怎么'多吃多占'呢？"

曹大姐问小马："杀下他们的广播稿了吗？"

小马说："别声张，今天送来的八篇全毙了。我就要看爱卫办能拉几尺高的尿！"

党部长说："还是照我刚才说的分头检查吧。小马，那样做不妥……"

"什么不妥呀？"小马故意装聋卖哑。

党部长说："你和小曹嘀咕什么，以为我没听到？小马，那样确实不妥。爱卫办周主任也说了，死角是毛书记和江区长先发现的。他们不表示一下，不好交代。听我的，别由着性子来。"

大家就分别检查起来。四个人一会儿绕着树兜转圈子，一会儿拉到很远很远的地方远距离观察眺望。这样弄了差不多个把小时，还是一无所获。

小马说："党部长，您发现什么死角了吗？"

党部长说："我暂时还没有什么发现。"

"你呢，老陈？"

老陈摇摇头："怪了。我也没发现什么不卫生的地方。"

曹大姐有点生气了："问题明摆着嘛。这是他们故意和宣传部过不去。区委办有书记们待着，不敢扣。政府办有区长们待着，不敢扣。组织部有正副部长管着他们，乌纱帽要紧，想扣没这个贼胆。经委管钱，编委管人头，计委管物质管指标，行政科管液化气，纪委弄翻了脸掏他们的老底……唯独宣传部管着几张好听不中用的广播稿，几张说话的嘴巴，再加上您这个只有帽子没有实权的党部长——当然但扣无妨啦！……"

党部长虽然是个厚道人，平日不大在乎有权没权，经曹大姐这一挑唆，面子上还是有点挂不住，批评说：

"小曹你这样说话不妥。别把事情想得太复杂嘛。我倒觉得周主任平日办事还是蛮公道的。好了，既然找不出什么死角，我们就回去吧。周末大扫除时，再仔细查一查。"说着，领着人往楼上撤。

四

哲人说，凡是存在的，就是合理的。由此往下推，凡是合理的，就有存在的必要。谁能说共产党的宣传部没有存在的必要呢？有位就有权，有权就有威，有威就有力。问题在于你能不能用好这个权，能不能以这个权发挥出固有的威力来。

小马的理论应用水平还是挺高的，一个月下来，不管党部长说了多少句不妥不妥，他硬是将爱卫办送来的三十七份广播稿全都毙了。按照有关责任制，爱卫办被扣除了一百元月奖金。

爱卫办只有三个人，摊下去人平三十三元三角三分。周主任收到财务科捎去的扣款单，心里同党部长一样不痛快。爱卫办本来就是个清水衙门，平日别说其他非工资外进项，连饭都吃不到人家一餐。这一扣，去掉了工资收入的百分之三十，下个月叫人怎么过日子嘛。

他强装笑脸说："小张，怎么搞的，谈女朋友分心了吧？如何上个月一篇广播稿都没写呢？你知道，咱们原本只有两个编制，为了引进你这个笔杆子，我编委、人事局都跑烂了几双鞋子呢……"

小张说："我根本没谈什么女朋友。要说广播稿，差不多一天送上去一到两篇。我这里有个统计表，近一年来，我的发稿率差不多达到了百分之九十五，就是说，我写一百篇稿子，九十五篇以上采用了。偏偏这个月就碰到了鬼，一篇都没采用。"

小张走后，周主任问小赵："赵妹子，上个月小张究竟写没写广播稿？"

赵妹子一直追小张，小张不喜欢赵妹子，碍着面子又不好断然拒绝，实在没办法了就对赵妹子说穿自己早就有了女朋友。赵妹子怪小张玩弄了她的感情，很是生气。

她说："哄鬼！广播稿是交上去一大叠，可全是从报纸上抄下来的。他在搞对象，根本没有心思写什么稿子。领工资时我问过宣传部小马了。他说毙稿子的原因是许多听众反映小张的稿子'似曾相识燕归来'——懂意思么？'似曾相识'就是'抄袭'的客套话。"

周主任想了想，说："有这种可能吗？他可是大学本科呀，985前十大学呀。像他这种水平，我看从报上抄一篇，还不如自己写一篇来得快呢……赵妹子，什么时候吃你和小张的喜糖呀？"

赵妹子说："黄了。"

"黄了？"

"他这人，德性有点问题。"

周主任微微一笑。

赵妹子一走，他就给党部长打电话：

"党部长，这个月我们可没扣你们的奖金啊。"

党部长笑着说："扣也是正常的嘛。我就支持你扣。不来点真格的，机关的文明卫生建设怎么搞得好呢？个别同志有点想不通，抱怨你们是大年三十吃柿饼，只拣软的捏，扣宣传部的奖金是看中了宣传部没有实权。我扎扎实实批评了一顿呢。"

周主任说："党部长，你们那位同志可能有了误解，我周某人是那种吃软柿饼的人吗？实话相告吧，昨天下午四点，江区长领着我们三个对机关大院的卫生情况又暗中搞了一次抽查，江区长再一次找到了你们责任区的死角，并责问我们为什么不限期整改。"

党部长说："老周，你可不要狐假虎威拉江区长的大旗吓唬人了。这院子里如果还有哪家的清洁卫生强于我们，我就不姓党！"

"姓什么呢？"

"引咎辞职，到环卫所扫垃圾去。"

周主任笑起来："那倒不至于啰。党部长，您作为区委常委，再没实权也比我这小小爱卫办主任高两个级别吧？我能从一名环卫工人调到这个岗位上来，还有赖您的扶植呀。可我刚干一年，就挨了区长大人的批呀……"

"批什么呢？你的工作不是很有成绩吗？"

"党部长，您应当清楚啊——上个月是区长钦定的文明卫生宣传月，指示我们一定加大卫生文明宣传力度，可我们小张辛辛苦苦写出的三十七篇广播稿全给毙了……"

党部长捂着嘴巴微微一笑，装作不知底细的样子说：

"有这回事？让我问问小马看。我倒好像听说，听说你们的广播稿有抄袭之嫌，说什么省报的什么刘记者打来了十几个抗议电话。让我问问清楚，看到底是怎么一回事……"

五

第二天上午的部务会上，党部长作古正经把周主任的电话内容作了一番转述，装聋卖哑地询问爱卫办广播稿件的事。

小马抛给党部长一支烟，自己也点上一支，摇头晃脑说："《资治通鉴·唐纪》载：有一天，武则天命来俊臣审问周兴，周兴还蒙在鼓里，根本不知道大祸已经临头。可是，来俊臣知道周兴狡猾，不会轻易招供，想了半天，便请周兴喝酒。周兴高兴地赴宴了。来俊臣高擎酒杯说：'请！'周兴也客气地高擎酒杯：'请！'来俊臣一边斟酒，兀自窃笑。周兴问：'不知兄长如此破费，有何贵干？'来俊臣说：'愚弟主要是向你请教。'周兴有点得意：'什么事，仁兄只管道来。'来俊臣说：'难啦。近日愚弟遇一囚犯，生性刁猾，怎么审问，诸刑用尽，就是不肯招供。恭请仁兄赐教良方妙法？'周兴笑了笑：'这有何难。拿个大瓮，周围用炭火烧烤，把犯人装进去，什么事他会不承认呢？'来俊臣忙令人搬来一个大瓮，四面加火，对周兴说：'奉武皇之命审问老兄，请老兄入瓮！'周兴吓得连忙磕头，说：'我招，我招。我有罪。'……"

众人听完，笑了个死去活来。

党部长也笑，笑完，严肃地说："玩笑归玩笑，正经归正经。小马你这死鬼应当适可而止。今后再不许这样了。"

小马说："老板，这事你就别过问了，权当小事一桩，由着我们这些部下搞去。不是说你这个部长没有实权吗？我们下属要给你玩出点实权来。"

曹大姐说："就是。即以其人之道，还治其人之身。"

党部长说："这个月不是没扣我们奖金了吗？胡来一气还是不妥的。还是要讲道德，求稳定的。"

老陈说："也确实恼人。扣了一个月奖金，看来今年这块'文明卫生部室'的牌子是要让人揭走了。"

小马说："老板，我们这是替您争口气。上个月扣走了七块钱奖金，我要对他们进行严厉制裁，什么时候他们把奖金送了过来，我们就停止制裁。"

党部长说："不妥，这不妥的。这样下去，问题有可能闹大，造成不好的影响。你们要清楚，爱卫办是归区政府管的，江区长又是全区文明卫生建设第一责任人。小马你如果这样制裁下去，他们短不了向江区长告状呢……"

曹大姐说："你就这么怕江区长？都是市管干部，他是区长，你是部长。他是专科生，你是本科生。他是工农兵学员，你是正版985统招大学生。他是常委，你也是常委。他能把你如何？"

老陈说："问题在于我们的文明卫生无可挑剔，问题在于我们的奖金扣得冤枉！"

党部长说："问题还在于我们的卫生死角至今没有消除！"

"碰了他娘的鬼！"老陈气得脸上发黑，"什么死角？就差肛门那个死角不能用自来水冲了。"

小马说："有道理。文明不文明，首先看卫生。卫生不卫生，首先看肛门。下次爱卫办检查卫生，我们脱掉裤子让他们看肛门！"

一屋子人笑得前仰后合。

就在这当儿，电话响了。曹大姐拿起听筒刚贴住耳朵，就交给了党部长。党部长听了一会，笑着挂了电话。

小马说："笑什么？是不是有个小蜜找你约会呀？"

"死鬼，没句正经话。"党部长说，"不是找我，是找你的。小马，你下楼去。有人在一楼等你。"

"找我？谁呀？"

"你下去就知道了。有人送你一件礼物。"

六

等在楼下的是爱卫办的写手小张，见了小马就亲热地叫马老师，还给他敬烟。小马只读了高中毕业，本事实在是不能和"985"大学本科生相比的，小马受了奉承，心里还是高兴：

"站在这里干什么？去宣传部办公室喝茶嘛……对了，你的那些广播稿，我本来是准备采用的，其实你的稿子都写得不错，从前的用稿率差不多达到了百分之九十五以上，这你也知道。最近一段时间，我也不是突然对你有了看法，有意卡下你的稿子……其中的苦衷实在不好明说，有可能你自己也清楚了。主要是宣传部接到了一些莫名其妙的电话，有些七七八八的说法。我们宣传部呢，要说重要，又不见得有什么实权。要说不重要呢，还真是个咽喉部门。不然，为什么从中央到地方，层层都得设立这个部门呢？所以，为了慎重起见，我就采取了一些措施。希望你能够理解……"

小张说："马老师，有人说我的消息有抄袭之嫌。究竟是不是抄袭，你最清楚。"

小马说："清楚。怎么不清楚？你们周主任也清楚……"

"马老师，实话说吧。我今天是独个儿来这里找你的。上个月，我们的宣传工作没跟上，周主任挨了江区长的批评。周主任不服气，就把你退给我的那些广播稿交给江区长仔细看了。江区长有点冒火，找了主管意识形态的武副书记，还有毛书记，事情就有点复杂了。事实上，你们宣传部的卫生死角至今没有消除。明天下午三点，两位书记和江区长会对机关大院的卫生来个突击检查。我就是来给你通报这个消息……"

小马说："我们不怕什么突击检查。有人再想扣去我们的奖金，可能办不到了。"

小张说："在宣传部，马老师是个兵，在爱卫办，我只是个卒。兵卒相斗，实在没意思。"

小马说："你这话什么意思？"

小张说："马老师应该知道，区委和政府之间，并不是十分融洽。何必为这一点奖金的事，弄得领导们红眼睛呢？化干戈为玉帛……我们虾兵蟹将也落得个清静吧？说穿了，菩萨郎中斗法，病人受苦。何必呢？"

"你的意思我一点都不明白。"

小张说："这有什么不明白的？当头的寄希望找到某个单位的卫生死角，不然不足以证明工作的深入扎实。当兵的呢？未必和当头的是同一种心态？我不妨当一回叛徒吧——你们的卫生死角在第三十七棵树上，我说的是从东往西数，第三排的第九棵树上，还说得具体些，是在树丛之间，而不是树下，更不是办公室里。"

说着，从口袋里掏出一只望远镜，递给小马："你拿去仔细找一找，自然就发现了。其实这望远镜只是一件儿童玩具，它可是我们主任的创造发明。我们就是用它寻找卫生死角的……"

小马忍俊不禁，接过望远镜，说："既然如此，我们愿意一试。"

七

小张走后，党部长便领着宣传部几个人悄悄来到那片杨树下，轮流用望远镜朝着第三十七棵树扫描。党部长、曹大姐、小马都没发现什么，倒是老陈眼尖，望着望着，便发出一声"啊呀！"，继而一迭声叫起来："我发现毛病了！我发现毛病了！你们快过来看，那里，那里。那是什么?!"

党部长、曹大姐、小马立即跑过来，轮番抢过望远镜，顺着老陈手指的方向望上去。他们都发现了树叶丛中悬挂着一小片黑乎乎的东西。

"怪呀！这是什么呢?"曹大姐自言自语。

小马说："像是废胶卷。"

党部长说："是件黑衣服，蝙蝠衫。"

曹大姐说："像女人的假发。"

老陈为自己头个找到了死角而兴奋，脸显得红扑扑的："问题可能就在这里。他娘的，好隐蔽哟！"

曹大姐很佩服，问："你是怎么发现的呢?"

"嘿，你不知道，"老陈说，"没有风，树叶不动，根本发现不了什么。刚才起了一阵小风，树叶张开了，我一下子就捕捉住了目标！"

小马说："爱卫办人眼睛真毒，书记区长也真是个好角。我们天天扫这林子没发现，他们随便望一望就发现了。真是得来全不费功夫呢！"

曹大姐说："发现了就该扣么?这又算什么?人脸上还有油腻子呢。亏他们还搞来一只望远镜。"

党部长说："不能这么说嘛。既然人家找到了你的死角，就证明他们确实没冤枉咱们。现在的问题是，先得弄清楚，这黑东西究竟是什么玩意。小马，你说这究竟是什么?害得我们把个文明卫生部室的荣誉丢了，还扣了一个月奖金。"

小马说："我也猜不透究竟是什么东西。好顽固的，就是掉不下来。"

说话间，老陈不知从什么地方搬来一根旗杆，一声不吭就往树上戳。树太高，根本够不着。四个人又一齐抱住树干拼命摇晃，摇了半天，人都累得大汗淋漓了，那黑东西仍然岿然不动，一副天生我材必有用的怡然之态。

党部长显得有些疲惫，站在那儿，眯缝着眼睛一想，觉得好笑，说：

"我在这儿待了三年，倒是发现过的，只是不经意，也就没想过是什么东西。哦，是的。记起来了。大约三年前吧……这院子扩建，把邻家农民的后山圈了进来，这钻天杨也一齐移了民。黑怪物那时好像就有。原本想弄掉，后来一忙就没顾得上。就像人忙起来忘记刷牙洗脸一样。这两年，钻天杨像物价一样，一个劲地往上疯蹿，眨眨眼就有了五六丈高，想弄下来也就难了。刚才大家吃了几多亏，真是费力不讨好……"

小马说："还是让我爬上去摘。我会爬树。"

"好了，好了，我的爷。"党部长说，"你纵然有这份勇气上去，我还不放心呢。要是不小心摔下来，缺胳膊少腿的，还真不好交代。医药费都包干到人了，每月就那么三块五毛钱。你说是工伤吧？不太像，因为宣传部岗位责任制中没有爬树探险这一任务。自己掏腰包，负担得起么？还有，假如你女朋友见你缺胳膊少腿，和你拉倒，怎么办？"

老陈、曹大姐"哧"地笑了。

老陈冒出一个极大胆的想法：

"我看干脆把那棵树锯掉算了。免得爱卫办和我们过不去。"

"锯树？了得！"党部长吃了一惊，"这些风景林，绿化办公室都建了档案的。我们负责的这五十七棵，活着包培植，死了得及时上报，领他们来查原因，比法医验尸还仔细。年终年初、植树节前一天都要检查一遍。我看还是想点其他办法。"

小马灵机一动，说：

"有了！有了！党部长，你不是说这钻天杨是征收邻家农民后山时一同移民的么？找他们一问，不就真相大白了？"

老陈说："正是。"

曹大姐说："去吧。要去，我们四个人一齐去。从院子外面贴围墙绕过去，通共才两里路。不远。"

党部长说："上班时间去，不大好吧？四个人一齐去，假如有人来找怎么办？再说，你们都有自己的工作任务啊？"

小马说："一礼拜的任务，我花一个钟头就完成了。"

"吹牛！"党部长不大相信，"早上李区长刚通知你写报道呢。昨天学雷锋做好事现场会报道，你写完啦？痞子？"

"完了，完了。"小马说，"上两个月，江区长开植树现场会，已经写过简讯寄省电台了。我留了底稿。今天的报道只消把'江区长'改为'李区长'，把'植树'改为'学雷锋'就行了。反正都是区政府牵的头，精神文明建设的意义、目的是一致的。至于措施、效果，还不是现成的套路？"

"你呢，小曹？"

曹大姐说："我这里……民主党派座谈会早开过了。起码隔三个月才有这方面活动。至于理论教育……讲话稿也是现成的，精神、提法，报纸上都有。这几天没有新精神。"

党部长又望望老陈。

老陈说："我这一向集中精力对付清洁卫生大检查。细则，一星期可以定稿。出去走走也好。关在屋里闷死人。"

"都去好。"曹大姐说，"我们这是搞一次集体活动。人家部室都这样。昨天，组织部全都看电影去了，说是去接受一次关于党的知识教育。团委今天一早关门春游去了，去向牌上写的是'上街学雷锋做好事'。纪委前天关门下乡买进一批兰花。他们走时说是去祭扫烈士墓。哄鬼。只有我们宣传部八小时守庙，都成了尼姑和尚。主要是你当老板的太死板。"

党部长说："那就都去吧。我也有点憋闷。天天待办公室，人都变懒了。笑话段子也说得差不多露底了。"

老陈心细，在窗口的去向牌上用白粉笔写下：

"上午九点半至十二点全体人员去附近农村社会调查，物色文明卫生先进典型家庭，以便重点宣传。"

八

春日融融，和风送暖，四位部员一出院子，都有松了一口气的感觉。一路上，谈天说地，逗蜂引蝶，感到爽快无比。

党部长长长吁了口气，抬起手，扩扩胸，说："老陈，宣传部待三四年了，院内院外才隔一堵墙，怎么就不知道外面有这么好的风景呢。要说，还搭帮爱卫办扣了咱们一元奖金呢。"

曹大姐说："这样的社会调查，今后我们一个月至少搞两次。出来透透气，人都活得久一些。"

小马提醒说："我们务必在今天中午，即下午上班之前把那'死角'除掉。他们下午一上班会来偷袭的。小张已经说过了。小张人还不错。"

党部长说："正是。"

大家沿着围墙下的小道，曲曲拐拐往前走，约莫半个钟头，就来到那户与宣传部打邻居的农民禾坪里。禾坪里桃红李白，青砖瓦房上爬满了青藤蔓，蜜蜂在嗡嗡嘤嘤地飞，一大群芦花鸡正悠闲自在地觅食。一位白胡子老头在勾身喂鸡，见党部长引来三个人忙笑着打招呼、端椅子、敬茶，问党部长有何贵干。

小马说："我们是来作社会调查的。老人家，您富了哟。全靠党的富民政策英明啦……"

老头连连称是。

小马说："无事不登三宝殿。有个历史遗留问题，我们想请您回忆一下。老人家，您家的后山，不是三年前征收了么？"

老头说："是呢，是呢。从前，你们住的地方就是县衙门，只有半亩田大。如今可有四五十亩了。共产党办事，气派哟。地盘大，人也多。那些杨树，眨眨眼睛都五六丈高了。党干部，您还记得啵？——征收我家后山时，是您数的树苗子呢。"

党部长抿了一口茶，笑笑："怎么不记得？那时我是征地办公室主任。一共是五十七棵。每棵给的一元钱。"

老头说："如今都碗口粗了。一棵树顶少也能卖十块吧，真是划不来。没想到你们公家人把木材价码定得这么贵。还是你们拿工资的好哟，成日没有什么事情做。满屋子都是人，会开得多，电话'丁零'响。都忙些什么呀？哪里有这么多会开呀？"

曹大姐说："怎么能这样说话呢？从前，农民累死累活干一天就值两三毛钱，现在呢？您一年的收入怕有好几千块吧？农民其实比当干部的富多了。"

党部长觉得曹大姐说得生硬了些，忙插入正题，指指院墙内的钻天杨说："老人家，那根树上挂的什么东西啊？那一根，那根顶高的——"

老头用手挡住额头，打量了半晌，说："没什么呀。不都是你们的树了么？"

小马搀扶老人走到围墙下，选择了一个能见度很高的土坡立住，用手指定树丛间一点："那里，那里，看到了么？征收这树时，那黑东西就在上面吊着的。那黑东西？——"

老人终于看见了，露着大黄牙"嘿嘿"地笑起来：

"那是一只死猫公。"

"死猫公?!"四位部员同时一惊。

老人说："死猫公。"

小马问："猫公怎么死在了树上呢？又不是雀子。"

"不是它死在树上，是死了以后挂上去的。"老人兀自窃笑，"兴这样。乡里人作兴这样。猫公死了，树上一挂，再也不管它。这叫树葬。"

曹大姐问："能挂这样久？几年了不掉下来？"

老人说："用铁丝缠住脖子，拴到树枝上，就掉不下来了。我家喂的这只猫是只懒猫，你们看，吊了两三年，只剩一张皮了，还不肯下地还胎，它不愿捉老鼠呢。哈哈哈……"

小马问："您这话什么意思？它如何不愿捉老鼠呢？"

老人说："猫死了，是要挂上树的。待它的肉烂空了，就会掉下来。乡下有个说法，掉下得早，证明它是只勤快猫。掉下得晚，证明它是只懒猫。当然，这也只是一种说法。如今兴放老鼠药，猫公吃了中了鼠药的老鼠，自己也得毒死，所以猫也学乖了，多一事不如少一事，免得惹祸上身。懒，也是有道理的。如今，猫变懒了，人也变懒了。"

问题已经彻底调查清楚，党部长又问：

"老人家，这里面有什么典故吧？猫死了葬在树上，不埋土里，这中间有个什么道理吧？"

老人笑了笑，说："都兴这样。道理，我可说不上来。哪有这么多道理呢？人死了，埋土里去——你们说有什么道理？"

"嘿，老人家，您只管说嘛。"党部长敬了老人一支烟，"我们不会说您封建迷信的。这是丧葬文化发掘呢。我们国家有几千年文明史了，风俗习惯中都含有历史故事。说出来，对弘扬民族文化是大有意义的。老人家，您再想想吧？"

老人摇摇头："想也想不出的。"

接下来，大家七嘴八舌扯了一阵乱弹，喝了茶，抽了烟，又去附近山上采了几大把映山红，方才兴致勃勃地赶回院里来。

时间刚好十二点。老陈把小黑板上的留言擦掉，准备下班。

党部长说："那死猫公怎么办？"

小马说："别管它。这不能算宣传部的责任。"

"算谁的？"

小马说："到时我自有说法。"

九

下午三点一上班，从窗口往下瞅瞅，果然看到爱卫办周主任领着江区长等几个领导在风景林中探头探脑，鬼鬼祟祟。

党部长说："果然是偷袭。怎么区绿化办的卢主任也来了？"

曹大姐说："机关里的卫生归各部室管，风景绿化归绿化办管，姓卢的怎么能不来？"

小马说："我还怕他不来呢，来了咱们老板就有替死鬼了。"

党部长有点犯急，说："什么意思？"

小马说："别管它。偷袭完了，他们总得把检查结果向我们通报一下。到时，由我来对付。"

接下来一个下午，都不得安宁。小马对那个可能的典故一直耿耿于怀，老是把话题引到那只死猫身上去。

党部长一边浏览报纸，搭话说："凡是约定俗成的习惯，都有个典故藏在其中。这猫葬，照例也是应当有典故的……"

老陈说："我们老家猫死了，也兴挂在树上。主要是证明它有本事，和小马写文章留下铅字一样。"

小马说："我还没死呢，怎么拿我和死猫公相比？"

曹大姐说："其实，我爱人老家猫死了，也兴树葬。只是说法和老陈的有点不同。猫公勤快、轻巧，常常躲在高处往低处扑老鼠，所以，死了也要葬在高处，完成未竟的事业。"

小马说："很悲壮的，革命尚未成功，同志仍需努力。世界上的老鼠还没死光，猫公们，前赴后继吧！……"

党部长来了兴趣，说："曹大姐和老陈才说的，都有点谱儿了。我想，正确的解释会不会是这样呢？——传说虎子找猫公拜师学艺，打了个小红包送去。猫公廉洁，没收小红包，但很快教会了虎子扑、掀、跳、剪。老虎学成毕业时，却生出恩将仇报之心，龇牙咧嘴说：'猫公师傅，既然您是我师傅，待我情重如山，索性一个人情做到头，让我吃了您吧！'说着就往猫公身上扑。猫公轻轻一跳，三两下就爬到树上去了。老虎在树下张牙舞爪，就是上不了树。猫公在树上破口大骂：'你这忘恩负义恩将仇报的畜生！我早就看出你的品德不好，幸好留了一手绝艺没教给你呢。'——这故事，倒是上了书的。不知与树葬有没有关系……"

小马茅塞顿开："有道理，这种解释合情合理，比曹大姐和老陈说的妥帖一些。"

曹大姐说："这里面也没说猫公死了要挂树上啊？"

党部长笑笑："挂高处显眼，主要是警策世人：害人之心不可有，防人之心不可无。比方上午出门时，老陈没忘记在去向牌上写下一段话，这就是保护自己。猫公收徒，就给自己留下了护身之道呀。难道它死后挂在树上，不是为了警策后人吗？"

小马说："猫公具有远见卓识，真是个伟大的动物。"

曹大姐点点头："党部长说出了道理。"

老陈憨然一笑："还是党部长书读得多，不愧为重点大学中文系毕业生。"

正说着，电话响了。

老陈忙起身去接。放下话筒，他告诉大家："爱卫办周主任在楼下打来的，他说江区长请老板下去一下。"

小马说："我们四个人都去。这次他们扣不着我们的奖金。"

党部长还是有点着急。

十

下得楼来，江区长冲党部长笑，那种很滑稽的笑："党部长，你们宣传部的清洁卫生工作确实不错，确实不错。"

"是的，"小马涎皮说，"江区长公道。我们连肛门都经得住周主任检查。"

党部长说："痞子！"

江区长开玩笑说："肛门究竟属不属于检查范围，只有周主任清楚。你们这片责任林，虽然地面干净得能揉面粉了，卫生死角还是有的。"

党部长笑着说："死角，其实我们早发现了，就是无法整改，主要是缺少整改的起码整改条件。"

小马抢过党部长的话头说："一只死猫公，树上挂了几年，是农民三年前用铁丝扭在上面的，风吹不掉，雷打不动。五六丈高的树，树干又很不结实。人爬上去，怕摔死。用篙子戳，够不着。架梯子，没有这么高的云梯。用导弹击落，又没有导弹，中央军委不会批。宣传部都是几个秀才，没有飞檐走壁腾云驾雾的本领。我们实在没办法。"

党部长"嘿嘿"直笑。

绿化办卢主任说："秀才脑子最灵活，这点办法都想不出来？事在人为嘛。"

— 136 —

小马说："卢主任，机关大院绿化是您的责任范围。您划给我们这片树林之前，死猫公就在树上了。这个责任理当归您负呀。"

卢主任说："我管了娶媳妇，还能管生崽么？"

小马笑着说："您派给我们的媳妇，肚子里原本有个崽子，这个崽子究竟是谁的责任呢？是绿化办下的种嘛。"

江区长笑了笑："小马的诡辩，也不是完全没有道理。要说，你们两家携起手来，排除这个死角怎么样？"

党部长笑着说："还是绿化办独家排除吧。卢主任，你们是负责栽树的，栽下哪棵树，锯掉那棵树，由你们拍板。这棵挂了死猫公的树，我看干脆锯掉重栽一棵算了。"

"部长您说得好轻巧。锯掉一棵风景树，得由市园林局批准呀。"

"那，你们有升降机，起重机，还是你们方便。讲良心话，这么高的树，我们如何爬得上去？"

江区长说："卢主任，党部长说的也不是没有道理。"

卢主任说："升降机，我们是有，可也升不了五六丈高呀。"

周主任说："看江区长能不能给路灯管理所打个电话。他们的升降机可能够得着。"

"不行，"江区长说，"我清楚，最多也只能升高到十米左右。你几时见了比这树还高的路灯？这棵树至少有二十米高。"

周主任说："那就只能向消防队求援了。七八十层的高楼，他们都能上去，这棵树还能上不了？"

这一说，周主任就借了江区长的大哥大，给市消防队打电话求援，说了半天，关了机子说："消防队不肯出动，鲁队长说这不是他们的责任范围，就算他肯帮忙，还得市武警支队批准。消防工作条例有严格规定，除了救火，必须二十四小时在家待命，随时准备应付突发火灾。鲁队长还说，假如消防车派给我们后，突然有地方发火，他们又派不出救火车，造成的恶果谁来承担责任？"

江区长说："鲁队长说的也不是没有道理。我看这样吧，你们爱卫办、绿化办、宣传部三家合计合计，拿出个解决死角的方案来，明天开区长办公会时集体讨论一下。如果硬是要找市武警支队帮忙，区委出面一下也可以的。我走了，毛书记让我去一下。"说完，领先走了。

<h2 style="text-align:center">十一</h2>

第二天上班，爱卫办、绿化办各送来一篇广播稿，都是说文明卫生建设与环境绿化的重要性，说江区长如何如何重视这方面的工作，如何如何现场办公解决实际问题。党部长就分头拨了一个电话，请爱卫办周主任和绿化办卢主任来宣传部核实一下。他特意解释说，这类稿子原本是不经单位负责人核实的，但现在不行了，抄袭现象太多，宣传部不得不严格把关。这方面毛书记有交代。

同一个院子，只隔五十来米远。党部长才放下话筒，两位主任就一同进了屋。对这号事，都是很重视的，广播稿能不能上，关系到这个单位知名度和政绩问题，况且文章的落脚点都在江区长身上。党部长给两位主任泡了茶，冲周主任笑着说：

"老周，你小子好毒呢。那树上的死猫公，本来是绿化办的责任，怎么扣我们奖金？江区长都清楚了嘛。"

周主任哈哈大笑："该扣，该扣。人家是万绿丛中一点红，你们是万绿丛中一点黑。怎么不该扣？党部长，话说回来，我们本来是不想扣的。确实是江区长先发现，让我们扣的。江区长见面就刮我的胡须：'咦，你们爱卫办的卫生检查搞得蛮到位呀。万绿丛中一点黑，风景硬是别具一格嘛。要你们扣奖金，你就是当老好人！'你说说，我们能不表示表示吗？经过昨天的整改，下月一定给你们奖回来。别记仇了。"

党部长说："那死猫公还在呀。怎么能奖我们呢？"

周主任笑着说："当然，有奖就有罚，该扣的还得扣，下个月得绿化办出血了。"

卢主任笑着说："你敢扣我们的，我就扣你们十倍！"

"凭什么？"

"你们爱卫办门口既没栽一棵树，也没栽一株花，与《机关绿化条例》的有关规定沾不上边，怎么不能扣？"

周主任说："我的爷，所有单位我都不扣了。我们确实经不起一扣呀。"

"要扣，"党部长说，"扣区消防队的。"

"凭什么扣？像你们小马说的，他们的肛门都经得起检查。再说，他们的工资奖金也不归区财政发，归中央军委发，扣得着吗？"

"世界上不存在绝对的清洁卫生。即便是水晶，也不是绝对纯净的。比方，区消防队洗车的污水流进了下水道，又从下水道流进了农民饮水的小溪，这不是对环境的污染？文明卫生也不单是针对机关的吧？他们的工资奖金是归中央军委管，但治安、户口、入学、入托、计划生育等，还得归地方管。让区环保局登门找麻烦，他们自然会乖乖派辆消防车把死猫公弄下来……"

卢主任说："这还真是个办法。不妨一试。明天我就去和区环保局衔接。"

党部长说："放心吧，广播稿不会有问题。"

周主任出门后又折回来，说："下周三上午八点的文明卫生建设表彰大会，党部长您一定亲自参加哟。"

党部长说："我就不参加了，明摆着吃批评，我去献这个丑干什么？"

周主任笑笑："说不准柳暗花明又一村呢。"

十二

星期三下午，宣传部花了整整四个小时进行了一次彻底的大扫除。只是，死猫公的问题仍然没有解决。事后得悉，绿化办确实打着环保局旗号找了消防队，可他们属于"枪杆子"，不在乎地方机构，绿化办就直接去了市武警支队，仍然没有结果。

老陈说："党部长，您看那东西究竟怎么办呢？爱卫办还会找麻烦吗？"

小马说："肯定不会了。责任已经很清楚，三个单位，我们最次。"

党部长说："爱卫办这一向的广播稿，你没有捣鬼吧？"

小马说："一天给他播三篇，都是头条。别看我是个痞子，时刻与以老板为核心的部中央保持一致的基本原则，我还是严格恪守的。"

曹大姐这时喜滋滋地走进来，进门就抿着嘴巴笑。

党部长说："散会了？你笑什么？喝了笑婆婆的尿啵？会开得怎么样？吃批评了？"

曹大姐说："这次表彰会，我冒充了一次宣传部长，过了一把官瘾。事情是这样的，表彰大会第二项是给文明卫生单位颁奖。咱们宣传部摆在了头版头条——唯一的特等奖！得了一面奖旗不说，还有五百元红包。江区长点名老板您上台介绍经验，我就自告奋勇上去讲了十分钟。我也没有说自己是代替老板发言。会后就有不少人祝贺我荣升了宣传部长。你们说滑稽不滑稽？"

大家都笑。

党部长笑完有点不舒服。

宣传部长一下换成了别人，难道那个党部长有了新的安排？是提了还是降了？是不是犯了腐败？这样的议论无论如何都是于他不利的。当然，他还是笑了笑："我们的死猫公仍然没有弄下来呀，拿特等奖，人家不会有议论？绿化办和消防队有没有得奖？"

曹大姐说："他们分别是头版二条和三条。"

老陈说："这个周主任，葫芦里卖的什么药呢？消防队也得了奖，他们不明明拒绝了派车么？"

曹大姐说："江区长作总结性发言，花了百分之七十的篇幅表扬咱们宣传部，把我们如何发现死猫公，如何采取清除措施，如何冒着生命危险爬上树去，之后又如何向绿化办、消防队求援，消防队又如何在万忙中伸出援助之手，准备派出消防队员上树清除死猫公的经过，作了绘声绘色的描述……"

党部长问："消防队有什么反应？"

曹大姐说："那个什么鲁队长散会后留住我，问死猫公究竟是怎么回事？他说他根本不知道这回事，如何成了江区长的表扬对象。我说，就是江区长说的这么回事。你确实应当伸出援助之手啦。鲁队长说，要我们派消防车帮助你们搞清洁卫生，这硬是做不到，不是不愿帮这个忙，是帮不得这个忙。公安部门有死规定，除了发火，市长、省长都无权动用消防车。我们也就一台消防车，尤其不能挪作他用。这不是送我们一顶高帽子能解决问题的……"

党部长说："确实有这么个规定。我参加消防部门联席会议时，学习了这个规定。"

老陈说："这，怎么办呢？"

曹大姐说："看能不能找找毛书记。他比江区长有魄力。消防队的鲁队长又是他的小舅子。"

小马说："这样的小事，不好惊动毛书记。毛书记这一向情绪也不大好，听说挨了市政府的批评。市政府爱委会（爱国卫生委员会）对市区文明卫生工作搞了抽查，找到了许多死角。反馈到市长那儿，市长批评了他工作不力。为只死猫公的事找他，这不是送肉上砧板吗？除非老板这个部长真的不想当了……"

党部长说："部长当不当，我都无所谓。只是事情太小，动不动找一把手，有点不妥，很不妥。小马说的没错。"

曹大姐说："问题如果到此为止，死猫公弄不弄下来，都已经不重要。要命的是市爱委会明天要组织人对区委区政府机关文明卫生大检查。要是他们发现了那只死猫公，就不大好办了。"

老陈说："怎么办呢？"

曹大姐说："星期一上午不起风就好了。如果不起风，一般看不出来。是不是打电话问问市气象台？"

"老天爷的事，我们怎么管得了？"

党部长说，"怎么办？我们不管它了。就当没有这回事。要说，着急的还是周主任和江区长、毛书记。区委办通知今天晚上召开紧急常委会，我估计与市里的卫生大检查有关。"

小马说："这点鸡毛蒜皮的事，用得着开紧急常委会吗？"

"这就是你的认识没跟上趟了。"

党部长笑笑，"咱们中国向来就很重视文明卫生。五十年代你还在你娘肚子里没出生，毛主席就向全国发布过消灭麻雀的动员令。全国六亿人民约好在某一天同时放下工作，站到屋檐下和树下敲盆子，一敲就是几个礼拜，麻雀吓得没地方落脚，冰雹似的往下掉。也确实摔死了一些麻雀。”

小马笑得合不上嘴。

“笑什么？”

党部长也笑：“哎，小马，新闻报道表彰大会打算什么时候开？”

小马说：“钱已经批到手了，想下周三开。不知老板意下如何？”

“表彰对象心里都有数了吗？”

“老板，来而不往，非礼也。我想也给爱卫办一个头版头条。”

党部长一笑：“你看着办吧。”

老陈仍然想着死猫公的事：“唉，都几个月了，问题还是解决不了。真烦人……”

党部长安慰老陈说：“别着急，车到山前必有路。我说过几次了，这不是我们的责任，万一要追究责任，我们也是次要的。回家记得吃点药，当心心脏病复发哟。”

老陈苦着脸，作出一副临死前的悲哀。

小马说：“老板，你刚才说得对，干脆别管它了。这是我们的一面旗帜，让它挂着。老陈光荣后，用它降半旗寄托我们的哀思……”

“痞子，还开玩笑。”

党部长、曹大姐、老陈都笑了。

原载《人民文学》

明年有橘收

一

明月园艺场场长马礼成调离，新任场长刘小舟提着皮箱，十八相送，二人沿着橘林间的机耕道缓缓朝前走。时值初夏，淡黄色橘花缀满枝头，散发出浓郁的香味。橘农们在果园默默地施肥、治虫、除草、打顶，没人搭理他们。这年月，干部调动就如棋盘上的子儿挪个位置，升降荣枯俯仰浮沉，似乎纯属官场中事，与黎民百姓没有任何关系。这让刘小舟感到有点残酷。

准确点说，马礼成是被人告状告走的。他在这儿待了五年，算得上明月的开国元勋。虽然他不曾像三五九旅红米饭南瓜汤打天下，但把荒坡辟为橘园，种上枳壳，嫁接橘苗，直至长成这漫山遍野的青枝绿叶，却是按照他制定的蓝图进行的。尽管橘花不言，但他的功劳写在橘园的每一寸土地上，任何人都不能抹杀。

此番，他被调往县养鸡场当场长，名义上属于平调，但养鸡场属于副科级单位，正科级干部马礼成去当一把手，实际上等于降了半级。接到调令后，他想赖着不走，硬抗了半个多月。以往有这种情况，赖着不走的，在硬抗的过程中暗地使劲，上面也就改变了主意，或任其待在原地，或在级别待遇上加加码儿。这一回马礼成的硬抗没有取得预想的效果。他是个迂秀才，尽管已经意识到"使劲"的必要，但找不准支点与力点。正当他作困兽犹斗状时，刘小舟兴致勃勃报到来了。他只得乖乖滚蛋。

见马礼成心情不好，刘小舟想寻几句得体的话安慰安慰，斟字酌句半晌，说："马场长，您原本不该走，我也原本不该来。我知道，明月这地方人心复杂，干部不好待。群众与干部之间有隔膜。组织部找我谈话时，我就说过，我充其量只能当当马场长的助手，我明明缺少从政经验嘛。"

马礼成一听这话就假，不无揶揄地说："你不是来这儿报到了吗？'唱《国际歌》，吹冲锋号'——你的誓词很有气魄嘛。赵县长相中了你这条千里马呢。"

"什么千里马？"刘小舟并不生气，"我不过是个工农兵学员，论业务水平是个半瓶醋。这些年搞办公室工作，又丢生了，不能与您这个北农大园艺系高才生同日而语。况且，我也确实没有基层工作经验。组织部门是瞎搞一气。前些年就有顺口溜：说你行，你就行，不行也行；说不行，就不行，行也不行。这话并没过时。您在明月兴家创业，苦苦奋斗了五年，现在由我接班，算是前人栽树，后人乘凉。马场长，我今天正式拜您为师……您看看，这橘花开得多红火？为什么就不挂果呢？听说去年的花也是开得这样好的……"

马礼成盯住刘小舟的脸，话说得有点生硬："你也是学园艺的，你说说这是什么缘故？自然规律嘛。不错，女人是要生儿育女的，但不能说十二三岁不见生娃娃就断定她缺少生育能力，成不了英雄母亲吧。这些橘树，从芽接到开花，加起来也不过五年时间。五年之内挂不了果，怎么就是我政绩平平呢？照这种逻辑，桃三李四杏五年、枣树当年能卖钱的农谚不成狗屁了？"

"您这话有科学根据。"刘小舟说，"橘树生长，确实有个过程。而外行总是急于求成，拿着科学规律当儿戏，真是让人哭笑不得。马场长，据您估计，明月什么时候才能收橘子呢？"

马礼成不假思索：

"明年有橘收。"

刘小舟一怔："非要等到明年不可吗？今年不行？"

"明年有橘收，今年不行。"马礼成倨傲地笑笑，"无论是本科生还是工农兵学员，暂时还没办法缩短这个必不可少的生长期。"

"可是，这花多气派。"

"一场精彩的演习而已。"

"这与夏旱有没有关系？假如能顺利渡过夏旱、秋旱这两关呢？"

马礼成想了一下："我说明年有橘收，前提是必须解决夏秋两季的浇灌问题。"

"对！很对！"刘小舟双手击掌，"马场长，您的话对我大有启发。这就是说，我接任后只能按照您的思路开展工作，竭尽全力争取贷款……"

一提到贷款，马礼成不由百感交集，长长叹了一口气："小舟，难哪！就为这贷款，我是使尽吃奶的力气了。不然，怎么会有人向上举报，说我大搞公款吃喝，请客送礼？"

"不瞒您。"刘小舟笑笑，"来这儿报到之前，赵县长把那封举报信给我看了。'出门桑塔纳，夜里洗桑拿，白日搓麻将，麻袋装王八'，是这样吗？"

"我承认，确有其事。"马礼成无可奈何地笑笑，"县纪委来调查时，我也认了账的。都是为攻这个贷款关呀。跟人家说规律，却是秀才遇到兵，有理说不清。曹达理这龟孙不认什么规律不规律，他就找你要橘子。明白点说他是不见兔子不放鹰。毫无办法，只得出此下策……我堂堂北农大本科生，躺着园艺师，站着园艺师，光论文都发表上百篇了，厚着老脸陪人搓麻将，自个儿掏钱'输'给人家联络感情，黑灯瞎火摸人家门槛送王八，这都是为谁？念大学时，我读《阿Q正传》，对鲁迅揭示的所谓国民劣根性尚不以为然。现在，总算看透了中国的老百姓。你一门心思为他好，他却反过来咬你一口。刁民！不过，敢当兄弟你说句硬话的是，我一个子儿也没往自己兜里装。可是，谁又能理解我呢？"

二

何尝没人理解呢？

刘小舟就很能理解。作为县府办的中心干事，他是从马礼成的顺口溜中泡过来的。这一泡，就有了高屋建瓴的优势。站在老百姓的角度上看问题，马礼成的调离是咎由自取；与老百姓交换一下位置，站在场长的角度上看问题，那是迫不得已或者说身不由己；如果还站得高一点远一点看问题，充其量只能算是小菜一碟。起码赵县长就没把这封举报信看得十分的了不得。不然，何以仍是平调？

问题是马礼成自己觉得委屈。

送走马礼成，刘小舟返回场部，见秘书小严趴在办公桌全神贯注写汇报材料，悄悄走上去瞄一眼，抓住他的笔往上一抽。小严写坏了一个字，很生气，抬头一望是场长逗耍，笑笑："哎呀，刘场长，这可是汇报材料呢。"

"没事。"刘舟笑着说，"什么脚踏实地再创辉煌？这样的狗屁文章，你统统不要做了。我在县府办使了十年花拳绣腿，使腻味了，一来这明月，心里就发虚。咱们来点实的。你的工作主要是配合我攻关，找县农行争取贷款。"

小严笑起来："刘场长，说句不该说的话，马场长也正是为攻这个关，差一点把官帽丢了。结果，狐狸没逮着，惹了一身臊，您怎么还在按他的既定方针办呢？我说，道理业已摆明，曹达理不给贷款，就让它拖着。如今维持会长最保险嘛。"刘小舟很喜欢小严的直爽，想了想，问："明月与中国谁大？"

"当然中国大。"

小严笑道："如果我说你与李鹏不能同日而语，你可能不大高兴。我这样说你看行不行？——站在天安门楼上，李鹏大，他要管全国人的吃喝拉撒；具体到明月，你大。明月老百姓的吃喝拉撒，你都有权管。"

"没错！这叫现官不如现管。"刘小舟表示赞许，"国家没弄好，人民会从心里打李鹏的板子。而明月结不了橘子，县委、县政府，还有这儿的一千橘农不会怪李鹏，只会怪我。所以，该李鹏想的事，我可以暂时不去想它。而明月的当务之急，我不管还真不行。国家这口大锅子里的，不去设法舀一勺子，怎么行？"

小严说："道理是这样。成问题的是这勺子不好舀，曹达理不通人情。"

"话不能这么说。"刘小舟道，"搞市场经济，也只能如此。人家不给银子，是担心我们的偿还能力。明月只开花，不结果，谁有胆子往这儿放银子？我在县政府混了这么多年，唯一的收获就是悟出了一个道理：一切存在的都是合理的。你以为赵县长这伙人成日忙忙碌碌在干些什么？全都是处理些扯皮的事。说得漂亮点，叫化解矛盾解决问题。一百个方面纠合成一个矛盾，而这一百个方面都是合理的。

你以为老百姓告状全无道理？马场长之所以失误，很可能他不明白这一点。小严，咱们去会会那个'刁民'。"

三

山坡上有幢泥坯土屋，屋顶上盖着已经沤烂发黑的稻草，稻草上拱出一片绿汪汪的野草。一位五十来岁的汉子在禾坪上侍弄土杂肥，穿着破烂自不待言。土屋四周长着大片橘树，有一人多高，橘花开得很凶，预示着丰收的前景。

刘小舟瞟一眼土屋，有几分内疚。这种生活质量与"十强县"的精美包装不协调。这之前，县里曾经两次向上报材料，争取跻身全省"十强县"，但两次都被打下来。第三次，赵县长把撰写材料的任务交给了刘小舟，居然成功了。刘小舟在撰写材料时很动了一些脑筋。在提到明月园艺场时，他写道："该场于一九八九年开辟，培植无核蜜橘三千亩计三十万株，从一九九三年开始受益，年产鲜橘三万担，产值达三百万元……"后来，上面派人来核实这个数字，人刚来到园艺场大门口，便被赵县长拦上了小车，去了县城帝皇都大酒店。因为酒喝得凶猛，接着又要跳舞，又要洗桑拿浴，又要考察开发区，明月园艺场的那段文字，便被认定为事实。

现在，刘小舟当上了这个园艺场的场长，心中自有一种说不出的滋味。然而，假若没有他那篇洋洋五万言的锦绣文章，县里的知名度不会一下提得这么高，外商的投资就可能要在现在的基础上打些折扣，他也就很可能到不了正科。这样一想，他便释然。

小严悄声说："这就是张大年，举报马场长的，就是这位大爷。是个出头椽子，脾气大，煽动性强，在明月有着莫名其妙的威信，有点像陈胜吴广。不知什么原因，橘农们都听他的。他有个远房侄子在地纪委当打字员，所以，他不怕人。明月唯他敢骂马场长。说他坏吧？也好像没有什么明显的事实。"

刘小舟觉得这倒是个人物。

"老张，你忙？"他不卑不亢地走上前，掏出一支烟点上，稍后给对方递过去一支，"你这橘树长势不错嘛。"

张大年抬起头，说："你是新来的父母官吧？我叫张大年，行不改名，坐不改姓。找我有什么事，直说吧。"

"没什么大事。"刘小舟笑着说，"我和你那远房侄子熟，没少在一起搓麻将。"

"是的。城里的麻将搓腻了，挪个地方，来这儿当场长。"他开始进攻，"不瞒你老张，我今天是慕名拜访。你寄给侄子的告状信转到了县里，我也拜读了。信写得不错。不过，还是有失实之处。"

张大年也不示弱："怎么，你代马礼成秋后算账？哪点地方冤了他？"

刘小舟笑着说："我确实是来算账的。不过，改成核实更准确些。我下来时，赵县长就嘱咐我来和你核实一下。因为这儿终究要个人当场长。老张，马礼成不是调走了吗？你说马礼成大搞公款吃喝，送情送礼是为了自个儿升官发财，结果，他不但没升官，反倒降了半级。这就有冤了。实际上，马场长是为了给明月争取贷款嘛。他不这样做，人家就不给贷款。不给贷款，抗旱问题没法解决，也就收不了橘子。所以，我才说你冤了他。"

张大年眼睛瞪得挺大："既然这样，贷款呢？"

小严说："为争贷款，马场长费了九牛二虎之力，光报告，就打了三十几份。为了感动上帝，他这个北农大毕业的园艺师落下面子陪人打麻将，故意输掉三千元公款。他不忍心全部报销，自己拿一千元工资贴进去。他租借桑塔纳送人旅游，寒冬腊月去湖里买王八送人，也全是为这货款……正当人家准备签字放银子时，你一封告状信捅上去。结果，老马调走了，贷款卡住了。"

张大年心动了一下，说："既然这样，马场长为什么不当下面人把话说明白？"

"同你说明白？你是什么东西？"小严因为生气而失去了理智，"这些事又怎么好在群众大会公开？你以为这是些光明正大的勾当吗？"

"有什么不好当下面说的？听说有的干部嫖娼都可以报销呢。"张大年摇头，"你别逞能。为了替大伙办成一件事，送情送礼也不是什么丑事。你不说明白，我们就以为你在那儿白吃白喝白拿。一想到日子过得紧巴，老百姓心中就有气，就想告。告得准不准可没想过。"

小严还想骂人，刘小舟笑着挥挥手止住他："你看你看，错位了。马场长失误就失误在脱离群众上。"转而对张大年说，"有人说你是刁民，我不这样认为。我支持你告状。都不告，这世界就完蛋了。"

他跟张大年走进堂屋。一股霉味混杂着鸡粪味直冲鼻子。屋里除了几件缺胳膊少腿的家具和一个躺在床上直哼哼的女人外，别无长物。刘小舟见他老婆面孔蜡黄，问：

"什么病？"

"肝胆结石。"

"应该开刀。"

"都开过三刀了。"

"那就长期服中药。"

"她得洗家病。"

"这是你儿子吧，叫什么名字？"

"张广。"

"大泽乡有个吴广，你儿子叫张广，名字倒不错，但造反可不行，四个坚持一百年不变。在念书？"

"念过四年小学，这会儿待家里。"

"不会读书？"

"念不起。"

"念不起也应当念。不念书，长大连告状信也不会写。"

"交不起学费。"

"让他明天上学。我让校长免收学费。"

"你有这个能耐？"

"有。校长不听我的，我撤了他。我是场长。赵县长可以撤马场长，我就可以撤明月小学的校长。"说着，走近张广。见他手上捧本小人书，书名《空城计》，心里匐然一动，笑着问，"好看吗？"

"好看。"

"书里说些什么？"

"骗人。"

"怎么骗？"

"城里没有解放军。有个叫司马懿的日本鬼子，很凶，带着兵来了。孔明爷爷好着急，坐在城门弹风琴，告诉司马懿，城里没人，进来吧。司马懿怕中埋伏，带着兵溜走了。孔明爷爷说的实话，却把司马懿骗了。"

"孔明坏吗？"

"不坏。"

"骗人不坏？"

"不坏。他机灵。好人骗坏人。"

"司马懿呢？"

"是个傻瓜。"

刘小舟摸摸张广的脑袋："你不错。明天去上学。你会比你爹有出息。"

走出堂屋，刘小舟指指橘园：

"多少棵？"

"三千。"

"花开得不错。"

"都是些公花。"

"我这里给你立个保证——今年有橘收。"

"今年？"张大年一喜，旋即露出怀疑，"你在吹牛皮。实话说吧，你还没调来时，我就听人说你是个牛皮客。"

"不吹牛皮怎么当得了办公室中心干事？"刘小舟说，"现在不能吹了，吹了怕你告状。只是，我当场长，要提前一年收橘子，这可不是吹。我可能比马场长行一点。"

"你嘴巴好像行一点。"

"当然，你那号顺口溜我一口气能编出一百句，而且押韵。听说你有个姨夫，在邻县承包了一个几千亩的大橘园，有这回事吗？"

张大年说："有这回事，正是收橘子的旺季。他每年净赚五十多万块。哪像咱们明月。这儿是明月月不明呢。"

刘小舟说："和你订个君子协定。今后你有什么困难，直接找我。我要办什么事，只要和你能沾上边的，先和你商量。你不但不能告我的状，还要尽力支持我，行不行？"

张大年说："我是个刁民啊！"

刘小舟握住他的手："我在县纪委待过，读过许多状子。诬告当然有，但不多。不到万不得已，没人愿告状。告状只要实事求是，不算刁民，算良民。"

四

在曹达理的办公室门口，刘小舟轻声问小严："他吃了明月多少王八？"

小严说："凡过节都送。最多的一次是五十斤，三只大的。其中一只还咬了马场长手指一口。您没见马场长右手无名指还缠着胶布么？"

"马场长陪他打过多少次麻将？"

"准确的次数记不太清了，不低于三十次吧。马场长自己确实贴了一千元。"

"难为他了。"刘小舟笑笑，"都错位了。昏官清官没个具体标准。浑者，清也；清者，浑也。多元共存，交相辉映。"

小严有点担心："你问这些，是不是想同曹达理对着干？"

"绝非如此。"刘小舟笑笑，"如果我的办事水平还处于这种初级阶段，能来当这个场长吗？"

这会儿，农行政办公室主任出来挡驾：

"对不起，曹行长正在开党组会。你们改日再来吧？"

刘小舟扔下他，带着小严推门而入。其实屋子里在打麻将，小桌上垫着三床毛毯。曹达理见是刘小舟，当即起身笑脸相迎：

"欢迎欢迎！刘场长，是什么风把你给吹来啦？到底是赵县长的贴身秘书，一步跳过两个坎坎。恭喜恭喜呀！"

其他人也都说恭喜恭喜。

"怎么两个坎坎？我本是副科嘛。"刘小舟一边敬烟，一边笑微微地说，"我哪能当什么场长。赵老夫子找我骂人时，我是死活不肯下来。我担心的是下面搓不成麻将，而我一天不沾麻将人就要掉下这口气。我说，赵县长，马礼成都奈何不得的事，我这工农兵怎么奈何得了？赵老夫子说，那你就按马礼成的既定方针办吧？有种的，去找曹达理哭秦庭，曹达理这人原则性强是有名的，你只能以柔克刚，多和他磨脸皮。你才三十多岁，顾什么脸皮？您看您看，曹老板，小生给您拜码头了。"

曹达理一听这话，就知刘小舟在挟天子令诸侯。至于拜码头，他领教得还少吗？哪有两手空空，青天白日闯办公室拜码头的？当然，对这号人，他自有对策。"刘场长，"曹达理笑了笑，"金融政策，别人不懂，你是懂的。你们明月，老账尚欠一屁股未还，你让我怎么再放嘛？放出去收不回，我这行长还当不当？县里开财经工作会，哪一次赵县长不是把我骂个狗血喷头？"

刘小舟说："曹老板，橘树生长有个过程，能说十二三岁的少女没生娃娃，就断定她没有生育能力么？这是个规律问题嘛。"

曹达理说："这话，我耳朵都听起老茧了。橘树结橘子有规律，我承认。但金融周转也同样有规律呀。"

"这点，别人不懂，我懂。我比马场长懂得透彻。"刘小舟说，"你们今天急于开会，我三言两语汇个报怎么样？"他看看手表，"就五分钟。"

曹达理说："那倒不至于这么急的。其实，你们明月的情况，你不说我也一本全知。"

"那好。我就找您要这个数。"刘小舟伸出一个指头。

在座的都笑笑。

"一百万，不多也不少。老板，您说说，给不给？"

曹达理老道地笑："马礼成骂我护强不护弱，贷富不贷贫，恰好道明了金融政策的实质。道理很简单，银行不是慈善机构，不是民政局。刘场长，你找我要一百万，凭什么条件？"

"我们是有借必还。"

曹达理"扑哧"一笑："拿什么还？到时还不起，宰了你刘小舟，一百斤注水肉，还得剔去五十斤骨头。"

刘小舟说："明月今年有橘收。"

"错了。明年有橘收，这是马礼成说的。你怎么提前了一年？依我看，你们明月无橘收。"

"这您就犯官僚主义了。老板，我请在座各位去明月赏花，怎么样？"

"你们那些橘树搞了计划生育。我们不赏花，只赏橘。"

"那，我们请您去赏橘。"

"只要有橘可赏，我们不请自到，现场办公，就地放银子。"

刘小舟桌子一拍：

"一言为定？"

"一言为定。"

刘小舟冲小严说："快把贷款意向书拿给曹老板签上大名，盖上官印。"

小严连忙从皮夹里掏出一份写得工工整整的协议递给曹达理："您过目。"

曹达理斟字酌句浏览一遍，面带不屑地笑笑，念道："'经拟定今年十月十日由明月园艺场场长刘小舟恭请县农业银行曹达理行长一行前往赏橘，若当场验证，该场收橘三百担以上，当即发放贷款一百万元。该贷款于次年、次二年两次还清。恐口说无凭，立此协议'……诸位，你们觉得怎样？这官印能盖吗？"

刘小舟涎着脸一笑："现在才四月，您怎么知道我们十月无橘收？就算我在吹牛皮，你也虚晃一枪应酬应酬嘛。到时你没见到橘子，我自动撕了这协议书，还不成吗？"

众人都笑。

曹达理一想也有道理，到时兑不了现，看你刘小舟还有什么话说？当即掏出钢笔签上个歪歪扭扭的名，递给业务股长："盖上公章吧。"

刘小舟收了协议书，说：

"违约者非君子也。到时，老板务必践约。"

曹达理说：

"一言为定。恕不远送。"

五

五月上旬，县里开了一次科级干部会。会议间隙，赵县长特意找到曹达理，漫不经意地说："听说你与刘小舟订了个什么君子协定？"

曹达理说："报告县长，有这回事。"

赵县长接过曹达理递上的烟，吸了一口："组织上主要是想让他去基层锻炼锻炼。这个人搞了多年办公室工作，先纪委后政府，我比较了解。人是不错的，年轻，但有点浮，好像没脱孩子气。你们银行系统一是对他的工作要给予支持，二是对他不妨原则一点。这家伙有点滑头呢。那个单位又很重要，地委也有意思定为本地区的果品供应基地。我现在倒有点担心，他去当一把手是不是能够胜任。"

曹达理意识到刘小舟与赵县长关系非同一般，有点警惕，说："初次打交道，印象不错，人很精明。至于浮，暂时还看不出来。县太爷培养的人，肯定不会错的。这次，他逼我签协议，条件是他提出来的，我没有不签的理。"

赵县长嘿嘿一笑："盖了官印的军令状，可不是儿戏。到时，他若兑不了现，我理所当然不放银子。您可不能只打我的屁股哟？"

赵县长哈哈大笑："你们两个都是滑头。天呀，我赵本高怎么尽培养些滑头干部呢？好了好了，到时谁兑不了现，打谁的屁股。当县长的一碗水端平，这该行了吧？"

曹达理说："那，您就是个公正的县太爷了。"

不过，话虽这么说，曹达理还是意识到赵本高在为刘小舟敲边鼓借贷款。县太爷就有这么老道，明明在给刘小舟提供虎皮当大旗，行动上却做出一种顺水推舟的姿势。一旦贷款放出收不回来，他又可以把肩上的责任卸个一干二净。他曹达理自然得认真对付才对。

要说，赵本高与曹达理的交谈，从会议室门口路过的刘小舟望一眼就知道了底里。待赵本高一走，他上去给曹达理弹出一支烟，漫不经意地说："曹老板，昨天会议讨论，赵老夫子来我们这个小组听情况。我向他汇报明月的工作时，顺带提到了同您签协议的事。您可不要理解为这是拉虎皮当大旗。老夫子问我下去两个多月瞎忙了些什么，我总不能尽讲虚的，不接触半点实际吧。所以，我就把十月十日请您赏橘放银子的事讲了。当然，我也不排除抬出县太爷当鉴证人的想法。因为我担心您到时耍滑头。您这铁公鸡头难剃。"

曹达理说："你想拉虎皮当大旗，我也不怕。今天，我已和县太爷签订责任状了，今年如若不把放出去的贷款收回一半，他就要撤了我。刘小舟你是个滑头——这可是县太爷给我敲的警钟呢。"

刘小舟暗地一惊。跟了赵本高十年，县太爷骂他最多的话是滑头。有时事情办得让他满意，他骂他滑头；有时事情办砸了，他也骂他滑头。他有点云里雾中，弄不清被骂作滑头究竟是褒是贬。只是赵本高不宜这样同曹达理说话嘛。而不宜说的说了，这就证明曹达理也在拉虎皮当大旗么。这当儿恰好马礼成进会议室讨茶叶，待他人一出门，刘小舟对曹达理说："这位爷活怕了你，他被你整得好苦哟。曹老板，您为何专与我们这些'土八路'过不去呢？"

曹达理知道刘小舟在借马礼成这块石头砸自己的痛脚，笑着说："老马这人够朋友。"

刘小舟赶紧说："我刘小舟比老马还要够朋友。时间一长，您就会知道明月的头头一个比一个够朋友。"

曹达理有点心虚："这么说，你这'双十节'的橘子我是吃定了？"

"当然，"刘小舟涎着脸一笑，"不过，吃了可得付银子，白吃白拿可不行。"

"真是滑头。"

两人相视一笑。

六

白云苍狗，转瞬已是仲秋。曹达理倒是主动关注起明月的动静了。这阵，他曾两次派人去明月暗地访察，想看看他们是否真的收了橘子。回话说通往橘园的几条路已被堵死，据那些守门的橘农说，这是刘场长的规定，没有刘小舟亲自引领，任是皇帝老子也不得擅自进入橘园。回头去场部找刘小舟，除了秘书小严守城外，其他头头的房门全都关门落锁。

曹达理便给刘小舟打传呼。电话通后，刘小舟笑着说："告诉你吧，咱们明月今年不但收了橘子，还是个小秋收呢。估计不会少于五百担。照此推算，明年突破万担大关，已是瓮中捉鳖了。"

"你应该知道眼见为实，耳听为虚的俗话吧？"

"所以，你就派细作刺探情报是不是？"刘小舟在电话里哈哈大笑，"老板，事情是这样的，我把母校的一位院士、几位教授请来帮助攻关，提高坐果率。当然担心技术被人偷走，就交代不让外人随便进入橘园。对您曹老板，当然得例外。十月十日前来赏橘，我正式恭请了。怎么样？"

曹达理仍不相信这会是事实。平心而论，一名专会夸夸其谈的马屁精，能比马礼成高明到哪儿去呢？他笑了笑："既然这样，恭敬不如从命。 十月十日上午九点，我们准时到达。"

刘小舟说："风雨无阻。"

七

刘小舟夜间来到张大年家里。仍是那股难闻的霉味与鸡粪气味。所不同的是，他的病妻得到场部的特殊照顾后，已经能下地做些轻微的活计。另外，那个失学的张广，也重新背上了书包。张大年领儿子去学校时，校长并没有免收学费。刘小舟微微窝火，有了撤他的恶念。他亲自领着张广气势汹汹地来到学校，见那位五十多岁的老校长破衣烂衫站在一块门板前给孩子们上课，教室的屋顶竟是残破的石棉瓦，当即心软了下来，回去就让小严给送去一百六十元学费。

就凭这两点，张大年是应当感激刘小舟的。不过，他之所以让人称为"刁民"，也有其性格上的缺陷——那就是对任何人喜欢挑剔，喜欢求全责备，不能设身处地为他人着想。因此，刘小舟二度来访，张大年的表情并不见十分热情。刘小舟初访张家时，曾断言今年有橘收，时至今日，县城小镇已是十里橘香，而明月园艺场仍是橘花一现。新任场长的牛皮显然吹破了。

刘小舟水急鱼跳，进门落座便直奔主题：

"老张，你要救驾！"

"救驾？"张大年闷声说，"庄户人除了穷，百无一有。我能救你什么驾？"

"咱们不是有约在先吗？马场长说明年有橘收，这是有科学根据的。问题是，解决了喷灌问题，才能保证明年有橘收。银行呢，死活咬定一句话，不见收橘子，不放银子。所以，迫不得已，我想搞搞瞒天过海。"

"怎么瞒法？你们当干部的，怎么就爱往歪门邪道上想？"

"你姨夫不是承包了橘园吗？我已派人去打听到，今年他们收成不错，近几天就要运送十大卡车鲜橘去市里卖了。去市里又必得在这儿路过。我想请你去借兵马？"

"怎么借兵马？"

"让你姨夫带上十大卡车橘子绕道明月待半天一晚，给县农行人看看，当他们就说是咱们明月土生土长的。这样一来，人家才肯给一百万贷款。有了这笔钱，抗旱问题兜底儿解决，明年大丰收就十拿九稳了。当然，如果有损耗，我们负责赔偿。这事儿还得你给大伙儿发句话，要绝对保密。"

张大年抬眼望着刘小舟：

"这主意，你怎么就想得出来？你从前当秘书，就成天替赵县长想这些坑蒙拐骗的道道？ 你就不怕我去告你？"

刘小舟说："老张，你这样想想，假如我不这样做，你会去告我么？不会的，我没什么值得你告呀。你再反过来想想，刘小舟这样做，是为谁好呢？今冬若是不弄好这喷灌的事，明年恐怕仍然收不了橘子。而指望的东西得不到，你们几时才能过上不愁吃不愁穿的日子？不瞒你，头回上你家时，见你儿子手上捧本《空城计》，我就有了这主意。所以，今天我同你合计来了。"

"你能保证不露马脚？露了马脚，你可要臭名远扬的呀！"

刘小舟倒被这句话吓了一跳。张大年说的原是极有道理的，不过，往深里想想，也就释然："他们不过随便看一眼，连饭也不在这儿吃，对群众，当然得事先讲清楚，万万不可多嘴多舌。我想，把苦衷和大伙讲清楚，大伙是会支持的。我们现在是同船共渡，前世修来的缘分。老张，你不是说办任何事都应和下面人讲清楚吗？我与你相比，不过职位高一点，也没有三头六臂，为了明月老百姓有饭吃，也为了我这场长帽子戴得稳一点，我不得不这样做了。"

张大年犹豫了半晌，说：

"好吧，我去试试。"

刘小舟握住他的手：

"不是去试试。成败在此一举。我同你一路去。我的意思是把送橘子的时间定在十月九日晚间十二点。"

"能成。"

八

是夜，便有十辆车厢蒙着帆布的东风大卡车悄然驶进明月园艺场大门，又缓缓沿着机耕道分散着开往各片橘林。早已静候在树丛间的橘农们从夜色中冒出来，默然无声地把卡车上的橘篓卸下地，待空车开走后，又把橘篓分散到各片橘园，有的地方放上十篓八篓，有的地方摆上三篓五篓，显眼的一片空地上还特地堆放了几大堆零散的鲜橘。

翌日上午九点，曹达理一行五人乘坐北京吉普来到场部。小严热情地接待他们，每人发了一包香烟，请他们喝茶。曹达理问："这场长呢，怎么不见他的鬼影子？"

小严说："今年橘子小丰收，为了卖个好价钱，今天一早机关人都下去帮助抢摘橘子了。"

曹达理谢绝了小严的引路，领上人往橘林走。走进园门，他吸溜了一下鼻子，果然闻到了一股浓郁的橘香，舌苔上泛起一股股又酸又甜的唾液。

漫山普岭显现出丰收的景象。成百上千的男女橘农分散在橘林间忙活。有人站在小楼梯上咋咋呼呼,有人扛着满篓的鲜橘走来走去。有几个姑娘见曹达理一行在探头探脑张望,故意肩扛橘篓,从他们身边绕过去,挺胸扭臀,俨然时装模特走台步。曹达理发现,橘林间码着好几堆橘篓,橘子皮色橙黄鲜嫩,惹人喜爱。他暗地拣最大的一堆数了数,竟有一百二十多篓。至于随意堆在地上尚未装篓的零星橘子,便无以数计了。

曹达理摇摇头:"不可思议,真不可思议。马礼成断言明年有橘收,刘小舟吹牛今年有橘收,本科生斗不过工农兵。刘小舟有上天相助也。"

这当儿,刘小舟笑着跑过来:"老板,失迎。实在太忙。想突击抢摘。这年月,谁先占领市场,谁就是胜者。倒是把几位大爷冷落了,该打!中午,我认罚三杯,向诸位谢罪。"

曹达理正想说点什么,刘小舟将一橘子塞进他嘴里:"尝尝,味道如何?"

曹达理嚼了嚼,故作斯文地笑笑:"嗯,还不错,不酸。"

业务股长一边大嚼大咽,一边说:"不错不错,一个橘子,就吃出了一粒子儿。这橘子比玉泉园艺场的甜,比印山乡的香,比王刘乡的爽口,比五马乡的醇……"

"谢谢您的表扬。"刘小舟笑着说,"看来刘股长还是个品橘专家呢。"

曹达理指指橘堆问:"都是些什么品种啊?"

"清风、明月、玉壶都有。这片是广东潮柑,那片是汕头蜜柑。这种,您再尝尝。"说着,将一只剥开了的橘子递给曹达理,"这叫公圈,像娃娃的肚脐眼。"

曹达理吃香喝辣惯了,一吃上瘾,什么体面都忘了,笑着说:"嗯,更胜一筹!刘小舟,明月不错,不错。公圈好!就这种。我们农行每人买一篓。"

"没问题。"刘小舟说,"你们的三十篓,我早让人预备好了。免费奉送。"

"给个平价吧?"

"嘿，老板，一篓橘子，还找你收钱吗？"

"那……恭敬不如从命。"

曹达理一行由刘小舟陪着，翻过一面山坡来到另一片橘园。这儿更显热闹，清一色的妇女在装篓。有的人把一筐筐橘子倒入橘堆，有的人又从这一堆装上一筐倒入另一堆。有人在用一只特制的铁丝圈子挑拣最大最红的橘子，然后用白纸包上，装入篾篓。

曹达理反剪双手，鸟瞰整个橘园，感慨地说："百闻不如一见。滑头，这就是你那农学院院士、教授的绝招？"

"是的。"刘小舟说，"这其中有王院士的专利技术。他硬是把坐果的时间提早了一至二年。"

"估计今年能收多少？"

刘小舟匡算了一下，说："不会少于十万斤吧，已经远远超过三百担这个数了。遗憾的是，今年夏旱连秋旱，您都看到了。若是雨水好一点，您老人家又肯发救兵的话，二十万斤是不会有问题的。"

"那么，明年呢？"

"这就要看您老人家是否发善心了。"

"这与我何干？"

"怎么何干？"刘小舟涎着脸一笑，"您能放贷一百万，今冬把电排及喷灌安装起来，明天今日，恐怕您看到的就是这个数。"他伸出一根指头。

"十万斤？"

"一百万。"

"产值呢？"

"按一元一斤计算，也有一百万元。到后年，进入产橘高峰期，产量翻三番是没问题的。所以，您今天给一百万银子，明年后年，我连本带息还个精光。再过一年，那点老账，就可以把屁股揩个一干二净。怎么样，还往前走走吗？"

曹达理看看手表，感到有点疲乏，说："到此为止吧。"

"也行，主随客便。"刘小舟说，"中午我请客，吃餐便饭，去县城帝皇都。"

曹达理说："饭，就不吃了吧。无功受禄呀。再说，你们也困难。"

刘小舟说："这就是您小看我了。就是没这小秋收，一餐饭我们还是请得起的。走，上车。"

九

这天，曹达理坐在客厅品尝明月孝敬的无核蜜橘，从篓子里拿起一只又大又红的，放在手心细细把玩，怎么看都觉得好看。眼瞅着那只剪得很平的橘蒂，突然间，便感到有点不对头。他放下橘子，匆匆去了办公楼业务股营业间，问刘股长：

"明月的那一百万划账了吗？"

"早已拨下去了。"

曹达理额头冒出一层细汗，叹道：

"我被'智取生辰纲'了。"

十

养鸡场场长马礼成闲得无聊，成日和小秘书趴在办公桌上下象棋。这天，他突然接到曹达理的电话：

"老马，近来还好吗？"

马礼成说："怎么不好？能吃饭能搓麻将就不会死。我还要听人家唱《国际歌》，吹冲锋号呢。"

"怎么，你也学会潇洒了？"

"怎么，我就不能潇洒走一回？"

"嘿，你倒越活越滋润了。哎，伙计，怎么就没见你上农行来过？"

"敢来吗？谁不知你是只铁公鸡，光会唱歌不会下蛋。"

曹达理笑笑："老马，你还在记恨我呀？幸好我当机立断卡住那笔银子呢，不然，你我恐怕都没有今天的安生日子过了。告诉你吧，老马，欠下你的情，我已经补上了。"

"什么意思？"

"上礼拜给了明月一百万。"

"当真?"

"能有假?"

马礼成一听就上火:"我相信你办得到。只是我想问一句,你凭什么给他们一百万?"

"还不是冲着你的面子?"

"笑话。我已经不是明月的人了,你还会顾全我这张老脸?我不认这个人情。"马礼成越说越生气,"铁公鸡,恐怕你是冲着赵本高的面子吧?"

曹达理笑笑:"你怎么讲我都不生气。你不是一口咬定明年有橘收吗?当年,我也当你许诺过,什么时候看见明月收了橘子,就给银子。刘小舟硬是让今年收了橘子,我不兑现怎么说得过去?"

马礼成一惊:"今年收了橘子?收了多少?"

"不少于五百担。"

"笑话!这不可能。你亲眼见着橘子了?"

"当然。"

"莫名其妙!"

"莫名其妙的东西还多着呢。刘小舟请来了农学院什么院士教授,把坐果的时间提早了一年。"

"这不可能,绝对不可能。"马礼成有点欲哭无泪,"老曹,明天我陪你去明月转转怎么样?"

"转转,当然没问题。"曹达理还在激他,"本科生,你的技术落伍了,比不过人家工农兵啦。去长长见识吧。我等着你。"

翌日午间,马礼成和曹达理乘车来到明月园艺场。他们没有惊动刘小舟,悄悄钻进橘园。园里空无一人,收橘子的热闹已经不复存在。他们在好几处地方看了看。

曹达理瞅瞅那些橘树的枝枝蔓蔓,愈加坚信自己上了当,但却不露声色,说:"对了,就是这片橘树结的橘子最大。当时,这儿好大一堆,有一百多篓。"

马礼成拍拍他的肩膀:

"行了，回去。"

二人钻进吉普时，曹达理问："怎么样？"

马礼成说："刘小舟把你当猴耍了。你们看到的那些橘子极有可能是从外地弄来摆这儿的。他之所以外借兵马，是为了赚你的银子。"

"啊，你说什么啊？"曹达理故作惊愕，"这，不可能吧？都上了县报头版头条呢。"

"你难道不清楚人家靠吹牛起家？"马礼成哈哈大笑，"铁公鸡，你这人，不爱听实话，爱听假话。收了五百担橘子，这树上怎么不见一只橘蒂儿？收橘子不是摘，得用剪刀剪，要保护橘皮，防止腐烂。这是常识。你见过一只橘蒂啦？"

曹达理说："让我想想。"

马礼成说："你不妨回忆一下，当时你来赏橘，看到了结在树上尚未摘下的橘子吗？"

"没有啊。全堆在地上，大部分已经装篓。"

"这就对了。我说过，明年有橘收，这是算准了的。你以为我这四年大本白念的吧？当然啰，明月父老乡亲还是感激你的。"

曹达理撩拨道："昨天，赵县长还给我打电话说，刘小舟上任一年就开创了新局面，硬是比那些墨守成规死啃书本的迂夫子强。你们银行系统也要注意培养青年干部嘛。这也太不公平了。"

马礼成说："这不奇怪，说你行，你就行，不行也行。不过，见了赵本高，我这迂夫子还是要向他讨个公道的。"

十一

年终的全县国家干部会上，刘小舟受到了表彰，记大功一次。

会前，有人向刘小舟透露这一信息，他立即给赵县长打电话，坚决要求把他的名字剔去。但是，他愈是诚恳，赵本高愈是坚持。赵县长有他的想法，让刘小舟取代马礼成，部分人总认为刘小舟是沾着赵本高的荫庇；事实证明刘小舟还是为他争了气。他当然得"回击"一下，不然舆论对他会不利。事情摆明了，要好办一些。

当然，这样一来，也就把这小舟置于火盆之上了。

会议分组讨论，赵本高各个小组坐一坐，与各单位一把手交谈交谈。问及养鸡场工作时，马礼成单刀直入：

"赵县长，有句话不知该不该说。我固执地认为，属于自然规律的事，一般人是难以改变的。比方，地球自转一周的时间是二十四小时，你不能随意将它缩短至二十三小时，或者推迟至二十五小时。再说明月园艺场吧，缩短一年橘树生长期，提前一年坐果，恐怕没有这么容易吧？"

赵本高知道马礼成还在闹意气，笑着说："关键在于对客观世界的改造嘛。比方，十月怀胎也是个自然规律吧，不偏偏有了试管婴儿问世么？地心学说与日心学说的取舍，不也经过了长时间的争论与探索么？必然王国向自由王国的过渡是漫长的，许多业已被某个阶段某些权威定论的东西，未必是绝对真理？你是大学本科生，比我懂得的知识多。想必那个比萨斜塔上关于自由落体的试验，你早已知道。科学不会停滞在六十年代的大学教科书上一成不变吧？明月今年橘子小秋收，你能不承认这个事实？"

马礼成倔傲地笑笑："单就明月来说，我觉得我还是有发言的权的。假如有人从外地运来几百担橘子堆在园中，然后说这是明月土生土长，您怎么评价？这就是开创新局面吗？有的人，倒是把大跃进时代放卫星的那一套搬到九十年代末期了……"

赵本高马上联想到刘小舟放弃记功的要求，心里一震，知是刘小舟耍了滑头，让马礼成窥破了，心中微微窝火；眼前再与马礼成对峙，只会越陷越深，越描越黑。他立即避实就虚，把话题往一旁引："……当然啰，尽管你这个假设仅仅只是假设，但还是很有意思。我是个科盲，技术上的事，你是有发言权的。至于小舟同志，他的技术攻关是否有真正突破是一码事，有无这种攻关精神，又是一码事。两相比较，后者尤其重要。老马同志，你作为一名园艺师，更应多多关心他，扶植他，对吗？再说这贷款的事吧，发展生产是出发点，而缺少偿还能力的，就不能给。不给吧，生产又怎么发展？政策本身就有矛盾。县里呢，既要督促金融部门放鬼出笼，又要督促捉鬼归山。这个过程中又融进了一些人的感情因素，许多原本好办的事，因为社会风气的不正，某些同志的自律意识不强，人为地复杂化了。怎么办呢？我向来是允许犯错误，前提是必须改正错误。"

见马礼成的气焰被压下，赵本高见好就收，边说边往门外走，见马礼成跟到了门外，又说："……礼成同志，暂时让你离开明月，组织上是作过认真考虑的。我的意见是，只要是同志，再严重的错误，也不能一棍子打死。对你来说，暂时挪个窝儿，是一种爱护。话说回来，你去了鸡场，能在那儿待一辈子？听说你上班在办公室下象棋，有这种事吗？如果真是这样，就令人遗憾了。比方这次酝酿农业局的班子，我不是没考虑到你身上去……"

马礼成说："象棋，我确实下过，但不是上班的时候，我想不通为什么有的人传话总不能实事求是……"

"都能实事求是，就不是这种局面了。还说明月吧，小舟同志受到一点激励，流言马上来了。但不管怎样，作为一名党的干部，保持自身的光明磊落。总是必要的……"

十二

散会后，赵本高一个电话追上刘小舟：

"怎么跑得这样快？"

刘小舟说："您有吩咐？"

"银子弄到啦？"

"弄到了。"

"也不打声招呼？"

"您不是说不许我挟天子以令诸侯吗？"

"你的动作好迅速！"赵本高着实敲了一棒子，"钱一划账，三分钟就提了现。你这滑头当心到时我会打烂你的屁股！须知你现在工作在基层，不像从前待办公室务虚。你的一举一动都有人盯着。你给我小心一点！"

刘小舟说："我跟着您的感觉走。"

"少油腔滑调！"赵本高故作正经，"园艺技术上的事，马礼成同志是发言权的。他在明月打了五年天下，对明月，他始终是关心的……"

他静场了几秒钟，把电话挂了。

刘小舟抱着话筒呆立了好长一段时间。放下听筒时，额门上冒汗了。

也搭帮这个电话，他把一百万的使用计划作了一些调整。他原想动用二十万添台桑塔纳轿车，结束明月机关无小车的历史。现在，他果断地剔除了这个项目。

这个冬天，他调动了全部力量，把高压电引到了明月，建起了抽水机埠，并将全套喷灌设备安装完毕。经过试车，运转良好。与此同时，家家用上了照明电，煤油灯照明的历史结束了。问题已经兜底儿解决，刘小舟长长地吁了一口气。

转眼又是金秋十月，马礼成的预言在这儿得以真正实现。上千橘农散布在林子里收橘子，四处响着剪刀的"咔嚓"声。刘小舟走到哪家，哪家便有人招呼他吃橘子。这一年没有向外借兵马，橘子是从自己的树上剪下来的。橘子挑到街上，转手便变成了票子。勒紧裤带饿了五年的橘农们有了看得见摸得着的收成，更多的人把功劳记在刘小舟的账上。

然而，感激归感激，钱进了荷包掏出来都有些不舍。半月过去橘子卖光了。统计上来的收入让刘小舟吃了一惊：总产量也就二千来担，产值不足三十万元。而按还贷要求，这年得连本带息还掉五十万元。差距太大了。

果然，曹达理的催命电话马上打了过来：

"滑头！等着你还贷呢。一年时间到了，五十万银子加上利息，我是要的。赵老夫子刚才还在电话里骂我呢。"

刘小舟说："铁公鸡，别这样穷叫唤。你帮了我大忙，我没有不还贷的理。橘园承包到户了，羊毛出在羊身上。我得下去一户一户催。凑齐了，一股脑儿给你送过来。"

曹达理其实已经知道了刘小舟上报的产量，却明知故问："收了多少橘子？你说的一万担应该有所突破吧？"

刘小舟说："这个数字当然不会少。只是都是自产自销，难得摸到实数。不过，赖是赖不掉的。您放心好了……"

十三

　　接下来是一场瓢泼大雨，其间还夹杂着密集的冰雹。这雨一下便是半个月没个停歇。刘小舟领着场机关干部，倾巢而出冒雨挨家走访动员还贷款，常常是衣服被淋得透湿，回宿舍换身干衣服又往雨里钻。

　　这天下午传来消息，场小学倒塌了。刘小舟心急如焚，拉上人马立即往那边赶过去。

　　隔老远，便隐隐约约看见雨雾中挤立着黑压压一大片男娃女娃，那幢被称之为明月小学的泥坯土屋已经只剩下一堆废墟，烟雾重重往外翻。娃娃们站在废墟前拼命叫喊哭泣，一些橘农和大一点的娃娃则在用手扒拉残砖碎瓦。张大年是扒拉得最起劲的一个，整个身上都沾满了浊黄色泥浆和烟尘，两只臂膀和双手因用力过猛弄得血水淋淋。

　　刘小舟跳上前黑着脸问：

　　"砸着人了吗？"

　　张大年说："我来时，正碰上塌了一板墙把门堵住了。邹校长站在窗内把娃娃往窗子外面扔，我和其他几个老师在外面接着。一百零九个娃娃全都弄了出来，一个没伤着。我们在窗外大叫邹校长快些跳出窗口，整个房就要塌了。可他舍不下那台油印机，非要把它掏出来不可。待到油印机塞出窗口，他自己却没能出来……"

　　刘小舟冲站着的人大吼："还愣着干什么？快挖！"

　　接下来是一片乱兵上阵，凡出得上力的都使劲扒拉残砖破瓦，把埋住的檩子、椽子纷纷往外扔。大约鼓捣了半小时光景，终于扒出了被砖头埋着的邹校长。他的半边脸已经没有了。

　　娃娃们一齐上前围住号啕大哭。但这位五十三岁的老民办教师再也没有开口说话。

十四

　　赵本高是在埋葬邹校长后第五天来到明月园艺场的。他在园内园外转了一圈，把刘小舟叫到办公室，劈头便骂："你是怎么搞的？才下来不到两年，就有人向上写你的告状信了。你与马礼成犯了同一种性质的错误……"他把举报信从兜里掏出来，拍在刘小舟的面前，"你自己看看吧。你都搞了些什么名堂！"

刘小舟拾起信，漫不经意地瞟一眼。不是张大年的字迹，落款采用的匿名方式：

"尊敬的父母官赵本高大人：我们明月园艺场一千五百名橘农向您呼救。刘小舟仗着自己曾经当过您贴身秘书的资本，在场里胡作非为。今年明明只收了两千担橘子，产值满打满算也就二十来万块。这点钱可是黎民百姓的养命钱呀！刘小舟却强行乱收费，乱摊派，逼着每户无偿上交三千元，为的是给场部置小车……父母官啊，我们还活不活呀？场小学倒塌了，连校长也给砸死了。邹校长上有八旬老母，下有三个幼儿，要不要抚恤？难道学校就不办啦？党中央三令五申不准向农民乱收费，乱摊派，可刘小舟却为非作歹，置老百姓的生死于不顾。您这父母官还管不管呀？要是不管，我们就上北京的金殿滚钉板告状去！……"

"刁民！真是刁民！"刘小舟模仿马礼成的口气骂了一声，"赵县长，橘农们生活困难，场小学被大雨浇塌了，小学校长也砸死了，学校要重建，大伙也确实拿不出太多的钱，这些都是事实。但我搞摊派，是为了还贷款。一百万用在抗旱上，理所当然由大伙分摊。至于买小车，那是无中生有。再至于那一百万贷款的用处，分分厘厘都有账可查。总而言之，这封信是借了一小半，对了一大半。"

赵本高问："还贷的道理向大伙讲清啦？"

"大会小会挨门逐户反复讲述了。没有人说不该还贷款。只是一时拿不出这么多。"

"今年到底收了多少橘子？"

"没个准数，应该不低于五千担。"

"为什么只上报两千担？"

刘小舟说："实际上，下面上报场里的产量是三千担。当然，我也想把还贷的事往后拖一拖，省下一点钱把场小学盖起来，让大伙把日子稍微过得宽松一点。勒紧裤带饿了五年，才收一点橘子，兜底儿刮走，我也于心不忍。您不是经常提醒我，千万要和群众搞好关系吗？"

赵本高想了想，说：

"看来，你有问题。"

"什么问题呀？"

"你也在瞒产嘛。橘农瞒你，你瞒曹达理，瞒我。都想在国家这口锅子里舀！我没说你不该舀，但舀走了，还得舀进去呀。好了，你这去做大伙的工作，把五十万还了。这封举报信，我去县委解释清楚。"

刘小舟问："假如工作做不通呢？"

"刘小舟，你不能给我捅娄子！"赵本高叫起来，"你待办公室时，知道为我着想，这会儿来了明月，一点不考虑我的难处了。地委才开过紧急会议，传达省里的指示，今年上面下达的还贷任务相当紧，不杀几个行长不行。话说得明白些，能杀几个行长，就不能杀几个县长？能杀几个县长，就不能杀几个场长、乡长？"

刘小舟说："可明月的一百万全用于生产了，并且取得了效益。"

赵本高说："你当我吐句真言，你真'智取生辰纲'了？"

"赵县长，我不懂您的话。"

"不懂？你不懂我的话？你跟了我十年，从一名临时工干到正科，你不懂我的话？你吵着来明月时，我原本就不大放心，知道你……当然，我不是说你办公室工作没成绩。论成绩，你还是个杰出的智囊人物……我是说，在基层工作，一定要考虑到方方面面。你看人家举报信上怎么写？仗着某某的资本，有意无意把你与我赵本高拴在一根绳上。具体点说，人家告你刘小舟的状，就等于告我赵本高的状。而对我有意见的人，总希望搬你这块石头砸我。具体到这贷款，我是受人三面夹击……"临走，赵本高把头伸出车门，"今天，我不多说什么。这五十万，你要快刀斩乱麻还上。不然，我得挥泪斩马谡了。"

十五

这个"三面夹击"也许不属赵本高杯弓蛇影。

马礼成虽然办事呆板，爱使使性子，但做他的稳定工作还是轻而易举的。曹达理则不同。这是个阴毒鬼，他既受县里管辖，银行那边还有一根线与地区、省里连着。况且，他与地区的严副专员是战友关系，而严副专员又是赵本高擢升县委书记的大碍。你想动一动曹达理，地区马上有人出来保驾护航。曹达理呢，一直脚踩两条船，哪条船大他那只脚踩得重一点。这样一个复杂人物，难保他不在县党代会期间借题发挥大造舆论。如若严副专员有意图，他可以在会上抖出刘小舟"智取生辰纲"，于赵本高来说，这绝不亚于水门事件。

　　刘小舟想事的角度稍有不同。他觉得只有马礼成才与自己有着利害冲突。事实也已证明，马礼成已经暗里与他较过劲了。至于曹达理，他的受贿虽然暂未揭开，但桩桩件件都已证据在握。万一到时他与赵本高翻脸，他便与他两车相碰。曹达理聪明，他断乎不会为了严副专员而牺牲自己。

　　两人的分析似乎都有道理。

　　这天晚上，刘小舟带上一筐鲜橘，登门拜访马礼成。他觉得，要说错误，他和马礼成犯的是同一种错误，说穿了都是为了给明月百姓办一点事。有了这个前提，他也许能与马礼成找到共同语言。

　　马礼成对刘小舟虽然心存不屑，但见了面态度还是热情的。"刘场长，我都离开明月两年了。这两年你是大红大紫，芝麻开花节节高。我是大放血大甩卖，当作假冒伪劣产品处理的。难为你还记得我呀！"马礼成一边说，一边给他递烟敬茶。

　　刘小舟说："我不是说过前人栽树后人乘凉么。明月能有今天，吃水能忘挖井人吗？今年一收橘子，我就让人留下这筐。前一向忙得两头冒烟，这几天稍微闲了一点，这不就给您送来了？这可是明月土生土长的橘子呀。"

　　马礼成正待剥橘子，愣神了一下："小舟，你这话什么意思？难道去年的橘子不是明月土生土长？"

　　刘小舟正待如实相告，马上想到这样等于就过头去把辫子让人抓住，笑着说："当然去年也是。只是有些谣言，您可能听到了。什么瞒天过海呀，什么'智取生辰纲'呀，什么借兵马呀。如果真有此事，我倒不大在乎。当基层一把手，脸皮不妨厚些。不管白猫黑猫，取得了效益，就是好猫。只是造这些谣的人，矛头好像是对准赵县长的。有人总认为我替赵本高当了十年秘书，做人做鬼一切都是遵从赵某人的旨意行事。赵本高是很气愤的。我是政府办的秘书，为一大堆正副县长卖命，与赵县长本人非亲非故，怎么搬我这块石头砸赵县长呢？"

马礼成问："造谣的人是谁呢？"

"除了那个吃了明月几百斤王八，花了几千元公款的人，还会有谁呢？"

马礼成故意装聋卖哑："你刚才说了这么多，我还摸不着头脑。什么'智取生辰纲'，你能不能说具体点？刘小舟，有人说你要回来当农业局长，有这事儿吗？"

"哪里？我倒听赵老夫子说，物色农业局班子时，他已经考虑到你了。要说，赵老夫子对你还是欣赏的。我看，您不妨抓紧去上面走走。求官不到秀才在嘛。待这破鸡场有什么意思？"

马礼成不说话了。他确实想着这个位子，但怎么才能到手，心里还没底，盯着刘小舟只是微微发笑。

刘小舟说："马场长，您要救我。"

"救你？这话从何说起？"

"赵老夫子要挥泪斩马谡。"

"他要杀你？你犯着什么了？"

"一百万银子我收不回呀！"

"收不回又有什么关系？拖欠贷款的不是多得很么？大处不说，仅县里四大银行，贷款呆账就有几十个亿。现在是人人个个都盯着李鹏那只大铁锅呀。我在明月待了五年，一勺子没舀着。你老兄一去，设着法子舀了一勺，算你有本事。你为我出了气。别说明月目前无力偿还，即便还得起，也不妨拖两年，拖他个牛死马发瘟。让上面治治曹达理那龟孙子。"

"可是，曹达理也会咬住我不放啊，就像那只十五斤重的大王八咬住你无名指一样。"

马礼成一愣，笑道："那些事，你都知道了？"

"略知一二。"

"略知一二怎么行。我这里有个备忘录，一笔一笔全记着。交给你。你去和小严、会计核实一下。曹达理咬你，你就咬他。"

"您那时为什么不咬他？"刘小舟笑起来。马礼成呀马礼成，说你迂，你就迂在这儿。实实在在不够水平呢。你哪里知道曹达理还有根粗线连着那个严副专员呀。你不是一五一十向赵县长交过底儿么？为什么赵老夫子宁肯把你发落，也不敢动一动曹达理呢？"马场长，我感谢您对我的大力支持。改日，我再来取您这个备忘录。"刘小舟说，"只是关于我的谣言，还得请您在合适的场合说句公道话。有些事，您是权威，说句话还是起作用的。再说，明月的百姓不会忘记您。告状的只是个别刁民，大多数人都记着您的好处。即便那个张大年，如今也有了悔恨之意呢。"

马礼成说："对我，你只管放心。"

十六

翌日，马礼成以鸡场的名义打了一份报告，直接去找赵本高，要他担保给鸡场借一百万贷款。

赵本高瞟一眼报告，就知马礼成不是来要贷款而是来要官的，原来这个迂夫子也在打刘小舟这张牌。他在心中冷笑了一下，说："哎呀，你这报告不早不晚，这个时候递上来，不合时宜嘛。年头岁尾正是收贷的时候，一般做法是只捉鬼不放鬼。再说，你该去找曹达理，为什么找到我这儿来了呢？"

马礼成要挟道："赵县长，手背手掌都是肉。您不也替刘小舟担过保么？ 明月能借一百万，鸡场为什么不能借呢？"

"你凭什么说我替明月担过保？曹达理给了他一百万，被我整整骂了两年呢。礼成同志，你把情况弄准确了再说话，行吗？"

马礼成说："我在明月五年，没要到分文贷款，刘小舟待六个月，要了一百万。您没担保，谁会相信？"

赵本高愈加明白马礼成要挟的动机，也正是为了防范这点，他曾给他抛出那点香饵，想不到他真的吊起了胃口。他笑笑："礼成，有困难，先缓一缓吧。鸡场的宏伟规划是不错，也很有可行性。但具体执行，到底由谁负责，暂时还未定夺。就为了这农业局的班子问题，县委这班人正忙得不可开交呢。至于明月借走一百万，如若还不上，是要给刘小舟一点表示的。"

"怎么，您真的要挥泪斩马谡？"

"当斩就斩。你马礼成不也是主张斩的么？你这报告难道不是催斩的奏折？"

马礼成说："赵县长，您怎么把两桩全不相关的事连在一起了？"

赵本高很气愤："怎么，你为刘小舟辩护？去年十月，你不是说地球自转一周二十四小时谁也改变不了么？"

马礼成说："那也不过是听信了别人的传言，而事实并非那样。现在，我不这样认为了。要说那些，都是曹达理讲我听的。我待鸡场，离明月五十多里，怎会知道什么'智取生辰纲'？我让人当枪使了。"

"既然这样，也就没事了。"赵本高暗自一笑。这样的水平，又如何当得了什么农业局长？要官也不是这样要的么。"礼成同志，今后不管在哪儿工作，都要保持清醒头脑。说话尤其要注意影响……好了好了，这报告，先压一压吧。"

马礼成抽回报告："如果领导有难处，我暂时把报告带回去。再说，鸡场也不是非借贷款不可。总之，不能让领导作难。"

赵本高望着马礼成的背影，暗自笑道："应当给你个高级园艺师，至于行政工作，你确实不适合。"

马礼成刚走，电话响了起来。赵本高抓起听筒，额上便有汗冒出。电话是严副专员打来的。

"是我，严专员，我是赵本高。"

"收贷工作进展如何呀？"严副专员在电话那头慢条斯理说着话，"据说你们县农业贷款发放很乱，领导既爱担保又不负责任，放贷又与徇私舞弊、拉帮结派搅和在一堆。本高同志。你得认真查一查，尽快把情况反馈给我。"

赵本高说："问题，当然有一些，但基本情况是正常的。像明月园艺场，当年放贷，当年见效益，起到了雪中送炭的效果。并且，他们还贷迅速及时，是一个正面例子。"

　　严副专员说："我听到情况，好像与你说的有些出入。比方，'智取生辰纲'呀，瞒天过海呀……有这回事吗？又听说贷款放下去有的买小车，有的换了行政职务。我这里都收到群众的举报信一大摞了。"

　　赵本高说："……情况，我还掌握得不太全面。我会认真查一查的。只是，明月园艺场人心复杂，出了一批告状专业户。许多传言，真正一调查，却是凭空捏造。总之，您的指示很重要，我们会认真调查，弄个水落石出后再详细向您汇报。"

　　"是的，应该认真查一查。"

　　"严专员，我这里有件事，顺便向您汇报一下。地区不要召开金融战线表彰大会吗？上面分下的那个劳模指标，县委县政府认真讨论了，决定给曹达理同志。这位同志确实不错，既清正廉明，又兢兢业业。"

　　严副专员说："指标给了你们，究竟评谁，由县委、县政府定夺。一定要给得准。"

　　"我们不会打马虎。"赵本高说，"还有一件事，我们主管多种经营的周副县长调深圳了，这事您已经知道。但缺这个人还真不行。最近，我们初步研究了一下，想让曹达理同志顶上。您也给地委、行署领导做做工作吧？是个人才呢。"

　　严副专员说："曹达理，我不太了解。只是听说他人不错。这事，你们按程序办吧。不过，一定得认真对待。"

　　那头严副专员一搁电话，这头赵本高立即拨刘小舟。没人接，便猛打传呼。一会儿，刘小舟回话了。

　　"忙什么啊？"赵本高开口就骂，"这阵多待会儿办公室。先党代会，后人大会，两个大会前脚挨后脚，只隔几天时间。你知道这些会多么重要吗？ 作为一名基层一把手，怎么成日在外乱跑疯蹿？"

　　"忙啊！"刘小舟说，"今天才把邹校长抚恤的事处理好呢。"

"收贷的事有无进展？你无论如何得在会前把五十万收齐。马礼成也逼我放贷款呢。严副专员都已注意上你那'智取生辰纲'的传闻了。当然，钱能及时还上，坏事可能转化为好事。还不了呢，后果就不用我多说了。"

刘小舟知道这又是一个信号，心里愈加着急。想了想，说："看来事到如今，我只能老老实实跟着您的感觉走了。赵县长，您放心，我也许会把事情办好的。"

十七

这天，县纪委两名干事来到了明月园艺场。他们没去场部，人一到便挨家逐户作调查，很认真，很仔细，很严肃，一户也没漏过。风声很快传到场部，农场有人向上举报，刘小舟"智取生辰纲"的事发了，气氛表明，刘小舟有撤职的可能。又据说，张大年遭到了众橘农的围攻，说他这次告状又没告准，是恩将仇报，同上次告马礼成一样。

这天夜里，张大年主动找刘小舟。他显得神情忧郁，脸上写着愤怒和屈辱。

刘小舟没有责备他，热情地递烟倒茶。张大年双手捧着茶杯，一言不发。

刘小舟沉默了一会儿，问：

"你今年到底收了多少橘子？"

"四千斤。"

"你上报场部的是两千斤，缩小了一倍。现在，你终于说实话了，我真高兴。"静场了一下，"老张，这两年，你帮了我不少忙。感谢你。我可能马上要滚蛋了，上面会怎么调理我，你想得到。不过，我无怨无悔。明月总算熬过了苦日子阶段。有人举报我，我不推卸，因为告状信上讲的都是事实，瞒天过海弄过的贷款，又没法按协议还贷，是我的责任嘛。你来了，我就嘱咐你一句话，橘树要抓紧治虫，防冻，肥料要备足。这样，才难保证产量逐年上升。"

张大年说："我被人骂了十八代祖宗，想冲我动家伙的人不在少数。我很冤。我没告状。如果你不相信，我抱着独生儿子张广赌咒。我张大年是人，不是畜生。我只告昏官，不告清官。谁昏谁清，我分得清。你以为我后脑上长了反骨，生性喜欢告状？"说这话时，他眼里涌出了泪水。

刘小舟说："我不是说过吗？谁告的，我都不在意。你说没告，我也相信。我撤了，没事。我只希望你跟大伙说一声，把防冻、治虫、备肥三件事搞好。搞好了这三件事才能旱涝保收。"

"您不能开个群众大会交代一声吗？"

"没这个资格了。县纪委调查小组已经让我停职反省。"

张大年闷了半晌，说："你撤不了。"

刘小舟说："贷款还不上，就撤。"

张大年说："你撤不了。"

"你怎么说这种话？"

张大年问刘小舟："你的臂伤好了么？"刘小舟那天扒邹校长时，断墙砸伤了左臂，上了一个月夹板。

刘小舟把袖管捋齐肩头，让张大年看看。臂上夹板没有了，但仍然贴满了伤石膏，白乎乎的一条膀子："好多了。只是使不上力。"

张大年望望窗外的橘树，说："你撤不了。我心中有数。谁家收了几斤几两橘子，我心中有一杆秤。我坦白，我瞒了产。家家户户都瞒了产。大伙瞒产，是我给的主意。都想拖贷款。往明处说，这五十万能还上，只是家家钱匣子都空了，明年日子仍然紧。我一户一户找人说明白，不能瞒产，不能让你吃亏。不能让你走，你是个有办事能力，私心不重的人，抚恤邹校长自个儿掏两千元，只有你做得到。若是换只饿老虎，或是糊涂虫当家，明月又会云遮月……"

十八

两个大会开过了。

赵本高升任了县委书记，名副其实的一把手，他的主要政绩在于把一个贫困县引进了全省"十强县"。

曹达理升任了副县长，主管多种经营。提名曹达理升任副县长的是赵本高，所以严副专员没卡他升任县委书记，对赵本高的组阁意向也没过多干预。要卡当然也可以，那赵本高也可以卡曹达理。如今这时代，一切都假，唯有战友、学友关系是真。为了战友情谊，严副专员做了个顺水人情。

两会之后是科级干部大会。

会前，马礼成得到了高级园艺师职称，加了一级工资，仍然调回老家当场长。他稍有犹疑，但赵本高一做工作，便欣然应命。上任那天见到张大年，他挑战性地说了一句戏言："我胡汉三又回来了。"

张大年也说了一句戏言："正三年，反三年，缝缝补补又三年。"

刘小舟回去当了县委办公室主任，进常委，享受副处级待遇。他厌恶刀笔吏日子，不乐意去。赵本高说："你不适合在基层工作。"

他说："贷款不是如期如数还清了吗？难道也能说我政绩平平？"

赵本高说："说句实话，贷款还清了，你有什么感想——要说挨心贴肉的大实话。"

刘小舟说："我对明月不住，担心他们明年日子怎么过，还有场小学……"

赵本高说："这正好暴露了你的弱点。你有才华，私欲不重，但只能将将，不能将兵。正确的做法是两手都要硬，你仍是一手硬一手软……"

曹副县长作报告。在总结全县多种经营大好形势时，表扬了马礼成廉洁奉公及敬业精神。在谈到刘小舟时，他稍稍犹豫了一下，两个人都是副处，刘小舟却进了常委，排名显然比自己高，他去表扬他似觉不大合适，于是说："明月的飞跃，大家有目共睹。礼成同志打下扎实的基础，再加上小舟常委的锐意进取，大胆开拓，才有了这举世瞩目的经济效益。说实话，我工作了近三十年，就佩服一个年龄比我小的同志，那就是小舟常委。他思想解放，不因循守旧，属于真正的弄潮儿。小平同志的猫论，他算真正学懂弄通了。"

会场上掌声雷动。

马礼成觉得有点对不住刘小舟，散会时，主动找刘小舟交心，把自己如何受曹达理之约，潜回明月查看橘蒂，而后去赵县长那儿揭短等细节检讨了一遍，说："刘主任，今后，您要多多关照明月。我这回去，还真担心胡汉三不好当呢。"

刘小舟说："车到山前必有路。好在抗旱问题解决了。"

马礼成说："明月人心复杂，事情办得好办得坏，都有人告状。听说你在那儿一年半时间，有人告了你两次。你不会怀疑我吧？"

刘小舟说：

"既不是你，也不是张大年。"

马礼成仍感忧虑：

"究竟是谁，我回去后一定要查出这个诬告者！"

刘小舟觉得马礼成对自己掏了真心话，自己也应与他心换心，说：

"是我自己告自己。"

"是吗，你为何这样？"

"前一封直接寄给赵县长，后一封寄给县纪委两位朋友，并事先和他们打了电话。前一封，我是想拖一拖还贷，老百姓苦了五年，好不容易收了橘子，该喘一口气，过几天宽松日子。行不通，便来第二封……"

原载《当代》

龟考

一

我从小喜欢龟，零零碎碎记下了一些与龟有关的文化掌故什么的。龟大致分为金龟、水龟、象龟、蠵龟、绿毛龟、玳瑁龟、两栖龟、侧颈龟、隐颈龟、曲颈龟、蛇颈龟、无盾龟等类目。龟甲在古代十分珍贵，曾被用来作为货币、占卜工具、刻字记事和官衔印绶，价可敌玉。

我的故乡梅溪有一种龟，甲壳上有金黄色花纹构成的多个六边形图案，这大概就是书上说的金龟了。梅溪位于湘北山区，据说曾是春秋时代古麋子国国都，它的覆亡是因为一种名为饕餮的怪物吞噬了这个诸侯小国的图腾——龟神。

二十世纪七十年代末，县里来了几个文物考古工作者，用尖嘴锄头和锤子在溪岸捣鼓了几个月，找到了一些龟甲化石、古陶片什么的。所谓化石，即几片厚达半寸的泥巴板块，上面有一些被称为殷代甲骨文的字痕。古陶片上有一些花纹，说是什么布纹、绳纹、龟纹、饕餮纹，并断言梅溪必是古麋子国遗址无疑。到底证据不足，终未得到官方认可，令人遗憾。

梅溪绕村而过，溪里藏有很多金龟，大的能把一只脸盆装满，小的形同纽扣。我不止一次亲手逮住过——其实逮字用得并不准确，金龟老实温顺，一旦裸露在人的视线之内估计已经无路可逃，就把头缩进甲壳采取不抵抗政策，一副阿弥陀佛的可怜相。接着，你把它拾起来就是了。据说这是一种有灵性的动物，喜欢与人结成盟友关系，甚至还可以把冥冥中一些先知先觉的信息暗示给人类。所以，除了那些胆大妄为不顾斯文的馋鬼和公务员队伍中的饕餮之徒把它视为一道美菜之外，村里人拾到它大多是刻字放生。老人们把放生的意义传得很神，说刻了姓氏的金龟对它的盟友会有定期回访，更神奇的传说是民国壬子年仲春，梅溪暴涨，金龟曾结伙把一名被洪水卷走的幼儿顶上

— 179 —

溪岸，那个幼儿就是放生者的独生儿子。

我大约四岁的时候，在溪里捉到过一只金龟，用小刀在它背上刻下我的姓名时，明知龟甲没有痛觉神经，还是下刀很轻很浅，生怕弄痛了它。结果一年后的某个春日，它真的爬到了我的家门口。我喜出望外，忙叫母亲把韭黄炒鸡蛋摆出来供它享用。它根本不屑一顾。父亲说我自作多情，金龟根本不食人间烟火。

记得那一次金龟回访是在我患了麻痘的时候，那次病得很重，差一点在我的脸上留下麻子。问题是，村子附近的黄莲寺有个青年和尚也守治了我七天七夜。我的麻子之灾得以消除究竟是和尚的功德还是金龟的庇佑呢？思来想去，功劳还是记在了金龟的账上。

对于刻过姓氏的金龟，人们的虔诚尤甚，从感觉中赋予它一种宗教的神圣意义，就如济公和尚原是个邋遢的乞丐，一旦修炼成仙就对他产生了敬仰一样。就我们梅溪来说，即便是水宝这种心狠嘴馋的人，拾到了也不敢贸然宰杀。

水宝差不多是村里唯一敢吃龟肉的人，他宰杀金龟的动作很是残忍，用脚板踩住龟壳，剪刀两头狠劲儿戳便掏出一小泡血淋淋的龟肉来。村里人对他的行为很是不满，甚至称得上愤怒。每逢拾到金龟马上刻字放生，为的是让其躲过水宝的屠戮。记不得哪一年了，有个外地掏龟老头溜进了梅溪，不消半天竟捕捉了两大袋近百只尚未刻字的金龟，村里人闻讯追了三里路，不但把金龟夺回放了生，还剁掉了他半截只小指头。我估计那次近乎残忍的惩罚多半含有警告水宝的意思。所以，梅溪里现存的金龟大多是刻了字的。为什么人们对于刻字放生的金龟有了深一层的敬畏呢？龟还是肉身凡胎，人还是寻常百姓，二者结合起来便产生了神奇的威慑作用。这真是一个有趣的现象。

二

水宝和我父亲黄钦柏是要好的朋友，常到我家串门。这很让我为父亲有这么个朋友感到羞耻。我不喜欢这个貌似斯文实则心狠嘴馋的人。尽管他是村长，并无其他劣迹，甚至还算得上一个很廉洁很正直的小官，我也压根儿对他尊重不起来。我曾经愤愤地质问他为什么不肯对金龟放下屠刀。他苦涩地笑笑，结结巴巴地替自己辩解，有，有些大人的事，你，你们小把戏未必能够理解……要说，我也放过生呢——那是六年前的事了，我放生的那只金龟足有三斤重……

我认定他在给自己涂脂抹粉，像日本鬼子掩饰南京大屠杀的罪行一样，敲打说，骗人！你这个双手沾满金龟鲜血的刽子手！父亲便用眼神狠狠地打我并替他作证，不能对大人不礼貌！水宝叔叔的确放过生的……待到我长大了些，懂得了男人和女人之间的那种事之后，才知道了水宝杀生吃龟肉的确属于迫于无奈。

水宝和我父亲是同年，从小一起长大。老人们不止一次绘声绘色地描述过他们穿开裆裤时的丑行。他们曾一齐把身子脱得精光旁若无人地在溪里戏水拾螃蟹捉金龟，相对而言，水宝的脸皮比我父亲还要厚，我父亲还在腹下绑片荷叶遮羞，水宝却把小鸡鸡搓揉得挺起来，把小鱼篓挂在上面，雄赳赳气昂昂地在溪岸走来走去嘴里叫着八格牙鲁！吓得溪边洗衣的大闺女精喊鬼叫逃之夭夭。问题还在于这个不要脸的家伙太无耻，年纪稍大竟发明了一种医学上称之为自慰的游戏，而且形成了改不掉的恶习，以至于结婚后根本和女人干不了那种事。所以，他结过两次婚，女人都忍受不了他的"见花谢"离婚了。直到他当上村长在村人面前发号施令时，仍是孑然一条光棍。

水宝之所以敢冒乡亲们之大不韪杀生吃龟肉，是因为受了一个城里性病医生的蛊惑。他偷偷去过医院多次，厚着脸皮向医生诉说自己的苦衷。医生就怂恿他大开杀戒并夸张地说待你吃完一百条龟鞭就可以成就一个男人的事业了。他问医生，龟鞭是什么呀？医生笑着说，就是那玩意嘛，只要是雄性动物都有的，捉住了金龟扳开屁股仔细找一找就发现了，当然，如果找不着不妨连肉一起吃下去。龟鞭应当是很小的，它的滋肾壮阳作用，中医学已经有过极富夸张性的宣传。水宝对此半信半疑。第一次屠杀金龟，他心里还是蛮痛苦的，犹犹豫豫老半天不敢动手，竟至于哭着扔下刀子，不！我不！光棍也要人当啊！世界上本来男人就比女人多，总归有男人讨不到女人的……他的老娘就颤着枯手狠狠地抽了他一巴掌，什么东西！你父亲你爷爷你姥爷个个都能日死牛，偏就出了你这废物望着咸鱼吃淡饭丢你祖宗的丑！你想绝了水家的烟火吗？你不杀金龟，老娘一头撞死在墙上！堂堂村长拗不过老娘的压迫，只得勉为其难。遵循老娘的吩咐，他在禾坪里点燃了一炷线香，然后跪在地上喃喃念叨着这样几句话：观音观音您莫怪（梅溪人认定龟族属于龙王管辖，而龙王又是南海观音的部属），龟是凡间一道菜，我吃龟肉不由己，来年替您奉白米。有了忏悔，有了头次，水宝宰杀金龟也就习惯成自然，没有顾忌了。只是，人们还是看得出，作为一村之长，其他方面再好，亲手毁掉了乡亲们为之捍卫的龟文化，人前还是有了某种心虚理屈的尴尬。

二十五岁那年，水宝讨了他的第三任女人，事实证明，他可以把那种事干得很圆满了，他的女人没有离婚就是明证，并且人们还深更半夜在他的窗下听到他女人在他身子下乐得嗷嗷直叫。只是他仍然没有养下后代。乡亲们不免有些幸灾乐祸，说这是上苍对杀生者的惩罚。

我父亲不这么看，他说毛病不在水宝而在他女人身上。水宝和他女人去医院检查过，她的两根什么管子堵死了，而他的虫子却又多又好活蹦带跳每一个都具有成就为一个壮硕公民的素质。水宝没有把这个秘密告诉他老娘，也没有对他女人说穿。照理，作为一个年轻村长，无论是从地位还是道德的角度来看，离婚再娶都有站得住脚的理由。但他默认了这个事实。他对我父亲说，她对我和我老娘太好了，人好家伙不中用不是她的错。我不能昧良心，养不了后代这是我造下的罪孽属于自作自受。为此，我父亲认定他的品行无懈可击。这可能也是他们一直交情深厚的原因。

三

某个闷热难耐的秋日，水宝召开村民大会传达了一条消息：市政府决定在我们村子附近兴建一个巨型水坝，将上游几百个山坳拦截起来形成一个几亿立方米的水库，既可以发电，又可以开发旅游资源，还可以让全体市民吃上没有污染的净水，属于奔小康的一个重要战略部署。这样，沿梅溪十华里近百个村子的人都要迁到洞庭湖边的沼泽地上安家。

村里人故土难离，想尽各种办法企图阻止这个移民计划的实行，比方，老人成群结队提着农药罐子到县政府上访扬言要集体喝农药。年轻人要么装病要么躲在外面不回家，乃至集体向中央上书抨击兴修水库是一种劳民伤财祸国殃民得不偿失只有"四人帮"才干得出的错误等等。这一切当然于事无补。拖延了一年时间，官方终于忍不住了，下了强制拆迁命令并开来一个连的武警和十几台推土机，将整个村子的房屋推平了。乡亲们虽然最终还是妥协了，但记得很清楚推土机和武警是水宝领进村的，作为一村之长，不但没有挺身而出捍卫故乡人的利益，还给上面来人装烟泡茶导向引路讨好卖乖纯是梅溪的一名汉奸。

我们的新居位于一马平川的洞庭湖北岸，举目之下北风肃杀黄汤滚滚，泥地上拱出一些野蓼和稀稀拉拉几根刺槐、垂柳，就如癞痢头上的毛发。这哪是住人的地方啊！而我们的老家梅溪呢，一去二三里烟村四五家门前六七树八九十枝花那是一种什么样的风景哪！

村长水宝则顺着上头的话说，风景是不如老家，优点毕竟还是多于缺点嘛。你们看看，这里的土地几多宽阔，几多肥沃，待梅溪每人摊不上半亩耕地，这儿的土地却应有尽有，一户种十亩田都可以，吃鱼也方便多了，阶基下就是洞庭湖，锅烧热了都来得及网上几条，再说，上级的考虑还是蛮周到的，也给每户下发了三千元安家费，加起来就是五百多万啦！用这些钱盖房已是绰绰有余了。有人当场踩水宝的痛脚，什么都好就一条不好，没有金龟吃了还怕一个个不成绝户？水宝说话的嗓音当即低了下来。

乡亲们不适应这儿的风沙，以及无遮无拦的单调，尤其对浊黄色的湖水饮用不惯。不到半个月时间，就有一些人染上了血吸虫病。大伙干脆避开水宝秘密策划，趁新房还没有盖偷偷逃回老家去。水宝当然不同意这种搞法，一户一户登门做工作，说了很多话，没有效果，只得把大家的意向报告了总场。结果，总场来了七八个领导，开大会点名批评了一些人，并扬言谁敢跑回去就是反对改革开放对于带头闹事的要绳之以法，散会时还真的带走了一个有过小偷行为的村民。就这样，返迁的风波被弹压下去了。为此，大家对水宝更有意见，而且从感情上进一步算他杀生的老账，对他的憎恶到了无以复加的地步。于是，就在那个冬天的选举会上，大家彼此默契百分之九十以上的人投了他的反对票。总场认定这种选举违反了《选举法》，回头做大伙的思想工作，那个带走的小偷也放了回来，连五十元罚款都免了，并搞了第二次选举投票。没想到选举的结果更加悲惨，水宝仅仅得到了我父母的两张赞成票。这次大伙一致把村长的票投给了我的父亲。事实证明，没有人搞什么有违《选举法》的勾当，纯粹是一种民意。总场只得尊重民意。

四

人活着是要点精神的。水宝没有儿女，精神原本折了一半，剩下的一半用廉政干部的自豪感光荣感勉强撑着，但到底撑不住，精神支柱一下就垮了，半个月光景，瘦了一身肉，并无事找事向自己的女人挑衅，着实打了她一回。我父亲上门劝他，男子汉大丈夫想开一点嘛，不妨先避避乡亲们的气头待一阵大伙住安稳了看到了移民的实惠，会重新投你赞成票的。至于房子，你怎么能半途当中扔下不盖了呢？你就纯粹是为了当村长么？眼看就要立春了，春汛一来哪儿安身？我们还得抢住时间修筑防洪大堤呢。水宝痛哭流泪，说，黄钦柏咱们从小一块长大真是裤裆里的卵子都掏出来比过大小，我当村长亏没亏待大伙有没有过多吃多占搞没搞过腐败你是清楚的呀。如今，我还盖什么房，都骂我是绝户呀！我父亲说，不但是我大伙也都清楚你没有搞过腐败。我也只是给你打个开场锣鼓而已百事顺遂后还得由你来牵这个头。大伙投反对票恐怕后还不全在拆迁……水宝说，我清楚，大伙嫌弃我，还是我吃过龟肉的缘故。我的命苦啊！今天当老兄你赌咒发誓，以后就是阎王爷刀架脖子上，就是日本鬼子抓住五马分尸，我也不会吃龟肉了……我父亲说，不要像只瘟鸡，前程还得自己谋划。明天我和你回趟老家。水宝问，回去做什么呀？老家不存在了嘛。我父亲说，如何不存在了？你这想法就有错，房子是不存在了，乡愁还是存在的呀！乡愁是什么物件呀？去了回来，你就清楚了。

结果，两人回了一趟百里开外的老家。他们其他东西什么也没带回来，就带来四篾篓从溪里掏到的金龟，大大小小三百多只，有的是刻了姓氏被人放了生的，有的没有刻字。一些人把手伸进篓子仔细翻找由自己放生的金龟。有的人抢着给那些小接班人壳上刻字。我父亲说，这个主意是水宝拿的，亏他想得这样周到呢。有些事，大伙也不是不清楚底细，汉董永卖身葬父，汉郭巨埋儿奉母，都是图的什么？还不是一个孝字？现在好了，老娘登天了，没人冲他抹脖子撞墙了，还不就和大伙肝胆相照想到一处啦？一屋子人被说得轰地一笑。

放生了那些金龟后，我父亲开了个村民大会。他在会上流了泪，说，我们迁这儿来了，金龟也跟着迁来了，暂时还没有来的日后也会慢慢沿着溪水爬来的，金龟忘不了旧主。水宝接口说，只是，现在迁回去已经不可能，整个一条梅溪都淹了，我们是坐船回去的，那儿的水面抵得上半个洞庭湖我都弄不清梅溪泡在水底什么地方了。我父亲接口说，就算跑回去纵然能在水库岸边建房住下来，可已经没有耕种的土地了啊！水宝接口说，没想到大坝修得这么快，正、副指挥长二十四小时戳在工地督战，搞的机械化施工，几百台推土机不分日夜抢任务……我们呢，修堤吧，得抢在夏洪到来之前把大堤修起来。我父亲说，水宝说得对，应该修堤，而且不能拖。不修堤，明年就收不了谷子，饿死也没人管了……听了他俩的话，乡亲们一个个黯然无语，从此打消了返迁的念头。接下来一个冬春，几百幢泥坯土屋陆陆续续建成了，加之来了许多城里人支援，一圈二十米高十米宽九十里长的堤垸在湖洲上立了起来。

总场给这个垸子取名九分场，可大家坚决要求仍然叫梅溪。我父亲邀水宝一同去总场做工作，说，大家要叫原名，也不是什么了不得的事，乡愁嘛，抹不掉的，顺了这个民意，今后的工作反而好开展。再说，总场可以只认九分场这个建制嘛。场长同意了，还很欣赏新任村长的工作能力呢。我父亲说，这都是水宝教的方法，我抵不了水宝一个指头。场长笑着说，水宝你这么有水平，为什么群众不买你的账呢？我父亲说，落选的主要原因还不在拆迁。在何处？我父亲说，他这人，吃过龟肉。场长做严肃状，吃龟肉？是不是公款吃喝？我父亲说，不是，是治病，他这人别说没搞过公款吃喝，连公家的断鼻针都没有拿回过一根。场长感到莫名其妙，哈哈大笑。水宝看出总场没有安排他当干部的意思，回转时仍然闷闷不乐。

　　午夜，水宝被人从小酒店醉醺醺地抬了回来，临天亮时睡醒之后，突然一个鲤鱼打挺坐了起来，一惊一乍地对女人说，听！快听啊——有动静！门外有动静，有人在敲门！女人笑一笑，神经，鬼敲门！你听嘛，仔细听嘛。女人尖起耳朵听，果然有窸窸窣窣地轻微响动。老鼠，是老鼠，这湖里的老鼠一只只比棒槌壮。比鸡巴壮呢！水宝说了一句粗话，跳下床跑去把堂屋的木门打开，抱回了一只身个差不多脸盆大的金龟，差点把他女人吓个半死。点亮煤油灯一照，他在龟背上看到了水宝两个模模糊糊的字痕。他问女人，这是两个什么字？女人说，像宝水。他说，你再看看要看清楚，不要信口开河。女人仔细看了看，说，是宝水两个字嘛。水宝喜得狗颠屁股似的，没错，确确实实是宝水二字，只是你念倒了，应该念水宝。你不清楚，这只金龟是我七年前在老家梅溪放的生，那时我还没有结婚。没想到这么久了，它居然找到这儿来了。你说奇不奇呀！女人说，奇！怎么不奇？老娘无缘无故让你打得青红紫绿，还好意见和我做那号事！它是回来替我讨个说法的。她抱过金龟像抱着个半大孩子，说，你也不枉和水宝狗日的相交一场，你给评个理儿，他自己无能，戴了六年的小红帽儿让人揭了，他凭什么拿我出气？说着，哭了起来，水宝狗日的，我晓得你是嫌我长得老，听说如今作兴换婆娘，你也动心了。咱们好说好散，你去讨个细皮嫩肉红花闺女吧……水宝一把搂住女人拼命亲了几口，说，我醉了，打你是发酒疯。你就当狗咬了几口。再说，我哪里是嫌你老呀？你本来就比我小十岁，我凭什么嫌你呢？我从来没有过离婚的想法。这一次，你也清楚，我心里确实不好受真是火烧乌龟肚里痛，可你偏偏火上浇油吵着建房子，你就不清楚我是故意闹情绪闹给总场人看的？我又没犯错误，怎么就不能等职安排个其他工作？……女人破泪为笑，不当个村长就像要了你的命。丑！

五

消息传开，全村人都涌进水宝的家里看稀罕，并断言会有喜事降临梅溪。我父亲说，金龟选择这种时候造访梅溪，未见得咱们的迁移不是好事，尤其是水宝，我估计你起水的机会来了。水宝抱着金龟说，不容易，真是不容易，梅溪放的生，搬迁了一百多里路，你就怎么找到这儿来了呢？你怎么就清楚我们住在这间屋子里呢？老兄，你就多住些日子吧？这个村子里的人，除了我从前犯下过那种罪孽，没有第二个人会对你不恭的。老兄，你的朋友如今不再是村长了，我也不再吃龟肉啦！……第二天，他指使女人在一间不显眼的小房间里布置了一个小神龛，用檀香和艾叶点烟熏过，供上了一尊观音老母的瓷像。神龛两侧贴一幅对联：在职日三省；无官一身轻。自此香火不断，有事没事，他都要拜上几拜。他认定他半生的命运沉浮都与金龟密不可分。比方，他之所以有过无用的丑恶阶段包括两个女人的离异，那是因为他曾经把那种肮脏的汁子射进金龟的嘴巴亵渎了圣灵。后来的第一次放生，马上给他带来连任两届村长的好运气。而紧接着的晦气降临村长落选那是因为他迷信庸医大开杀戒。眼前，识迷途其未远，觉今是而昨非。暗中供奉一尊观音瓷像，于情于理都说得过去。

六

果然，时隔不久，这种虔诚就将他引入了柳暗花明又一村的美好境界。

我们迁居新址的第四年夏天，洞庭湖闹了一次水患，总场九个分场的堤垸溃决了七八个口子，淹掉了三个分场，冲毁了几千幢房屋，淹死了四十多人和一些牲畜。领导们认定溃口的原因主要是修堤的过程中一些村民带着不满的情绪偷工减料敷衍塞责，抗洪抢险时又因为险情排查不及时，或者险情测报不准确，贻误了许多重要的补救机会。洪灾过去，为了做到有备无患，在加固大堤的同时，决定增拨九个国家职工编制，在县救援公司辖下再设一个二级机构防洪抢险打捞队，驻扎在梅溪，接受县、市两级的双重领导。消息传到梅溪，我父亲据理力争决计把水宝推荐出去，真是到处逢人说项斯。

我父亲的鼎力推荐，与他取代了水宝的村长职位有关，虽然事属偶然，非蓄意而为之，心里总有一种篡位的内疚。他曾三次诚恳地向上级提出让贤的意思，但总场领导没有答应。这次打捞队招工，自然成了他表现诚意的机会。如果他的举荐成功了，水宝就是国家职工，明显优于他这个仍以种田为生的农民村长。

打捞队入选的条件有四个，一是必须是党员。二是年龄必须在四十岁以下。三是必须热爱这项工作并能立下保证永不跳槽改变职业。四是必须熟悉水性。结果，各路诸侯举荐的人至少相当于编制的十倍，以至于决策者犹豫了几个月难以圈定。了解内情的人知道，潜水员并不是一门优越的职业，长时间的水下作业，风湿病是在者难逃的职业病。第二是深水潜游大脑处于缺氧状态，久而久之，引起实质性损伤，那些上了年纪的潜水员，十之八九患有痴呆症，木头木脑，嘴角流涎，神志不清。第三是可想而知的职业危险性。有一个数据是绝对保密的，那就是市救援公司打捞一队业已离开了人世的职工百分之九十死于水下作业时的突发事故，而侥幸未死业已退休的职工百分之七十患有痴呆症。这也可能是决策者们把招工对象扩大到农村来的主要原因。我父亲和水宝当然无从知晓这个秘密。尤其是水宝，他想到的只是如何拿出某种具有说服力的办法，击败其他角逐者。

最后由我父亲设下一个骗局（黄钦柏在梅溪以老实著称，我却认为他一点都不老实，而且他对金龟的虔敬也显然要打个问号）。一个大雪纷飞的日子，他出面请来总场场长和党委书记，又由场长出面请来市人事局局长，打的旗号是征求上级领导对冬修工作的指导意见。一行人在大堤上走了一圈，装模作样作了几点纯属废话的指示，就去我家歇着了。吃午饭的时间到了，我母亲故意弄了一桌素菜。我父亲眼一瞅，哎呀，这不是让领导们吃斋当和尚吗？——快把水宝叫来！我母亲就急匆匆地去了。

没待几分钟，水宝来了，胡子刮得很干净，还理了发，显得年轻精干的样子，面带落选村长的羞赧和强装的潇洒，和几位领导打了一声招呼，问我父亲有何吩咐。我父亲手指戳着堤外的湖水说，扎个猛子摸几条鱼给领导们下下酒。要好鱼，鲢鱼、鲇鱼别弄来败领导们胃口。快去！要快！众目睽睽之下，水宝提只缠了口子的布袋赤膊短裤一头扎进冰凉的湖底，大约待了不到三分钟光景，就有两条活蹦带跳的桂花鱼撂在我父亲脚下，自然引得一阵惊叹。接下来是吃鲜鱼品烧酒，吃得相当的满意。场长说，这桂花鱼一条恐怕有两斤重吧？书记说，我看不少于三斤。人事局局长问，摸鱼的就是落选村长水宝吧？我父亲说，您怎么知道？局长说，他毛遂自荐给我写过信，没想到他还有这么一套本事！我父亲说，百闻不如一见，领导们眼皮子底下发生的事，不算我胡吹吧？这样的角色当个潜水员哪里找去？年龄不老党龄老，身子不老资格老，当过六年村长廉政干部六连冠，三十多岁年龄正当旺呢。领导们都说这是这是。

三天后，水宝成了抢险打捞队队长。

七

这一年，我考上了首都一所名牌医科大学。这在我们梅溪，是件特大喜事。为此，家里请了十几桌客吃的流水席场面很是热闹。汉奸水宝自然是领着人好家伙不中用的队长夫人头个登门祝贺，说什么也给送了一只一千元的红包。我父亲差点被这笔巨礼惊呆了，怎么也不肯收。水宝哈哈喧天，钦柏我们从小一块长大还分什么彼此？你的儿子中了状元，还不就等于我的儿子中了状元，也就一个月工资奖金嘛，当然，只要我不死，儿子从本科一直念到博士后，我每年资助三千元。我说话算数，不过有一条，你养的儿子我水宝也有份！……席间的人都笑起来，笑他想儿子想疯了。

直到这个时候，我还是对这名吃过一百条龟鞭的贵客喜欢不起来——这属于缺少宽容——极有可能是受了鲁迅先生我一个也不宽恕的影响。我说，水宝叔叔，谢谢您的资助，但您的老底我还得揭穿已经憋了几年还是要揭穿（父亲暗暗踩了我脚背一下）——那次你汩水捉桂花鱼我不相信至今不相信。你捣了鬼。我断定那两条活鱼是头天晚上买来养在水缸里第二天装在小布袋里带下水爬上岸时你就把布袋扔了。水宝哈哈大笑，诬陷！纯粹是诬陷！我的儿子，就算你的诬陷是事实那又怎样呢？老子下水抢险已经立下三次一等功、四次二等功、受过近百次表扬就差个烈士没到手啦哈哈哈……

去了大学，我仍然不时想起水宝这个人。一方面与他的慷慨资助有关，更重要的是他身上体现出来的有关金龟的神秘感总是让我难以释怀。他常给我来信，写得挺有水平，显示出老三届初中毕业生的文化底子和对科学奥秘的探求精神。这些年，在数百次抗洪抢险中，他身先士卒独自排除过一百多次重大险情，人却安安然然活了下来，而和他一同进入打捞队的其他八名队友却全都葬身水底，为此，打捞队不得不隔三岔五补充新的队员。

他把他屡屡逢凶化吉死里逃生归之于龟神的庇佑。他说他相信神灵，他认定世间许多现象还缺少科学的解释，所以，灵异一说理所当然也属于科学。他说迷信神灵的人是诚实的人，反过来，假如这个人不诚实，他遇到了某种解释不清的现象，就会随意编造一种解释然后宣称这就是科学的定律。他还举出了牛顿与亚里斯多德两个例子支撑他的诡辩，说牛顿在发现和证实了一系列有关物体运动的普遍规律之后遇到了一个无法解释的难题——宇宙间行星运动的原初动力究竟来自何处？于是，他把它归之于上帝踹了一脚。他明知这是毫无根据的戏言但还是说出了口，所以迷信上帝的牛顿属于诚实的人。与牛顿相反亚里斯多德为了维护自己的权威，傲慢地宣称重量不同的物体下落的速度也不相同。他的这个结论很快被站在比萨斜塔上的伽利略推翻了。所以亚里斯多德是不诚实的人。琢磨类似的奇谈怪论，我还真觉得有点道理。

从通常的生物学的角度上看，金龟的灵性也许不足为怪，因为灵性常常为许多生物尤其是古生物所拥有，比方鸟类、昆虫类对于气候变化的预测能力胜过人类，鼠类、蛇类对于地震的预测能力胜过人类等等。还有，既然犬类、鸟类如信鸽都能万里迢迢找回老巢，金龟回访又有什么奇怪呢？至于动物对人的保护，河豚救生义犬救主的例子更是屡见不鲜。具体到金龟谁知道这个生存能力强于恐龙一万倍终生一言不发只是一个劲儿思考着什么的尤物，它的那颗小小的大脑中藏着些什么样的信息接收装置和运算程序！问题在于，金龟究竟能不能对人构成宗教的庇佑，或者说究竟对于人类命运中的未知部分是否拥有先知先觉的本能呢？

八

这年夏天，得悉家乡正经受着百年未遇的特大洪灾考验，我的电话打不进去，我的家信也得不到回音，几乎全国所有电视台、网络、报纸报道的新闻都与此有关，甚至有小道消息说，洪水淹死的人已经超过了五位数。我意识到问题已经相当严重了。提心吊胆坚持到了入秋，恰逢学校要组织一批学生去灾区慰问巡诊，我立刻背上急救包，登上了南下的火车。

我急于探访的第一个人是水宝，当然，我不是去采访他的优秀事迹——那是新闻记者的事，而是从生物遗传学及心理学的角度和他探讨一下与金龟有关的秘密。我想弄清楚他是不是真正感应到了龟神的庇佑，那种感应是否存在某种可以描述出的具体形态，因为报上有一篇文章已经有过他一百五十九次死里逃生的记载。记者将此归之于忠诚、经验和胆魄，然而，这三者唯他独有吗？

父亲告诉我水宝已经死了。

他死于一个半月之前，是在潜水堵漏时吸入漏洞窒息而死的，遗体至今深埋在大堤下的某个地方可能永远找不到了，因为人们不可能把严防死守的堤垱刨开。他已经被追认为烈士，为了不让参加抢险的潜水员产生心理负担丧失斗志，新闻传媒暂未大范围公开他牺牲的消息。父亲寂然地说，我设法让他去打捞队，原是想帮他一把，因为他的落选纯粹是误解造成的，他的一生确实没有值得憎恨的过错。当然，他没有为梅溪丢脸，他是梅溪几百年来第一个也是唯一被追认为烈士的人。可是我到底害了我的朋友，断送了他的性命，我还给梅溪增添了一名寡妇……

我没有劝阻父亲的忏悔，他作为他的知心朋友，以忏悔宣泄郁积心底的悲痛有益无害。只是我为父亲的忏悔感到惊讶——在父亲的心中，生的意义几乎高于一切，即便是烈士也取代不了生的价值。是什么原因形成了他的如此不合常规的价值观念呢？这种价值观是单就洞庭湖洪灾的成因而言吗？他是否在暗示修筑故乡那个巨型水库而导致的移民举措纯是一个天大的错误？……

水宝的死去，我感到悲痛和失望。就品德和行为而言，他到底没有逾越所有人都应该恪守的规范。而宰杀金龟到底不是他的过错。如果非要认定为过错不可，凡是地球上吃过荤食的人全都有过或正在体行这种过错。失望在于他的死动摇了我赋予金龟的宗教的信仰。

有人告诉我，水宝在打捞队八年，是个慈爱无私的队长。这期间，洞庭湖区闹过八次大的水患，最近的一次也就是水宝成为烈士的一次，高危水位持续了七十五天之久，经历了九次特大洪峰。水宝的打捞队总共排查了六百五十四次险情，没有发生过一次误差。这六百五十四次排查，有三百零一次有着严重的生命危险，水宝的可贵在于这三百零一次有二百五十九次是他独自完成，剩下的四十二次也是他领着队友一起完成。烈士材料中有个名叫王忠于的副队长说了这样一段话：指挥部特地给水宝队长配了一台手机，直接和他保持联系的是抗洪抢险总指挥长、市长李路云。我们在指挥部住了三个月零三天，唯独水宝一人没有回过家。他的手机二十四小时开着，他常常深更半夜被总指挥长叫醒，然后他再叫醒我们一起赶到出险现场。每到一处地方，他都是第一个穿上潜水服沉入湖底。水宝总是不肯让其他人下水，他好像想垄断下水的专利权。有一段时间我是有看法的，觉得他有抢功的意思。后来有几次领导和电视台记者不在现场，他也这样，我就开始怀疑我的猜测可能出于阴暗心理。再后来，死了三个队员，我才明白他不是抢功，而是抢死。有一回，他刚从指挥部的临时医疗所打完吊针回来，我正准备下水探查，他把我推开了。当时，十几个省、市领导盯着我，催我尽快下水弄清情况，我脸上有点挂不住。他一边穿潜水服，把嘴巴附在我耳边说，狗日的王忠于，知道这水下的情况多么复杂吗？漏洞的直径不会小于一米，天又黑，电灯线被风刮断了，水里到处横七歪八戳着木桩、水泥杆、电线杆，拉救生绳的人根本没处立脚，谁都有吸进去的可能，我死了上无父母下无儿女唯剩一个老婆换个男人睡觉就行。你呢老老小小一桌你死了谁去收拾　（摘自《战洪图》 273 页）……

　　我特意找到那个叫王忠于的人，问他，水宝真的不怕死吗？他说，他好像从来没有死的恐惧，他说他死不了，他放过生，这湖里有他一个龟仙朋友保佑。他说他常常梦见它。他从来不吃龟肉。平时，我们捉到金龟，他不由分说就夺过去在它背上刻个姓名扔回水里。打捞队第四次补员招来的新队员中有两个年轻人是他的徒弟，都是独子，水宝不但不让他们下水，还要他们去农贸市场买些金龟放生，他说这样对潜水员只有好处没有坏处。别看他是个党员还信神的，他常在湖边点香其名熏蚊子其实是敬龟仙。他用的是线香，根本不是蚊香。指挥部发了驱蚊药，用不着自己买香。总指挥长知道这事，也装作不知道。只可惜龟仙到底没有显灵……

九

　　父亲说，水宝死的那天夜里，瞅空子找到他住的工棚，两个人喝了一点酒。水宝见面就说荤话逗乐，钦柏狗日的，你瘦了，好久没干那事了吧？父亲说，水宝狗日的你胖了吗？像个猴爷爷了你睡过几晚老婆？水宝说，有贼心没贼胆啊，总指挥长知道我溜回家睡老婆不一枪崩我才怪呢。总指挥长恐怕也有两个月没沾女人了。我父亲说，水宝你也相当副科级干部了，说句人话好不好？水宝就开始说人话，不晓得什么原因，这一向，我是越来越想那只金龟了。十二年前它和我相会过一次你也看到了。可这么久了，它怎么就把我忘了呢？……我父亲淡淡地一笑，要说，龟和人也是没有多大区别的。比方，儿子一大，就走了，回家一次不容易。像小柏他已经决定出国了，谁晓得他还回不回来。龟也一样，有了一次交道，想到了你这个人，就回来看一眼，时间一长，也就把你忘了。我有个叔叔在加拿大，亿万富翁呢。六年前回家看了一眼我祖母给了一点零花钱，去年老太婆要升天了，念着儿子的名字半个月咽不了气，电话打过去三回也打通了，硬是没有回来……人啦，恐怕比不上龟呢。龟呢，又未必真像传说的那么神？所以，你还得自己惜着这条命……水宝莫名其妙掉下泪来，嗫嚅着说，老兄，我是确确实实想念那只金龟呀！我无儿无女，除了我女人、你和小柏，就那金龟是个念想了。三个活人，早晚有见面的时候。那只金龟，我恐怕再也见不到它啦！……我父亲感到水宝有点反常，说，你怎么说出这号断头话？才四十挂零的年纪呀，日上中天呢……钦柏，和你说句挨心贴肉的话，其实，我并不图升官发财，也不想长命百岁。我当这个潜水员，还是为了在乡亲们心里落下个好印象。可这么久了，村里除了你和小柏至今没有一个人叫我打捞队长或者叫声水宝，水摸子就是我的代号。水摸子是旧社会的说法，就像管演员叫戏子、杂技演员叫耍猴的，美容师叫剃头佬一样。领导们呢，出了险情把你当个宝，洪灾一过就是菀草了，县救援公司十七个老的抢了一辈子险，救了一辈子灾，瘫在床上十几年，医药费都报销不了一分！咱们九分队已经死了十二个，也就一张烈士的空头支票，家属从没拿过一分补助……钦柏，假如这次我抢险把命丢了，大伙会对我怎么看呢？我父亲沉默了一会，觉得这种时候实在不宜和水宝讨论死的问题，在他看来，金龟显灵的说法仅仅是个说法而已，人的大限来了任是龟仙也好龟神也好，一概不起作用了，所以，难保水宝活过了今天还能活得过明天，只是这阵给他打退堂鼓已经显然不合时宜了。他狡黠地岔开了水宝的提问，说，你不晓得吧——梅溪那个水坝昨天半夜兜底儿冲了。什么？你说什么？冲啦！冲了，我说老家那个水坝冲了。真的冲啦？可惜呀！水宝的叹息中透出一种职业责任感。我父亲说，本来就是沙土层像北京的十三陵水库整个梅溪两岸都是沙土层蓄不了水。梅溪涨水，一坦平洋，一个晚上就没了，一部分下了洞庭，一部分渗入了地下……淹死人了吗？听说淹死了九十几个。水宝说，造孽了，别人不该淹死，该死的是那个慕容觉慧还有……你是说那个水库管理处慕容处长？是的，就是他指使人推的房屋，当时他是副县长我这村长能不服从？害得我成了乡亲们心中的叛徒汉奸腐败分子。那坝怎么会垮？八成是豆腐渣工程头头一拿回扣质量就马虎，肯定有人和工程承包人坐地分赃。等着瞧吧，有戏看了。钦柏我和你说一句话，你可不许往外传——我跟李市长鞍前马后四个多月，也掌握了他一点心理动向。对那个水坝他特别在意，当时他是常务副市长兼大坝工程总指挥长，没有他点头施工单位是揽不到这笔业务的。慕容的权力再大也只是他的马前卒子。他和慕容是什么关系你可能不清楚——本来就是姑老表，加之他女人和慕容从前在一个村子里当知青关系非同一般，女的招干嫁了人慕容这才进了黄莲寺可俩人还在暗度陈仓……刚才我都听到李市长打电话指示什么人火速把什么人抓起来实行严格的隔离措施，听口音好像是要抓慕容的样子……垮了好，梅溪的人说不准有了迂回去的希望呢……

这当儿，水宝的手机响了。他赶紧打开应了一声是！立即起身走出棚子，随手从口袋里掏出一叠票子，往我父亲掌心一拍，替我汇给我的儿子。我父亲问，总指挥长要你去哪儿？水宝说，九门闸出现重大险情，十万火急！说着跑进了夜幕。我父亲也跟着冲出去吹响了铁哨，让轮换在棚子里休息的人火速赶往出事现场，并冲水宝背影大叫，水宝，别逞强，千万小心！——水宝远远地答，放心。死不了！——

十

天亮的时候，漏洞已经堵住，重大险情得到了控制。洞庭湖的最高一次也是最后一次洪峰已经顺利通过九门闸。梅溪堤垸保住了。上万个泥人密密匝匝地挤在堤上，都勾着脸，默默地瞅着水宝下水的地方。水宝的部下们坐在泥浆中号啕大哭，像八匹老狼一齐发出低沉的哀号，表现出失去了领袖的悲恸。除此之外，哭得最伤心的还有两个人，一个是我的父亲，另一个是水宝的女人。我父亲的哭声低沉而浑厚，像断断续续吹奏着古埙。水宝的女人趴在堤面双手死死地往里抠，手上沾满了泥浆，殷红的血水从泥浆里渗出来，像戴着黄底红花手套，样子像孟姜女哭长城。大概她已经彻底搞清不能生儿育女的责任者原是自己而丈夫并没有嫌弃她，于是尤其感觉出了丈夫的伟大。而眼前，这个伟大的丈夫已经没有了。至于他曾经发酒疯时给的几家伙，那又算什么呢？骂过他是狗日的也就两下扯平。现在想一想，水宝的好处就像天上的星星数也数不清……

总指挥长上前安慰她，企图把她搂进小吉普送去医院。她坚决拒绝了，并再一次提出了刨开大堤找到丈夫遗体的强烈要求。总指挥长黑着脸，运神了一会，选择了以下语言，水宝同志是为了保护大堤献身的，他以自己宝贵的生命，换取了九分场三千父老乡亲的生命（我父亲觉得此处有点牵强，事实上半月之前垸里的人已全部转移），还有垸内农作物、房屋设施等财产近亿元的价值（我父亲觉得此处属于虚夸，其价值顶多百万元，抵不上移民费的五分之一）。他是个光荣的烈士，为人民献身也是他的志愿。怎么能把他为之牺牲的大堤刨开呢？刨开了，他的牺牲还有什么意义？人固有一死，或重于泰山，或轻于鸿毛。水宝的死就属于前者。问题还在于，刨开了，我们的烈士也活不转来了。我知道你是个深明大义的人你忍心让你的丈夫白死一场吗？如果你非要刨开不可，我们还是同意刨开（我父亲觉得这是假话）。不过我代表九分场三千父老乡亲请你好好想一想……见她不再作声，又说，除此之外，作为烈士的亲属英雄的妻子你有什么其他要求可以向组织上提出来我们可以考虑……

　　水宝的女人想了一会，觉得确实不能让水宝白死，总指挥长也还通情达理，说，您是当大官的，我就一条要求，也是代表梅溪三千村民提一条要求，我们老家那个水库是个劳民伤财祸国殃民百无一用的水库，至今也没有发出什么电来，梅溪那地方也早就通电了，听说城里的华能大电厂都吃不饱十台机子关掉了八台。要说旅游，又有哪个人吃撑了跑一百多里去那里划船呢？阎王菩萨开饭铺——鬼都不上门呢。至于城里人吃那儿的水，吃了能长生不老么？为什么洞庭湖区几千万人都吃湖水而且吃了几千年现在就不能吃了呢？听说它昨天夜里冲掉了，冲掉了就好。而这些堤垸今年不倒明年倒它终究要倒。您就让我们迁回老家去吧——我们不要一分钱移民费……

　　总指挥长身子瑟缩了一下，想不到这个邋里邋遢的农妇还有如此了得的思维和参政议政的野心，神色变得坚挺起来，说，你的这个要求当然是个要求，大坝倒了也是事实，但倒了并不能证明是个劳民伤财祸国殃民百无一用的水库。这就好比一个人吃饭时噎死了决不能说吃饭是一种错误一样。修那个水坝，是经上级政府同意立了项的。美国的航天飞机发生了爆炸，能说整个航天计划错了么？人走路不小心摔了一跤能说人原本不该走路么？没有改革开放就没有广大农民的小康，没有社会主义市场经济建设就没有国家的富强。至于失误，那是前进道路上的难以避免的失误，改革开放没有现成的模式，只能摸着石头过河嘛，因此，我要郑重指出，你在这个问题的认识上有偏差或者干脆说是错误的，属于一叶障目不见泰山。不过，你的要求我还是会答复的，待一段日子市政府会给你们一个正式的答复。

十一

梅溪的水库大坝溃决得很干脆，很彻底，像推倒一叠积木，被山洪荡涤过的地方，成了一片平坦开阔的沙地，那条美丽的梅溪只剩下一线弯弯绕绕的水沟。溪岸翠绿色山岗、马尾松林、湘妃竹林、青石拱桥、竹篱茅舍、黛色村落全都消失了。宣判大会就在这片平坦的沙地上召开，参加大会的人足足有两万到三万。以至于警察们费了很多工夫才把会场的秩序控制下来。案子的调查、取证、公诉、审判，包括死刑的核准，总共只花了短短一个月时间。这一个月之内，市长既是抗洪抢险总指挥长，又是这个重案侦破的主要组织者指挥者与拍板者，真是够他忙的了。

那个被水宝认定该死的人确确实实是慕容觉慧处长。宣判的罪犯共有七人，被判处死刑立即执行的唯他一个。其他六个判处有期徒刑的大都是工程承包方的人。审判长一开始宣读判决书，人丛中就有男人女人颤颤地伸出拳头拼命挤近审判台，并发出撕心裂肺的哭叫，打死他！打死他！还我儿子呀！还我男人呀！还我孙儿呀！还我爹妈呀！……

父亲听过宣判发出感叹，判得好快呀，怎么这么快呢？平时判个偷鸡摸狗的小案，也得拖上三年两载的。看来，杀一个处长比提一个处长要快上一百倍呢。我说难道杀一个处长拖上三年五载才属正常吗？我父亲说，不是说从立案侦查到最终判决有个很长的程序要走么？平时看法院布告那些被枪毙的从抓捕到执刑，最起码也有大半年时间呢。现在杀人也改革了？当然，我说，中国的官僚主义必须改革呢。父亲沉重地笑了笑，你仔细听审判长宣判没有？——慕容觉慧任水库工程指挥部常务副指挥长期间，架空和排开总指挥长，趁总指挥长去美国考察工作时，独自收受贿赂包括实物折价共计三千三百五十六万八千零七十九元，贪污工程拨款二千零二十万元，独自指使工程承包人采取偷梁换柱、瞒天过海、以次充好等卑劣手段将浇铸大坝所用的标准钢材百分之六十换成竹枝、木条，所需标准水泥拌以百分之六十沙土，致使大坝彻底溃决，造成下游三千零七十二人被淹死九万余间民房被冲塌三十万亩农田被冲毁直接经济损失达八亿元之巨……我说，事实很清楚嘛，这样的一个处长，不是更加要尽快斩首示众么！父亲笑一笑。我说，您笑什么？父亲说，我笑了吗？我根本没笑，就是想笑我也笑不出来。修这大坝时，慕容觉慧还在寺里当和尚，直到大坝接近竣工时才借调来管理这个水库，给了个相当副处级待遇，鬼晓得是如何架空和排挤正厅级总指挥长的……可惜呀，你水宝叔叔没有看到今天的一幕，要不然，他也不会带着遗憾去了。其实，他也是不想拆迁的，可他是村长，胳膊拗不过大腿呀……我说，不知道究竟有没有龟仙存在，要是真有，水宝让它救走了也不一定……父亲说，快看，马上要枪毙人了。

我牵着父亲的手往前挤，但被春汛般的人流夹住了。我们隔着大约半里远的距离，眼睁睁地看着法警们把几个判了有期徒刑的人推上囚车关紧车门一路鸣着喇叭开走了。那个大约是慕容觉慧处长的人被提上一辆敞篷卡车，也开走了。那辆车上站着一些身着迷彩服的武警战士，刺刀在秋阳下闪着亮晶晶的光环。我看到一大片人流追随着囚车漫卷而去。梅溪人少见识，真刀实枪把一个神气活现的处长杀死，不能不看。大约过了十分钟，传来三声枪响。我估计已经看不到慕容觉慧处长活着时的模样了。我说，人死了就不值得看了，我们回去吧。父亲说，应该看一眼，尤其是你，应该看一眼，死了尤其要看一眼，活着倒是可以不看。我说，那就待人散去了再上前吧。只是我不知道我为什么尤其应该看一眼；死人我尤其看得多了，上解剖课，还用刀子割成一点一点像屠夫分肉。

十二

　　大约等了一个钟头，看热闹的人潮才慢慢地稀释。我和父亲走到死了的慕容觉慧处长跟前。沙丘上有一大片黑色的血渍，慕容觉慧处长侧着身子躺在血泊里。他的胸脯中了两枪，额头中了一枪。胸脯的两枪都没有打中致命脏器如心脏、动脉什么的，所以一时断不了气。额头上的一枪是补射的，这一枪才真正要了他的命。其实，执刑的武警战士应该学学人体解剖。

　　父亲问我，认识这个人吗？我说，我怎么会认识他呢？要是认识他，他这么有钱，我干吗不与他攀朋友？不然，我也不至于接受汉奸水宝叔叔的施舍了。我要了水宝叔叔的钱，心里还是想起他杀金龟的样子。我为什么要认识这个要钱不要命的人呢？父亲又用眼光打了我一下，你这人屎少屁多话头长。你怎么能不记住他呢？你穿开裆裤时慕容觉慧还在黄莲寺当和尚呢——也不是什么正儿八经的和尚，黄莲寺属于国家重点文物保护单位，红卫兵想砸没有砸成，只把和尚赶跑了，上面要个人守庙他就去了，闲了就把和尚们留下的经文拿出来念，一肚子阿弥经背得滚瓜烂熟，毛笔字写得像印的一样，还会开方子治病一脑壳的祖传偏方秘方。附近的社员找他看病从来不收钱。很慈善的一个人。

　　我说，杀了头您还说他慈善，您这个村长真是是非不分！价值观变得太快了。父亲说，一个人有恶，也有善，我现在说的只是他的善。又有谁晓得他会变呢？要说，从前也蛮造孽的，要不是父母从北京的协和医院逃去美国半途被枪打死，他也不会下放的，下了放倘若女朋友不把踹了投向李市长怀抱他也不会当和尚的。我怎么就不能一分为二？治你的麻痘，他守着你七天七夜没合眼替你喂药你还朝他嘴里射了一泡尿。走时就收了一筒面。如今的医生未必做得到？几个不要红包？尤其操刀的外科医生红包薄了把你当猪宰……

　　我说，怪呀，和尚成了相当副处级，相当副处成了大坝工程常务副指挥长，副指挥长又被咔嚓杀了头！父亲说，你不清楚，总指挥长爱人得了一种怪病，动不动双手乱划像跳舞口里流涎水哭哭啼啼要死要活北京上海大医院一概治不好，偏偏就让他的祖传秘方治得断了根。

我已推测出她患的什么病了，笑起来，什么怪病，不就是常见的歇斯底里也叫癔病吗？他又用的什么灵丹妙药？父亲说，开的方子就是让她吃斋念佛敲木鱼——不对，敲的是金龟壳，好大好大一只金龟壳。我觉得这个方子有点意思了，妄加猜测说，极有可能是那位尊贵的常务副市长夫人吃多了龟肉的缘故。龟是有灵性的动物，也分为三六九等十八品，寻常小龟没成正果吃了不要紧，而那些业已修炼成精的处级金龟厅级金龟甚至更高级别的金龟，吃了它就会变作厉鬼缠上你。慕容觉慧和尚辨证施治让她成日敲龟壳念阿弥陀佛，一是集中意念稳定中枢，二是降妖镇怪树立信心，三是忏悔驱邪除心中贼以达六根清净，病魔自然烟消云散，算是绝顶聪明了。其实，对于那种病现代西医疗法也不过是打一针汽水给一点暗示哄哄而已。

父亲说，你也只是隔靴搔痒而已，那位得了怪病的夫人原本就是慕容觉慧的初恋情人呀！身子虽然嫁了人，心里还是念着小和尚的，倘若没有她的枕头风，又如何掌管起一个偌大水库了呢？其他不说了，说也不起作用了。你把他的眼皮捏一捏吧？

我伏下身，耳际隐隐约约传来慕容觉慧和尚幽雅的诵经声，以及搂着昔日女友现今常务副市长夫人偷情的哼哼声，食指拇指点数钞票的嗫嗫声，女知青敲击龟壳的笃笃声，子弹穿透胸脯的吱儿声，鲜血渗入沙地的汩汩声，灾民淹死时哀号声，童话城堡坍塌的轰隆声……我伸手拂掉他脸上的血迹，把他睁着的眼睛捏得闭上了，轻轻地说，感激你，为我治好了麻痘的和尚医生。单就这一点，我会向你学习，替人治病连面都不收一筒……

十三

父亲从总场开会回来，脸色阴沉，印堂发黑，眉宇间罩着一团晦气，自言自语说，想不通，想不通，实在想不通，城里三家电厂关掉了两家剩下的一家也只开了十分之一的机组，山旮旯茅厕屋里都吊着一百瓦的电灯泡了，还要建什么电站啊！真是个百无一用的水库啊……

——市长给水宝女人的正式答复一级一级传了下来。父亲没有料到事情变化这么快，弯子转得这么陡，离水宝的死前后还不到三个月时间，洞庭湖的水刚刚落下去呢。他当晚开了村民大会，嗓音涩涩地说，祸不单行我们又要拆迁了，这一回，不是迁回老家而是迁到临县的一个石山沟沟里去。市里已经出面协调好了。划出几条山冲大约两百亩地盘给我们做房安家。那里没有田地，生活来路是在石头缝里填土开辟果园种梨、种桃、种橘什么的。也是强制性命令，不能违反，而且限定半年之内迁完……

有人说，老家的水坝不是冲了吗？为什么不让我们迁回原地呢？

父亲说，那个水坝要重修，恢复原来的样子，这也是作了决定的事。这次准备筹集二十个亿，用真钢筋、真水泥，任命了新处长，机械化施工，省建二公司承建，再也倒不了啦。那是原定的样板工程政绩工程丰碑工程，样板倒了要竖起来。改革开放的步子只能加大不能后退。迁吧，迁吧，不迁已经不行啦。从前你们怪水宝当汉奸，完全误会他了。他死了不会再怪他了吧？如果要怪我，也可以把我就地弹劾——他天才地使用了一个从《新闻联播》里学来的新词。

有人愤愤地叫起来，人盘穷火盘熄老鼠搬家尿水滴。这堤不是没倒吗？我们流在这湖田上的汗水还少了？又让它抛荒吗？我父亲说，这堤得炸掉兜底儿炸掉。炸掉？——那，水宝不等于白死了？光抗洪抢险扔在水里的票子就有几千万哪，这些钱不等于白花了？我父亲说，白死的人和白花的钱还少吗？垸子是从洞庭湖里圈起来的，得还给洞庭湖，不然，洞庭王爷就冲我们发火，年年发大水，让你大水冲了龙王庙。咱们的垸子没倒，水宝用命换来的呀。真的要炸，后天就派人下来炸。为什么要炸呢？不炸担心我们不会死心塌地走人……李市长说，一个国家都可以迁，为什么一个村子不能迁呢？人家美国，几亿人全是两百多年前从世界各地迁去的，一迁就是几千上万里，结果成了世界的首富。李市长还说美国人迁移坐的头条船，叫"五月花"号。马场长说树挪死人挪活还挪几次就可以达到美国水平。不然，迟早会垮。当然移民费还是有拨的……

　　限定的时间有半年，大家选择了拖延的办法。鉴于前车，乡亲们也不明显地表现出抵触情绪了，也没有弹劾我父亲的意思，确实不能怪村长的。倒是县里真的派来了推土机和爆破队。只消一天，那圈乡亲们用汗水和生命筑成的长堤被炸了个七零八落，像被蚂蚁蛀断了的猪肠。推土机也尽其最大的威力把堤垸戳得稀巴烂。乡亲们争着从堤坡的外侧掏挖抢险时下沉的钢材和汽车、推土机零部件。那些东西虽然已经锈迹斑斑沾满了泥沙。但仍然不失为建房的最优用材。

　　半途跳出了水宝的女人。她像个泼妇般揪住爆破队队长，不许在九门闸闸口附近埋放炸药包，要他们改成推土机慢慢推，她说她非要找到水宝的全尸不可。谁敢不听，她就一头撞死在闸门上。到底是烈士的妻子，省、市的大领导都握过手递过慰问红包的，让她撞死了如何向舆论交代？于是请示总场、县委、市委。领导们认同了她的这一并不算过分的要求。

十四

　　刨开九门闸堤脚的这一天，梅溪的两千男女老幼全都汇集在闸口面前，我父亲还特地请来了七八个和尚道士，在闸口扎了灵堂，吹吹打打燃放鞭炮超度亡魂。低水宝一辈的同姓人穿上白色孝服跪成一片迎候水宝的灵魂归来，娃娃们则举着白纸扎成的龙灯、龟灯、鱼灯、虾灯、莲花灯，象征着水族营救落水人的意思。水宝的女人则穿上白色孝服，怀里搂着　有水宝遗像的镜框跪在地上号啕大哭，水宝我的好兄弟哎，你回来呀！水宝我的好兄弟哎，你回来呀！剃脑壳的李市长又要逼梅溪人迁移了，你要回来和我们一起走啊！你不能一个人躺在冷冰冰的堤下呀！水宝你回来了吗？——水宝你回来了吗？——那个披了袈裟的和尚则充当水宝的代理人，诺诺连声，回来了！回来了！……这种招魂的节目很感人，尤其水宝的女人的措辞相当得体，这就激发了更多人的眼泪。一时间闸口内外哭声如潮，弥漫着浓郁的悲剧气氛。我也心酸难禁，想起他把一叠票子塞到我手上的慷慨，眼睛悄悄湿了。

为了不损坏烈士的遗体，推土机手仔细询问了我父亲。他告诉他，当时情况危急，大堤时刻有溃决的可能，水下究竟是什么情况谁都不清楚。潜水员自然成了开仗前的侦察兵。记得当时水面的旋涡像一只只血盆大口，谁下去都只有两分生还的可能，一时间潜水员全都愣住了。世间真正不怕死的人到底不多啊。总指挥长为此气得火冒三丈，瞪着水宝的脸，你这队长是吃屎的吗？政府一年花十几万养着你们图的什么？一个个都成缩头乌龟了。快下命令派人下去探查！派了谁就是谁，谁不下去就地正法！骂着还真的拔出了腰里的手枪。水宝没派别人，自己一步一步走到水边，滚了下去。他是拽着两床棉絮靠近旋涡的。没想到人下去了就没有上来。这时候，没待总指挥长下令，岸上所有的潜水员和村里的一些人一齐扑下水，上上下下打捞了三四个回合，耗去了大约十几分钟，都没有找到水宝。大伙正思量新的营救办法，总指挥长咬咬牙，下令抢险官兵一齐往水下沉入了大量钢材、汽车、推土机，再上面是沙石袋——当然，这不能怪李市长无情，他是丢卒保车，顾全大局。

推土机便小心翼翼地推起来，一层一层地把沙袋推开，又将压住闸口的汽车、推土机和其他杂物轻轻掀往一边，然后一铲一铲将裹住涵管的泥土刮掉，像一层层剥离笋壳，直到露出一只光秃秃的水泥涵管。这时候，推土机停止了作业，由我父亲用小铲刮掉堵在管口的泥沙和涵管碎片，在几千人目光齐齐的盯视下，他用力拽出了一大团泡得乌黑的棉絮，紧接着是人们齐齐的一声惊呼——

一个被黄色帆布潜水服包裹着的人体被拽了出来。再接下去的一幕是：割开帆布——水宝还活着！确确实实活着！他的双眼深陷，双目紧闭，鼻翼却在微微翕动。身上除了皮和骨头，肌肉、脂肪已经不复存在，整个形体就像一具萎缩了的木乃伊。除此之外，他和一只硕大的金龟紧紧抱在一起，俨然一对连体人。准确地说，他抱着的是一只完整无损的龟壳。龟背上能依稀辨认出水宝两个歪歪斜斜的字痕。

水宝女人号叫一声，丢下相框没命地朝着散发出恶臭的水宝扑了上去，但被我父亲狠狠一掌推开了。

我立刻跳上前，给这具死里逃生的活尸进行了全力抢救。我探测到了他微弱的心音，探测到了他微弱的体温。我用银针触碰了他身体的几个敏感部位，虽然反应迟钝，但仍然显示出了低微的条件反射作用。这一切表明，他至少还没有达到植物人的程度，但有可能因为大脑缺氧和营养不良神经中枢已经受到了某种程度的损伤。想起那个给我治好了麻痘只收一筒面的觉慧和尚，我从自己臂上抽出三百毫升 O型血液，冒险推进了水宝的静脉，然后，迅速将他送进了市里的医院。

十五

水宝的身体康复得很快，一段时间之后，记者和领导们看到的，已经是一个面色红润、胸大肌和臂肌微微隆起，俨然具备了一个正常人体质的躯体。这与他在接受治疗期间补充了过多的营养而消耗很少有关。他的血压、血象等一系列重要指数也都达到了健康人的标准，只是身子已经不能站立更别说行走，记忆力已经失去，人已变得痴呆了，记者们一个劲地对准他拍照，镁光灯在他的脸上不停地闪烁，他根本不闭一下眼睛。另外，他还有一个本能的奇怪动作——两臂悬空相对作抱球状。

领导们对于他的死里逃生自然是悲喜交加。市长握着他的手拼命地上下摇动，水宝同志，你是好样的！好样的！你要尽快调养好，本市的抗洪英模事迹报告团已经组好了，英模们将要去全国各大城市巡回演讲，安排你第一个发言！水宝同志，你听懂我的话了吗？你听清我的意思了吗？水宝同志你是全市人民的光荣啊！水宝同志你应当为此感到自豪啊！水宝不知总指挥长在胡说八道些什么，一笑置之。市长似乎觉得这种笑有点不正常，是一种可怕的傻笑，心里一沉，把主治医师叫到一旁，他，他是怎么回事？他怎么会笑成那个样子呢？主治医师声明说，我们已经竭尽全力了，省医科大学的一流专家教授请来了一桌，治疗方案是集体制订的，进口白蛋白都输了近百瓶，到此为止，命是保住了，但记忆功能、语言功能和思维能力已经丧失，并且高位截瘫，纯是一个植物人了。病理学的解释是中枢神经受到了严重的器质性损伤。市长问器质性损伤是什么概念。主治医师说，可以理解为不能修复的损伤就如被石灰和烧碱腌泡过的鸡蛋再也不能孵出小鸡一样，因为当前世界最先进的医疗技术也没有达到置换大脑的水平。现在，他可以出院了，已经没有留在医院的必要了。市长问，他的双手怎么老是这样抱着呢？是不是你们教他练太极拳中的抱球动作呀？主治医师说，我们没有教他，这仍然属于神经系统的病变。市长可能想到了自己的夫人，说，我见过一些疯子神经病，也有清醒的时候，这个水宝的记忆功能和语言功能应该不是绝对没有恢复的可能吧？主治医师倨傲地说，除非公鸡生下蛋来。市长深感痛惜，摇了摇脑袋。

——不过，这个结论很快就被我父亲证明为背离科学的谬论。

十六

水宝的死而复活，梅溪人无疑感到空前的兴奋，并认定纯是龟神救了他一条命，这种时候人们当然彻底淡化了他屠杀金龟的前嫌，一是水宝确实是为了捍卫梅溪人的生命财产举身赴死的，过错与功德摆在一起，瑕不掩瑜。二是通过新闻媒体宣传，水宝业已成为家喻户晓人人景仰的英雄人物，按照人民政府任人唯贤的组织原则，这样的人早晚会提拔当个大官，而且级别未必比市长低。市长当然不会不知道他现在的分量。

这期间，梅溪人已经打听到，准备迁去的地方原是一片废弃的矾矿，常年淌着锈水，别说种不了果树，连狗尾巴草都长不出来，几千人住那儿，日子尤其难过了。这个时候若是由水宝出面说一句话，取消那个劳民伤财百无一用的水库复修计划允许人们重返故土，或者换个重迁的地方，能够种出庄稼的地方，效果将是惊人的。因此，村里人再一次放慢了拆迁的速度，一个个轮流上他家看望，并带去一些好吃的东西，试图修复遭到了破坏的乡亲情谊。

水宝显得很傲慢，对谁都是咧着嘴笑一笑，不说认识，也不说不认识，或者明明认识却装作不认识。公鸡母鸡鸡蛋罐头摆了一地，连句客气的话都没有，好像值得这样孝敬他。大伙不免失望，觉得水宝人还没有提拔，屁股已经坐在政府的板凳上去了，架子也摆出来了。大家就来找我父亲诉说对水宝的不满，话里似乎带有抱怨我父亲举荐水宝当了打捞队队长的意思。

我父亲对于水宝的冷漠已经体验在先，这下尤其气恼，便再一次登门造访水宝，冲着他的耳朵大声叫着，水宝水宝！你别狗鼻子插大葱——装象！你是应该记得我的，别人你可以不加理睬，在我面前你就没有记恨的理由！那次选举你得的两票就是我和小柏他娘投的。你要仔细想想，万丈高楼从地起，当年我不冒险给你搞那个阴谋诡计你就成不了国家职工！成不了打捞队队长！你说，你还认不认我？水宝仍然是傻乎乎地笑一笑，你，你是什么人？不认识，不认识。我父亲脸一黑生气地跑了出来。

我对父亲说，他应当不是有意装大，而是暂时丧失了记忆功能。比方村里的七公公患了脑血栓就认不得老伴了，再比方李辛卯患了脑出血就冲着给他喂药的老娘踢一脚。怎么能说是水宝装大不认亲了呢？他又有什么大值得装呢？父亲的思路一下就顺了，却仍鸭死嘴硬，你说，他在泥巴里埋了两个多月如何就没有憋死？浪里白条张顺也只能在水里待三天三夜呢。我说，这你清楚，涵管的一头是悬空的，可以给他提供氧气。那，水底下这么冷他如何就没有冻死？我说，事实上，二十多米深的堤底下气温并不低，加之他穿着厚厚的潜水服，内里缝着羊皮，现在也还刚刚立冬，又是一个百年未遇的暖冬，怎么冻得死？那，他两手这么抱着是什么原因？这，有可能是他在地下抱着龟壳的时间太长形成一种无意识的习惯动作。这三条，我承认，可两个月零十七天水米没粘牙，如何没有饿死？这下还真把我难住了，我说，这个问题，我倒要仔细想一想……

是吗？还要想一想？想个屁！书呆子！我父亲突然哈哈大笑，清楚了！我清楚了！我真的清楚了！掏他出来时，他不是紧紧抱着一只龟壳吗？我说，龟壳又如何呢？龟壳又不能当饭吃？父亲笑着说，蠢秀才！那难道只是一只龟壳吗？……

为了验证父亲的判断，我带上那只硕大的龟壳来到水宝家里，用刻着水宝二字的龟背罩在他的眼前，长时间一动不动。我大声说，看着！看着！看着！这是什么？这是什么？想一想，仔细想一想。约莫过了三分钟，水宝突然惊恐地大叫起来，啊啊！金龟！我的金龟！我放生的金龟！我怕！我怕！天哪！我，我，我，我的老祖宗啊！……

就在水宝冲着龟壳恐惧得大喊大叫的当儿，他的记忆功能和语言功能恢复了。

十七

水宝坐着手推轮椅参加抗洪英模巡回演讲。演说稿是根据他的口述和我父亲的参考，由总场办公室主任写出来，交县、市两级宣传部审阅后，再交给他念读的。行前试讲了一场，因为口齿不清，考虑到效果不佳，改由英雄的妻子——那个曾经企图哭倒大堤的孟姜女代读。孟姜女由电视台女播音员一字一句教了上百遍，普通话仍然咬得很不准有点像山东骡子学马叫，效果不算理想，事迹远远没有预想中的感人。

更大的麻烦还在于每演讲一场，总有一些记者撇开英模的妻子，围住他的手推轮椅提出七七八八古里古怪的问题。请问您跳下激流时是否想到了雷锋、邱少云、黄继光、孔繁森这些为人民利益牺牲的英雄人物呢？他嘿嘿一笑表示默认。请问您在水底待了七十七天您是以喝水充饥的吗？他对这个提问十分敏感，流露出某种恐惧，思考了几秒钟，不耐烦地说，喝水，连自己的尿都喝。刁钻的记者干脆单刀直入，不仅仅是喝水吧？七十七天呀！您下水时一定带了为数不少的干粮如牛肉罐头压缩饼干肯德基汉堡包什么的，是吗？他立刻表现出强烈的愤慨，一迭声骂将起来，带了！带了！你爹的臊鸡你娘的肉包都带了！胡说八道！扯鸡巴淡！瞎眼狗叫！汪汪汪！告诉你，老子什么也没带！老子什么也没吃！老子什么也没吃！……

记者们显得很尴尬，也很生气，觉得这个英模太不文雅而且过于狂妄，没吃就没吃嘛怎么骂人呢？由此就引发一些喜欢认死理的医学工作者或科研人员打电话给领队的市长，对水宝的英雄事迹可信性提出质疑，并断言，能连续七十七天不吃东西而不会饿死的人，至少

《吉尼斯世界纪录大全》目前还没有过记载。某个挨了骂的资深记者干脆向北京一位主管宣传的大领导打电话，认定这场全国性的抗洪救灾是一件震惊世界的奇迹，显示了中华民族战天斗地自强不息的大无畏精神，涌现出了大量的可歌可泣功彪史册的真正英雄，而这个水宝的事迹却有编造之嫌，宣传出去反而会形成一种误导，一粒老鼠屎坏了一锅汤，有损党的实事求是的形象，应予坚决取消！因为持这种怀疑的人越来越多，上级宣传主管部门也就觉得恐怕是有点问题。

大领导仔细琢磨了人们的反映后，终于忍不住给李路云市长打了电话，要教育水宝同志谦虚一点嘛如何能骂记者呢？人家撵着小布什、布莱尔的尾巴盘根究底都没挨过骂呢。什么人都能骂，唯独记者是骂不得的呀！李路云市长小心翼翼地辩解，首长，水宝骂人确实值得教育，可个别记者的提问也太离谱了。那些西方科学家优哉游哉地潜水打捞"泰坦尼克号"残骸时，确实吃的是肯德基汉堡包什么的——电视里也播了。中国梅溪的水宝同志哪有这些东西吃呢？抢险时常常一天吃不上一餐米饭啊。首长说，马记者刚从美国回来，没有亲自去过抗洪现场，也可能存在误会的问题，这就不提了。看能不能重新组织一下他的演讲材料，或者干脆把他埋在地底下的时间由原来的七十七天改为七天。因为现在不是"四人帮"时代了，先进材料假大空，效果就适得其反。市长辩解说，首长，我可以以党性担保，三个多月抗洪抢险我一天也没离开现场，水宝同志只差用绳子拴在我腰上了。我死死记着他下水的日子，因为是我命令他下水的。后来从堤底下刨出来，我又马上赶去医院组织抢救，这中间恰好七十七天一天不多一天不少啊！首长说，我的路云同志，现在是科教兴国！你能七十七天不吃饭吗？当年我们班七个人在朝鲜战场蹲坑道也就四天没吃东西结果饿死了五个。实话告诉你吧，要不是我的劝阻，说不准《焦点访谈》都找上你了！李市长吓出一身冷汗……眼皮下发生的事人家就是不相信，连高级干部都不相信！你有什么办法？不过，静下心来想一想，自己也不免有了怀疑。七十七天不吃东西，这可能吗？会不会是下面人为地制造英雄借以扩大单位知名度呢？一九五八年放卫星十亩地红薯挖起来埋在一亩地里吹牛亩产十万斤的事记忆犹新啊！

……他揩了一把额头上的汗水，首长，您批评得很对，我虚心接受。我一定认真调查清楚，认真整改，回头再向您汇报。于是，领着报告团打道回府，决计把真相弄个水落石出后再向上级解释。

他打电话把县委书记批评了一顿，怎么搞的嘛，英模材料怎么能掺水分呢？七十七天不吃东西没有可信度嘛。县委书记马上打电话总场场长，口气和市长一样，人家说水宝的事迹缺少可信度怎么搞的嘛？总场场长就打电话把我父亲骂一顿，批评的内容就具体多了，黄钦柏水宝的材料主要是你提供的，你这家伙怎么如今也学会做手脚了？水宝可能当时没埋住而是被大水冲到了什么地方你们把他藏了七十七天然后编造了这段假事迹吧？你们想借此提高梅溪知名度，再向上级讨价还价增拨移民费是不是？要钱就要钱，也不能采取这样的手段嘛！弄得市长都背黑锅了。你这个老实人怎么做出的事情这么不老实呢？我父亲说，场长，您忘了？把他从堤底下刨出来的人是县里派来的推土机手我就是想做手脚也瞒不过他们呀。笑话！这年月只要给好处，如来佛祖都肯给你打合手套笼子！我父亲说，笼子是绝对没套的，若是套了，你就办我的欺君罪。据我猜想，水宝在地底下也不是完全没吃一点东西，吃是吃了的，但不是记者爹妈的膜鸡和肉包，数量也不多，营养价值倒是蛮高的。问题是他自己不承认。场长说，我的爷这么大的事情你还在开玩笑！我父亲说，多大的事情呢？比芝麻还大么？我这就去问问水宝，有了结果，向您汇报。

十八

社会主义初级阶段，传统意义上的英雄确实少了，而时代又是不能没有英雄的。一旦真正的英雄从天而降，怎能不让人钦敬？所以李路云领着的演讲团所到之处，都受到了高规格接待。水宝在外面半个多月，住的是高级宾馆，吃的是山珍海味，每到一个大城市，市长还顺带给他看了一些名医吃了一些好药，可以说他是一边巡回演讲一边治疗的。这样，他的精神又好了许多，口头表达能力基本上恢复到了原来的起点，思维能力更是大有进步。

我父亲问他到了哪些地方逛了什么风景见到了哪些大领导怎么一

下胖成了弥勒佛等等，他都能比较准确地回忆起来，只是他那个双手抱球的动作仍然保留着。为了测试一下他的记忆力，我说，水宝叔叔，您在外面转一圈都吃了些什么名菜呀？宾馆小姐每上一道菜都是要报告菜名的呀？水宝傻乎乎地笑一笑，说，日本的生鱼片、乌克兰的生猪肉、澳大利亚的活醉虾、北京的涮羊肉最好吃了，我吃涮羊肉不下火锅。别人望一眼吐个满地开花笑死人呢。是吗？我也笑笑。水宝呷巴着嘴皮说，好吃！好吃！生东西比熟东西好吃。宾馆小组也劝我多吃，说生东西比熟东西营养价值高熟东西蛋白质氨基酸破坏了生东西就没有破坏。她还要指挥长向我学习呢。我父亲说，老兄，你倒好，好看的看了，好吃的吃了，好玩的玩了。可我呢，这村长是当不成了……

水宝作愤怒状，你犯了什么错误？凭什么不让你当村长了？我要撤了这些王八蛋！我父亲说，倒也没有人说要撤了我，我只是为你怄了一肚子气，总场、县里、市里三级领导都怀疑我虚报了你的事迹，说你在地底下七十七天没吃东西不符合事实。水宝你确实吃了什么东西吧？应该是吃了的吧？可你的演讲材料上没提到这一点啦！

水宝额头上涌出了一层汗珠，矢口否认说，不！不！我没吃龟肉！我没吃龟肉！没吃！没吃！没吃！我怎么会吃下我放生的金龟呢？我把它看成自己的亲老子呢！我多年前就不吃龟肉了，我家里供着南海观音，黄钦柏你是清楚的呀。我怎么会吃了它呢？

这等于不打自招。到此，我们可以认定水宝已经承认生吃了那只金龟的事实。可以作出这样的推理，根据现存龟壳的大小，藏在里面的龟肉足足有十二斤，十二斤是一百二十两，平均分作七十七天吃完，一天也能摊上一两五钱。龟肉是高营养高蛋白的物质，加上那条价值连城包医百病的龟鞭，再加上涵管滞留的湖水，勉强维持七十七天的生命这应当是符合逻辑的。况且水宝以前从来不吃生肉食，由此看来，他的生吃肉食以至于成了市长的学习榜样，只能理解为生吃龟肉形成的一种习惯性的吃法。

我父亲觉得进一步追问下去过于残忍，暗暗给我使个眼色，意思是到此为止不必穷追猛打了，至于上级领导信与不信，用不着在意，水宝都成痴呆了，市长背一阵子黑锅算得了什么。可是，我却对他那个生吃龟肉的行为及心理过程很感兴趣，我说，水宝叔叔，您并没有做下什么错事，就算您吃了龟肉也不是什么错，红军长征也吃过马肉的，王震将军就把自己的坐骑一枪打死给战士们吃了。何况一只金龟呢。金龟本是凡间一道菜嘛。现在哪家饭馆没有龟肉鳖肉这道菜？为了活命，吃下什么都不算犯了戒律。如果我和您交换一下位置，就是说埋在地下的不是您而是我小柏，我遇上了什么吃什么，管他活鱼也好，活蚌也好，活龟也好，生命是最可贵的，身体是革命的本钱嘛。为什么不能吃呢？平时不吃也罢，非常时期就没有这么多讲究了。当然，我们并不以为您吃了那只金龟，但是，您在地底下睡了这么长的时间，吃东西的梦，总该做了几个吧？我饿着肚子睡觉时就经常梦见自己吃下了四脚蛇、癞蛤蟆、活蚱蜢。水宝叔叔，您应当是梦见了一些可怕的场面，对吗？……

这一说，水宝的防线松开了一个小口子，恐惧也掉了下来，观点已经和我趋于一致，有了一种合作的姿态，并冲我温顺而友好地笑了笑，说，你，懂道理，究竟读了大学。金龟，我确实没吃，我怎么会吃下我放生的金龟呢？吃金龟的梦，还真的做了，那些梦，蛮吓人的，蛮吓人……

事实上，这种暗示性的诱导对于水宝稳定情绪松懈心理防范和恢复记忆很起作用，而按照病理心理学的一般原理，如果一个人中枢的某个部位发生了病变，程度尚属轻微，对于外部的诱导将有可能是敏感的，这与那位慕容觉慧和尚给市长夫人开出的秘方是一个原理。眼前果然有了以下一幕，待我温和地将诱导重复了五遍，水宝就乖乖地闭上了眼睛，沿着我设定的思路絮絮叨叨地回忆起来……

十九

在朋友的善后问题上，我父亲再次玩弄了一个骗局。他有意拖延了一段时间后，当总场和县里领导一口咬定材料经过反复核实，没有任何虚假成分，他确确实实在地下埋了七十七天，任何东西都没有吃。

其时，李路云市长对于调查结果已经等得有些焦躁，不知怎样向上级解释好。大坝的案子虽已来了个快刀斩乱麻，仍有余音绕梁，加之全国各个行业都在打假，打来打去，我李路云不成了造假的始作俑者吗？尤其这种时候，再拖延下去就会给上级留下很不好的印象了。于是他再次给县委书记打电话，责令他无论如何要尽快把情况调查清楚，迅速作出反馈。总场和县里领导也有点着急，推土机手一个个问了确实没和黄钦柏合伙套什么笼子，如此一来就算黄钦柏捣了鬼，撤销他这个村长到底没有真凭实据，也解决不了问题，但问题终究得解决呀，于是经合计，向市长汇报说，经过认真调查，水宝下水时潜水服里藏了一些火腿肠什么的，而且数量达二十斤之多，这一点已经得到其他潜水员证实。李市长很高兴这个报告，马上以传真和电话的方式向那位首长及有关新闻媒体作了解释，并再三检讨没有认真审核演讲材料的错误。首长说，就是嘛，可见人家的怀疑还是有道理的，吃了一点香肠写进材料也于英模的形象丝毫无损嘛。

遗憾的是，待到水宝的材料重新写过，宣传英模的高潮已经过去，也没人要求他们巡回演讲了。因为这个时候宣传的重点已经转移到恢复生产重建家园阶段。这，近似于学习雷锋好榜样，过了三月五日，谁也记不得好榜样的存在了。

二十

梅溪大坝重修开工的同时，市里召开了隆重的抗洪抢险总结表彰大会。水宝坐着手推轮椅由她女人推着最后一次在电视里亮了相。他获得了五百元奖金，另外还有一本烫金的荣誉证书，证书上印着抗洪英雄四个金字。李路云市长因为抗洪抢险指挥得当和清除腐败有功被提拔为市委书记（据传本来要提副省长的，可能梅溪大坝的倒塌多少有些影响，因为他毕竟是工程指挥长），他在会上谦虚地省略了自己的政绩，号召全市人民向抗洪英雄学习，尤其要向英雄水宝学习，并再一次简述了水宝冒死堵漏的事迹，感动得许多人热泪潸潸。一些单位和个人怀着对英雄的无限崇拜，向水宝赠送了一百多只慰问红包，加起来是两千零三十元。我父亲把嘴巴附在水宝女人耳边，传授了一个小小伎俩，大会临结束时她当场把两千零三十元捐献给了希望工程。此举博得了更多人的尊敬，掌声足足持续了十分钟。李书记感动得眼睛湿润了。少先队员分别给水宝和英雄的妻子系上了鲜艳的红领巾，还敬献了两大束鲜花。

我父亲也被评上了抗洪抢险先进个人，记了二等功。在表彰大会结束时，他特意找到了李路云书记，说，李书记，您都看见了，水宝他恐怕再也当不了潜水员，也干不了阳春活计了，可饭量却不小，以前一餐三碗就够，现在吃饭不夺碗不放筷子，还餐餐吵着要吃肉一次能吃一斤，三餐就是三斤按一十六元一斤一天得花四十八元……李路云书记心情显得异常沉重，说，有点怪，肉量这么大？水宝同志……还有他的爱人，难能可贵呀！虽说他不再是烈士，可仍然是一名英雄。他的待遇问题，组织上会认真考虑的……我父亲说，李书记，您可要亲自过问哟，这样的事我见得多了。三月三清明节一到，脸面要紧，谁都记起泥巴里还有几个祖宗埋着，不放几挂文武鞭插几根纸幡，怕人戳背脊。三月三一过，谁都不把那堆泥巴放在心里了……这是什么话？李路云书记有点不快，也不是所有的领导都是你说的那样对致残英雄不关痛痒吧？你不也是个领导么？你来过问过问又如何呢？我们是社会主义国家，不像资本主义国家那样不讲社会公德，不关心人民群众的疾苦——这个起码的常识你作为一名共产党员应当是知道的。你这人说话好没档次，应当加强学习……我父亲说，只要您能和您说的那样亲自过问，就是抽我几个耳光我也心服口服。我指的是残疾人水宝善后的问题。

二十一

大约过了一个礼拜，水宝被县民政局用小车送回了梅溪。我父亲虽然料到了这一点，还是向民政局长提了一个问题，他有没有提拔的希望？局长遗憾地说，事情再明朗不过了，已经是个废人，还能有什么提拔呢？政府总不能让一些痴呆人当领导吧？况且，立了大功的何止他一个？会上表彰了几千人哪！没有政策法律规定立了功的人人个个都要提拔当领导吧？就是招个普通公务员，还得大本文凭，再过笔试面试两道关，然后网上、党报公示两个星期呢……那他怎么安置呢？局长说，看来只能照顾办个病退手续了。我父亲说，政府会出钱把他养起来吗？局长说，县里根据李书记的指示研究过，又把研究的结果向李书记作了反馈。李书记对水宝同志特别关心，作了专门批示，本来他不属于鳏寡孤独老人，不具备进县社会福利院养老的政策条件，但可以把他作为特殊情况处理，如果单位和他本人及家属有这个要求，可以送去。只是福利院没有专人侍候，伙食也太差，一人一天只有两块钱生活费，主要是财政紧张拨款有限，现在要集中财力抢修梅溪水坝。已经征求过救援公司意见了，他们有这个要求。打捞队你知道，穷，百分之三十的工资都发不出，并且改制成了自收自支单位。六七十个痴呆老人待那儿基本生活费都到不了位，如何还能增加一个养老的呢？现在就不知他本人和家属是什么态度。

我父亲说，这就是李书记批示的意见吗？他的批示比较含糊笼统，只是责成县民政局妥善安置，却没有说究竟如何具体安置。我们把安置的想法向他汇报后，他在电话里说，就这样办吧——这年月领导开口作一条意向性的指示，是很容易的，难就难在具体落实——你当村长的人应该清楚。这样一来，很明显包袱就甩给县民政局了。我说呀，福利院能接受他，也就算不错了呢。你们过两天把人送去吧。

我父亲咬咬牙，说，不用送了，人是我推出去的，还是由我接回梅溪。我清楚，我们往后的日子待洞庭湖更加艰难了，但全村有三千双手，三千双肩膀，人勤地不懒，日子还是要过下去的。三千人每人省一口，也就饿他不死了。民政局局长说，黄村长你能顾全大局替政府分忧真是不错，至于追加移民费的事我一定帮你们努把力……

二十二

仲冬来到了湖洲，千里芦荡一脉金黄。父亲领着梅溪的男女老幼依依不舍地踏上了第二次迁徙的旅途，俨然刘皇叔领着他的新野子民退走江陵。队伍有点稀稀拉拉，其中只有三台从泥沙里刨出的东风卡车经过修理后能勉强开动，其余的是破破烂烂的手扶拖拉机、牛车、板车、三轮车，车上的木料、家具和砖瓦堆得老高，老人和娃娃坐在车上的木料缝隙里，大多数老人手上提个小篾篓，里面装着一些从湖里拾到或是从农贸市场买来的金龟，锅碗瓢盆之类的家具大多由壮年人用箩筐挑着，更多的人则扶着车厢蹒跚着走在队伍里。

水宝坐着他的手推轮椅由我父亲推着，有点像六出祁山的诸葛亮坐在手推车里。父亲的思想工作做得到位，乡亲们从感情上接纳了这个为故乡人献出了聪明、智慧乃至整个生命的痴呆人。当然，乡亲们对于那只龟壳也有持怀疑态度的，有人想不通他在地底下搂着的为什么不是一只活龟而是一只龟壳，那只金龟不说活一千年活一百年总该可以的吧，是不是水宝在涵洞里将它生吞活剥了呢？我父亲便装作嗔怒的样子，红口白牙说瞎话！这是不可能的嘛。一是水宝早就不吃龟肉了饿死也不吃了。他赌咒发誓你们都是看见了的。二是水宝就是想吃也不可能生吃，你能生吃吗人又不是老虎豺狗？三是有科学证据嘛——小柏是个医学硕士他开始也有怀疑，拿上龟壳到大学科研所请了十几个教授院士用进口美国仪器作过化验鉴定，这只乌龟死于五年之前，得的是癌症，肉早烂空了，壳上还找到了七个癌细胞。稀奇！金龟也会得癌症？有什么稀奇，小柏说洞庭湖污染严重，周围的工厂排进了大量可以致癌的污水，比不得梅溪的——所以上级要我们迁走还是为了我们好，以后就不喝洞庭湖的水了。至于那只水宝放生的金龟，早就圆寂成仙，是它留下的仙气救了水宝一条命。小柏，把那张单子拿给大伙看看。此前，父亲让我给那只龟壳伪造了一张化验单，化验结论一栏里还特意写下一个英文单词：CANCER。我把单子掏出来交给父亲。他煞有介事地传阅了一轮。大伙问这些洋码字是什么意思，我说就是癌症的意思。

乡亲们对我父亲的谎言坚信不疑，村民大会上一致表态同意由村里把水宝养起来，愿意每户每年增加十元摊派——但只能一天吃一次肉。大伙还在一张协议书上签字注明此举纯系自愿不属于乱摊派乱收费乱集资。

当然村民们还向我父亲提出了一个附加条件，迁往新址后要修一座龟仙庙，你这个村长同意也修不同意也修如果怕挨上级批评修庙时你躲一边去装作不晓得就是了。我父亲表态不支持也不反对实际上也就是默契。

水宝的女人几次要求让她推轮椅，都被我父亲拒绝了。我父亲说，你，真是不错，只是今后的日子还长，有你伺候的时候呢。水宝的女人说，钦柏叔您放心，他花儿红时没有嫌弃我，我当然不会在他花儿谢时嫌弃他。我父亲望了她一眼，意思是他是干不了那种事了而你还年轻三十如虎四十如狼怕终究有熬不住抽脚走人的时候呢，可他当然不好直说而是讲究了一点语言表达艺术——不嫌弃就好如果真的不嫌弃待到老了给你修座贞节牌坊。老封建！水宝女人觉得我父亲的话很逗，扑哧一笑，意思大概是女人绝对不像你们男人那么骚三晚不睡女人就活不了命。

水宝坐在轮椅里大概很舒服，走着走着就眯上眼睛睡着了，嘴角垂下两柱半透明的涎水，像两根长长的鲇鱼须。他怀里抱着那只偌大的金龟壳，像搂着一口铁锅。水宝女人几次试图把龟壳取下来塞到车厢里去，都被水宝发现拒绝了。她说，您看奇不奇，割掉耳朵他都不晓得痛，动一动这壳壳他就晓得了。我父亲说，要说奇也奇要说不奇也不奇，就是这金龟救了他一命他怎么能轻薄它呢？

水宝女人压低嗓门说，钦柏叔您以为我不清楚其实我什么都清楚。我父亲说清楚不清楚你都只能不清楚你听懂我的话了么？她说，懂了钦柏叔，水宝真不枉交了您这个穿开裆裤的朋友……

迁徙的队伍走出好长一段路了，我对父亲说，让我推一截路吧，您该歇歇了。父亲点点头，把手推轮椅交给我，揩揩脸上的汗水，说，小心一点这路不平。一个人落了难，只能拣他的好处想，心里这么一默神，就算真正明白事理了。小柏我再说一遍，水宝那天被你套出的实情，也就只有你知我知了。我说，知道了。父亲感叹说，其实，人一刨出来我就想到了他的今日。主要是咱们中国太穷了，社会福利跟不上来，一点钱百分之九十被当官的弄进了荷包……但不管如何，人活下来就是个宝……我说，爹您说得对，把毛主席给刘胡兰烈士的题词倒过来念，就是您这意思——死的光荣生的伟大！

水宝的轮椅很沉，我用了很大的力气才把它的四个轮子推动，因为用力不匀，推得水宝的脑袋一栽一栽的，就像闭着眼睛诵经的和尚打瞌睡。父亲警告我，稳当些，推车就得像个推车的样子，你也是个男子汉了。

我忽然觉得有点滑稽，对父亲说，现在，你能不能对你的儿子说句实话，你为什么不阻止村里人修什么龟仙庙？你真的相信神灵吗？水宝叔叔真的相信神灵吗？还有那位尊敬的李市长真的相信神灵吗？比方这神龟显灵的事，你们是不是深深陷了进去不能自拔呢？父亲似乎觉得我的提问有些荒唐，说，有些事一时是难得说清的。这个世界上原本应当是没有神灵的，而人要把日子过下去，就不得不对一些原本很简单的事情生出一些疑惑来，比方这地上的影子，人站在地上，日头挂在天上，书上说影子是日头造出来的——这应当不会有错，道理很简单，日头下山了，影子就没有了；而日头为什么能造出人的影子呢？这就应当是神灵的作用了，这就好比你经常当我提到的那个为什么 1＋1＝2 是一个道理……我说，明白了，你，水宝叔叔还有那个李市长都是了不起的哲人。父亲笑起来，我就说你不如水宝叔叔，更不如李路云市长嘛。我说，是呢，我们除了知道糊里糊涂莫名其妙的阿弥陀佛四个字之外，其实什么也没有啊……

这是一个暖冬，没有老北风，气温仍在二十五摄氏度左右。人们大都穿着单衣单裤。湖边的杨柳和刺槐误以为仲春已经来到了人间，枝头绽开了鹅黄色新芽。李树和桃树也受了温暖的蒙蔽，开放出红白色的花朵。队伍穿过一片桃林，微风乍起，水宝的脸上、身上和怀里的龟壳上落满了斑斑点点粉红色花瓣……

原载《芳草》

沈郎多病不胜衣

一

袁老师爱人在学校食堂打零工，大女儿待业，二女儿念大学，小儿子念高中，外加两个老人，全家月收入两千多一点，维持七口人生计，日子很紧巴。

袁老师勤快节俭，既不沾烟酒，也不打麻将。为了把日子收拾得宽裕一点，他在校园的空平隙地上开辟了一块菜地，大约两分地盘。学校里学生多，粪肥多，种下时鲜蔬菜，袁老师课余粪桶不离肩，粪勺不离手，便浇出满园青红紫绿来。

老师们见袁老师蔬菜自给有余，节省了一笔不小的开支，纷纷效法。一段时间内，玉泉中学校园里有点像三五九旅进驻了南泥湾，掀起了大生产运动。人们把地上的荆棘和茅草尽皆铲除，堆放在操场边上，乱石则拾捡成一堆，用砖头围住。由此，菜园疆域日渐扩大，几个月下来，恐有了一亩地盘。课余，老师们放弃了麻将，全都参与了拓荒种菜。坎坎伐檀兮，置之操场边兮，锄头叮当响兮，瓜菜香且甜矣。好不叫人眼馋。

二

菜园旁边有堵墙，墙的那一边是块花圃，地盘大小和这边的菜园差不多，牡丹、兰花、康乃馨、月季、茉莉、唐菖蒲，花色品种不少。大多是盆花，也有少量珍惜苗木。几年前，南区政府在这儿买了一片地，招聘沈爹专事种花。人就住在花圃边的一间小红砖屋里。此举在于逢年过节喜庆礼仪上有盆花装点热闹。当然，头头脑脑及机关工作人员也有喜好养花的，偶尔从这里弄走一点。

沈爹的勤快与袁老师旗鼓相当，满园的奇花异草让他收拾得四季飘香逗蜂引蝶。老师们在这边种菜，可以领略到"满园春色关不住，一枝红杏出墙来"的雅趣。

墙这边种菜。

墙那边养花。

勤劳与勤劳作伴。

都是绿色环保主义。

彼此相安无事。

三

忽地一场春汛，隔墙兜底儿塌了。一夜之间，倾塌在地的砖头尽皆被附近的农民拾走盖房。沈爹甚为着急，几番向区政府提出重修围墙，终被束之高阁未能列入领导们的议事日程。

花圃与菜园的疆界由此消失。

也好。彼此之间便有了攀谈，有了交往。小憩时，老师们把纸烟扔过去，沈爹也把纸烟递过来，关系较为融洽。老师有爱养花的，向沈爹索讨几枝兰草什么的，沈爹也还慷慨。沈爹也种几畦蔬菜，找老师们讨几桶粪水，老师们说只管去舀好了，玉泉中学什么都少，唯独人粪尿富余。

语言是个好东西，说得好听，可以使人的感情拉近距离；语言也是个不好的东西，措辞不当，让人生分。

这天小憩。

袁老师说：

"沈爹，你这花养得不错。"

沈爹说：

"袁老师，你的菜也种得不错。你都成个种菜专业户了。"

袁老师说：

"菜种得多了，一家人吃不完，偶尔也卖掉一点，象征性收费。我的专业是教书嘛。"

沈爹说：

"当老师也苦，就那么点死工资，还常常一拖三四个月发不下来。你们郊区不地道。当老师确实没意思。"

袁老师说：

"没意思也还得当。这世界没人教书恐怕不行。俗话说，三代不读书，养了一屋猪。"

沈爹说：

"这年月，不见得读了书就有用。像你，虽然读到了大学毕业，收入比我老头矮去一大截呢。"

袁老师说：

"你成天侍弄些中看不中用的花花草草，一月能拿多少呢？"

沈爹说：

"工资表上是一千五百整数，还有这个奖金那个补贴，七七八八加起来三千多块。机关福利什么的我也有份，这次每人发只电烤炉，四百多，也给了我一只。区政府办张主任可是个好人，没见他的小车三天两晚在这儿打转身么？"

袁老师便想，一个目不识丁的土农民，工资这么高，还有这么好的福利，不是沾着区长堂弟的庇荫么？居然就瞧不起我们老师了。

有一回，沈爹担着粪桶，对袁老师说：

"又要打你们的秋风了。"

袁老师说：

"粪池掏空了，就剩一点点，老师们自己正浇菜呢。老师们穷，没有你这么好的福利。"

沈爹不好强求，瞟一眼粪池，却是满满当当的。它没去舀粪，不过心中有了一点想法。

恰好袁老师的大女儿谈对象，想弄一束兰花送男朋友，便去找沈爹：

"给我一束兰花好么？您养的兰花，比花店卖的香呢。"

沈爹问：

"你是哪个老师的闺女？"

"我爹是袁老师呀。"

沈爹说：

"兰花不多了，机关人要呢。"

袁老师女儿对父亲说：

"沈爹好小气，找他讨一枝兰花，硬是没肯。"

袁老师就笑一笑。

青年老师于老师说：

"三讨不如一偷。那边的兰花多得很。趁沈老头睡觉时，去那边拔两株就是。"

是夜，花便偷到了。是于老师让学生帮着偷的。老师们自己不会偷花，老师人穷志不穷。

四

翌日清早，沈爹和袁老师在菜园与花圃的边境线上相遇了。

沈爹说：

"我这里，昨夜有人偷去一盆金边吊兰。婆婆房里丢了针，不是媳妇就是孙。当老师的手脚不干净，不知如何教学生。"

袁老师说：

"你这花养得好，人见人爱。世界上有两种好东西，一是书，二是花。偷书不算偷，偷花也不算偷。"

沈爹说：

"这是什么话？偷花如何不算偷呢？想不到老师还能说出这样的话来。这世风是坏了。"

袁老师说：

"确实是坏了。可不，一人得道，鸡犬升天。一人做官，五亲六属跟着享福。"

沈爹说："我一人干十个人的活，一月三千多点，值。"

袁老师说："我教出的学生，硕士博士都能坐满四桌了。不信你去问问沈敏沈副市长、沈博士，他就在我手里毕业的。"

沈爹说：

"我只同你说偷花的事。"

袁老师说：

"你说花少了一盆，也有可能是真的。附近农民这么多，你凭什么说是老师偷了呢？你有老师偷花的证据吗？"

沈爹说：

"我的眼睛就是证据。你们老师阳台上摆的花，我看盆盆都是从我这儿偷走的。"

袁老师说：

"普天下种花的人多的是，花店满街是。你一个七老八十的人，不要红口白牙乱说一气。"

五

沈爹没讨到便宜，便去找杨校长。

他说："你们老师偷走了我一盆花。你这个当校长的要管一管。放着娃娃不教，一个个都成种菜专业户了。"

杨校长说：

"您说的，我暂不打收条。这偷花的事……如果拿不出真凭实据，我只能先调查一下，等到有了具体眉目，再和您老通气。如果真是这样，我会严肃批评的。"

杨校长果然作了一下调查研究。

老师们谁也不承认偷了花。杨校长觉得沈爹也没提供什么具体线索，不好强行给老师们脸上抹黑，就把这事搁下了。

沈爹一直等杨校长和自己通气，久等不着，生了气。这天，他去了派出所，郑重其事地向曹所长报了案。

曹所长未及他讲完暗自发笑，说：

"杀了人都没工夫处理呢。一盆花算什么案子？快回吧，我们正忙呢。"

"忙？你们忙些什么呢？"沈爹说，"这不是小事，是大事。是我兄弟让我来报案的。"

曹所长问："谁是你兄弟？"

沈爹说：

"他大小算个领导吧。你们也太瞧不起人了。"

曹所长脸上便有了微笑：

"请问兄台尊姓大名？"

沈爹说：

"未必沈区长你们也不认得？"

曹所长点点头：

"好吧，既然区长大人发了话，我给你打个电话，派个干警调查调查。"

沈爹说：

"打电话不行，得派个人去把案子破了。"

曹所长便对打字员说：

"刘妹子，换上警服，跟这位大爷去玉泉中学一转，把事情办一下。案子很严重，一定要严肃处理。该捕的捕，该判的判！"

刘妹子便换了警服，跟沈爹走。出门才十来米，手机就响了。曹所长在电话里说："丢失一盆兰花，十之八九是老师拿了，象征性地向校长提个醒就行，千万别把人得罪了。所里子弟念中学，还得求他们帮忙呢。你借这个由头把事办好。知道你会办事。"

刘妹子笑一笑，关了电话。

到了学校，刘妹子支走了沈爹，温和地笑着说：

"杨校长，我们三个子弟插班的事，您考虑了没有？"

杨校长说："我们过几天开会研究。"

刘妹子说："您一定得照顾照顾哟。"

杨校长说："那当然。学校也有请你们照顾的时候呢。"

"不是吗？"刘妹子笑笑，"沈区长的什么兄弟，报案都报到我们所里了，说你们老师偷了他的花。曹所长把这事压下了。曹所长只让我给您提个醒。当然，一盆兰花实在算不得什么案子，主要是影响不好……"

六

刘妹子一走，杨校长开老师会：

"老师们哪，今后可得注意'为人师表'呀。你们看，沈老头都到派出所报案了。说出去，名声儿多不好？我倒不是怕惹什么大麻烦，只是派出所几位爷不好得罪。他们硬是要插入三个学生，又不肯交寄读费。好了，这下人家为我们打了掩护，更不好找人开口要钱了。"

于老师说："桥还桥，路还路。该收的还得收。"

杨校长说："道理是这样。不过，你收了他们的钱，他们就可以把一盆花的事当个大案办。别的不说，张扬出去，登报上网，也不好听吧？都是老师呀……"

袁老师说：

"这个沈老头，不通人情。"

七

没了围墙，沈爹花圃鲜花的保险系数愈来愈低，隔三岔五有人偷。要么偷走一些盆花，要么摘去一些花枝。这一天，逮着了一个，是玉泉中学一名女生。沈爹好不容易抓住这个"现场"，当即扭住她一条胳膊往杨校长办公室拽。小姑娘不知哪儿来的力气，一下推倒沈爹，逃之夭夭。

沈爹从地上爬起来，嚷嚷着来到校长办公室：

"你们老师学生都偷花，开始是夜里偷，现在是青天白日偷。你这个校长是怎么当的？当不了，我就让我兄弟把你给撤了！"

杨校长是个憨厚人，教了几十年书，好不容易才当上个没有行政级别的校长，对于撤职，当然是害怕的，便代老师学生作了检讨，问："那盆花值多少钱？"

沈爹说："五十块。"

杨校长从兜里掏出五十元，赔给了沈爹。

老师们都很气愤。

于老师说："杨校长你别怕。他那兄弟也不能无缘无故把你给撤了。再说，他们是南区，我们是郊区，南区的菩萨管不了郊区的庙。两个区同一级别。"

杨校长说：

"我哪里是怕撤什么职？区区校长又算个什么职？主要是影响不好。"

沈爹索赔了五十元不打紧，还真的找南区政府办公室张主任告了状。张主任就写了一份报告，把兰花被偷的事提到影响社会稳定的高度分析了一番，把花圃的经济损失作了一些夸张，然后认认真真呈给区长批示。

兄台区长想，机关养花有人偷，事情虽然没有什么分量，也属麻烦，便给主管文教的副区长拨了个电话，示意他找郊区主管文教的副区长横向联系一下。

郊区的副区长接了电话，觉得事情虽小，却有失郊区的面子，就给区教委主任拨了个电话，让他抓抓玉泉中学校风校纪建设，别让一点花花草草影响了两个区的关系。教委主任自然也给杨校长拨电话。

杨校长开老师会，说话就加重了火力，采用了"不堪为人师表"、"诲淫诲盗"之类的贬义词。

自此，沈爹的花圃趋于太平，老师们也与沈爹老死不相往来。

八

转瞬之间，两个学期过去了。

两个学期是一年，一年是三百六十五天。期间发生的事不算少。一年时间可以送走一届毕业生，一年时间可以种出四季蔬菜。世事便在这花开花落的转换中包容了多少悲欢离合，俯仰枯荣。

这边，老师们仍然默默地教书、种菜。

那边，沈爹终日默默无闻地锄草种花。

袁老师是个心细的人，偶尔也往花圃那边睃一两眼。

沈老头那儿其他变化不大，倒是南区政府那台蓝色桑塔纳轿车来得少了。从前是一礼拜数次，渐渐地成了个把月来一次，再后来，就基本上不见踪影了。沈爹呢，从前煤呀，液化气罐呀，米呀面呀什么的，都是小车频频送来，俨然这儿住着一位功勋卓著的老红军。眼前，沈爹肩扛米袋和煤筐的样子就显得有点可怜。还有，南区的头头脑脑常来索花，沈老头总是和他们争得面红耳赤。

管他呢。

仍然种自己的菜。

重要的发现是，沈爹养了一群鸡。

九

先是鸡娃娃，绒球似的在花圃间滚动觅食，唧唧啾啾地叫着，偶尔也越过疆界，大摇大摆地来菜园参观参观。

影响不大。

转瞬之间，鸡娃大了，出落成一只只肥硕的大姑娘壮小伙，它们常常趁老师们不在菜园时过来打掠一番。

先是吃掉了袁老师精心培育的一畦上海青白菜秧子，后是扒翻了于老师种下的大蒜头，再是大口大口啄食各类时鲜蔬菜。很傲慢，很张狂，像八国联军打掠圆明园。

袁老师便领上一伙老师上门找沈爹，口气当然不算友好：

"老头子，动了你一两朵花，好像要了你的老命，又是找派出所报案，又是找区长大人告状。你这鸡，恐怕是不能养了。你自己瞧瞧吧，蔬菜都啄得千疮百孔了。"

于老师说："鸡公子也会仗势欺人呢。"

沈爹好像心里也憋了什么气：

"这有什么办法呢？普天下都兴养鸡嘛。"

袁老师说：

"我们没有干涉你养鸡，但总不能用我们种的菜养你的鸡吧？普天下不也兴种菜么？老头，你得赔我们的菜！"

沈爹说："我只有老命一条。"

袁老师说："你这鸡就不能圈养么？"

沈爹说："狗无栏圈，鸡无绳索。我也没吩咐它们去吃你们的菜呀。"

袁老师说："你的嘴巴蛮硬的。我们先给你提个醒，以后别把鸡养到我们菜园子去了。都是放了老鼠药的。"

沈爹说："你们放老鼠药，我不干涉；毒死了我的鸡，是要赔的。"

于老师说："你赔菜，我们赔鸡。"

只是，最后通牒没有起到预期的威慑作用。那一大群鸡照样来菜园觅食、骚扰。

　　于老师忍不下这口气，见自己种的一畦芹菜被鸡吃了，真的买来几小瓶老鼠药，拌了一些米粒，撒在菜地上。

　　这天黄昏，沈爹清点回笼的鸡群，便发现有只大公鸡没有归队，旋即打着手电筒去菜园寻找，果然发现它倒毙在一畦芹菜苗上。他勾身拾起鸡，老泪都淌了出来，坐在地上抽泣了一阵，便倒提着死鸡冰硬的双腿，找到了杨校长的办公室。

　　杨校长见状，心一软，半晌没有作声。

　　待一会，他把沈爹领到袁老师家里，说：

　　"袁老师，你看看，你看看。"

　　袁老师正在给沙发钉钉子，见了沈爹手里的死鸡，心里颇感不安，忙把眼光掉开。

　　袁老师是教地理的，这会，莫名其妙地想到他曾经给学生讲过千遍万遍的中国地图——那只雄姿英发的大公鸡……而今，沈爹手上的这只公鸡已经冷却了，他这个地理老师似乎有了一种亡国奴的感觉……

　　太可怕了。不可思议。

　　他叹息了一声。

　　沈爹说："袁老师，你，你真的毒死了我的鸡呀？你这个当老师的，好硬的心肠啊……"

　　袁老师想申辩，他没有下毒，但话说出口却变成了另一种组合形式：

　　"死了几只？"

　　沈爹说：

　　"暂时就这一只。"

　　袁老师有气无力地说：

　　"这当然不好……但，我们不是和你说过，别让鸡去吃我们的菜么？我们种菜多么辛苦呀，肩膀和手掌都磨起血泡了。好不容易才盼到收获，一下全给鸡啄了……"

－ 227 －

沈爹嗓音颤颤地说：

"我，我也是没法子呀。"

袁老师说：

"我们同样是迫不得已呀。"

沈爹这次显然不像上次索赔花款那样强硬，站着伤了一会心，便提着死鸡走了。

于老师笑着说："这老头，就该治治。"

杨校长说："这样做，还是不大妥当。千把食，万把糠，养大一只鸡多么不容易。鸡屁股银行呢。"

于老师说："嘿，什么鸡屁股银行？他老兄当区长，活得才滋润呢。虽说是个临时工，大字不识一斗，每月的收入抵得上我们三名老师的工资总和。他是嫌街上的洋鸡不好吃，才养土鸡的。养就养吧，怎么养在我们菜园呢？他养的花，人家却动不了一指头。杨校长，他开口闭口要撤了你，上回向派出所报案，白白让我们少收了四千元寄读费。你忘了么？"

杨校长说："话，恐怕不能这样说。他种花，为公；我们种菜，为私。公与私还是应当有界限的么。比方这鸡，属于私养，他就既没有索赔，也没有报案嘛。退一步说，当老师的，怎么能同农民一般见识呢？"

于老师说："听说他堂兄调省里做了大官，他更神气了。你看那鸡群，足有三十多只呢。比法西斯还凶恶。明天，我还要去买老鼠药。恰好今年是反法西斯胜利七十周年，我们决不能让法西斯死灰复燃！"

杨校长望望袁老师，说：

"不许再撒老鼠药。不然，我就不许你们种菜了。"

十

这天傍晚，袁老师卖掉了一担菠菜，收入了一百五十元钱。入夜，他瞒着其他老师去了沈爹屋里，把钱交给老头，说："赔你那只公鸡，差不多了吧？"

沈爹着实感动了一下：

"袁老师，这钱，我不能收。你们种菜也不容易。"

二人推让了老半天，沈爹到底没收钱。

袁老师说："硬是不收，那我就拿回去了。"

翌日，袁老师发动学生学雷锋，拿这钱买了三百斤蜂窝煤，送到沈爹屋里。沈爹收了煤，要送每个学生一小盆唐菖蒲。唐菖蒲很鲜嫩，亭亭玉立，清香四溢，煞是爱人。但学生们不敢收。

其中一个学生说："不是不想收，而是不敢收。收了，杨校长和袁老师会批评。你不知道，上一届的刘玉洁偷了你的花，都受了记大过处分呢。"

沈爹说："收下。不要紧。这花是我自个儿出了钱的。我自个儿记了账，每盆二十元，在我工资里扣除。明天，我告诉你们杨校长。"

学生就收下了。

回到学校，学生把花送了一盆袁老师，其余几盆分别送给了杨校长和教导主任。几个学生好心没讨好报，都挨了批评。

翌日，袁老师和杨校长亲自把唐菖蒲还给了沈爹。

十一

接下来，袁老师做于老师思想工作，让他不要撒老鼠药了。他说他有办法把鸡群吓退。

菜园子便出现另一种景观：这儿那儿插上了许多破布条儿，还戳着不少稻草人，用塑料布包着，上面画些狰狞面目，有的像鬼怪，有的像阎罗王，很吓人的。风一吹，满园子蔬菜微微地一起一伏，那些破布条儿也随风飘曳，颇有点草木皆兵的恐怖。

鸡群来了，先是大摇大摆，长驱直入。进得菜园，瞅见这"八阵图"，都着实吃了一惊，一齐逃之夭夭，撂下片片鸡毛。

站在阳台上的老师们拍手笑起来。原来这鸡们也是外强中干呢。果然让这纸人纸鬼吓住了。

由此，袁老师受到众老师拥戴。

于老师说："袁世凯（诨名），你怎么就想出了这绝招呢？佩服！"

袁老师得意地说："我是农村长大的,做小把戏时,看见大人把稻草人插在秧田吓麻雀。这不就用上了。"

老师们都笑得合不拢嘴。

杨校长说："也不见得长久灵验。不信,等着瞧。过几天秘密被窥破,它们就不会怕了。有个典故叫什么来着……于老师你大学中文系毕业,应该知道的……"

于老师说："黔驴技穷。"

"正是。黔驴技穷。"

这是经验之谈。

果然,过了两天,鸡群又在菜园子出现了。先是探头探脑往园子里钻,打头的红冠子大公鸡还时不时朝后面的一群母鸡咯咯叫唤壮胆。进得园来,四下里张望一圈,便胡乱地啄食蔬菜,纸人纸鬼全不当一回事。

它们洞穿了老九们的鬼把戏。

杨校长远远地看着,笑道:

"快看快看！如何？果然黔驴技穷了吧。"

于老师摸起一根旗杆,飞也似的从三楼冲下去,一直奔进菜园子。他已经忍无可忍了。

就在这当儿,人们发现沈爹也挥根竹竿从小屋里冲出来,抢在于老师前面把鸡群赶出了菜园。

于老师冲着沈爹的背影说："老家伙,我警告你！明天,我又要撒老鼠药了。勿谓言之而不预也！"

十二

也许是警告起了作用,也许是沈爹注意到了理当对鸡群严加管束,从这之后,老师们站在阳台上常常看到一种景象:每逢鸡群越过花圃入侵菜园,老头便大惊失色地跑出屋子,挥起竹竿拼命驱赶。有一次,老家伙甚至还重重地绊了一跤,跌了个仰八叉。

于老师笑得眼泪都出来了。

要说，鸡害虽然谈不上已经根治，但侵害的程度是大大降低了。

青年老师其实也无所谓。侵害就侵害吧，这点菜嘛，人吃一半，鸡享一半就成，反正种菜也不是主业。成问题得是沈爹仗势欺人，就叫人受不住。所以，与其说是实施对鸡的惩罚，不如说是对人的惩罚。

袁老师就不行。种菜卖菜成了他生活中一个必不可少的内容，经济困难一天没有缓解，他就得大种其菜，正如农民不能离开种田收谷子一样。他种的蔬菜最多，培育的各类菜苗最早，而鸡们又食不厌精，食不厌嫩，所以鸡害一天不彻底根治，他就没有一天安身日子过。

杨校长劝他："袁老师，适可而止吧。都有人反映到上面去了，说咱们玉泉中学市一中没考上几个，蔬菜大王倒是涌现不少了……"

袁老师说："这种说法站不住脚嘛。全区小六毕业时，各小学前十的尖子生都给市八中掐走了，一中录取率如何高得上去？从前我们不种菜，也不是这样么？再说，我业余时间种菜，这不假，也仅仅是业余呀。为什么有的人业余时间打麻将没人议论呢？杨校长，要我不种菜可以，我也同样会打麻将呢。大女儿您给设法弄只饭碗吧？您说说，我几时因为种菜耽误了教学呢？"

杨校长一想这话也有道理，怀疑向上面捅娄子的仍是那个沈爹，这天，便去老家伙屋里登门拜访。

那屋子原本很窄小，腰一伸直，头就撞着了屋顶。五尺见方的空间里，唯独一张小床，一套锅灶，剩余的地方全都摆满了盆花。沈爹正捉住一只母鸡掏屁股，见是杨校长，把鸡丢下，说：

"杨校长，您是为这鸡的事来的吧？"

"是呢。"杨校长说，"我想拉住您和老师们订个君子协定：老师们不许在菜园子撒老鼠药，您的鸡呢，看能不能圈养——要说，这中间还有个科学道理，把鸡圈养起来，晚上在笼里放盏灯，鸡蛋下得多，下得大。这是生物老师夏老师说的……"

沈爹说：

"我也不是没想到圈养。鸡吃了老师们种的菜，我也于心不忍。只是老师们毒死了我一只种鸡，我心里的气消不了。花儿红，有人蓬；花儿谢，有人骂。偷去几盆花，我气是气，气消了，也就没事了；墙倒众人推，就叫我受不住……"

杨校长一惊：

"沈爹，您这话从何说起呢？都知道您是个干部家属啊。您兄弟不正芝麻开花节节高么？如何是墙倒众人推呢？您把老师们看俗气了。"

沈爹叹了一口气。

杨校长接着说："放老鼠药的不是袁老师。那是个毛头小子干的，我一批评，他就再没干过了。我可以保证，以后也不会再有人这么干了。只是有一点，人都要互相理解。要说，老师们利用业余时间种点菜，也是没有办法的办法。像袁老师，一家五口，外加两个老的，月工资收入也就两千多一点，还常常到不了位……"

沈爹说：

"我知道，你们是冲着我老兄来的。其实，他也是当老师出身，晓得老师的苦楚。那阵，他当区长，有人偷了花，我和张主任逼他采取措施，他又如何能不管不顾呢？给下属打声招呼，让管一管，这也没大错么。学生出了乱子，您当校长的能不过问一下？……

后来，尽管他当了省里的副厅长，还惦着要我处理好和老师的关系呢。我给他写了信，他都给我回信了……"

说着，掉下泪来，待一会，从什么地方掏出一封信，抖抖嗦嗦地递给杨校长，"您看看吧。"

副厅长大人是这样写的：

……捧读兄长来信，感慨良多。既有今日，何必当初啊！

记得那时，兄吵着非要我替你在城里找个工作不可，原本觉得不妥，意想不到张主任不知不觉把你安排好了。提到工资待遇，弟觉尤为不妥，正欲阻止，不意张主任独自为之，把工资奖金数目报到了区财政……。由此也就有了兄今日之难堪。只是事到如今，悔亦迟矣。

至于与老师摩擦一事，兄自养花，老师种菜，彼此之间，相安无事才好。说穿了，你们之间原本不该发生冲突。弟自思之，兄自进城以来，似有倚老卖老，挟天子以令诸侯之嫌。昔者枭雄曹孟德、刘玄德皆属此辈，无不遭人唾骂。况乎愚弟乃一区区处级小吏耳！至于老师毒死了你的公鸡，那也要看在什么情况之下。老师们种菜，你自种花，老师们对你的花有所侵害，你可以诉诸法律，或者借助某种权威，对他们施加压力；但老师们的菜受到了你的鸡群侵害，又有谁来给你施加压力，索赔损失呢？

为弟系教师出身，深知老师特别是农村老师生活之清苦。这一点，为弟帮不上你的什么忙了。望兄好自为之。

种田之人，原本事农为上。兄当自思，早返故里，自谋其食，方为上策。不仅如此，在以后的岁月里，还望兄以善待人，严于律己，宽以待人，多为他人着想。这样兄才能安度晚年。

又及，兄所言机关人等无偿占有侵吞公家盆花苗木一事，弟亦鞭长莫及。弟虽认同公道属于兄长，然徒叹奈何而已。兄能克己奉公，不拿公家一花一草，点点滴滴皆有记载，弟为之欣慰。坚信老师们知道这点后，亦自会对兄的"吝啬"有所理解。望兄保重！……

信写自半年前，字迹已经有些模糊。杨校长沉思良久，觉得这位副厅长大人倒也不失宽厚，只是字里行间似乎失却了元气，却是没有一丝官人的倨傲与张狂了。

不由感叹道："难为仁兄对老师们一片宽容仁爱之心呢。"

沈爹说："这鸡，我也不想养了。"

杨校长一喜："您的月收入原本这么高，抵得上三名老师的总和。何必大养其鸡，自讨麻烦呢？"

沈爹叹一口气，说：

"我的月工资，早就降到了八百了……"

"还有七七八八的福利吧？政府机关干部职工，工资再低，瘦死的骆驼比马壮啊。"

沈爹说："我的福利待遇，早取消啦。"

十三

从这以后，果然不见鸡群在菜园出现，也从未看到区政府机关的小车开到花圃间来。

没有了挑战与应战，日子便相对乏味。

于老师这天问袁老师："老家伙好像比以前老实多了。他的鸡群如何不见了呢？恐怕都送给那位副厅长大人享用了吧？彻头彻尾的土鸡呀。"

袁老师说："卖掉了。集贸市场上碰见过他卖鸡。他屋里有五个崽女，其中一个智障，一个先天性心脏病。要钱煮汤喝呀。"

……

又过了一段日子，花圃间不见增添什么鲜花品种。老头似乎也没有重育花苗的意思。

沈爹最后一次在菜园边上露面，是在三个月之后。其时，值钱一点的花木差不多全被区政府机关大大小小的干部弄走，整个花圃基本上已经荒废，只剩稀稀朗朗几株红檵木。

这天上午，推土机开进了花圃，说是要在这儿修一口人工对虾孵化池。

沈爹木然地望着推土机冒出的团团浓烟，脸色铁青，半晌不说一句话。

袁老师说：

"沈爹，好久没见您了。"

沈爹说：

"我也好久没见你们了。"

"怎么回事？花圃不要了？"

"不要了。"沈爹说，"在东郊重新征收了十亩地，准备建个机关花木公司。"

"您会过那边去吗？您有技术呀！"

沈爹说：

"他们不要我了。老了。我回老家去。"

"去干什么呢？"

"还是种田。"

沈爹只说了极省简的几句话，就进屋子去了。这天晚上，他把自己关在屋子里，始终不见出门。

翌晨起来，三十八名老师的家门口，都搁着一盆花：君子兰、金边吊兰、唐菖蒲、康乃馨、文竹，品种各有不同。袁老师、于老师和杨校长门口是一大盆茉莉，很香，比其他盆花惹眼。

老师们很惊喜，但不知这些花从何而来。他们合计了一下，似觉与沈爹有关，便相约着去了那间红砖小屋。

已是人去屋空。

推土机手说："沈爹一早就走了。"

"还回来吗？"

"不回来了。"

袁老师说："被辞退了？"

"可不，"推土机手说，"自他堂兄调走，区政府就想打发他滚蛋。这是个榆木疙瘩脑壳，头头脑脑拿走几盆花，或是拿盆花送给上级领导，他都暗地一一作了登记，标了价钱，兜底儿交给了区纪委。没作处理，他又送交了市纪委，没作处理，他就去报社大门口呼天抢地……结果，凡是上了名单的人，都扣发了一个月工资。"

于老师说："这是对的嘛。"

推土机手说："如果他堂兄在时，可能是对的。但他堂兄命薄，调省里不久，就查出了肺癌，在医院待了大半年，上个月末举行的遗体告别仪……"

杨校长说："这么说，他是自沈区长患病住院开始养鸡的？"

推土机手摇摇头：

"不懂你们说什么。"

十四

老师们忽然间很留恋那个已经消失了的小花圃，那五颜六色清香四溢的奇花异草，还有那大摇大摆目空一切的"八国联军"。

想到菜园边上要建什么对虾孵化池，于老师很气愤，袁老师和其他老师也很气愤。这气愤的原因说到底，好像又不全是对虾孵化池不卫生。

袁老师说:"我们应该抵制。"

众老师说:"对,应该抵制。"

杨校长说:"向市政府上书。"

于是,袁老师牵头向上写了联名信。

无效。

于是,再写。

无效。

于是发动一千多位学生家长写联名信,说对虾孵化池腥气四溢,污染教学环境,还传染细菌,不利于祖国花朵健康成长。袁老师亲手将按了一千多个指纹的请愿信亲自送到了那个博士、副市长弟子手上。

于是,孵化池宣布停建。

至于那小片空地究竟派什么用场,老师们的期望是复原那个花圃,沈老头经营过的那种花圃。决策者们怎么定夺,有两种传言,一是郊区象征性出一点钱,把地买回来,划给学校,建个篮球场。二是,仍然划给学校,具体建什么,征求老师们的意见。

袁老师说:"杨校长你是头,应该知道底细呀?"

杨校长说:"应该是,应该是……与沈老头斗了这么久,最终老师们赢了。"

"那就还原那个小花圃。"

"对,还原。种花好啊!"

"唉,那个沈老头,不走就好了。"

……

于老师瞅着空地,叹道:"'风压轻云贴水飞,乍晴池馆燕争泥。沈郎多病不胜衣;沙上不闻鸿雁信,竹间时听鹧鸪啼。此情唯有落花知。'……"

原载《湖南文学》

牙齿

一

李承包在湖滩上懒洋洋地溜达，勾身拾起一枚鹅卵石，斜着身子杀向湖面，鹅卵石像只灵巧的小青蛙贴着水面一路蹦过去，不待第一只青蛙消失，他又连续杀出第二枚第三枚鹅卵石。

这是中国第二大淡水湖洞庭湖，市一中的校舍就在湖的东岸，从围墙的小后门溜出来，可以看到一碧万顷的湖上风光。湖的彼岸是一片绵延数百里的湖洲，他的家就在湖洲与长江相连的某一片柳林中。

母亲每个月来看他一次，顺便送来这个月的生活费。母亲开始要求将谷子、蚕豆交给学校兑换餐票，总务主任说不收谷子蚕豆只收钱，一中不是粮库，你把谷子蚕豆换成钱吧。于是母亲便设法筹钱。总务主任不知道谷子换成钱的过程异常复杂，而且很不合算。

母亲每次都是徒步四十华里，然后坐船漂过洞庭湖，从这片湖滩登陆的。湖上看不到母亲的小船，离母亲来的日子还差五天。湖滩是李承包心中的诺曼底，当年盟军的登陆很艰难，母亲登陆的艰难不亚于盟军。

班长戴丽丽捧着厚厚一本英语书"叽里咕噜"迎面走过来。

李承包说："戴丽丽好认真，都成学霸啦！"

戴丽丽说："只有你可以不认真，你的脑子和胃囊一样好使。整个一中，我就佩服你一人。知道你来了湖边我也就来了。我要问清楚，有人嘲笑你贪吃，我替你打抱不平，你干吗反倒揶揄我是千手观音？"

李承包说："我是饕餮。"

"故作卑下。讨厌。"戴丽丽说，"我已经弄清楚，你妈每天只给你三元生活费，然后乘以这个月的天数，连大月小月都算得很清楚，一分也没有多了。你的数学天赋可能纯系你妈的遗传。"

"你并不了解我妈。没有天生的吝啬。"

"马上就要高考了。司马泓说你有十足的把握上清华，清华店大欺客，招的都是状元，学杂费收取对谁都没有优惠。我有理由为你着急……哎呀好滑！水洼。把手伸过来！"

　　李承包有点害羞，伸手牵上戴丽丽的手轻轻一提，戴丽丽轻盈地跃了过来，因惯性作用，落地时与他的身子轻轻碰了一下。李承包闻到了一丝野栀子花的香味，真是沁人心脾！

　　"戴丽丽，我向你道歉。班上这么多人笑话我，唯有你站在我一边。可是，我也需要反击，就挑选了你作为反击对象。"

　　"可悲！刘新雨、马佳佳两个'八旗子弟'有什么值得害怕的？马佳佳进一中是花钱买的。"

　　"怎么花钱买？"

　　"分数不够线，出一笔择校费，差一分交八千。"

　　"别说得这么难听。他的成绩也很优秀。看得出马佳佳在追你。"

　　"你吃醋了？"

　　"我没资格吃醋。问题在于你父亲不也当官吗？市教委主任官还不大？你爸几次来一中，刘校长他们鞍前马后打躬作揖，抽根烟赶紧揿燃打火机递上去。"

　　"可我超过了一中录取线10分，没花钱买。我不依仗教委主任，而且拒绝了保送。我不在乎那个复旦。"

　　"他们一个保送浙大，一个保送武大。而我，还得过高考这道鬼门关。"

　　"保送就不敢针锋相对了？保送并不等于优秀。窝囊！"

　　"窝囊是农民的专利。"李承包十分勉强地一笑。

　　戴丽丽十分关注李承包的笑，不由身子微微一颤："你原来不刷牙？"

　　李承包脸颊绯红："什么意思？"

　　"没其他意思。你的牙齿好黄，上面有一层污垢，像发了酵的玉米。你怎么不讲卫生？"

　　"我每天早晨都洗牙。"

　　"洗牙，怎么洗？你小时候生病打过四环素吧？"

"我没打过四环素，乡下孩子生病不到临死之际，一般不看医生。我用毛巾蘸了水擦牙。"

"擦牙？像掉光了牙齿的老太太用毛巾擦洗牙龈？你干吗不刷牙？"

"毛主席也不刷牙，医生劝他刷牙，他说老虎不刷牙照样吃肉。"

"胡说！诡辩！知道了，你买不起牙膏。"

李承包外强中干："我不讲卫生。离我远一点吧。"

"偏不。我就逼着你刷牙！"

二

戴丽丽关于刷牙的胁迫，虽有侵犯人权之嫌，却让李承包激动不已，直到戴丽丽走远了，还呆呆地站在原地。临近毕业，初恋已经突破《中学生行为规范》，执拗地现出原形，宛如严冬生活在暖气烘烤下的城里人，待到停掉暖气出门，世界已是柳枝吐翠万紫千红了。戴丽丽喜欢盯着他看，从身个、五官一直看到牙齿，有时眸子定定的半天不会移动。眸子里散发出一种勾人魂魄的力量。

仲春了。真是春天好呀春天好呀春天真美好！湖洲青葱如碧，沙鸥在蓝天盘桓，这儿那儿桃花鱼剥剌跃出水面，湖滩上蓼花点点灿如星火，校园里百花吐艳。但自然界最美丽的鲜花都不如校花好看……

感觉真爽！

李承包下意识地望望湖心，仍然不见母亲的小船。倘若母亲能把他每月生活费涨到一百零四元，让他有五元买一管牙膏，那将是很美妙的事情。

母亲的眼光显然不如戴丽丽周到。母亲与恋人还是有区别。要说，戴丽丽的观察很到位，李承包每月的伙食费都靠母亲收集啤酒瓶、废报纸、采摘野藜蒿、捡拾鸬鹚蛋、丝瓜瓤、金银花换来。况且他还有念初中的妹妹和患类风湿性关节炎的父亲。母亲仅仅知道儿子能吃，母亲不懂得审美。戴丽丽曾经批评他 IQ 很高 EQ 很低。显然母亲的 EQ 更低。

其实，李承包的 EQ 并不低，比方当着戴丽丽的面，他常常强装潇洒，偶尔来一点俏皮话什么的，如对戴丽丽的揶揄就是。那种揶揄实际上相当孔雀开屏示爱。如果他不在乎某个人，一般是不搭理。

现在，戴丽丽批评他不刷牙，还逼着他刷牙，这还真是个问题，他不能在她心中落下个不讲卫生的印象。至于能吃，戴丽丽已经为他正名，可见她并不嫌弃他的胃囊过大，而牙齿问题她一点没有迁就的意思。

他有点忧伤。是不是该请求母亲涨一点生活费呢？

三

从某一天起，李承包开始刷牙了。

那天数学课上，老师在黑板上出了一道难度较大的几何题，然后眼睛一路从同学们的脸上扫过去，幽默地说："哪位高手上来解答？"

课堂骤然变得很静。没有人自告奋勇上来。

戴丽丽胸有成竹，但没有作声。她想把机会留给李承包，让瞧不起他的城里男生再次领教一下他的天赋，并以此证明她的初恋是如何的幸福，她的眼光是如何的精准。

数学老师果然像往常那样冲李承包笑笑："大侠，华山帮主已备宝剑一柄，请屈尊一试高下，让我等见教些许？"

李承包怏怏地走向讲台。他永远是一副懒洋洋的样子。其实，他仍在挨饿。中餐他只打了二两米饭一小勺白菜。他没有吃饱。他原本是可以吃下四两米饭两份红烧肉的。可母亲的小船晚点了一天，她可能把大月算成了小月，即把三十一天算成了三十天，他不得不把最后一天的餐票分作两天享用。他从数学老师手上接过粉笔，三两下就在黑板上画出了答案。正准备转身离去，数学老师说："大侠，索性给大家解说一下吧。"

李承包说："传道授业解惑是先生的事。您别老想偷懒。"

同学们"轰"地一笑。

李承包也憨然一笑——这一笑，戴丽丽注意到了他的牙齿，又白又整齐，是那种白玉凝脂般的白，白露霜降般的白，阳春白雪般的白！她简直吃了一惊。

下课后她以收交作业为名走近李承包，喜滋滋地说："你终于刷牙啦！"

李承包说："我洗牙。"

"怎么洗的？一下这样白了。"

"我小时候打过四环素，刷牙无济于事。"

戴丽丽趁没人注意把一张购物券塞给他："你自己去满意超市挑拣牙膏吧，可以买回六支最贵的高露洁牙膏，记住，高露洁牌。那是最新配方，还可以防蛀。三天之内必须去，不然过期作废了。"

"我不想要……"

"怎么啦？"

"司马泓说，非洲人的贫穷，主要是因为懒惰，都不喜欢干活，抓抓鳄鱼什么的，大多数时候躺在椅子上抽大麻，遇到了大的灾荒，一个心眼儿等待联合国救济。等不来救济就提抗议，谴责发达国家为富不仁，不尊重人权实行双重标准，所以非洲的贫穷主要在于自身。我至今没搞清楚，我的父母亲是不是懒惰。"

戴丽丽说："司马泓的高论我不敢苟同。我也不相信这几天你没有刷牙，并且我认定你还刷得很仔细！"

李承包仍然坚持："我洗牙。"

戴丽丽说："难道刷牙是一种见不得人的丑行吗？这购物券你不想要就撕了。"

李承包看到戴丽丽眸子里汪着薄薄一层泪水，便收下了购物券。

四

为了验证李承包是否用购物券买了牙膏，五天之后，戴丽丽问马佳佳："看见李承包刷牙啦？"

马佳佳自读高一就暗恋戴丽丽："班长光临蓬荜增辉呀。至于你问的，我确实没在意。你干吗这样关注他呢？先是关注他的天赋，接着关注他的胃囊，现在连牙齿也关注上了。真是爱屋及乌呀。"

"我也关注你呀，瞧，你的白内衣领子都变成韩国进口泡菜啦！"

"我每天换一次内衣。这里我要特别强调，我的内衣原本不是白色而是奶黄色——与进口韩国泡菜同一种颜色。你认为脏可能是一种错觉。"

戴丽丽又问刘新雨："看见李承包刷牙啦？"

刘新雨说："他刷不刷牙，关我什么事？关你什么事？管得太宽了吧。你的领袖欲可真强，干吗报考清华呢，你应当去美国耶鲁本硕连读，那儿培养了五名总统。"

戴丽丽说："你的揶揄看似尖刻，实际上没有杀伤力，未见得我就去不了哈佛、耶鲁，最起码我就不给校长送礼换取保送。我是班长、学生会主席，司马泓责令我检查班上卫生。等下我还得检查一下你的臭袜子几天没换呢。市里要搞卫生大检查，一中属于重点抽查对象，学生是否刷牙都是一个抽查项目。你是寝室长，我为什么不能问你？"

"拉虎皮当大旗。"刘新雨说，"我们六点一响铃乖乖起床刷牙洗脸，李承包还在蒙头睡大觉。等我们做完早操进教室晨读，他才懒洋洋地起床洗脸刷牙。他是天才，他享有睡懒觉和不做早操的特权。"

"啰唆！我只问你看见他刷牙没有，你回答 YES、NO 就行。"

刘新雨说："YES！"

"多久了？"

"大概两周之前吧——不，准确的日期是十五天。"

"你怎么知道是十五天而不是五天呢？"

刘新雨吊儿郎当一笑："可别忘了我是公安局局长的儿子，干公安这一行，最注重现场、细节、时间的推断。比方，市教委主任批发了多少顶中、小学校长的官帽我也略知一二。"

戴丽丽反击："公安局局长批发了多少顶派出所正副所长、交警刑侦大队正副队长的官帽，我也略知二三。"

五

司马泓笑容可掬地把李承包请到办公室，让他挨她坐着，还替他倒开水。李承包说："您有事吗？"

司马泓慈爱地一笑："没事，随便聊聊。"

李承包下意识地抿上嘴巴。

司马泓哪壶不开提哪壶："张开口，让我看看你的牙齿。"

"干吗？我没有蛀牙。"

"你没有刷牙的习惯？"

"我洗牙。"

"洗牙？"司马泓已经看见了他的牙齿，笑起来，"你的牙很白嘛。洗牙也行。你很有创意，适合去英美留学，说不准一不小心拿个诺贝尔奖。"

"洗洗牙就能拿诺贝尔奖？我们芦絮湾人人个个都洗牙呀。"

"李承包，有些事情你别敏感，对于世界历史知识，我其实相当有限。今天我要郑重更正关于非洲贫穷根源的信口开河。你可以这样想，如果我歧视贫穷，会从近二十万农村初中毕业生中把你挑到省级重点中学市一中来吗？挑选你来可不容易，像地质学家掘井采集矿脉，像天文学家从银河系寻找新星，像医学家从胎儿脐带血里提取造血干细胞……"

"我没有说您的见解是对贫穷的歧视。一般而言，学生都把老师的话视为经典，可我不是这样。我上网时搜索了一些关于非洲的资料，您的见解只是其中一种。更多专家学者认为制度野蛮、资源贫乏、气候恶劣、文化落后、殖民掠夺是非洲贫穷的根本原因。我还在学校图书馆浏览过一本叫《混沌非洲》的书，很浅露，里面只有一些捕捉鳄鱼和抽大麻的照片，显然作者没有到过非洲。"

"这就对了。我也没到过非洲，我的话不足为训，但我坚信我挑来的学生拥有独特见解。待到你获取博士学位，如果对非洲有兴趣的话，应当有条件去非洲游览、考察，写出比《混沌非洲》更有价值的学术著作。"

"我可以走了吗？"

"别急，聊聊。有同学嘲笑你是饕餮，你也不必在意。马佳佳、刘新雨也只是开开玩笑。谁不喜欢逗趣呢？十六七岁的孩子，逗趣正常，不逗趣反而不正常。马佳佳不也给我取了个'菩萨蛮'的诨名吗？如果连一个小小的玩笑都承受不了，将来很难适应社会。李承包，你憎恨他们吗？"

"实际上是您自己过于敏感。云南的那个马加爵出了事，您担心我会成为马加爵二世，才苦口婆心迂回曲折说了这样多。"

"过敏，你又过敏了。"司马泓哧哧地笑，"我绝对没这个意思。马加爵怎能与你相提并论？他有精神分裂症，你没有。他性格中带有攻击伤害倾向，你更没有。他学业成绩平平，充其量考个云南大学——连"985"都不是，你却拥有数学天赋，水木清华已经向你伸出橄榄枝了。我还要告诉你的是，戴丽丽正倡议替你募捐大学学费，马佳佳和刘新雨都是积极响应者。知道吗？"

"知道。但我不需要怜悯！"

"天呀！"司马泓吃了一惊，"同学们善意的资助，怎么能理解为怜悯？你是不是没被学校保送感到自卑，从而否认世界上真诚与友谊的存在？……为什么没有保送你？因为你有十足的把握考上清华。自你进一中，大大小小的考试经历过近百次了，你是百分之百的年级第一名，一中保底的裸考清华生。至于保送，仅仅是一种存在。戴丽丽就拒绝了保送，她的唯一志愿是清华。"

"清华真的值得这样痴迷吗？我崇拜毛主席，我们村里不少人都崇拜毛主席，说那时候念书、看病不花钱。毛主席就没上清华。他在北大只是个助理图书管理员。"

"当然，崇拜毛主席也没错。这么解释吧，倘若上了清华，就意味着可以留学美国攻读博士学位，待到参加工作，一天的收入抵得上你父母辛苦一年的收成。如果不想出国，也可以选择最好的工作，年薪三十万元以上，意味着你将从此告别贫穷……李承包，你吃不饱？"

"没有的事。"

"你妈每月给你多少伙食费？"

李承包犹豫了一下："三百五十元。"

司马泓说："戴丽丽说的可没这么多。"

"戴丽丽不是我肚里虫子，她怎么知道？"

司马泓算计了一下："三百五十元，不算充裕，但也够了。节俭一点好，待你熬到大学毕业，一切都会好起来。孩子，明白了吗？"

李承包点点头。

六

李承包从满意超市回来，手里提着一只黄色薄膜购物袋。这是他头回逛超市，四周商品应有尽有，真是五花八门琳琅满目，无论贫穷富有，无论尊卑贵贱，都可以大大方方进去挑选自己满意的商品，价格也是人人平等。他觉得超市的发明者很伟大。

出门时，他问一位打扮得很文化的保安，"你觉得超市最大的优点在哪儿？"保安说，"价廉物美，品种丰富。"他说，"不对。应该是平等、自由。你知道超市是谁发明的吗？"保安说，"中国。"他说，"不对。超市产生于1930年的美国纽约，被称为零售业的第三次革命。1930年8月美国人迈克尔•库仑在美国纽约州开设了第一家超市——金库仑联合商店。20世纪30年代中期以后，超市这种零售组织形式由美国逐渐传到了日本和欧洲。在中国，超市被引入于1978年，当时称作自选商场。"

保安的答话令他遗憾，原来城里人知识也很有限。

校门口遇上戴丽丽。她瞟一眼他手上的袋子："买牙膏了？"

"买了。"

"几支？"

"六支。"

"什么牌子？"

"高露洁。"

"马佳佳、刘新雨每人送一支吧。"

"凭什么？"

"不凭什么。至于他们收不收，那是他们的事。而你，必须有这种姿态。"

"购物券既然送给了我，你不应该左右我怎么处理。"

"你说的并非没有道理。我也只是建议。你应当知道我为什么给你这个建议……"

李承包勾下脸一言不发。

戴丽丽说："知道你生活费不足，每餐都没吃饱。我决计把苹果手提卖掉，换回八千元给你作为伙食费。你不会觉得是矫情吧？"

"我不要。"

"这是施舍？你觉得这是施舍？"

"接受资助，往往要付出代价。二十世纪五十年代苏联给过中国援助，六十年代就付出了代价。美国拯救了犹太民族的覆亡，而以色列必须受制于美国，尖端军事产品，没有美国的同意就不能自由出售。你让我各送他们一支牙膏，这也是代价。"

戴丽丽叫起来："什么行为不会付出代价呢？在此之前，你的牙齿为什么变白了？"

"我洗牙。"

"我明天就把手提送去典当行。"

"我说了不会要。"

七

李承包走进寝室。

刘新雨和马佳佳一齐将亲热展览在脸上，笑着问他去了哪儿，是不是偷偷和女同学约会去了。马佳佳说他母亲走文化局局长的后门，搞到了三张没花钱的电影票，愿不愿意晚上一同去看美国大片《南极大冒险》。刘新雨也紧跟着调侃他母亲是拉关系走后门的老手，宣称城里人与乡下农民相比，德行相差十万八千里。刘新雨甚至还问他搞不搞自慰，坦陈自己一周断不了一次……

李承包意识到司马泓找他们谈了话，而且这些都与戴丽丽有关。戴丽丽像一只多情的蜜蜂在花丛间飞来飞去，及时传递着各种信息。她这样做当然是出于爱情。但恋爱的滋味也不全是甘甜。起码，眼前的故作姿态就显得虚伪，让人舌苔上泛起丝丝苦涩。

他从袋子里取出一支高露洁牙膏递给刘新雨："我没打招呼，挤过你十几次牙膏。现在，还你一整支。"

刘新雨说："早知道你动用过我的牙膏——因为我是公安世家，对现场和细节特别敏感——但不用你还。再说，没有'借'，也无所谓'还'。有一点，我还是想说穿——动用别人的东西还是先征得对方同意才对。挤几次牙膏，不值一提，但养成了习惯就会发生质的变化……话可能说得过重，你不会憎恨我吧？"

李承包说："我从来不憎恨别人，何况你的话很有道理。"

李承包又掏出一支牙膏递给马佳佳，说着同样的话。

马佳佳说："晕！你挤了我几次牙膏，你不说我还真不知道。如此看来，我吃过你妈送来的烤红薯干，也要还啰？我们平日相处得不错，野炊、看电影、给华仔、宋祖英、李宇春献花，我们都拉你一起去，不让你掏钱，可每次都是你自己不去。这谈不上歧视吧？要说，就开过几次玩笑，笑你能吃，仅此而已。话说回来，同窗毕竟是同窗，四个月后就天南海北，说不准一辈子也见不着了。网上说，北大百年校庆，一位来自美国的百岁女校友，发现当年的三千同窗唯剩她一人活在世上，号啕大哭了半个小时……"

李承包有点伤感："这牙膏就算我送给你们的吧？"

马佳佳和刘新雨异口同声："同窗情可贵，友谊价更高，若要收牙膏，宁可把头抛！"

这就是赤裸裸的预谋了。并且戴丽丽也已参与。不然，他们二人怎么知道我去买了牙膏？怎么知道我会送牙膏，又怎么会念出同一首快板诗呢？

李承包手上捧着两支高露洁牙膏，样子就像那个站在风雪中卖火柴的小女孩，她幻想中的城堡是那样美丽，充满光明与温暖，可她周围的世界冷如冰霜……

他还是想说点什么，刚开口，就被刘新雨打断："酸！简直像个乡下老太婆叨叨个没完。一袋子牙膏，多是多了一点，待一中用不完，念大学时还可以用。要是上大学还用不完，你可以带到美国常青藤盟校去。"

李承包无力还击，就差掉下泪来。

马佳佳拉他坐在身边，给他展示文曲星，将几个小按钮揿得"吱吱吱吱"发响，小屏幕上导弹飞来飞去，炸开一朵朵金黄色小火花："好玩吗？瞧！快瞧！这是盟军诺曼底登陆。好家伙！抢滩了！万船齐发！瞧，这个高鼻子是巴顿将军，这个秃子是蒙哥马利将军……不愧文曲星五代，闪存 5G，输入了《 牛津词典 》、《 剑桥词典 》、《 疯狂英语 》、《 TOEFL 考题集汇 》、《 GRE 考题总汇 》等三千万字符的内容。有了这劳什子，再把小命搭上，我就不信飞不过太平洋。"

李承包说："你也想出国？"

马佳佳说："只有白痴才不想。"

"去哪？"

"只有白痴才不想去美国。"

"美国真是那么优越吗？政治书上说美国种族歧视，嫌贫爱富，贪婪霸道，恃强凌弱，歧视发展中国家，给日本扔过原子弹，侵略朝鲜，侵略越南，冷战结束后推行霸权主义，任意践踏联合国宪章，入侵阿富汗、南联盟、伊拉克、轰炸中国大使馆、撞下中国飞机，还勾结日本阻挠我们解放台湾，他们的多党执政民主普选也是假的，费尔特时隔 33 年公布水门丑闻真相惊爆世界……"

"够了！"马佳佳说，"我爸在纽约大学六年本硕连读，去年又去美国考察了二十多个州，他的感觉可能更真实。至于嫌贫爱富，就我所知，清华就是美国退回庚子赔款修的。至今中国有几十万高才生在美国滞留不归……"

"这东西多少钱？"

"特便宜，才三千。我爸出差新加坡带来的。新加坡人官方语言是英语，他们的学生当然不需要这玩意。这是给中国学生的量身定做。南洋鬼子特会赚钱。"

李承包犹豫了半晌，说："可以教我使用吗？"

马佳佳将文曲星朝他怀里一抛："你玩吧，一分钟就会，用得着教吗？"

待了一会，马佳佳和刘新雨从皮箱里取了餐票，拿上饭盒和勺子说说笑笑出了门。

快走近食堂时，马佳佳轻声说："嘿，又忘了。叫李承包一起来吃饭吧？"

刘新雨说："见那馋相就要发笑。你一笑，司马泓、戴丽丽又会说我们歧视乡下人。什么天才，草根。听他刚才说话，屁都不懂。"

八

　　李承包玩了一会文曲星，感到了饥饿。他摸摸口袋，餐票已经告罄。他打开抽屉、木箱，细细地清查了一遍，连书本的缝隙中都找得十分仔细，结果一无所获。而饥饿的感觉却在不断升级，胃囊的收缩频率也在一路加快。

　　饥饿的具体形态究竟是什么样的呢？

　　生物老师说应当有两种描述，也就是精神层面与生理层面之分吧。一个长期生活在原始状态下的人，他不会渴望上学、读书、出国留学、看戏、登月、欣赏莫斯科大剧院的巴黎舞和维也纳金色大厅的交响曲，就如清朝的皇帝，一辈子没离开过中国的疆土，从来不会想到蒸汽机、火车，飞机，他们觉得能骑上汗血马和坐着八抬大轿已经是世界上最得意的事情。所以，饥饿主要是一种生理反应，与它唯一有关的是牙齿和胃囊。这只长着幽门和贲门的胃囊，像心脏，又如空卷的搅拌机与电脑 CPU，总是在永无休止地蠕动。在蠕动的同时，胃腺分泌着多种汁液其中包括蛋白酶、盐酸、因子等，它们是来帮助消化食物的。当胃囊中空空荡荡时，那些汁液反倒助纣为虐分泌得更加急迫，这时候就有一种生命衰绝的征候，营养跟不上，维持生命运转的各种元素缺乏，接着是低血糖反应，晕眩、虚脱、呼吸急迫、肌体酥软无力，呼吸道滞塞，想要倒头沉睡。

　　至于牙齿，它常常充当肉食者的打手，饥饿的帮凶。延伸到环保学，牙齿是动物与植物的天敌。延伸到文学，李承包很崇拜鲁迅，在中国如此众多的现代作家中，只有鲁迅能准确地观察到林妹妹和焦大两种截然不同的饥饿……

　　就是在生物老师描述的这种晕晕乎乎的感觉中，李承包有气无力地提着装有六支高露洁牙膏的黄色薄膜购物袋，一小步一小步缓缓走出校门，第二次光顾满意超市。

九

　　傍晚的超市顾客稀稀朗朗。他几乎没费工夫就找到了那个贫嘴的红色鬈毛女售货员，鼓足勇气说："对不起，我的牙膏买得过多，你看，整整六支，我干吗要这么多牙膏呢？一支就够了。"

鬈毛认出了这位熟悉的顾客，说："你的牙齿真白。你的牙齿可以打广告，比那个牙好胃口就好吃嘛嘛香的胖子强多了。你是不是觉得我们销售的牙膏质量太好，一下就买了六支？你把东西提回来，是什么意思？"

"如果你不反对，我想退掉五支，只留下一支。"

"这怎么可能呢？你那购物券上的钱，已经输入电脑存入银行了。就好比一个人喝下一大杯牛奶，还能把牛奶退回茶杯吗？"

"牙膏与牛奶有区别，钞票与牛奶也有区别。钞票进了银行，可以取出来，牛奶喝进去就没法返回，牙膏不是牛奶。你在偷换概念。"

鬈毛"扑哧"一笑："像个书呆子，说话咬文嚼字。你千万别说'退货'二字。我们是满意超市，退货影响极其恶劣。"

"这墙上有标语：'十日包换，三日包退，童叟无欺，男女满意。'我拿回去才三个小时，连纸盒都没打开，离三日还差六十九小时呀！"

"一天是二十四小时，三天是七十二小时，减除三小时，还剩六十九小时。你的数学真好，比我那小子强多了。我那小子死都搞不清楚一天是二十四小时。他就跟我认死理，说无论什么钟表，上面都只有十二个数字。他不知道入睡后钟表的指针在黑暗中偷偷走了一圈。你的牙齿为什么这样白？"

"农村孩子从小不吃糖，也不吃零食，随便刷刷就很白。你们的牙膏虽然很好，打多了四环素的牙齿还是不能刷白。我小时候没打过四环素。"

"确实有规定，购物券不能折退现金。我不认为你会换成假冒牙膏来这儿行骗，如果一个牙齿很黄的人，我可能会那样怀疑，因为黄牙齿一般很穷。"

"黄牙齿就穷？小偷都是黄牙齿？有这个逻辑吗？"

"这是保安的话，他在超市逮住过几个小偷都是进城打工的黄牙齿农民——但我并不完全赞同。非洲人很穷，牙齿个个都很白。赖昌星牙齿很白却是个大骗子。毛主席牙齿很黄，却是中国人民的大救星，世界人民心中的红太阳。这样吧，你去换取其他商品，凡这儿有的都可以。"

"那这墙上的标语呢？"

鬈毛一脸惊诧："你这孩子除了会读书真是什么都不懂，恰恰与我那小子相反，他除了不会读书什么都懂。他说谁设法把顾客的腰包掏空了，超市总经理偷着乐，谁让顾客退货了，总经理恨得牙痒痒。他瞟一眼酒店门口大片小轿车就知道里面准是公款吃喝。他知道舍得花钱就能买到官帽，并且花了钱又可以赚回来，就像滚雪球越滚越大。他说读书不必用功有钱就可以上大学。他说如今办大学就像开超市主要目的是赚钱。他说什么都假包括爸爸也有假唯独妈妈是真……要是把他的懂事和你的会念书加起来，就可以考清华去美国了。"

"你也认为美国好？"

"嘿，听说美国站一天柜台中国可以吃一年。美国下岗了每月都可以领四千美元生活补贴金。只有白痴才会说美国不好。当官的说美国不好，可暗地里都把子女往美国送。标语是蒙人的，这世界什么标语口号能够当真啊？"瞥一眼他胸口的校徽，"比方你们一中是名校，不假，也有标语：分数面前人人平等。实际上三分之二的人是买进去的。"

李承包对最后一句话认同，戴丽丽已经证实了。他说："有食品吗？我想换些吃的东西。"

"抱歉，这儿只有五金百货。都不能吃。当然，也可以吃，但必须生有一副铁齿钢牙。"

李承包不再抱退货换钱的奢望，他反倒觉得鬈毛售货员不错，她欣赏白牙齿却不歧视黄牙齿，她关于非洲的见解比司马泓高明，她关于美国的见解竟能与副市长、市教委主任保持一致。他应当感谢她并连带感谢满意超市，倘若他从这儿退回了一百元现金，戴丽丽知道了准会生气。戴丽丽希望他永远保持一口洁白的牙齿。

问题在于仅有洁白的牙齿有什么用呢？牙齿最大的功能应当是切割食物、碾碎食物，而不是用作装饰。人们刷牙的最终目的是保护牙齿，让一副好牙齿一直吃到死的那一天……

十

李承包提着原封未动的六支高露洁牙膏，有气无力地回到寝室。

同学们都去了食堂。他似乎闻到了飘散在空气中的浓烈的饭菜香味。他再次摸摸口袋，一两餐票都没找到。他掐算了一下，离诺曼底登陆的时间还有十二个小时。他倒了一大杯白开水"咕噜咕噜"喝下去，觉得饥饿的感觉减轻了一点。这时，他想睡觉。可是，胃囊"叽里咕噜"提着抗议，躺在床上怎么也睡不着。他还是想吃东西，并且很想吃学校食堂五角一份的豆腐煮白菜。饥饿开始了新一轮叫板，比前几轮更觉猖獗，似乎在向他发出最后通牒：你再不吃东西就让你一命呜呼！……

他磨磨蹭蹭爬起来，双掌托着下巴，在床沿呆呆地坐着，下意识地盯着对面床头刘新雨和马佳佳一红一蓝两口没有上锁的皮箱，像一头饿得发慌而又最大限度保持着冷静的老虎，瞅着两只正朝自己示威的毛驴。毛驴在作拼死抵抗与吓阻的状态，但是，这种抵抗与吓阻显得如此可怜和可笑。

这个时候的李承包，已经没有兴趣想到中国的麻省理工学院，想到美国常青藤盟校，想到一天可抵父母一年劳动的淡绿色美钞，以及五十万元以上人民币的年薪，他想到的是一个念初一时读过的故事：

黔无驴，有好事者船载以入。至则无可用，放之山下。虎见之，庞然大物也，以为神，蔽林间窥之。稍出近之，应应然，莫相知。他日，驴一鸣，虎大骇，远遁；以为且噬己也，甚恐。然往来视之，觉无异能者；益习其声，又近出前后，终不敢搏。稍近，益狎，荡倚冲冒。驴不胜怒，蹄之。虎因喜，计之曰：技止此耳！因跳踉大喊，断其喉，尽其肉，乃去……

故事是一个叫柳宗元别名柳河东的唐朝人写的。柳河东肯定不是贵族，也不是现代派，不玩文学，写的文章符合老百姓胃口。他打心眼里佩服柳河东的幽默，不由微微一笑。

这一笑可能又消耗了不少能量，他突然觉得眩晕，视网膜上一片昏糊。刘新雨和马佳佳一红一蓝两口没有上锁的皮箱，一瞬间变成了两只活生生的毛驴，它们咆哮、踢蹬、挣扎、吓阻、示威了长长一段时间，力气已经耗尽，彻底累趴在地上了。老虎纵身一跃……

十一

戴丽丽来到湖滩作最后的英语冲刺。湖边寂静无人，尽管空气中热浪浮动，但环境很适合朗读英语。遗憾的是，她听了一个小时磁带，仍然不见李承包从湖滩那一头出现。

他已经一阵子没来湖滩了。是不是那次关于牙膏的争论惹得他生气了呢？就算如此，好几周了气也该消了嘛。照理，李承包不存在嫌弃戴丽丽的资格。要说这个资格，只有戴丽丽才配。《钢铁》故意将资格颠倒过来，把嫌弃贵族小姐的资格交给了穷小子保尔·柯察金，弄得大美人冬妮娅可怜巴巴，最终嫁了个没有爱情的笨熊阔佬。这是因为奥斯特洛夫斯基本身就是一个黄牙齿穷光蛋，摘不到葡萄说葡萄酸。

戴丽丽心里很乱，她甚至咬牙切齿骂出了声：不来就不来，有什么了不起，一个偷挤同学牙膏的乡巴佬！有点恶毒，但爱情滋生怨恨，大可不必较真。少男少女的恋爱预备役都免不了耍耍小性子。这不，来了嘛，戴丽丽心里一喜——可出现在她视线中的是马佳佳。

马佳佳原本十分优秀，所谓买进市一中，其实也就离录取线仅差一分，而且刘德昌校长根本没收他母亲八千元择校费。说得更确切些，择校费交是交了，而且是大庭广众之间交的，事后刘德昌又悄悄退给了他的母亲。校长也不是白痴，他怎么会向顶头上司的儿子收取择校费呢？难道他不想当这个校长了吗？戴丽丽只看到了收钱的过程，没看到退钱的过程，硬是被大人们耍了一回。

一段时间之内，马佳佳很为自己差一分而羞愧。不过，三年过去，他拼到了年级第五名，凭此实力保送浙大，怎能说得上不光彩呢？

眼前，马佳佳填补了李承包的空白，戴丽丽还是高兴的："马佳佳，你怎么来这儿啦？不是听说你今晚要去电视台出席《超级女生》的特邀嘉宾吗？"

马佳佳说："我就怎么不能来这儿呢？只有李承包能来吗？他没有把这片湖滩也承包了吧？"

戴丽丽反攻："还是保送好啊，没有高考压力。别人都在玩命，你们可以优哉游哉，只等大摆谢师宴了。"

马佳佳有点忧伤："没必要斗嘴了。最多一个月，我们就天各一方啦。从小学到高中，我们整整同学了十二年。可是，从没好好交流过。我知道你一直瞧不起我。"

戴丽丽笑笑："你的误会很深。整个一中包括图书馆门口那对汉白玉狮子都承认你很优秀，除了功课拔尖，还能弹钢琴、吹萨克斯、写诗、当电视节目主持人，足球也踢得挺棒。我凭什么瞧不起你？"

"凭第六感觉。我今天是第一次单独找你，也可能是最后一次了。你说说实话好吗？这一向，一想到毕业离校，我就痛苦不堪。我觉得我应当告白。我给你发了多封 E-mail，你都没有回复，哪怕一句话。"

"那我就仿效崔永元实话实说吧，我确实有点瞧不起你，不为别的，就为你对李承包的歧视。说白了，你仗着自己是副市长的公子，把一名农村男生视为笑料。你嘲笑他是饕餮，那么，你就是贵族了？贵族也得有贵族风度呀。你看《泰坦尼克号》，面临灭顶之灾，有几位绅士还在那儿潇洒地拉着小提琴，有几个老贵族明明可以乘救生艇逃生，却主动把生的机会让给妇女和儿童……"

"我从不觉得自己是贵族。我本来就不是贵族。我的父母都来自农村，我的爷爷奶奶伯伯至今还在农村。一次回老家，奶奶烤了一大盆红薯，我一口气吃了三只最大的，一口饭也没吃。我爸见我吃得满嘴黑，就笑我是饕餮。再说，我对饕餮一词还不十分理解。至于我爸是副市长，那是我的过错吗？两年前他还在大学教书，至今连中共党员都不是，虽说主管文教卫生，实际上只具党外人士参政的象征意义。他自己也深感滑稽，大会小会都叫他坐在主席台最靠边的位置，其他人轮流对着麦克风大放厥词，却轮不到他发言。他不止一次自嘲为'板凳队员'。至于李承包，我也打心眼里佩服他的数学天赋，我凭什么把他视为笑料？……"

"你说话，从来没有今天这么动人。真怪。"

"一点也不怪，因为你从来就没有认真听我说过话。你的注意力全都集中在天才身上了。我承认李承包智商比我高，但是，他也不是完全没有弱点……"

"是吗?"

"不但是我，刘新雨也知道。不是一般意义上的弱点……"

"什么弱点？还'不是一般意义'?"

"这是我和刘新雨两个人的秘密，不能告诉第三者，尤其是你。"

戴丽丽狡黠地一笑："往前走走。一对男女窝一起嘀咕，司马泓知道了会要了我们命的。"说着，模仿李承包的样子，勾身拾起一枚鹅卵石，欠着身子杀向湖面。当然，湖面绝对不见那一路蹦跳着的小青蛙。

"怎么不说话了?"戴丽丽说，"你不是要作最后的告白吗？你在想什么呀?"

"我在想《泰坦尼克号》……茫茫大海中，杰克把那块只能承载一人的木板让给了罗斯，并要求她一定要好好活着，生下一串孩子。罗斯答应后，杰克就松开木板，慢慢沉入了海底……"

"那是作家虚构的情节，纯理想主义。动则动人，但不切实际。还有，如果向往杰克，需要付出代价。"

"付出是相互的。杰克被人锁在船底，海水快要淹没脖子时，原本上了救生艇的罗斯奋不顾身跳入船舱解救了他。"

"你想当杰克?"

"如果遇上罗斯那么纯洁无私的人，我为什么不能让出那块木板呢？可我没遇上罗斯。"

"由此可见，我瞧不起你还是有道理的……不就挤了几次牙膏吗？李承包都告诉我和司马泓了。他还表示要送你们一人一支牙膏作为补偿。你们为何吝啬到这种程度?"

"没必要在牙膏上绕圈子了。你在施行诱导术，试图一点一点瓦解我的心理防线……我的告白应当与李承包无关……"

"如果你不是故意危言耸听，就是真正有什么秘密瞒着我，在你心中我的人格连刘新雨都比不上，你凭什么向我告白呢？……"

"每个人都有权独自拥有一方心灵空间。干吗总想窥探属于他人的空间呢？我还是不能告诉你。"

"还有吗？"

"你觉得自己才是李承包的保护神，别人都是犹大……"

戴丽丽有些失望："领教了。以后别再给我发 e-mail。我的电子信箱一尘不染，而且有特殊设置——拒收垃圾邮件。"

"拜！"马佳佳掉转身子，一路小跑逃离湖滩。

十二

李承包拥有了一副洁白的牙齿，那只硕大的胃囊便从同学们的视线中渐渐退居次要位置。眼前，他坐在食堂湖蓝色塑料条桌旁大快朵颐，再没人嘲笑他是饕餮。临近高考，也是城里孩子突击加强营养的日子，家境稍好一点的都包了附近的宾馆住下来，睡的是空调房席梦思，吃的是根据营养需要配置的菜谱。相对而言，来学校食堂吃饭的人就少了。当然，一如既往地关注着李承包饭量的还剩一个人，这就是戴丽丽。

临近毕业，她的头上又增添了几道耀眼的光环，比如中共预备党员、全市教育系统助残标兵、市级优秀学生干部、省级三好学生等等。她很注意形象，坚持不搞特殊化，不住宾馆，像李承包那样坚持在学校食堂吃饭。她迷恋李承包，为什么初恋只能称为爱情预备役呢？当他们双双进入清华、留学美国获取博士学位后，家庭的贫富悬殊、社会地位的落差都是可以消除的。她为什么不能与一名农村天才男生牵手，一道飞过浩瀚的太平洋，去自由女神的家乡构筑美丽的爱情暖巢！问题在于，李承包果真存在"不是一般意义"的弱点吗？

——那究竟是个什么弱点呢？

她主动端着饭盒坐到李承包对面："好久没一起说话了。"

李承包头也不抬："是有蛮久了。"

她下意识地瞟一眼李承包的饭盒，米饭夯得很紧，不少于四两，饭上覆盖厚厚一层红烧肉，应是两份。

她试探说："你妈给你涨生活费啦？"

李承包脸颊骤地发红："涨了，我妈见别人住宾馆，吃海鲜，每月给我四百元吃饭，让我吃好一点，有精力对付高考。"

此前戴丽丽和司马泓走访了他的家里，三个月前他的父亲就被检查出慢性骨髓炎，下地干活时又不小心摔折了一条腿，为凑医药费将自家承包的鱼塘廉价转包了他人，妹妹已经辍学，每个月给李承包的九十九元是从一名个体老板那儿借的。为了不影响他的高考，这一切他母亲都暂时瞒着。而出于自尊，李承包断然拒绝了同学们的募捐和她的善意资助……

她心里发酸，不由泪水迷离。要命的是，每月九十九元生活费与大快朵颐是矛盾的呀！她什么都知道了……

李承包说："你哭啦？干吗流泪呀？"

戴丽丽说："我为别人对我的误解伤心。刘新雨讽刺我领袖欲强烈，爱管事，好表现。你怎么看我？"

"我说了，你会生气吗？"

"不生气。"

"我也觉得你对别人的事过于关心……"

"对于他人，我尚且可以不管。对于你，我能不关心吗？至于'领袖欲'，这样辩解吧，我头上的光环是自身努力的结果，我的即兴英语演讲夺了全省金牌这你知道，我坚持给一位瘫痪在床的独身老人洗了三年被褥，我暗中给一名大款念小学的儿子当英语家教三年，得来的钱寄给一所希望小学，让五名失学儿童重返校园。作为学生会主席，我给同学们的无偿服务占去了五分之一的宝贵时间……我自认为这是一种社会服务精神。我坦陈向往美国留学，而美国大学并不十分看重 TOEFL 和 GRE 高分，倒是十分注重学生的社会活动参与，公众服务意识，组织领导才干，慈善爱心，还有最重要一点……

"不要嘲笑耀眼光环，只要是你的真诚付出所得，它就价有所值，只要价有所值，就无悖于一个最基本的准则——诚实！……你慢慢吃吧，我先走了。"

戴丽丽起身离开食堂。

李承包也想离开，可是，他觉得屁股好像被椅子粘上了。他呆呆地坐着，当然不再有饥饿的感觉，但还是能强烈地感觉到胃囊的存在。它原本很撑，一下子被戴丽丽掏空了……

十三

马佳佳无精打采躺在床上，刘新雨端着一杯牛奶往他嘴里灌。马佳佳说："别灌了，别灌了，我又不是一头牛！"

刘新雨说："病成这样了，都病成这样了。要说，这滋味我念初三时就体验过，比癌症还难受，比上刀山下油锅还难受。看我如今，对那些超级学霸从不正眼瞧瞧了。什么超级女生？恐龙！"探探马佳佳额头，"天哪，好严重的病啊！都烧到 37℃ 啦！"

马佳佳被逗笑，"噗"的一口牛奶喷在刘新雨脸上。

刘新雨忙扯下毛巾揩脸："什么病，装病！这口牛奶的喷射力不亚于罗纳尔多临门一脚呀！"

马佳佳哭笑不得："射死你。活该！"

李承包说："究竟什么病，干吗不看医生呢？马佳佳，我背你去医院吧，我有力气。"

刘新雨说："知道你长了力气，你有钱一餐享受两份红烧肉了。什么病，戴丽丽气病的，你应当清楚。相思病嘛。"

"你敢臭我！"马佳佳跳下床追打刘新雨，"你敢臭我！初三你追马玉婷时还吞过假安眠药呢……"

这会儿，司马泓和戴丽丽走进寝室。刘新雨和马佳佳立即停止打闹。

戴丽丽是来向马佳佳道歉的，见李承包和刘新雨也在，当然取消了这道程序，只是把一本精美的相册交给了马佳佳。

李承包想溜出寝室，司马泓说："李承包你别走。"

"您有事吗？"

"无事不登三宝殿。从现在起给你换个寝室，9 栋 308 号房间。"

"就一个半月时间了，有必要吗？"

"很有必要。毕业班百分之九十以上住进宾馆了。你和马佳佳刘新雨两个痞子住一起，怕影响你的复习。308就住你一个人，很安静，还有台空调。给你开小灶呢。"

戴丽丽说："就动手搬。刘新雨马佳佳帮帮忙。争取半小时解决问题。"

李承包觉得其中似有什么阴谋，一脸的惶惑："可我真的不想搬。"

司马泓有点生气，嗓音骤然提升八度："搬！想搬得搬，不想搬也得搬！没想到你还这么固执！"

"司马老师，您应当尊重我的人权。"

"无规矩不成方圆。我这里不讲什么人权，我只要985、211大学录取率。'人权'二字留着你以后给美国总统说去，他们年年都搞什么《世界人权状况》白皮书。"

至此，李承包的话语权被彻底剥夺，眼泪浸满了眼眶。

马佳佳轻声说："李承包，我知道你的心……其实用不着过于敏感。我们三个一起住了三年，友谊永存。我和刘新雨都是良民。别担心什么。搬吧。我给你拿被子。"

刘新雨说："李承包，你务必搞清楚一个事实，不是我俩要你搬，是'菩萨蛮'的意思。你别怀疑是我和马佳佳捣鬼啊！还有省级三好学生中共预备党员戴丽丽女士同志也站这儿，你可以问问她。"

戴丽丽说："确实与他俩无关，建议是我提出的。"

司马泓说："戴丽丽有这个建议，我拿捏不准，和刘校长商量了半天，这才定下来。你看学校为你花了多少心思，还强调人权什么的。亏你说得出口。"

李承包说："那我就搬了。"

十四

格力牌分体式空调是李承包第一次享用，只消轻轻按按遥控器，空调的肚皮下便透出丝丝冷气，神不知鬼不觉把酷热难耐的房间弄得清凉如水。时间长了，略感寒意，撤撤按键，不消一分钟，室温立刻提高二至三摄氏度。空调真是个人性化的东西。

司马泓原本也是很人性化的，可临到高考，明显有了专制主义。现在他已经弄清楚，其他七个毕业班都有一到两名农村学生，他们都没有换寝室。戴丽丽、司马泓、刘德昌校长为何突然对一个农村学生呵护到这种程度呢？……

李承包心里很闷，觉得自己不适应空调，倒有些怀念夏夜母亲蒲扇的清凉。他急于去湖滩会会戴丽丽，把换寝室的原因弄个水落石出，便关掉空调走出房门，"噔噔噔噔"地跑下三楼，如一只画眉鸟飞出了樊笼。

他悄悄走近图书馆，发现一个面熟的男生在门口打手机，便借用他的手机给戴丽丽发了一条短信："有急事求助，我在湖滩等你。请务必践约！李承包。"轻轻按一下"发送"，小屏幕上显示"已发送"。他说声"谢谢！"，还了手机，穿过围墙的小后门，来到了那片熟悉的湖滩，静静地坐在一只石凳上等待。

仲夏的湖滩绿草葳蕤，蜂蝶成阵，碧绿色的垂柳在微风里婆娑起舞，乳白色芦絮在空中浮游，经过长时间的滑翔之后，轻柔地飘落在地上……一分钟过去了，十分钟过去了，半个小时过去了，一个小时过去了，始终不见戴丽丽的身影出现……

李承包意识到，戴丽丽不会来了。她是如此的聪明，如此的美丽，如此的高洁，她像删除某封垃圾邮件一样轻轻点击一下鼠标，将他从心中删除了……初恋如闪电一晃而失，真是来也匆匆，去也匆匆啊……

他心情黯然，呆呆地在湖滩上站了一会儿，最后一次确认戴丽丽不会来了，便怏怏地折回原路，一小步一小步走向围墙的小后门。

这时，他看到一名身穿橙红色马甲的女清洁工正在清除围墙上的野广告。有一张粘在小门右侧的纸条分外显眼："急聘英语高手，酬谢决不食言！电话：138××××××××"

李承包说："大妈，这是张什么广告呀？"

女清洁工说："找人代考英语呗。"

"高考国务院总理都关心着呢，能代考吗？"

"傻了。哪里是高考？社会上一般的考试，像评正、副教授，正、副主任医师，正、副研究员，编审、副编审什么的，人事局职称办规定都要参加英语考试，不及格就不能参评。"

"那，'酬谢决不食言'呢？"

"给钱呗。"

"假如考不及格呢？"

"一般先商定价钱，进考场前预付一半，待考试结果出来如果及格了付给另一半。"

"一般是多少？"

"这要看考试的规格和难度，一般考一门五百到八百。"

"这么多呀？"

"有人还嫌少呢。"

"代考，允许吗？"

"戴主任、马副市长，还有比他们更大的头头脑脑，进出这小门不知多少回了，全当没见着。刘校长也只是提醒我别只顾墙内卫生，墙外也得清理清理。当领导的从来没说不允许啊。没说不允许，那就是允许了。"

女清洁工的话明显带点幽默和嘲讽的意味。可李承包不懂幽默。他心中一喜，立刻掉头跑向湖滩。

十五

他绕道来到一中正门左侧街头，猫进一个电话亭拨那个号码……根本拨不通，正准备拨第二遍时，听筒里传来一个女人甜蜜的声音："Excuse me，您还没投币。"他从口袋里找到一元硬币，喂进电话箱上方的小口子，再拨，果然通了……

李承包觉得电话也是个人性化的好东西。特别是那声"Excuse me"，给人的感觉是如此文明，如此亲切……

大约五分钟后，一个胖胖的中年人左顾右盼地走过来，站到李承包身边，笑微微地主动搭话："你就是李承包同学吧？"

"没错。"

"你是乡下人？"

"您瞧不上乡下人？"

"千万别误会。我是想，能考进一中的乡下孩子肯定成绩万里挑一。念高一？"

"高三。您叫什么名字？"

"黄雅柏，人家叫成'黄牙白'，夸我呢，再黄的牙齿经我一弄就白了。"

"这名字我喜欢。我就是由黄牙齿变成白牙齿的。不过，打多了四环素的牙齿还是弄不白。"

"哈，不错！还懂点医学知识，只是四环素早停用了。第一志愿哪所大学？"

"清华。"

"第二志愿，第三志愿呢？"

"重本、一本、二本都有三所大学。"

黄雅柏眯眼笑着："你一口好牙齿。又白又细又整齐！而且看一眼就知道没蛀牙。你的牙齿不像一般乡下人那么黄，看得出你平时很注意牙齿保健。咱们中国在这方面硬是不如欧美，尤其不如美国，不到患牙病疼得张不开嘴吃不下饭从来不看牙医。欧美和其他发达国家是有牙病没牙病都定期看牙医的。也因为重视牙齿，看牙医的多，牙医就很抢手，收费也贵。中国最看不起的是牙医，领导最不重视的也是牙医。可中国人又特别看重吃，见面第一句话就是'吃了吗？'。其实那个电视广告棒极了，牙好胃口就好吃嘛嘛香。一个人的食欲是与牙齿有紧密关系的，牙齿好的人个个都能吃，饭量小的人十之八九牙齿不好。你的饭量不小吧？饭量大是好事，牙齿好就吃得多，吃得多自然体质强壮。中国的足球一直踢不过高丽棒子冲不出亚洲，就因为体质赶不上人家——这与牙齿保健是有关系的……"

"您怎么老说牙齿呢？对了，您是牙医。"

"聪明！一中到底是一中。的确是牙医。都跟牙齿打过二十五年交道了，给人拔下的蛀牙装得下一卡车。"

"可就是过不了英语考试这一关，评不上高级职称。您卫校毕业？"

"说出来你别笑话，小学毕业。穷啊。待到参加工作，又上了年纪记忆力差了，硬是过不了英语这道坎。中国看重职称，一排牙医坐那儿，人家一看岗位牌上写着'医师某某某'而不是'主任医师、副主任医师某某某'就躲一边去。其实，我比那些有高级职称的都有经验……"

"您很急？"

"急！明天上午九点开考。"

"很难？"

"会英语的人说十分简单，也就初三水平。我不会英语，当然难死了。"

"不知道允不允许代考。一中是严格禁止的，芦絮湾中学也不允许。"

黄雅柏厚颜无耻地笑了笑："这一点李同学你只管放心，实际上是允许的。政策有规定年龄偏大学历偏低而工作经验丰富的人，参评条件可以放宽，英语考试可以书面申请降低及格线，也可以请人代考。我选择的是后者。卫生系统这种考试不同于其他考试，走走过场而已。"

"您可不能骗我。我什么都不懂。真的有允许代考的政策？"

"确实有政策。骗了你，你用钳子把我的牙齿全拔掉！"

"那，'酬谢决不食言'什么意思？"

"先付四百，待结果出来，及了格再付四百，没及格预付的四百不退。行吗？"

李承包觉得酬金和女清洁工说的差不多，说："行。只要您自己好意思，我替您考。"

"这就好。李同学，可不能误点啊，明天上午九点之前你要准时赶到卫校3栋3号考场。"

李承包忽然又犹豫起来："您再说一遍，真有允许代考的政策？有人说现在什么都假。我有点担心。"

黄雅柏拍拍胸脯："我有名有姓有身份证有工作有单位有社会影

响，还是中共党员、市政协委员、中华医学协会会员、省医学协会理事，市医学协会副秘书长，能骗你？不信，我把证件拿给你看。"

"不用看了。"李承包一咬牙，"信你！你急我也急。我欠同学的钱必须尽快还上。不过，您不给钱我不会进考场。"

"只要及格，得了癌症我也会让儿子将欠下的四百元送给你！"

"一言为定。"

十六

司马泓关上门写李承包的毕业鉴定。因是头号种子选手，措辞特别仔细。

有人敲门："咚！咚咚！"

她将鉴定草稿藏进抽屉："马佳佳，有事吗？"

马佳佳说："有事，而且很重要！……"

司马泓起身开门，让马佳佳进来，将门碰上："我很忙，什么事？"

马佳佳斜一眼办公桌，发现拧开的钢笔，推测出班主任正在写毕业鉴定，觉得自己来得不是时候。正犹豫着，司马泓斜刺地说："李承包去过你们寝室吧？"

"没有啊。他不是早被张学良软禁起来了吗？"

"你先是叫我'菩萨蛮'，一会又当我张学良了。我是真心实意还他一个安宁啊……李承包到过你们寝室，我怎么会不知道？哪一个学生撒谎能瞒得过我呢？"

马佳佳想起了戴丽丽，推测出在此之前给李承包支过招儿，正如三个月前暗示他送给他们一人一支高露洁牙膏一样。更重要的是，她把原本应该保守的秘密报告了司马泓……

"我承认刚才没说实话，"马佳佳说，"李承包确实到过我们寝室，说是找一本叫《忏悔录》的书，有可能上次搬寝室时忘在床角落了。"

"他找到那本书了吗？"

"没找到。待一会就走了。大约十分钟后，我在枕头下发现了两张百元面值的钞票，很巧，刘新雨也发现了两张……"

司马泓一笑："天上掉下馅饼来，世界上还真有这样的好事！"

"我们怀疑这四百元是李承包丢失的，马上去了9栋308室，可李承包不承认。我们又去问戴丽丽是不是给了李承包四百元，戴丽丽说没有的事。钱本来不是我们的，交您处理吧。"说着，将四百元放在办公桌上，准备离开。

司马泓沉思了一会："李承包为什么这样？"

"我和刘新雨都不明白。李承包不欠我们分文……"

"真的不明白吗？真的不欠你们什么？"

"真的。"

"你和刘新雨丢失过餐票？"

"没。"

"那就是被人偷过餐票？"

"更没有。刘新雨他爸是公安局局长，谁敢偷我们寝室呀？"

司马泓沉思了片刻，说："世界之所以广大，就因为它具有包容性，世界上还没有一个人敢于把自己的心灵世界彻底敞开，包括卢梭。所以，我们应该学会宽容，拥有宽容……马佳佳，也务必转告刘新雨，这事，也就我们仨知道，可不许对外声张。李承包是你们的同窗，也是你们的兄弟手足，他不容易……"

马佳佳说："我起誓，也代表刘新雨起誓。"

送走马佳佳，司马泓有了一个顿悟：近半年来发生在四个学生之间的纠葛已经十分明朗。一中没有理由将李承包划归灰暗的那一半，整个社会有理由呵护他，接纳他，包容他！……

她会心地笑了笑，有一种大梦初醒的痛快。她将李承包的鉴定草稿撕碎，动笔开始了第二稿……很快，二千言的毕业鉴定一挥而就。

她通读了两遍，将鉴定装进档案袋，送去了刘德昌校长的办公室，叮嘱说："你看看吧。如果想作什么篡改，别忘了经过我的同意。"

刘德昌校长苦涩地笑笑："我能有什么篡改呢？我曾经有篡改学生毕业鉴定的记录么？只要你能多送一名学生去清华、北大，包括所有的 985、211，我就感恩戴德了。"

<h1 style="text-align:center">十七</h1>

母亲的月牙小船停泊在湖滩的一棵垂柳下。李承包背着铺卷肩扛木箱，急匆匆地从一中围墙小后门出来，踏上湖滩，缓缓地走向小船。走几步，又回头看看。孔雀东南飞，十里一徘徊啊！他在一中待了整整三年，以后他不会再来这儿了。一中给他的馈赠是丰厚的。他有理由留恋……

母亲远远认出了儿子晃动的身影，笑容在脸上绽开，如一朵灿然盛开的老菊。这位面带菜色 EQ 很低的中年女人穿着、神情与鲁迅笔下的祥林嫂并无异样，但堪称一位伟大的母亲。她以源源不断的每月九十九元的后勤供给，培养了一名全省理科状元——尽管这个时候她还不知道儿子考试的分数。母亲是通过那位个体老板的电话转达，特地驾船接儿子回家的。儿子在这个繁华的城市待了三年，回家作短暂的停留之后，将会飞得更远——据司马泓老师的预测极有可能飞到北京——毛主席曾经住过的那个大城市去。她为儿子感到骄傲……

在她模模糊糊的视线中，儿子原本晃动着的身影，在湖滩的那一头突然凝滞了——李承包是在听到戴丽丽的声音后立住的。

戴丽丽气喘吁吁地追过来，清脆的嗓音中带着幽怨："李承包！李承包！停下——你怎么连毕业合影也不参加就走人呢？今晚还有联欢会呢。你就不想在会上向同学们告别，向老师们表达一声感谢吗？还有我……就这样悄悄走了？——我挥一挥衣袖，不带走一片云彩……"

李承包将木箱和铺卷放下地，凝视着戴丽丽的眼睛："……我好几次给你发短信求助，可你仅仅匆匆见了我一面。我心里很苦。其实，我很喜欢你……但你是天上的月亮，我没法搭上那么高的梯子摘下这个月亮……我知道，你瞧不起我，你有理由瞧不起我……"

戴丽丽不由泪水迷离："我哪里是瞧不起你？高考前一个月，我就关了手机躲家里玩命，直到考前一天才回一中。"

李承包说："那就是我误会了，真是对不起……"

戴丽丽说："今天，我们终于可以好好聊聊啦……"

李承包有一种喜从天降的感觉，盯着校花上下左右看了个够："……可我不能不走了。"他指指湖滩那一头，"那是我妈。别人只答应把小船借她一个下午……"

戴丽丽看到了远方的小船和一个女人微微佝偻的背影，说："别走，都别走，我给你妈去宾馆开间房住下来。我们俩，去拍张合影。我们已经毕业，不再是中学生啦！让《中学生行为规范》见鬼去吧……"

李承包一下子热血沸腾起来……盯着戴丽丽的杏眼，喃喃地说："真的吗？真的吗？是真的吗？你还像从前那样喜欢我？"

戴丽丽靠近一步，合上眼睛，把脸颊送到李承包面前，如餐馆的服务小姐向珍贵的客人托着一小盘粉红色蛋糕。

李承包很想"吃"这蛋糕，但湖滩上每一只鹅卵石都幻化成一只眼睛盯着他，还有远方那条月牙船，似乎也成了一只巨大的眼睛……

戴丽丽知道李承包仍然没有摆脱卑怯，靠前小半步，轻轻搂住李承包的肩膀，将自己的芳唇贴在李承包的嘴唇上……二人分开后，戴丽丽看看李承包的脸，已经是泪花闪闪了。

"戴丽丽，"李承包很兴奋，"第一志愿报的哪所大学？报的哪个专业？你考了多少分？"

戴丽丽说："你问的，你早就知道了……"

"清华？你果然填的清华！还有二志愿、三志愿呢？"

"你也早知道了。我就一个志愿……"

"你考了多少分？"

"你先告诉我，我就告诉你。我俩之间应当没有秘密可言……你多少分？第一志愿哪所大学？哪个专业？说呀！……"

李承包有些犹豫。志愿书刚递上去，司马泓就暗示他，"你的一中时代已经结束。打个电话回去，让你妈尽快来接你回家……听我最后一次教导吧？从现在起，你所要做的是设法筹集大学学费。你被清华录取已经万无一失。但是，在接到书面录取通知之前，你不能把自己的分数和志愿告诉任何人……"他不知道这个"任何人"是否包括自己心爱的恋人……

戴丽丽说："遗憾，原来你并不信任我……"

"马佳佳不是在追你吗？……"

"哎呀，你还在吃醋？我真正喜欢的是谁，你难道还不明白？……"她指指远方小船边立着的人，"那个驾船来接你的人，我已当成自己的 mother……"

李承包说："我喜欢你！我妈也喜欢你！我的第一志愿和所报专业都和你一样……"

戴丽丽说："心有灵犀啊！我的卷面分 665 分加上省级三好学生 20 分共 685 分。"

李承包说："我 709。"

"709，裸考，真高啊！……李承包，向你祝贺！"

"你的总分也挺高，祝贺你！"

戴丽丽说："我觉得你完全没必要这么早回去，现在，谁也不敢歧视你了。你用实力证明了自己的天赋，以及傲视群雄的资格……"

"我……你是了解的……那次，我把什么都告诉你了……我还是回家的好。如果违背司马老师的教导，她会伤心的。因为这是我接受她的最后一次教导了。戴丽丽，理解我，好吗？"

"好的。我理解。我们相约水木清华。记住，收到录取通知第一时间相互通报……"

"一言为定！"李承包夹起铺卷，扛上木箱，再一次深情地看了戴丽丽十秒钟，掉头走向远方垂柳下的小木船。

十八

芦絮湾的高考幸运儿陆陆续续收到大学录取通知时，李承包终于忍不住给司马泓打来一个电话："司马老师，我被大学录取了吗？听说一本二本都招完了，戴丽丽半个月前就收到了清华录取通知，可我至今还没接到通知呢。您给我打听打听吧……"

司马泓沉默了半响，说："李承包同学……再等等吧。录取工作还没结束……你要坚强一些，这个时候你最需要的是坚强，未来属于坚韧不拔……"

搁下电话，她像一头被狮子叼走了狼崽的母狼，痛哭流涕闯进了校长办公室。

刘德昌校长一声不响地坐在办公桌后，平静地回味着一名校长辛勤耕耘一年的收获与歉收，他为一本录取率攀升一个百分点而庆幸，他为一名学生录取清华、两名学生录取北大而快慰。同样，他也为全省理科状元的遭遇而伤怀……

司马泓愤愤地说："刘德昌你作为校长，用不着将什么瞒着我！你没有理由不知道真相。下级对上司不忠，不符起码的职业道德；上司对下级不诚，同样与起码的职业道德不符。……"

刘德昌校长受了冲撞，并不激动，淡淡地说："事情有点复杂……正式录取时，省考试院高招办收到了一封信，应该是举报信。"

"这我早听说过。我要弄清楚的是，毕业鉴定是我亲笔起草，他有什么值得举报？是不是你动了他的毕业鉴定？"

"作为他的班主任，你应当知道……"

"我不知道，我什么都不知道。教师是拉磨的驴，校长是主人，为了不让我们溜套，你用黑布把驴的眼睛蒙起来！……"

"这个比喻太难听，也不贴切——高考前夕，李承包给人当过枪手，市里的五份报纸都在头版头条曝光了，你不会没看到吧？要说，也属司空见惯的小事，问题在于李承包只消二十分钟给他考了个满分，受到了同行的联名举报。市纪委的人拿着同一份考卷让黄雅柏重考一次，他只得了9分。由此牙医的职称申报资格被取消。当然，这还只是举报信的内容之一……司马老师，你说'下级对上司不忠，于起码的职业道德不符'，我很赞成。李承包为何冒险去挣这四百元酬金，你是知道的可你瞒住了我，并且瞒得很紧——待到出具退档理由我才知道——但为时已晚。不然，也许我会想出解除危机的办法来。我是一条久经风浪的老鱼，被大水溺死的概率很小，尽管我没念大学哲学系……"

"怎样化解？"

"我会抢在上解学生档案之前，强行推倒你给李承包填报的第一志愿，舍弃清华改报浙大、复旦或者武大、中科大——最好是中科大。他们位于很不起眼的合肥，能在清华和北大篮子里抢到一个状元，会如获至宝，百分之百给他全额奖学金，连上大学的学费生活费都解决了。可是，你生怕我插手李承包的报考。你也有歧视，因为我是从一名农村小学民办教师一步步'爬'到校长位置的，我的本科文凭属于'自考'，你觉得我的心灵世界里除了钻营，不存在对他人的关怀……"

"可我至今不明白李承包的选择有什么错，尤其不明白，其他大学甚至一般二本为什么一概拒录呢？除了清华，他还有两个平行志愿，档次也拉开了。普通一本二本也都填了三所大学。"

"这是常识，退档是必得出具书面理由的。他们的退档成功，证明了那个理由成立。接下来是多米诺骨牌效应，就如你不愿意吃下一颗霉变的酸杨梅，第二个人、第三个人……谁都不愿意吃下去。如今谁不在争当世界一流名校啊。再说，中国会念书的秀才不是少了，而是太多太多……"

司马泓陷入了迷惘："那么，这个写信人是谁呢？刘新雨对李承包有过歧视，平日的揶揄嘲弄最多，也很心细，没少受批评，难道是他？马佳佳虽与李承包有点'情敌'的意味，可我总觉得他是班上品质最纯洁的学生，难道节骨眼上出了问题？戴丽丽，平日对李承包爱慕有加，呵护备至，甚至不惜卖掉手提电脑资助他，有理由出卖自己的青春偶像吗？你不是在她的谢师宴上夸她有一颗水晶般的纯洁心灵吗？剩下的就是白求恩医院那些医生了，他们有理由妒恨黄雅柏，没理由憎恨李承包啊。实话说，刘德昌，我也不否认对你存有怀疑，因为你是戴主任一手栽培的，而且刚好在高考之前给你弄了个正处级和享受国务院特殊津贴待遇……"

"怀疑是你的权力，"刘德昌漫不经意地笑笑，"谁也不能左右你的思维。倘若遵循你的思维轨迹，我也同样可以对你存有怀疑——不是吗？高考前一周，戴丽丽的父亲想办法给你评上了全省特级教师，并争取到了省政府特殊津贴，于是，节骨眼上，你的菩萨心肠变成了蛇蝎心肠——这样推理符合逻辑吗？玩笑而已。——话说回来，有些事，我也只能凭主观推断……要说，事情有它的必然性，也有它的偶然性。你是学哲学的，比我更懂运动和变化是宇宙的基本规律……比方，全省去年清华给省里的名额是 68 个，倘若今年保持在去年的基础上，也许什么都不会发生了……谁会料到一下减少到 38 个呢？按照 1∶1.2 比例抛给清华 46 份第一志愿档案。戴丽丽 665 分，加上省级三好学生 20 分，总分 685 分，排名第 39……"

司马泓脑子里一片空白……

十九

李承包背着一轮烈日在江边田垄上割稻子，不时抬眼望望江面上缓缓移动的帆影。他的身后，割下的稻把排列得错落有致，饱满的谷粒在阳光下闪着金子般的光泽。有人牵着水牛从田埂上走过，他赶紧勾下身子，把脸埋在稻梗之间。他害怕邻居们问他考上了哪所大学。

刘新雨和马佳佳各骑一辆蓝色小跑车，一路响着铃铛来到田边。刘新雨双手卷成喇叭筒高声喊："李承包——李承包——我和马佳佳看你来了。你在哪儿呀？——"

李承包已经透过稻梗的缝隙看见了刘新雨和马佳佳，他很不想见到他们，犹豫了一下，还是从黑色的泥水里拔出双腿，缓缓地走上田埂："你们怎么知道来这儿呢？你们从没来过呀？"

"全靠黄雅柏导向引路，"刘新雨说，"他说他熟悉芦絮湾。这个臭牙医！他还托我给你捎来四百元。"说着，从口袋里掏出一叠钞票递给李承包，"拿着吧。这是你的劳动所得。"

马佳佳说："黄雅柏说他欠你的钱。"

李承包伸手接了钱，有些感动，黄雅柏在自己倒霉之后，仍然没有忘记承诺。他不认为这四百元是一种补偿，尽管他骗了他。

刘新雨说："来时，我们找过臭牙医，我还带去一把钳子，逼他写一份检讨发表在晚报上。他不大情愿。我说：'你不写，就用钳子把你的牙齿全拔下来！'……"

"别！千万别这样！"李承包显得比自己的事还着急，"牙好胃口就好吃嘛嘛香。拔了牙齿他怎么吃饭？再说，一个牙医本身没有一颗牙齿，谁会找他看牙病？没人找他看牙病，他哪有饭吃呢？"

"瞧你，"刘新雨说，"你的前途给他毁了，你还替他着想。"

李承包望望刘新雨和马佳佳的眼睛，心里浮起一股歉意："我，我没想到你们俩会来……"

刘新雨说："你在想戴丽丽必来无疑吧？……可是，她不会来了。现在，你应该明白，我们从来就看不惯她，是有理由的……"

"可我至今不知道有什么理由……"

"天啦！"刘新雨叫起来，"你到现在还不明白？她才是真正的小偷，她偷了你的奶酪。懂吗？"

"别。别说得这么难听。她不是那种人。"

马佳佳有点忧伤，想岔开话题："李承包，你……怎么办呢？"

"你们不是看见了吗？"李承包苦涩地笑笑，"我爸已经不能下地，我妈老了，妹妹已经辍学。我作为长子，应该顶替我爸的义务了。可是，靠种田养不了这个家，稻子不值钱，种子、农药、化肥价格见天猛涨，我估算了一下，打下一百斤稻子，除去成本开销，自家只能落下二十来斤。为此，村里青壮年男女都走光了，我也打算收完稻子，就去南方打工……"

"打工能挣多少？网上说中国外贸激增，全靠剥削农民工的廉价劳力。"马佳佳鼻子酸酸的，"我求我爸给你想想办法，可至今没有结果。这个世界，没有多少人替穷人着想了……"

"可不是，"刘新雨说，"我让我爸拿出两万元，就当少打一圈麻将，给你买个高职高专读读，他还冲我凶神恶煞，骂我狗咬耗子管闲事……"

李承包说："没想到你们这么好。"

这当儿，戴丽丽骑辆红色小跑车飞也似的冲了过来，"吱儿"一个急刹，停在田边。"李承包！"她偏腿跳下地，脆脆地叫了一声。

李承包迎上去："戴丽丽，你果然来了！马佳佳和刘新雨说你不会来这儿了，可你还是来了……"

"我怎么会不来呢？"戴丽丽大大咧咧说，"李承包，我不会忘记你，一辈子都不会。世界上没有人能忘记自己的初恋……"说着，眼泪夺眶而出。

刘新雨嘀咕："李承包，别相信鳄鱼的眼泪。"

马佳佳说："戴丽丽，你曾经骂过我卑鄙，现在你能当着李承包的面，再骂我一次吗？"

"旧事重提不感兴趣。"戴丽丽说，"那是一时的冲动。况且，我已经向你道过歉。"

李承包强忍了半天，眼泪还是汹涌而出，如钱塘江潮，如尼加拉大瀑布，如苏门答腊岛海啸……直到这时候，他才意识到自己是多么地爱着戴丽丽。可是，这朵曾经把芳唇贴住自己黄牙齿的校花，永远不属于自己了……

刘新雨说："戴丽丽，你忍心吗？五个月前，凡是与李承包有关的事，你都要盘根究底，表现出一种假慈悲，当时，我们就看出了什么不对……现在，你还有何话说？你难道不感到你的到来，对这片纯净的蓝天和飘着稻香的土地是一种玷污吗？"

"我没有这种感觉。站在芦絮湾的田垄上，我比谁都不矮。"

李承包有点莫名其妙："别斗嘴好吗？刘新雨，马佳佳，你们是什么意思？"

刘新雨说："这个提问，该由我们伟大的哈佛预备役总统戴丽丽回答。"

戴丽丽说："确实应该由我回答。李承包，你的被拒录与人写信举报有关，而你的不幸却给我带来了幸运，也可以说，我的幸运是嫁接在你的痛苦上……很明显，一中就我们俩填报的同一志愿同一专业，我的分数恰好排名39，他们招收的只有38人，如果不在前38名中刷掉一个，落榜清华的百分之百就是我。现在的结局恰恰印证了人们的猜测，所以，人们认定我是犹大并非没有道理……

"尽管不能排除在你我的取舍过程中，我爸有可能凭借教委主任的权力，在举报事件上着意添加了染色剂，使之成为某种更加显眼的残缺，成为歧视和淘汰的靶子，但是，我没有做有损于你的事。我也不能断定我爸做了有损于你的事。

"知道个中原委后，我去找过省考试院高招办和清华的招生人

- 273 -

员，要求他们把我的录取通知收回，把你录取。但他们没有同意。扭曲折断一根树枝很容易，矫正接活却很难。力量对比悬殊太大……"

"开脱得很机智。"刘新雨说，"那么，举报人是谁？除了你，还能有谁呢？有人动了他人的奶酪，事实已经证明被你偷吃了，嘴唇和牙齿上还粘着奶酪的痕迹。干吗还在抵赖？"

"天呀，你们误会啦！"李承包说，"别怀疑戴丽丽，谁都用不着怀疑，也许我确实没资格走进大学的校门——信是我自己写的。"

戴丽丽、马佳佳、刘新雨身子同时一颤："真的吗！"

"真的。"

"干吗这样？"

"毕业离开一中后，我心里总是不踏实，寝食难安，觉得大学就要接纳我了，我马上就要进入那个13亿人心中的圣殿了，我应当袒露心迹，就写了一封很长的信……"

"李承包，"刘新雨吼起来，"你难道不能感觉到，自从进入高三最后一个学期，司马泓就在指挥我们打一场牙齿保卫战？你为何迂腐到这种程度！"

"我不认为这是迂腐。"戴丽丽说，"只能说这个世界不公平，这个世界已经不分青红皂白，不辨美丑善恶，不辨虚伪真诚……但是，既然有人在制造不公平，我们又无权停发制造商的生产执照，唯一能做的就是选择和淘汰。正因为如此，我已经舍弃清华，改上港大，昨天我已收到面试通知，如果被录取，将会获得80万元港币奖学金。再退一步，如果港大落榜，我可以申请留学欧美。

"李承包，我今天特意赶过来，是给你一个建议——香港五所大学的招生人员还待在省城，他们在大陆招生的名额还没满，你应当去找他们提出入学申请，接受英语面试，把自己的一切毫无保留地再向他们倾诉一遍，就如你给省高招办负责人写信一样。当然，未必能够如愿以偿？未必香港或境外大学就是真正的福祉？可是，除了选择、淘汰、淘汰、选择，还能怎样呢？……"

马佳佳说："照戴丽丽说的办。若是拿了全奖，省一省，连你妹妹的学费都解决了。我们三个陪你一起去！"

戴丽丽说："李承包，去吧！不能只让大学选择我们，而是我们选择大学！我坚信，有我们三人陪着你，一定会成功！"

刘新雨拍拍李承包的肩膀："守着三亩薄田干嘛？累死你这条小命也属于杨白劳。"

李承包闷声不响，沉思了大约十分钟，举起禾镰朝着二十步开外的长江轻轻一抛，禾镰刃口扎入江水的一霎间，闪出一道刺眼的白光。

原载《芙蓉》

终极

一

　　我对世界饮食文化知之甚少，无从知晓大和民族是否天生喜欢吃猪肉，是喜欢将活猪囫囵地烧了吃，还是像中国人一样宰剐烹煮，食不厌精。而依据爷爷说的一段掌故，他们对猪肉的吃法原本应当是由中国人教会的，正如美洲白人教会印第安人用奎宁治疗打摆子、大不列颠人教会中国人从罂粟里提取鸦片一样。

　　爷爷说，那个冬天贼冷，天空一直晦暗不开，厚厚的云絮把雪捂在天上落不下来。那个冬天的寒冷没有哪个冬天比得上。

　　清风镇来了一队日本兵。他们把膏药旗挑在刺刀上，很凶，刚近镇口，就朝镇子中央的城隍庙放了一发迫击炮，炸塌了半边屋墙。城隍庙屋脊上有个小宝塔，宝塔的顶端点着一盏长明灯，忽闪着如豆的红光，住在庙里的和尚昼夜值班添油，由此，长明灯从没熄过。外地人来清风镇，隔三里远就能看见那盏灯。

　　长明灯是清风镇的骄傲。

　　长相文静的小队长佐佐木，用刀尖指指远处的宝塔，问翻译李顺生那是一盏什么灯，为什么日夜亮着。李顺生赔着笑脸告诉他，长明灯是小镇平安祥和的象征；灯若是熄了，会有灾祸降临。李顺生是清风镇人，留学东洋后当了日本人的翻译，为了讨好佐佐木，还特意补充了一句："这是中国人的迷信和愚昧。"

　　佐佐木露出满嘴金牙"嘿嘿"一笑，抬手一枪将灯打灭了。

　　佐佐木是个神枪手。

二

　　日本兵很馋，在城隍庙驻扎下来，便四处打掠，追得满村鸡飞狗跳。鸡是有翅膀的飞禽，枪声一响，逃了个无影无踪。猪却没生翅膀，乡亲们来不及带走。鬼子们逮住满村乱窜的活猪，用绳子绑了投进火堆，烧得半生不熟，用刺刀切开，吃得满嘴流油。

佐佐木也用马刀挑起一块，放在嘴边嗅嗅，果然很香，舌苔上立即涌出一股浓浓的唾沫。但他看到猪肉上沾着一些猪毛，觉得有点不卫生。况且，他是小队长，和士兵一样的吃法，有失身份。这种欲吃不敢、欲罢不舍的馋相逗得李顺生"扑哧"一笑。

"你的，为什么发笑？"佐佐木问翻译。

李顺生说："队长，留学贵国时，我对世界饮食文化略有研究。要说，饮食文化最为丰富、最为博大精深的还是大和民族。就是说，世界上许多国家的许多吃法——诸如茶道等等，都是由东洋传播开去的。只是有一点，对于猪肉的吃法，可能中国人还是花样多一点。孔夫子就有'食不厌精'的说法呢……"

佐佐木皱紧眉头："你的，简单地说，这猪肉该怎么吃？"

李顺生说："猪肉，不是这种吃法。烧烤活猪时，'砰'的一声响——这是猪肚猪肠爆裂的声音，粪尿全都沾糊在肉上了。还有这猪鬃猪毛，也应当事先褪去，猪血要事先放尽。那样，既鲜美，又卫生，营养价值也高得多……"

佐佐木颇感兴趣，指着一口被绑着的活猪说："你的，做做样子！"

李顺生说："太君，我不行。中国有句俗话：三百六十行，行行出状元。我不会杀猪。干这些，得请一位专门杀猪的屠夫。"

佐佐木便让李顺生去镇上物色一名屠夫。

三

随着长明灯的熄灭，镇里人大都逃离小镇，藏进远处的深山。招聘屠夫的告示贴出去三天，没人登门。佐佐木急于吃到鲜美卫生的猪肉，让翻译把聘金提到十块大洋。

又过了两天，屠夫张清水便揭了告示。

张屠四十多岁，精瘦矮小，是个癞痢头，清风镇人见人厌的一条懒汉。在山沟沟里藏了三天，因为吃不上猪肉，复又偷偷潜回镇里来。他不会种阳春，专事杀猪。用他自己的话说，一餐不吃肉肚子里就要生火。父亲为了让这个好吃懒做的儿子不至于饿死，让他学了门杀猪的手艺。他对这门职业很是惬意，觉得世界上再也没有比这更好的行当。自从与杀猪刀结缘，餐餐有肉吃的愿望便成了现实。三十岁那年，他勉强娶了个媳妇，生下个儿子叫清和。小儿子才满十三岁，他又强迫他学杀猪，为的是老来有肉吃。再后来，因为他过于的好吃懒做，媳妇和他分手了，带着小清和远嫁他乡。他成了一名光棍。

不过，懒归懒，馋归馋。若论杀猪，他的手艺却是百里挑一。庖丁解牛、游刃有余之类的词儿用在他身上，堪称名副其实。

张屠用铁通条将那只装着杀猪刀具的小竹篮肩了，优哉游哉来到城隍庙。

两名站岗的鬼子兵见小篮里尽是寒光闪闪的大小刀具，刺刀一横，"哗啦"一声挡住："八格牙鲁！你想杀人的干活！"

张屠把从墙上揭下的告示亮出来，笑着说："我是你们太君请来的屠夫状元，只会杀猪，不会杀人……"

这时，佐佐木和李顺生闻讯赶到。

李顺生说："就是这个人，我认识，清风镇方圆百里最杰出的屠夫。"

佐佐木伸手摸摸张清水的秃头，斜眼瞅瞅那只小竹篮，见里面躺着一大堆方的圆的长的短的杀猪刀，大吃一惊："你的杀猪人，一把菜刀就够。为何带这么多凶器？你的，游击队，谋杀皇军的干活!?"

李顺生笑着解释说："这些，都是杀猪切肉必不可少的刀具。队长，您放心，他是个良民。"

佐佐木点点头，狡黠地笑了笑，复又拉长脸，撑开马步，朝着张屠那只大蒜头鼻子重重地击了一拳。"砰"的一声钝响，张清水一个趔趄荡开三五步，鼻孔中立刻血如泉涌，赶紧抱住一株老槐树才没有倒下地。佐佐木拔出二十响的盒子炮，用枪口抵住张清水那只粘满白眼屎的左眼，吼道：

"你的，国军派来的奸细。我毙了你！"

张屠吓得双腿筛糠，兜屁股坐在地上，用衣袖揩着满脸的血迹，笑着说："不！不！您别开枪。我是个杀猪人，是您派人把我请来的，为什么还要揍我呀？您要是把我毙了，太君您就要吃混毛猪啦……"

李顺生把这话翻译过去，佐佐木乐得嘿嘿大笑。他之所以对张屠来个下马威，是想借此撩起他的怒火，看他一怒之下是否敢于操起篮子里的刀具还击。现在，他终于放心了，并喜欢上了这名老实巴交而且带点幽默味的中国屠夫。他拍拍张清水的秃头，又在他的鼻子上弹了一下，笑着说："你的，真正的良民。好好地为皇军效劳。我的，每月给你十块大洋。"

张清水涎着脸谄媚地一笑："谢谢太君。"

四

杀第一口猪，张屠被黑乎乎的鬼子兵围着。他像一位魔术大师给观众们做着某种惊世骇俗的绝妙表演。被掳掠来的活猪，关在一圈木栅栏里，黑白相间，"嗷嗷"乱叫，你咬我的猪头，我拱你的猪尾。几名士兵跳进去捉猪，捉不住便用刺刀捅、用枪托捣那些肥硕的猪屁股。有几名身高个大的士兵被疯蹿的活猪撞倒在地。杀人如麻的刽子手奈何不了这位列六畜之尾的猪，令"神一刀"嗤之以鼻。

李顺生把嘴巴贴住他的耳朵，悄声说："该你露一手啦。佐佐木队长都来看你杀猪呢。"

张清水笑一笑，问佐佐木："太君，杀哪口，您指点吧？"

佐佐木朝木栅栏中一只约莫三百斤重的黑猪戳了一下指头："那只，顶肥。"

张屠取出芦叶点血刀横咬在嘴上，猫腰潜至那猪身后，手一伸，冷不防揪住它的一只耳朵，另一只手捺住它的胯裆，运一口气，轻轻托起，用右膝盖压在板凳上。那猪在他怀里挣扎、嚎叫，四蹄微微抽动，身子却动弹不得。张屠从嘴里把刀取下，朝着猪脖子中心位置一戳，轻巧如刺进一盆豆腐。这时嚎叫声骤起，漾开的声波中带着无尽的痛楚，不过，芦叶刀很快拔出，一股酒杯粗的血柱急切地喷射出来，一滴不漏地倾落在板凳下的木盆里。被宰杀者微微抽动了几下四蹄，叫声渐次消失，舒坦地躺在板凳上，如一条被烈酒醉翻的壮汉。

紧接着，戳通条，吹气，浇开水，褪毛，一连串的程序尽在二十分钟内完成得干净利落。那褪了毛鼓足气的死猪倒竖在荷叶盆里，像一只雪白的棉花包。鬼子兵正看得眼花缭乱，张屠又敏捷地砍下猪头，斫下四蹄，开膛破肚取出内脏，清洗出一大片赤橙黄绿青蓝紫来。两瓣白里透红的猪肉则倒挂在一只铁架上，散发出丝丝缕缕热气。

张屠立于架下，操起一把状如芭蕉叶的砍肉刀，笑微微地望着佐佐木，等待他提出节目。

佐佐木不解其意，问翻译：

"他的，什么的干活？"

李顺生讨好地一笑，说：

"他是镇上有名的'神一刀'，就是说，您随便叫个重量，他不多不少一刀就能砍个准数。"

佐佐木大喜，指着那肉块大叫：

"我的，三斤二两！"

张屠抡起刀，不掂量，不瞄准，朝那肉块轻轻一劈，一片肉掉到了肉案上的秤盘里。

一名鬼子兵上前称了。

刚好三斤二两。

佐佐木晃晃大拇指：

"你的不错。再砍三两二钱！"

张屠刀起肉落，一小片肉掉进秤盘。

再称。不多不少恰好三两二钱。

佐佐木一连报了七八个数字，张屠没有出现一次偏差。鬼子兵都惊奇得"嗷嗷"大叫。佐佐木兴致大增，大声叫道："你的，一刀砍下五斤五两，再砍九刀，分成十份，每一块必须都是五两五钱。砍不准，我的重重罚你！"

张屠眯眼一笑："这不难。"

手起刀落，一块白条肉落到肉案上。一称刚好五斤五两。再分砍九刀，那肉条便成了均匀的十份。分别称过，没有丝毫闪失。

佐佐木眉开眼笑，上前拍拍张清水的秃头，夸奖道：

"不错，名副其实的'神一刀'。你的，孔夫子教出的高徒。哈哈哈哈……你们，好吃懒做的民族。我们大和民族却不在'吃'字上做文章……"

他没让张屠使出新的招数，命令一名士兵把猪头挂在三十步开外的院墙上，拔出盒子炮，冲他扬扬手：

"你的，瞧瞧咱们大和民族的功夫。"

李顺生说："懂意思吗？太君要和你比试比试，队长是神枪手，你让他打中哪儿，他就能打中哪儿。"

张屠便叫："打左眼！"

佐佐木枪口一点，"乒"地一响。

那猪头上的左眼没了。

张屠高声叫好。

鬼子兵一阵喝彩。

张屠把那猪头拴在一棵槐树上，将猪头的后脑对准佐佐木，笑着说："请太君从后脑打进，弹子仍从左眼穿出！"

佐佐木傲然一笑，再放一枪。

一个鬼子兵取下猪头。子弹果然从后脑直透左眼。

鬼子兵"哇"地一阵喝彩。

张屠看看那猪头，背脊上冒出一层冷汗。但他并不甘心就此让佐佐木占了上风，有心继续与日本人斗个高下，指指肉案，请他再提砍肉方面的高难度节目。他觉得还有许多绝技动作没有显示出来。李顺生朝他撇撇嘴巴，暗示他甘拜下风。

张屠说："这是为什么？八仙过海，各显神通嘛。"

李顺生暗地踩了他一脚，轻声说：

"他是皇军头领，你是个屠夫，能和他煮酒论英雄？"

张清水便卑怯地笑笑，朝佐佐木跷起大拇指：

"太君，杀猪割肉属于雕虫小技，怎么能跟您相比呢？太君是世界上少有的神枪手啊。我是真正服了您啦！"

佐佐木大悦。

这天晚上，张屠使尽浑身解数，用鲜猪肉做了十几样菜，吃得鬼子兵欢天喜地。佐佐木也一连喝下三大碗烧酒。

饭后，佐佐木奖了张清水一枚大洋，并让他充当伙夫。

五

清风镇附近修起了炮楼，城隍庙四周安装了电网，宝塔的顶端安装了探照灯，通往长江码头和粤汉铁路的地界实行了全面封锁，五步一岗，十步一哨。长江里的米贩和盐贩上不了岸，镇里人生计日渐艰难。

相形之下，张屠成了驻军伙夫，又深得佐佐木的看重，米饭和酒肉从未间断过，有时候，佐佐木高兴起来，还给他敬酒，日子过得异常舒展。

日子长了，鬼子兵不容易掳到肉猪，甚至连鸡鸭都已绝迹，这对习惯了猪肉美味的佐佐木和张屠来说，是极为难熬的日子。由此，佐佐木给张清水开具了一张特别通行证，让他带了一些大洋去更远一些的地方收买活猪。

张屠乐意干这桩差事。

他熟悉清风镇附近的地形地貌，几乎认识这一带所有的养猪人，他知道人们把猪藏在什么地方。他背着装了大洋的褡裢四处转悠，碰上日本人的哨卡，掏出特别通行证亮亮，那鬼子兵便冲他一笑："哟嘻。你的不错，神一刀！开路开路！"

张清水在清风镇地面畅通无阻，于艰难中把一两头活猪弄回来。他感到无上的荣耀。

这天晚上，他来到一个叫杨林寨的地方，好不容易买到一口架子猪，用绳子牵了，优哉游哉往城隍庙走。天很黑，荒野异常沉寂。山岗上，日本哨兵的枪栓"哗哗"地响，不时有尖啸的枪声划过夜空，令人毛骨悚然。其时，张清水卖身投靠日本人的风声已经传遍四乡八里，更有传言，专与日本人作对的抗日游击队，已经把他列入汉奸名单，迟早会收拾这条可耻的光棍。不过，一想到自己是个狗屎不如的屠夫，且无牵无挂，即便被人弄死，一辈子没有少吃肉，死了，也落得下一副好下水，终也值得。想来，人活在世上，不就为了身上穿的和嘴里吃的吗？我张清水也不过在日本人刀下讨日子罢了……

于是，他心安理得地牵着猪往前走。

进得一片湘妃竹林，呼啦啦一条汉子跳出来，那黑影往他身上一罩，就将他扑翻在地。他觉得有个硬邦邦的东西抵住了腰部。

他吃了一惊，心想，从今晚起，我这张嘴巴断了吃肉的缘分了。他不挣扎，不反抗，死猪般地瘫在地上。他把死看得很轻。只一点，死要死得利索一些，少一点痛苦，就像自己轻轻一刀结束猪的痛苦一样。他甚至还准备提醒那人，从什么地方下刀最容易断气……

不过，那人没杀他，只朝他轻轻踹了一脚。

他睁开眼睛，认出是王铁匠。

六

日本人闯入清风镇时，王铁匠告别家人上山干了游击队，曾经在一个风雨之夜捅穿了两个鬼子兵的肚子，佐佐木早已对他恨之入骨。

张清水在清风镇是条蛆，人见人厌，唯独王铁匠不曾侮慢他。王铁匠也是个手艺人，而且是个一流的铁匠。于他来看，世上百艺都是养生技能，难有尊卑贵贱之分。人活着，总要讨碗饭吃。打铁杀猪劁猪割狗阉鸡骟马，五行八作三缝九佬十八匠，只是讨吃的方式不同罢了。至于他馋，喜欢吃肉，那又有什么呢？是人都有自己嗜好。王铁匠一直把他当人待着。说起这清风镇，张屠喜欢的人也就王铁匠了。

有天午夜，张清水从王寡妇家里喝得烂醉，踉踉跄跄回屋去，不小心掉进镇后那口污水塘。那是镇里人洗马桶尿盆儿的地方，污水中尽是孑孓、蚂蟥和死猫死鼠，蚊蝇成堆，隔老远闻得见股股恶臭。人们见张屠在污水里淹个半死不活，怎么也爬不上岸，围住塘沿直乐。几回回快要爬上岸了，又被一帮年轻人推了下去。就在这时候，王铁匠跑了过来，冲那些围观者大骂："畜生！畜生！好歹也是条命吧。见死不救还是人吗？杀猪祭祖抹尸抬棺埋人那一回少得了他？"骂着，伸下一根竹篙，把人拽上岸来，端来一盆清水，给冲洗干净，找来几件衣服让他换上了。

自此，张清水视王铁匠为知己，时常提些肠肚下水和残剩的猪骨上王家，和王铁匠喝上一杯，"切磋"些手艺方面的话题。一来二去，张屠和王铁匠成了好友。

自是张清水不争气，吃惯了野味的人，见了女人就馋，而且很没理智。一天深夜，张屠提着一副猪腰上王家，见王铁匠不在，王铁匠的妻子月秀又很热情，居然作非分之想，涎着脸往她奶子上揪一把，还强行搂住亲嘴儿。这当儿王铁匠恰好赶回，着实揍了他一顿，自此不许他再踏王家门槛。

不过，张清水不记恨，挨了揍仍然不忘两人的交情。王铁匠参加抗日游击队后，月秀就和儿子小宝待在镇里。半个月前，鬼子兵突然闯进村，烧了他们家的房屋。佐佐木把月秀拽进芦苇荡强奸了，小宝拼命上前救他母亲，佐佐木抬手一枪打中了他的左眼。月秀见儿子死了，一头跳进了湖里。乡亲们打捞了十来天，才把尸体找到。月秀的尸体抬到村里，因为在水里泡得太久，身子肿胀，摆在地坪里恶臭难闻。面对这样一堆腐肉，装殓实在是件难事。恰好村里唯一的仵作蔡万秋前几天病死了。几个主持丧事的老人正为请不到专事装殓的仵作犯愁，张清水自告奋勇地走了过来，说："王大哥和月秀有恩于我。他们没有嫌弃我是个邋遢的屠夫，我今天要报这个恩。"说完，在地坪里摔碎一只瓦盆子，悄没声息地进了停尸间，用刀子割开女人绷得紧紧的衣衫，舀了一大盆温水，细细地擦净她的身子。

给她穿上干净衣服时，居然盯着那白乎乎的身子老半天没有眨眼，进而将她紧紧搂住，用嘴唇长时间地亲着她的奶子。感伤地说："好个白白净净的女儿身呀，王铁匠无福消受了，我'神一刀'也无福消受呢。让个东洋鬼子活活糟蹋了。佐佐木呀，糟蹋了女人不说，你为何还要一枪打穿小宝的脑壳呢！……"

装殓的事情干完，张清水木呆呆地戳在地坪里，就像掉了三魂七魄一般。

有个老人说：

"你都看到了。一群强盗土匪，杀人魔王，你却当爷爷一样伺候着！"

张屠说："我不去城隍庙了。我不再伺候鬼子了。"

"说句良心话——你到底是不是汉奸？"

"我……不是。"

"鬼子烧房子，到底是不是你引的路？"

"我……没有。"

"可是，谁能证明你没说假话呢？实话说吧，鬼子烧了这么多房屋，就是没烧你那间，能让人不生疑？你的屋是我们放火烧的。"

张清水说：

"乡里乡亲，无冤无仇，你们为何烧我的屋啊？"

"岂止是烧屋？镇里再也容不下你了。就算我们今天不除掉你，总有一天王铁匠会取走你这条狗命。"

另一个老人说：

"姓张的，我问你：清风镇究竟对你有没有恩？"

"有恩。"

"王铁匠一家对你究竟有没有恩？"

"恩重如山。"

"我再问你：那个佐佐木究竟该不该杀？"

"该杀。"

"既然王铁匠对你恩重如山，你应不应该替他报仇呢？"

"应该。"

"那好，如果想证明你不是汉奸，你就去杀掉佐佐木！"

"可是……我斗他不过，他是个神枪手……"

"滚吧！滚吧！滚得远远的！"

众人扑了上来，狠狠地给了他一顿拳脚。

接近黎明时分，张清水苏醒过来，从地上缓缓地爬起来，一步一步走向城隍庙……

再说王铁匠，也已经从乡亲们嘴里知道了张清水为他妻子装殓的消息。虽然他不像其他人那样认定他当了汉奸，但时隔半年，谁能准确地判断这个好吃懒做的屠夫是人是鬼呢？

他逼视着张清水：

"你为什么替日本人卖命？"

"王大哥，我没法子啊。我得吃饭哪。"

"除了杀猪，你还帮日本人干了些什么？"

"我真的不是汉奸哪！鬼子不让我离开一步，成日除了给他们做饭，其他什么坏事都摊不上我呀。"

"我托王寡妇给你捎过三次口信，让你离开城隍庙。你为什么还待那儿？"

"她，她没给我捎过什么口信。这么长时间，我也就在那天晚上冒险回过村里一次，云里雾中让人揍了个半死不活。我冤枉啊！要说，李顺生才是真正的汉奸，烧哪间房，抓哪个人，杀哪个人，都是他的指点……"

王铁匠想了一下，说：

"好。我相信你的话。"

"王大哥，你是游击队吧？前天晚上有两个鬼子兵被人捅穿了肚子，肠子流了一地，是你干的吧？"

"是又怎么样？不是又怎么样？"

"真是这样，我就跟你参加游击队吃粮去。我再也不回城隍庙了。我发誓再也不去伺候那群畜生了！"

王铁匠果断地说：

"不！你仍然回去。"

"我不回去。"

"得去。一是监视李顺生和佐佐木的动向，有什么要紧的情况，如果方便的话，到今天晚上这个地方报个信儿。二是进一步取得佐佐木的信任。我们已经决定尽快除掉这个刽子手。当然，我们不会把这个十分危险的任务强加给你，但是，你如果这颗中国人的良心还在，你可以配合游击队的行动。你答应吗？"

张清水说："除掉佐佐木，我还巴不得呢。他哪里把我当人待呀？……只是，这太难了。你千万别去招惹他，你不要送肉上砧板。他闭上眼睛隔两里远放枪，也能把你的左眼打一个洞。他是个神枪手啊！"

"神枪手？"王铁匠"扑哧"一笑，"我不相信什么东洋神话。你不要灭中国人的志气，长日本鬼子的威风！好了，你可以走了，这口猪你牵去。免得鬼子生疑。"

一闪身，王铁匠钻进芦苇丛不见了。

这天深夜，城隍庙附近又有两名鬼子兵被人戳穿了肚子。

七

鬼子兵接二连三遭到游击队袭击，消息传到县城司令部，佐佐木被叫去狠狠地挨了上司几记耳光，还差一点受到军法处置。为此，佐佐木大动肝火，领人去清风镇清了一次乡，烧了几十间房屋，杀害了一些来不及逃走的老人儿童，抓回七名青壮年男人，一番严刑拷打后，关押在城隍庙西侧的一间马厩里。

这天午夜，张清水正在灶屋里替佐佐木炖猪脚，忽然外面枪声大作。翻译李顺生一路高叫着跑过灶屋大门，不停地朝窗外放着枪。

张清水问："出了什么事？"

"抓来的嫌疑犯杀了哨兵，越狱逃跑了。"李顺生说着，尾随日军追下山去。

张清水不由捏了一把汗。

斜眼瞅瞅，佐佐木却显出一副要紧不忙的样子。只见他从小房中钻了出来，一边打着哈欠，一边缓缓地往炮楼上爬。张清水从门口窥见，心中涌起一股庆幸，紧接着是一阵恐惧，不由自主地加快了手脚，把炖得半烂的猪脚倒进一只大瓦钵，提上一壶热烧酒，香喷喷地跑步上了炮楼顶层。

居高临下一望，只见探照灯的光柱在山野扫来扫去，绿色的灌木丛，黄色的山包，在探照灯的强光照耀下看得清清楚楚。日本兵一边大声吆喝，一边不停地放枪，把逃进山野的青壮年撵得晕头转向。见鬼子兵一个也没有打中，青壮年越跑越远，张清水既暗暗高兴，又感到揪心的惶恐。

"太君，您吃吧。这是我特意给您炖的猪脚呢，放了胡椒、茴香、桂皮，味道蛮好的。您拿它下酒吧？"他讨好地把酒杯和筷子递到佐佐木面前。

佐佐木没有理睬，从一名士兵手上接过一杆"三八"大盖，把枪筒靠在炮楼边沿的缺口上，借助探照灯的光柱向山下瞄准，半天放一枪，放一枪换个方向再放一枪。张清水听到佐佐木手上的"三八"大盖一共放了七响。

约莫过了半个时辰，日本兵撤了回来。

佐佐木说："没事了，喝酒，吃猪蹄。"

香喷喷的猪蹄和烧酒勾起了佐佐木良好的食欲，吃剩的骨头扔在地板上"叮叮咚咚"地响。

李顺生谄媚地说：

"太君，中国有个关云长温酒斩华雄的故事，可哪里比得上神枪手太君您哪！关云长斩杀的不过区区华雄一个人，太君您的本领至少相当于关云长的七倍啊！"

佐佐木得意地嘿嘿大笑。

张清水问李顺生："温酒斩华雄，什么意思啊？"

李顺生说："明天上午，你去把那些人埋了，埋深一点。天热，会发臭。事情干完，我讲给你听。"

张清水问："把谁埋了啊？"

李顺生说："我刚才不是说了关云长温酒斩华雄的故事吗？明天，你去山下瞧瞧就知道了。"

张清水想起佐佐木的七声枪响，身子不由打了个冷战。

八

第二天上午，他伺候鬼子兵和佐佐木吃完早饭，带上锄头和草席下了山。

山野死寂，这儿那儿长着绿汪汪的榛树丛。没有灌木丛的地方是光秃秃的岩石和黄土岗。山坳很大，十里之内没有遮拦。李顺生管这样的地形叫开阔地。要越过开阔地逃进深山去，至少得花一个钟点的时间。

张清水跌跌撞撞往前走，不久就闻到了一股股浓烈的血腥味。他循着血腥味扒开灌木丛，发现了倒毙在地的青壮年。

他像个疯子一样在山坳里跑来跑去，从草丛中找到了七具血肉模糊的尸体。他们全都是俯卧姿势，像熟睡在草丛中做一个悠长的梦。

他们中间有一半人是他熟悉的乡亲邻里，他曾经和他们一起捉过蟒蛇，抬过花轿，他们也替他盖过房子。他甚至隔老远就能叫出他们的名字。当然，这其中也有把他掀入污水塘的蔡牛牯、刘二牧。只是，他们再也没有能力把他当作汉奸掀入污水塘喂蛆虫了。

他拍拍二牧的背，喃喃地喊："二牧，狗日的二牧！"

二牧俯卧着，不搭理他。

他心上掠过一丝莫名其妙的悲酸："好个不讲道理的二牧，你真是个死蛮子！你那天晚上差一点把我淹死呢。要是我淹死了，今天就没人替你收尸了。你如何不搭理我了呢？你说我是汉奸，可我不是汉奸，王铁匠也说我不是汉奸。你还得靠我这个'汉奸'报仇雪恨呢……"

二牧仍然不搭理他。

二牧对他的鄙弃直到永恒。

他感到一阵悲痛，还有属于自己的悲哀。

他在草地上歇了一会，把七位好汉拽往一处，然后，用毛巾蘸了山泉，细细地揩干他们脸上的血污，用手指理清他们乱蓬蓬的头发，扣上纽扣，拍干净他们身上的泥土。他发现七位死者，枪弹全都是从后脑斜着穿进去，再从左眼钻出来。除此，他们身上没有任何其他伤口。

他掘了个大坑，把他们埋了。铲完最后一锹土，他坐在坟包上默默地抽了一袋烟。

他再一次想起那七声枪响，还有那个他不十分熟悉的关云长温酒斩华雄的故事……

他自言自语道：没错，佐佐木是个神枪手。他庆幸这一次王铁匠没来。可是，王铁匠却不相信佐佐木的本事……

九

这天夜里，又一名把守炮楼的日军被捅死，左眼被剜掉，红鲜鲜的一个洞。死鬼的胸口用石头压着一张纸条，上面用血写一行字：

"佐佐木，这就是你明天的下场！——洞庭抗日游击队队长王铁匠。"

死尸破例摆在城隍庙正殿上。

佐佐木、翻译李顺生和其他鬼子兵肃立在死尸前默哀。这名鬼子兵叫山田木秀，是佐佐木的侄子和贴身侍从，他最宠爱的亲信。佐佐木脱下帽子，单膝跪在死者面前叫喊着叽里咕噜的东洋话。张清水不懂佐佐木在说些什么。李顺生轻声告诉他："佐佐木发誓替他报仇雪恨。他说他不杀王铁匠，决不活着回东洋。他还发誓以同样的方式取下王铁匠的左眼……"

张清水的心一阵紧缩，深为王铁匠担惊受怕。不知是为了安抚死者并借以冲淡佐佐木对王铁匠的仇恨，还是出于其他目的，在正殿待了一会，便转身去灶屋弄来一只猪眼，试图走近山田木秀的尸体。

佐佐木拦住他，朝他瞪着血红的眼睛："你的，什么的干活！"

张清水说："太君，我干过仵作，村里人死了，大都由我装殓，把死人弄得干干净净，穿得整整齐齐，缺胳膊少腿的，还给造了假肢安上去。不然，去阎王爷那儿报到时，就会挨杀威棒。阎王爷不喜欢五官不全的人。"他指指山田木秀，"他没左眼了，我不忍心他空着一只眼睛见阎王。"

佐佐木仍然不懂张清水的意思，问翻译怎么回事。

李顺生小心地翻译说："中国人和大和民族原本共一个祖宗，丧葬文化也是相通的。中国人特别看重六畜，尤其是猪。在中国人眼里，猪眼和人眼一样尊贵。他想给皇军安上一只眼睛。他是大大的好心……"

"你的，想给皇军安上猪眼？良心大大的坏。八格牙鲁！"佐佐木对准张清水的鼻子"砰"地一拳，"皇军就停在这儿，我的三日之内捉住王铁匠，剜下他的左眼赔给他！"

张清水满脸血污跪在佐佐木脚下，笑出一脸的皱纹，取根线香在地上写下三个歪歪斜斜的字：左左目。

"他的，什么意思？"佐佐木朝李顺生大声吼着。他不乐意张清水改动自己的名字。

李顺生讨好地笑着说："伙夫万分佩服您的本领，专打人的左眼，所以称您'左左目'。"

佐佐木笑起来，往张清水的嘴巴轻轻捅了一下："你的不错，很会说话。"

张清水眯眼笑着，久久盯住佐佐木那只擅长瞄准的右眼。

十

这天，张清水去山里收买活猪，故意拖到很晚才回城隍庙来，他按照那天王铁匠的约定，去那片湘妃竹林等了三个钟头，希望等来王铁匠，把佐佐木的枪法及誓言告诉他，让他不要舍了性命往佐佐木的枪眼上闯。

但是，他没有发现王铁匠。

第二天，他决计走得更远些，逢人便讲佐佐木的枪法如何如何了得，甚至还拿关云长温酒斩华雄的本事和佐佐木的本事作了对比。

他夸耀说："了不得！那个佐佐木的枪法硬是世间独一无二呀！闭上眼睛隔三里路，也能把你的后脑壳打穿的，一枪一个准呢。关云长不待一杯温酒凉下来，一刀割下了华雄的脑壳，算个英雄。佐佐木呢，不待一杯温酒凉下来，硬是打死了七个游击队员。关云长哪是佐佐木的对手哇！要是你们哪一个碰上了王铁匠，劝他千万不要去招惹日本人了。我说的是真话，佐佐木放枪，我一旁眼睁睁瞧着呢……"

这种褒贬是十分引人恼火的。这不是汉奸说的话吗？这不是故意长鬼子的威风吗？自然，人们的反应只能是揪住他一顿死打，一直打得他趴在地上求爷爷告奶奶，这才放手。

可是，为了"进一步取得佐佐木的信任"，也为了尽快把情况告诉王铁匠，挨了打，他还得出外收买活猪。他常常在外面转悠一整天，弄不到一口饭吃，弄不到一口水喝。他走到哪儿，人们就像躲避瘟疫般躲开。

这一天，他忽然听到一个山洞里传出猪的"哼哼"声，便拨开掩盖洞口的稻草，猫腰钻了进去。看到一只趴在地上的活猪，他不由眼睛一亮，"扑通"跪了下去：

"行行善，把猪卖给我吧？你要多高的价，我就出多高的价。知道吗？我这是听从王大哥的吩咐呢……"

"哄鬼！王大哥吩咐你替日本鬼子卖命么？你这条癞皮狗！"洞中人按住他一顿饱打，差一点折断脊梁骨。

在挨揍的当儿，他觉得棍棒老拳落在身上很有力度。这样的揍，他平日经受得太多，人们对他的嫌弃是司空见惯了。也正因为这种嫌弃，他有时候竟然古怪地认定待在城隍庙当一名日本人的伙夫，倒也不失为一种活法。佐佐木虽然是个畜生，打起他来没有轻重，但终有给自己敬酒的时候。而他却是一名百发百中的神枪手。你们，你们这些只会挖泥拌土的作田人，什么本事都没有，甚至连一只鸡都杀不死，凭什么无缘无故打我呢？而我，明明不是汉奸嘛。我张清水明明是借着买猪的由头，替游击队送信嘛……

他默默地数着人们落在身上的老拳，就像默默地数着佐佐木的七声枪响一样。他没有反抗，没想到还击。任何凌辱与痛苦都无法轻易地激发他的恼怒与反击。他的英勇与骄傲只能显示在与猪的交道里。他也曾经是威震八方的"神一刀"呢！一群没有本事的混账人，打一个有本事的清白人，是可耻的……

当人们揍痛了手脚，把他掀倒在一片猪粪与尿水里时，他默念着早已作古的屠夫爷爷屠夫父亲的训条——，屠宰这营生，原本就是一种罪孽，但也是生计的驱迫，所以，你一边把白亮亮的刀子伸进猪脖子时，你还是不能忘了忏悔：永不杀生……

大半辈子过去了，他亲眼看到日本鬼子杀死了无以数计的中国人，王铁匠又领着他的游击队员，捅穿了无数日本人的肚子，即便是那条不通人性的蟒蛇，也吃掉了无数善良的乡亲……

——这就是说，爷爷和父亲的训条，到头来一文不值！他们的愚蠢在于把"生"的范围局限在"人"的小圈子里。而实际上，谁都到达不了"不杀生"的境界。

张清水由此陷入了深深的迷惘与困惑之中。

……

待人们揍够了，觉得已经解除心头之恨了，便对张清水滋生了一丝怜悯之心。有人问：

"你真的认识王铁匠？你找他干什么？"

"我说过，给他报个信儿。"

"什么信儿？"

"他杀了佐佐木侄儿山田木秀，佐佐木发了毒誓，三日之内取王大哥的左眼赔给他侄儿。杀不了王铁匠，绝不活着回东洋。佐佐木确实是个神枪手，王大哥不能再闯城隍庙……"

"你，真的不是汉奸？"

"真正的汉奸是李顺生。"

他从尿粪中爬起来，揉揉淌着血水的鼻子，从裆裤里掏出一大把光洋，恳求说："把这口猪卖给我吧？已经是三倍的价钱了。弄不回活猪，我也活不成了。鬼子吃不上肉，你们也会遭殃。"

结果，他把猪牵回了城隍庙。

然而，佐佐木还是无缘无故死命擂了他几拳。

三天过去了，他的誓言落了空，他不能不怀疑张清水偷偷传出了什么情报。要不是鬼子兵吵着要吃肉，他的东洋刀定会将张清水劈了。

张清水挨了揍，有点恼火，也对王铁匠有了几分怨怼。他甚至把七条人命的责任分摊了一部分在王铁匠身上。他暗暗地骂：该死的王铁匠，你为什么招惹日本人呢？你到底是个牛皮，佐佐木一口气打死了七个，你却不敢再踏城隍庙一步了。不过，怨恨过去，他仍然为王铁匠没有自投罗网而庆幸。

十一

一个礼拜过去了，佐佐木领着鬼子兵扫荡了周围几十个村落，始终没有抓住王铁匠，王铁匠也没有在城隍庙附近出现。张清水坚信自己传出去的消息起了作用，不免有点自豪。而于张清水来说，自豪的次数是很有限的。

李顺生说，王铁匠并不是不敢来城隍庙，而是领人去了县城。那儿驻扎着一个团的日军主力，率团的是佐佐木的顶头上司——一名比佐佐木高出三个级别的大佐。王铁匠已经领人炸毁了大佐的三个军火库和五艘炮艇，炸死了三十多个皇军。

听了李顺生的话，他又为王铁匠感到骄傲。他到底结识了一条好汉。相比之下，他张清水实在太无能了。他开始怀疑自己替王铁匠报仇的想法会不会落空。

就在这一天，大佐给佐佐木下了一道命令，限他十天之内除掉游击队队长王铁匠，如果成功，将他提升团长，并授予天皇颁发的一级勋章，不然，将由军事法庭判处死刑。

佐佐木既兴奋，又甚为着急。近处芦苇丛生，稍远山高林密，游击队熟悉地形地貌，又有四乡八里的老百姓通风报信，说来就来，犹如从天而降，说走就走，犹如烟消云散，从哪里找去啊？

这当中，李顺生出了一条毒计。他让佐佐木派人把王铁匠七十岁的瞎眼老母亲从清风镇抓来，剥光衣服丢在一间草棚里，每晚让五名日军轮番奸污，却给她吃好喝好，不许她死去，以此作为王铁匠上钩的"诱饵"。因为他知道王铁匠是个出了名的孝子。

每每午夜听到七旬老人的声声哀叫，张清水的心就像被锋锐的鹰爪子撕扯着。他认定李顺生是真正的汉奸，比蟒蛇还要阴毒的汉奸，而这样的人必然不得善终；如果这也属于讨日子的话，那么，李顺生简直就没有活在世上的资格。这种类比与谴责虽有五十步笑百步之嫌，但张清水仍有某种活得光明磊落的豪迈。他恨死了李顺生，却没有一刀劈死他的胆量。为此，他曾在给他做的排骨汤里撒了一泡尿，谎称酱醋排骨汤。待李顺生喝下那大碗尿汁后，他才对他稍微顺眼了一点。

现在，他唯一能做的就是悉心照料王铁匠的老母亲，给她一小勺一小勺喂进鲜肉汤，采来野艾蒿熬成药汤，擦洗她下身的伤口。他希图想出什么法子解脱老人的痛苦，结束她的磨难。但是，除了死，什么法子也没有。他几番想勒死老人，这样，一方面除去了勾引王铁匠前来送死的"诱饵"，另一方面也好了结老人的罪孽。然而，一想到祖先们"不杀生"的遗训，他又惶恐得不能自己。他为自己突发如此恶念深深地忏悔。

继而他又想冒死溜出城隍庙，去那片湘妃竹林给游击队报个信儿，让王铁匠千万不要中了鬼子的圈套，可是，佐佐木一直严令禁止他离开城隍庙一步。

十二

这天午夜，风雨交加。王铁匠的老母亲刚刚哭叫几声，世界便归于一片死寂，甚至连鬼子兵的淫笑也消失了。约莫过了三分钟，突然枪声四起，城隍庙内外传来一片如狼似虎的嗥叫。

翻译李顺生被人捅死在马厩里，胸口用匕首插着一张纸条，上面写"汉奸的下场"五个血字。五个赤条条的日本兵倒在草棚里，肠子泄了一地。王铁匠的老母亲不见了踪影。

佐佐木这一回没有摆出从容不迫的架势，一边大喊大叫，一边操起"三八"大盖，带着狼狗和鬼子兵没命地追进了山野。眨眼之间，所有炮楼上的探照灯全都亮了，横横竖竖的光柱交叉闪动着，照得那片开阔地亮如白昼。

张清水意识到这是王铁匠所为。他暗暗祈祷王铁匠远走高飞，逃得越快越好。他趴在炮楼顶端看着山下，有个高个青年背着王铁匠的老母亲跑得很快，一下子就钻进密林不见了，王铁匠却落在后面，趴在一个土包下连连放枪，企图掩护别人逃得更远。张清水不由双腿一阵阵打战，他担心佐佐木的"三八"大盖。他很想干点什么，一个鬼子将他赶下了炮楼。

追捕了整整一夜。黎明时分，佐佐木领着人匆匆地返回军营。几名鬼子兵抬回一具尸体，"嗵"的一声扔在操坪上。

佐佐木搡了张清水脑壳一把，狞笑着说："你的认认，他是谁？"

张清水颤颤地上前，把死者翻了个边，让他的脸对着自己。这当儿，脑壳里"嗡"的一声响——他终于认出这人就是曾经将他待为上宾的游击队队长王铁匠，为他造房娶亲的邻居王铁匠，待他恩重如山英勇无比的好汉王铁匠……枪弹仍是从后脑射入，然后从左眼穿出的。他的心里塞满了悲怆，眼泪就差一点滑出了眼眶……

"是他。王铁匠。他该死。游击队队长。"张清水喃喃地说，并朝佐佐木跷起了大拇指，"太君，名不虚传的神枪手，专打左眼。太君，您要高升啦！"

佐佐木得意地哈哈大笑。待了一会，他勾下腰，用刺刀剜出王铁匠的右眼球，径直走进大殿，揭开蒙在山田木秀尸体上的白布，将眼球填进了他的左眼眶。然后，毕恭毕敬地朝着尸体鞠了一躬。

掩埋日军、李顺生和王铁匠，仍然由张清水承担。

他把鬼子兵和王铁匠分别葬在两口土坑里。不过，趁鬼子没注意时，张清水暗暗取回王铁匠的那只眼球，还给了它的原主，又从另一名日军的眼眶里剜出一只眼球，赔给了王铁匠。而嵌在山田木秀眼眶里的，是两只猩红色的猪眼。

第二天上午，佐佐木和两名随从，带着王铁匠遗体的照片、游击队队长的身份证去县城司令部请功。临行前，他交给张清水一袋大洋，说：

"你的，三天之内收买三口大活猪。顶肥的。无论如何的要！否则，我的，取下你的左眼！你的，为我预备一顿最丰盛的酒宴！"

十三

这是个妩媚的春日。野蓼兰拱出坚硬的冻土，顽强地吐出新芽，晦暗的天空将变得明朗亮丽，混沌麻木的灵魂将复归于固有的清醒与生机。

城隍庙内外收拾一新，院门口按照中国风俗挂上大红灯笼，搭起了松枝扎成的拱形彩门，炮楼上挑起了崭新的膏药旗，鬼子兵全都换上了新装。

佐佐木的兴致特别好，他也换上了崭新的黄尼制服，胡子刮得唯剩人中处一小点黑毛，长筒皮靴擦得油光锃亮，马刺踏在石板路面上"笃笃"作响。他戴着白手套，手掌轻轻按在东洋刀的柄上，走到哪儿都"嘿嘿"大笑一通。

这是他授勋的日子。这一天，他将由小队长连升数级晋升为团长。授勋之后，他将去县城担任洞庭湖区侵华日军的总指挥，与此同时，前任总指挥大佐将提升为少将。

他笑嘻嘻地来到肉案前，拍拍张清水的秃头：

"你的，杰出的'神一刀'，烹饪大师。今天，你的，把菜做得可口。我的，陪大佐观赏你的杀猪表演。你的，好好地为皇军效忠。我的，带你去县城司令部的干活。待圣战结束，我的，带你去东京，坐洋车，抽大烟，娶个东洋女人做老婆。东洋女人比你们中国女人白，温顺。你的，明白吗？"

张清水连连点着脑壳："谢谢太君恩典。放心吧，到时，保证让您满意。"

佐佐木的皮靴声渐渐远去了。

十四

张清水一口气杀了三口猪。不知什么原因，他感到有点疲劳，刀砍在猪蹄上有点不听使唤。他觉得这个日子有点不地道，尽管佐佐木抛给了他许多诱惑，想一想都让人眼馋，但他无论如何高兴不起来。他的眼前时不时浮现出王铁匠和那七个游击队员脸上黑乎乎的枪洞。而且一见到这血糊糊的猪肉，他就有了恶心的感觉。

他一边清洗猪肠猪肚，一边喃喃自语："……佐佐木，神枪手。还有大佐，也是神枪手。他们靠杀人成了神枪手，成了神枪手，再往上提拔，去杀更多的中国人……佐佐木，他那只右眼简直比老鹰还厉害。他夜里放枪，也能百发百中。他专打人的左眼。王铁匠斗不过他。我也斗不过他。那是一双什么样的眼睛哪！……"

一会儿，大佐来了，一溜黄色的三轮摩托，上面插着膏药旗，耀武扬威的一大群。佐佐木隔老远迎了上去，"啪"的一声行了个军礼。军仪队奏响了洋鼓洋号，大佐用东洋话宣读了嘉奖令。在整齐的队列前，大佐将一枚金晃晃的勋章佩戴在佐佐木的胸口，并宣读了委任状。鬼子们一起怪叫起来。

张清水立在肉案前，将一根猪肠中的粪便捋出来，乜斜着授勋仪式。

　　他看到那枚金子做的勋章，在春日下一闪一闪的，便古怪地想：人活到这一步，也算风光了。他为自己年轻时代没去当兵吃粮而微微惋惜。不然，他也许会成为一名神枪手，兴许同样能得到这样一枚黄金饰物呢。遗憾的是，他把一切都耗费在杀猪刀上了。他是方圆百里有名的"神一刀"，这固然不错，然而，却没有人赐予他看得见摸得着的奖赏。他的精湛绝伦的屠宰艺术，仅仅换来几声徒然无功的赞赏而已。赞叹过后，他仍然是人见人厌的屠夫一个……

　　进而又想，他为什么不能杀生呢？杀生与不杀生的界限在哪里？实际上，杀生者与恶终的结局并没有必然的联系；那不过是祖宗们自造的吓唬自己的钟馗而已。比方，杀人如麻的东洋鬼子佐佐木，他就不相信中国的钟馗，他照样杀人，照样活得风风光光。相比之下，我"神一刀"实在活得太没滋味，太没人味了。我算是活得腻烦了，我活够了啊。我没有资格再活下去了啊！……

　　他想起了清风镇的王寡妇，作为一名壮年男人，他已经十多年没挨女人的身子了，而她，居然把他送去的猪蹄和食盐扔出门外，把他看成李顺生那样的汉奸。你王寡妇又是什么样的角色呢？——清风镇一百个男人九十九个和你睡过了，而你，居然连我都不拿正眼瞧瞧了。尤其是，唯一的知心人王铁匠也死了，这个世界已经没有人能证明他不是汉奸了啊！……

　　他抬头望望天，望望山野，不知道自己的故乡在天的哪一边，不知道世界上谁是自己的亲人，父亲，母亲，妻子，儿女……他什么都没有留下！……

十五

　　午宴异常的出色。张清水用鲜肉做出了三十七道好菜，这使大佐和新任团长佐佐木赏心悦目。每上一道菜，他就通过翻译报告菜名。新任翻译王耀宗较之李顺生还要灵巧，投其所好与自由发挥更是他的长处。张清水觉得他应当是比李顺生更加歹毒的汉奸。

因为菜做出了花样，加之王耀宗巧嘴的加油添醋，每一道菜上桌，鬼子兵便"哇哇"大叫一通。佐佐木容光焕发，春风得意，高高地举着酒杯频频地向上司致意，向士兵致意。席间吃喝得异常热烈。张清水被佐佐木按进一把椅子，一边喝酒，一边给大佐细述每道菜的做法。

大佐开始即席讲话，张清水通过王耀宗的翻译听懂了他对佐佐木的褒奖。翻译告诉张清水，佐佐木自参加圣战以来，以他对大和民族的无限忠诚和超人的勇敢、神奇般的枪法，创下了奇迹般的功勋。最近一次，他除掉的是一名国民党的地下交通员、国军营长、洞庭湖区的游击队队长。在此之前，他还在哈尔滨、热河、冀中平原、太行山区、南京、上海等地亲手击毙了三百零八名国民党官兵以及妨碍圣战的刁民……大佐的介绍引起一阵阵疯狂的掌声和喊叫。

张清水不由冷汗淋漓，自觉端着酒杯的双手颤抖不已。他想，如果依照杀生者必有恶终的训条，佐佐木至少得死一千次。然而，他却得到了一枚金子做的奖章！

他感到了祖先们的愚蠢。

他觉得玻璃酒杯中的葡萄酒在急剧地荡动，如一杯急剧荡动的人血。他有了恶心的感觉，他觉得自己和一群凶残的豺狼坐在一起。

佐佐木也许是为了进一步讨好上司，他对大佐的答词很谦虚，舍去了对自己军功的炫耀，说："谢谢长官的错爱。在这场圣战中，我仍然是个普通士兵。我还将用我的'三八'步枪，打穿一千个中国人的脑袋……"接下来，他拍着张清水的脑壳，大谈了一通中国的食肉文化。他宣称中国的食肉文化是世界上最优秀的文化，并赐予张清水"最杰出的烹饪大师"的称号。他当众奖赏了张清水十枚大洋，拍拍他的脑壳，示意他饭后去肉案前给大佐表演最精彩的屠技。

大佐有点不解其意。翻译王耀宗用东洋话说："太君，您在满洲待过。您应当知道中国'庖丁解牛'的故事吧？"

大佐笑笑："庖丁解牛？知道。谁是庖丁啊？"

佐佐木指指张清水："他就是啊。"

鬼子们簇拥着大佐和佐佐木涌出饭堂，吵吵嚷嚷走向操坪。

张清水手里捧着大洋，眯眼斜视着佐佐木的那只右眼。那眼睛血红，如蟒蛇的眼睛。可是，它却是一只举世无双的神眼。他不明白为什么造物主赐给他这只专门用来杀人的眼睛。

他想，就是这只眼睛为他赢得了金子奖章。

十六

宰割表演把整个授勋仪式推入了高潮。

张清水兜里装着十枚沉甸甸的光洋，这是他有生以来得到的最为可观的一笔钱财。他自己也认定，鬼子们给予他的报酬不能算是吝啬，倘若他像李顺生和王耀宗一样，对佐佐木再加一点忠诚的话，他也是有可能凭着日本人的奖赏成家立业，过上好日子的。然而，那将是一种什么样的日子呢？……

于佐佐木看来，这个中国屠夫已经没有理由不把自己的全部忠诚与绝技展示出来了。经过长时间的驯养，他觉得自己已经完全驾驭住了这名原本没有脊梁骨与反抗精神的中国奴才。基于此，他绝对没有想到其他什么……

张清水佝偻着腰背站在肉案前，春日的阳光虽然温柔，仍然把他光光的脑袋晒得汗水横流。翻译王耀宗附在他耳边，用中国话说："不要紧张，只管从容一点。伙计，下面就看你的啦！"

他说："我不紧张。太君杀了这么多人都不紧张，我是在杀猪，猪是凡间的一道菜，有什么值得紧张的呢？"

"伙计，你干这营生多久啦？"

"我从十五岁杀猪。你呢？"

"我跟皇军南征北战已经六年啦。"

"大佐也是神枪手吗？"

"当然，他的枪法相当中国的'百步穿杨'，佐佐木不能相比。他还是个神炮手。他是九一八第一个冲过卢沟桥的日本勇士，在南京他一口气割下一百零八颗中央军的脑袋。他具有指挥千军万马的才能。佐佐木是他训练出来的。"

"你也是神枪手吗？"

"皇军说我是情报方面的神枪手。"

"这是什么意思呢?"

"比方上海和哈尔滨,有一万人在街上走,我一眼就能认出谁是国民党特务和八路……"

"你是不放枪的神枪手。"

"就算是吧。"

张清水心里说:"你是汉奸中的汉奸!"

日本兵荷枪实弹把肉案围了个里三层外三层。佐佐木搀扶着大佐立在肉案前的一只竹架后,王耀宗站在大佐的右侧,他们三个人挨肉案最近。

大佐的胸口挂着一大片勋章,至少有三十枚。佐佐木的胸口也有一小片勋章,至少有十枚——当然新添上去的这枚最为显眼。张清水知道,这些勋章都是杀人的证明。他觉得自己在给一群吃人的蟒蛇献媚取宠。

竹架离肉案大约两尺距离,架子的横杆上悬吊着七八块红的白的猪肉,晃晃悠悠如编钟乐舞。张清水的眼光从肉块的缝隙中透过去,可以清晰地望见佐佐木、大佐和王耀宗的面孔。

佐佐木先让他表演剖肉。

张清水用芦叶刀割下一片肉,平铺在肉案上,斜着一刀刀剖过去,肉案的另一端便出现一小堆薄如纸片的肉片,如叠起一小堆酱红色的薄绸。这个节目本名"西施织锦",属于张清水的绝活之一。

日本兵齐声喝彩。

翻译问:"这个节目叫什么名字?"

张清水冷冷地说:"叠纸钱。"

王耀宗觉得不吉利,用东洋话曲解说:"七仙织锦!"

佐佐木和大佐赞叹说:"很妙!"

张清水从"纸钱"里取出一张,铺在肉案上,抢把刮骨刀再剖,便有一点点薄如蝉翼的肉屑飘飞到空中,因为太薄,不胜剖肉刀的风力,故而斜斜地飘舞。这个节目本名"月影飞萤",也是他的绝活之一。

日本兵喝彩如雷。

王耀宗问："这个节目叫什么名字？"

张清水淡淡地说："孝子焚香。"

王耀宗眉头一皱，曲解说："樱花怒放！"

大佐大悦，忘情地笑着说："妙！妙不可言！樱花！樱花！咱们日不落帝国的樱花就要开遍整个大东亚啦！"

接下来，张清水表演了两个自选节目，用点血刀剃去猪的睫毛，用方形大砍刀劈下粘在猪臀上的一根茸毛。二者的妙处在于猪头、猪臀纹丝不动，半丝无损，那睫毛、茸毛却连根削去，不留半丝毛茬。这两个节目本名"貂蝉画眉"、"孟德割须"，张清水却说："'描眉入棺'、'禄尽寿终'！"

王耀宗不敢直译，曲解说："'娥皇梳妆'、'玄奘剃度'！"

日本兵频频叫着"哟嘻！哟嘻！"，佐佐木和大佐心花怒放，忘情地朝肉案挤近了一点距离。

张清水透过肉块缝隙，看到佐佐木、大佐和王耀宗的鼻尖差不多贴近肉块了。他看到两大片金子奖章在佐佐木和大佐胸口熠熠闪亮，金色的光刺戳得他睁不开眼睛。他的心里涌起一股莫名的厌恶与憎恨。出于一名屠夫的本能，他觉得应当把他们遣开一点，他不能不考虑围观者的安全。他似乎应当警告他们，他是在肉案前舞刀弄棒，贴得太近会有意料不到的危险发生。

但是，他不能扫他们的兴。他的面前是一群杀人不眨眼的恶魔，稍有冒犯，他的眉毛下就会给佐佐木弄个窟窿。与此相反，他还巴望人们贴得更近一些呢。

他将身子略微往后缩了缩，遵从佐佐木的命令，开始了割肉表演。这一次，佐佐木有意刁难，让他用的一把笨重的方形大砍刀。

一连劈了十刀，每一次都毫无偏差。在鬼子兵一片狂呼乱叫中，他的大砍刀在肉架前上下跳跃，如翻飞的银燕，如盘旋的白鸽。刀刃削下的肉片如红雨，如彩带，如绣球，纷纷跌落在秤盘里。那悬挂在横杆上的肉块愈来愈小。佐佐木、大佐和王耀宗的面孔十分清晰地展览在他的刀刃前，并且，无意识地又挤近了一点距离。

十七

骤然间，张屠对眼前的鬼子憎恶到了极点，在劈削的动作中装作漫不经意的样子，用刀尖刮起两点豆粒大小的猪血，分别弹射在大佐和佐佐木胸口的勋章上。尤其佐佐木，猪血弄脏的刚巧是他那枚最新获得的勋章。

佐佐木敏锐地觉察到了这一点，他斜眼瞅瞅大佐，大佐有些不快，用手帕轻轻揩抹胸章。红色的猪血勾起了嗜血者的本能，骤然间佐佐木回味到了一种杀人的快感。他"嗖"地拔出腰间二十响的盒子炮，飞快地将子弹推上膛，用枪口抵住张清水的左眼，高声叫道："你的，一刀把猪头枕骨刺透，再把它的左眼剜出来。不然，死了死了的！"

张清水一惊："这……我换一把刮骨刀吧？"

"你的，刀的不准换，就这一把！"

日本兵一阵狂笑。

张清水抬眼瞅瞅横杆。被开水烫过的猪头眼皮紧紧闭着，眼球深深地嵌在厚厚的肉皮之下。他看不到那只左眼球。他手里是一把砍肉的方形大砍刀，无法将厚厚的枕骨刺穿，更别说同时剜出猪眼了。况且，他杀了一辈子猪，还没有过从猪头枕骨后部剜出猪眼的尝试。

他把眼光从猪头移开，落在大佐和佐佐木胸口的勋章上。那些勋章仍在熠熠闪亮，金色的光刺戳得他睁不开眼睛。他抬起袖子揉揉，有一股酸涩的泪水流出。他发觉眼帘上蒙上了一层薄雾。

他用哀求的眼光望望大佐，希图这个获取勋章更多的人能出面取消这个明显带有刁难意义的节目，救他一命。大佐在狞笑，显然，他是个比佐佐木更残忍的杀人狂。他又望望王耀宗，希图这个同祖同宗的中国人帮中国人一把，既然他是大佐的"智囊"，出面说句话，也是能办得到的。可是，王耀宗的脸上也是同样的狞笑。

他感到胸口憋闷得厉害。认定这一次是彻底地输给佐佐木了。他吃了一辈子鲜肉，而真正断绝吃肉的缘分就在今天。他有些悲哀，为自己一生的碌碌无为而悲哀。他缓缓地把眼抬起来，他看到佐佐木的枪口正准确无误地对着自己，于是他把眼光顺着黑乎乎的枪口望进去，他看到了一圈紧套一圈的粗粗的来复线，看到了那颗静卧在枪膛中的金色的铅弹。那铅弹在朝他龇牙咧嘴，跃跃欲出，做出各种挑衅和侮慢的姿势。他进一步朝里望，眼光透过铅弹，定定地落在佐佐木那只血红的微微凸起的大眼球上。

它的耳际响起了枪声，一声，二声，三声……连续七响。待了一会儿，枪声再一次响起，"砰！""砰！"……一共是三百零八响。再接下去，是连续不断的一千响——，就是说，在以后的日子里，至少还有一千个中国人倒在他的枪口之下……

肉案前幻化出一大堆带血的骷髅。

他喃喃地叫道：佐佐木是个神枪手，还有一口气割下一百零八个国军脑袋的大佐，还有不放枪的神枪手……

鬼子兵迫不及待的叫喊起来：

"神一刀！"

"神一刀！"

"神一刀！"

他骤然间有了一种自豪。

于是，他朝佐佐木骄傲地笑笑："刺穿枕骨剜出猪眼，这不难。"

佐佐木一怔，把盒子炮从他眼前暂时移开了。

张清水"嗖"地抡起大砍刀，在空中做了一连串虚晃的动作，恰如作法的巫师伸出双手在空中抓瞎一样。就在这抓瞎的过程中，他的手中已经神不知鬼不觉地换成了一把锋锐的芦叶刀，不待人们识破他的换刀伎俩，那白晃晃的刀子已经在肉架前飘舞了好几个圈儿，并在空中变换了许多花样。随之，那颗猪眼从猪头上飞迸出来，在半空抖动几下，和大砍刀同时落在地上。

猪头却纹丝未动。

鬼子们兴奋得狂跳起来。

大佐、佐佐木、王耀宗的感觉与众不同。在大砍刀发出一声脆响的同时，他们的眼前骤然一阵黑暗，赤橙黄绿青蓝紫七色组合而成的尘世猝然消失，恍如坠入一片混沌的深渊。他们不约而同地尖声号叫起来，又不约而同地扑倒在地上。

张清水跪倒在地，脸上流露出一种淡然的笑容。他感谢神明的帮助。

他想起了鲜肉的滋味。

一群鬼子兵上前将三名上司扶起来，只见他们都用双手紧紧捂住眼睛，红白混杂的黏稠汁液从指缝间泉水般的滑了出来——三名刽子手的六只眼球同时被刀尖重重地刮擦了一下，恰如利刃切开六颗熟透的葡萄，迅疾地凹陷进去，从此坠入永恒的黑暗。

大佐和佐佐木胸口的勋章上沾满了斑斑点点血迹。

僵滞了大约十秒钟。

一群鬼子兵扑上前，将数十把刺刀交叉着戳进了张清水的胸膛……

原载《湖南文学》

的哥麦碗

一

麦碗把父亲麦锅送到四川乡下老家回来，总觉得少了一样东西。屋还是老屋，桌椅床铺还是那几件二十世纪八十年代的旧货，连躺在摇篮里的儿子麦穗还是那团似乎永远长不大的肉东西，花生米般的小鸡鸡，肆无忌惮炫耀在两条大腿之间，尚不知世间有羞耻二字。他斜睨着这团肉东西，要把他养到自己这个一米七〇高度、六十公斤体重，从吃喝拉撒，到发蒙读书置房结婚成家，谋到一只饭碗，他这个父亲不好当。

麦碗这样想着，不由自主地来到麦锅躺过二十多年的屋子里。父亲的住房自然是最狭小逼仄的那间，散发出浓烈的霉气，窗玻璃蒙着厚厚一层灰，光线十分暗淡。眼下，屋子里唯剩一张铺着旧棉絮撤去了床单的旧式六弯床，父亲长期蜷缩在床上哼哼唧唧的身影没有了，这才意识到朝夕相处休戚与共的父亲已经不复存在，不由鼻子一酸，泪如钱塘江潮汹涌，坐在床沿号啕大哭。

哭了一阵，觉得心里好受了一点，便打妻子玉秀的手机，我回来了，饿得前胸贴住了后背呢。玉秀在村口麻将馆打麻将，边搓麻将边搭话，回来了！回来了就好，看看麦穗尿湿没有，尿湿了给换块尿布。碗柜里有现饭现菜，自己炒一碗填填肚子吧。离散场只差十场牌了，老牌友，不好半途抽脚走人。

麦碗没炒现饭吃，快快地下了楼，木桩一样戳在禾坪里，看着快要落山的日头，身影被斜阳拉得老长。阶沿下，卫东坐在小凳上，身子前倾，把搓衣板搭在木盆里洗衣服，一双膀子捋齐胳膊肘，搓出小半盆白色肥皂泡。

麦碗寻思着，照理，他应该叫她一声妈，但又叫不出口。卫东原是他后妈，麦碗三岁死了妈，父亲把他从四川带到湘北这个后妈家抚养成人。三年前父亲和她分了手。小楼一分为二，卫东带着儿子小

- 306 -

宇、媳妇梅生、孙女英子住一楼，父亲则带着麦碗、媳妇玉秀、孙子麦穗住二楼。一楼二楼面积一样大，谁住一楼，谁住二楼，是抓阄决定的。财产分割算是公平。只是父亲和卫东分手后，上下二楼不好再从卫东家里出出进进，只好在室外傍着墙砌了个窄窄的水泥楼梯上下。

卫东抬眼瞅瞅麦碗，见他眼里饱含哀伤，腮帮上的泪痕犹在。说，麦碗，回来了。麦碗说，回来了，刚进屋，小宇、梅生、英子他们呢？卫东说，英子去了学前班，其余两个去印刷公司打工了。你爹还好不好？麦碗犹豫了一下，说，现样子，好不了，也死不了。我守了两个月，家里事实在丢不下，就把他托付我二叔，自己先回来了。顿了一下，又补了一句，我爹还是念叨过您的好处。

麦锅资质不如卫东，生得矮瘦，脸上除了一些疙疙瘩瘩，还有三三两两金钱麻子，无论智商还是容貌，差去卫东两个档次，要不是丈夫遭遇车祸早亡，还拖着个未成年的儿子小宇，是断不会改嫁麦锅的。麦碗不会读书，没考上高中，成日在网吧鬼混，蛮大的坏事没做过，勤快是谈不上的，吃饭时没少被麦锅夺过饭碗。而每次等麦锅走开，卫东都要把饭菜重新热过，悄悄递到他手上。添置衣物，给小宇买的什么档次，他的也是什么档次。要说，还多亏她找娘家人筹借了八千元，送他考上个驾照。稍后，又是她找人贷款七万元，作为押金，把他送进万方的士公司，谋到一只饭碗。麦锅疑心重，硬说麦碗的饭碗是卫东用身子换来的，动不动一顿老拳。殴打的次数多了，有一次被她娘家人撞见，叫来十几个舅侄、姨侄，掐住麦锅一顿恶打，逼他在离婚协议上签了字。

卫东属于老三届，高中文化，说话不像一般的女人粗俗。二十几年，你爹的拳头不长眼睛，你是清楚的。当然，他对我也不是全无好处可念。说着，抬起袖子揩揩眼睛。

麦碗说，麦锅是麦锅，麦碗是麦碗。我和玉秀还是想叫你妈，从前怎么叫，今后还怎么叫。我和小宇还是兄弟。再说，麦穗您这个奶奶也没少照看。

卫东听出麦碗话中有话，长长叹口气，男子汉，忍着点。该去公司上班了。这年月，有台的士开，还真不容易。祥子给你代班两个月，算是尽到了朋友的义气。送你爹回四川时，去过六公司了吗？麦碗说，去过，预支了麦锅一个月工资。卫东说，回来之后呢？麦碗说，没去。横竖没有医保，又不能报销分文医药费，去干啥子呢？

卫东忍不住喉咙发梗，跑车稳当点，越来越严了，听说醉驾都入了刑。倘若带回了什么土特产，别忘了给公司马总送去一点，六公司的吴舜发科长那儿，你还是得去看看。这人心善，也是个明白人。不是让你送他人参燕窝龙肝凤胆。故乡的土特产送他一点，表示他这个人在你心中的存在。不是作兴活得有尊严吗？一个半死不活的破企业的人事科科长，哪怕你给个好脸色，也能感觉到一种尊严。其他的话，我就不多说了。

麦碗说，也就带回四斤干辣椒，一斤花椒。那地方，您去过，土特产也就一点花椒，并且种的人越来越少。卫东说，干辣椒，吴舜发科长和马总那儿，每处送一点，花椒算是稀罕物质，送给吴舜发科长吧。企业再穷，也还是人事科科长，拿只眼角照看你一下，也会沾点好处。麦碗说，知道您喜欢花椒，我是特意捎给您的。卫东说，你爹吩咐的吗？麦碗说，用不着他吩咐了，是我自己的主意。卫东说，送吴舜发吧。自家人，用不着客气。

二

玉秀打牌回来，赢了八元五角钱，脸上带有喜色，麦碗啊，你一去两个月，就不怕我偷人啊！两天一夜火车，买的卧铺还是坐票？哪敢买卧铺啊，开了一站，座位都以一百元卖给了别人。不像你，成日待麻将馆，养得白白胖胖，都成个肥猪婆了。玉秀一笑，养得白白胖胖，还不是给你预备的。快去洗个澡，我替你做饭。两个月的娱乐活动，今晚你得给我补回来。

麦碗神情木讷，没有小别胜新婚的兴奋。呆呆坐了一会，吃了晚饭，说，玉秀，这两个月，楼下的待你怎么样？没欺负你吧？玉秀说，哪能呢，卫东从前就贤惠，这两个月尤其贤惠了。英子送学前班后，麦穗全靠她照看着。拿英子和麦穗相比，看不出有什么彼此。梅生带回什么好吃的，都是一人一份。园子里的蔬菜，小宇浇粪时，也顺带替我们的浇上几瓢。要说，还是公公过分，自卑意识强烈，喜欢疑心生暗鬼，打人不掂量轻重。

麦碗说，平心而论，后妈做到这个份上，已经不容易。我们还是认了这个妈吧？玉秀说，我是同意的。卫东快六十的人了，哪有什么外遇啊。尤其麦穗，有个奶奶照看，就不担心人贩子拐走了。你不清楚吧，村口摆烟摊的藤生，儿子被拐了，派出所查了一个半月，连水漂都没有一个，一家人都急成了神经病。

麦碗说，玉秀，麦锅好歹是你公公，你就怎么不问问他的病情？玉秀说，该打。你不提，我还真把他忘了。他人怎么样了？……麦碗的眼睛湿润了，不再说什么。玉秀说，办丧事欠了不少账吧？听说棺木都涨到了一千五……麦穗该进学前班了，早晨送去，包一餐中饭，傍晚接回，半年是五千。如果全托，半年是一万。不送去吧，待到发蒙上学，成绩肯定赶不上班，输在起跑线上。

麦碗掩上门，把心中的小算盘说了出来，叮嘱道，这事，不能让第三者知道。玉秀叹口气，我懂。她指指楼下，卫东清楚底细吗？麦碗说，她问过我，我说没死，也没好，还是现样子。她应该不知道底细。八千多里外的山沟沟里发生的事，又是独家独户，连手机信号都没有。我不说，谁能知道呢？至于麦穗入托的事，向英子看齐。他们的收入比我们差不多少一半，还不是咬牙送读了。不然，长大又是一个麦锅。

三

六公司原是二十世纪八十年代初从四川山洞里迁来湘北的，那阵很气派，公司有四千多职工，还有个院士坐镇，业务都拓展到了伊拉克、伊朗、科威特和南非。到了九十年代初，公司说垮就垮，就像十二级台风吹折一棵大树，二十几个亿国有资产，折合成几千万，悄悄被人瓜分了。公司改制后，四十岁以下的职工，以二万到三万的价格买断，踢向社会，自谋职业。满了五十的踢不走，买不断，死死赖着不走，打着横幅游了多次行，为了维稳，公司也就始终未能进入破产程序。开始，每月工资三百来元，后来逐年涨一点，到了近年，已经涨到一千左右。

六公司地盘霸得大，那阵土地便宜，以每亩三百来元的象征性价格，征收了近郊菜农几百亩土地，到了新世纪初，这些土地的价值翻了近三千倍，每到快发工资的时候，公司就设法卖掉一点地皮，就如卖米糖的小贩，筛子大一个糖饼，你递来钱，就用锤子凿子敲下一小片。至于到时候地皮卖光拿什么发工资，也只能摸着石头过河了。

麦锅只念了小学，原是个优秀电焊工，七十年代中南五省电焊工大比武，他能在五秒钟之内找准大蒸锅底部芝麻大的漏点，蒙上眼睛把焊枪伸进去，轻轻一点，堵得严丝合缝，放大镜都看不出痕迹，为公司赢回了一只金杯。所幸没有买断，虽说没有三金，每月还是能领到一千元工资。

和卫东离婚后，麦锅吹过牛，只要社会主义还在，六公司就倒不了。六公司倒不了，我的工资就能旱涝保收。不像楼下，早出晚归，辛辛苦苦替资本家当奴婢，冲破天每月能拿回一千五。过的是人的日子吗？别的不说，这年月，谁家洗衣服不用洗衣机，可楼下还用的搓衣板，搓得气喘吁吁，像个产仔的猪婆。再说电视机，楼上早就换了二十七吋平板，楼下还是二十四吋黑白匣子，瞅着瞅着就要拍几下，你不拍，它就不现身。现了身也是麻麻花花，像患了白内障。

麦碗对麦锅的夜郎自大不以为然。平板电视算是高了一个档次，可也是娶玉秀时花二百元从网上淘来的二手货，人物影像连姚明都成了矮子武大郎。至于洗衣机，原是八十年代初从伊拉克带回的旧东芝，外壳锈得换了五次铁皮，响声比手扶拖拉机还高亢。再比方这幢二层小楼房，原本盖在卫东的宅基地上。麦锅一家属于城镇户口，没资格在郊区地盘上盖房，而六公司又无房可分。虽然盖房麦锅出了一半钱，地皮却沾了光。离婚分割财产，一家住一层，麦锅明显没掏地皮费。而按现时的市价，花十万也买不到一百平方米地皮。楼上的日子略胜一筹，有什么理由五十步笑百步呢？麦锅蛮不讲理，也是卫东决计和他分手的一个原因。

麦碗开的是台绿色爱丽舍。每个班辛辛苦苦跑车十二个小时，能挣五百多元，除掉油钱和卡子费，每天上交公司都不少于三百五十元。马总给的月工资多的时候一千五，淡季也就一千左右。一家四口，加上麦锅工资一千元，日子只能勉强糊住嘴巴。当然，如果少了麦锅的一千元，纯靠的士养家还是相当作难。

的士开进六公司大院。吴舜发正在开会商量卖地的事，见是自己的老乡，便溜出会议室，站在大门外花坛边和他说话。

麦碗，吴舜发说，找我有事？有事就长话短说。麦碗给他装了一支烟，把花椒拿出来递过去，吴伯伯，我特地来告诉您，我把我爹送回四川老家了。

吴舜发瞅瞅花椒，舌苔上泛起麻辣火锅的特有香味，心绪一下飞到了那个几千里外的故乡，说，惭愧啊，你爹病成这样，单位却没钱送他去医院。你把他送老家，隔这么远，谁侍候啊？

麦碗说，不碍事，有我二叔呢。老家空气好，没有污染，青壮年男女都去珠三角打工了，村里只剩些空巢老人。隔三五里住一户人家。这对他养病有好处。花椒是我爹特意给您捎来的，多亏老乡对他多年照看。

吴舜发说，等我工作稍微空闲一点，一定去看看他。三十多年前，是我把他带出那个穷山窝子，谁能料到公司会垮成这个样子呢。

我爹反复叮嘱过，不必去看他，这次我陪了他两个月，身子好多了，胃疼也减轻了，看过卫生院医生，兴许是误诊，八成属于慢性胃炎。调养一段时间，说不准就好了。

吴舜发盯着麦碗的眼睛，斜刺里说，你在那里待了两个月？

是的，刚好两个月。

吴舜发说，把你的裤腿卷起来，给我看看膝盖。

伯伯好逗，膝盖有什么好看的呢？麦碗又不是妹子。只有年轻妹子膝盖逗看，是软的，不见骨头。

吴舜发说，我就看一眼。说着，勾下腰，把麦碗的裤脚捋起来。发现他的两个膝盖变成了青紫色。说，怎么会是这个样子呢？像两只绿毛龟了。

山路不好走，摔了一跤。吴伯伯不清楚，田地都抛荒了，房前屋后都是疯长的草木，没条好路可走。

吴舜发盯着麦碗的眼睛，说，你有事瞒着我。

没有啊，吴伯伯。

吴舜发嗓音滞涩起来，我和你爹可是穿开裆裤时的结拜兄弟。如果我没猜错，你爹……应该不在了……麦碗，这么大的事，你都没通知我。而我的电话你清楚。单位再穷，职工去世了，也得派代表去送个花圈，开个追悼会吧。麦锅毕竟是国家职工啊！

吴伯伯，我爹真的没死。他的确还是现样子。

吴舜发不再说话，两眼呆呆地瞅着西边的天空。天上有大堆大堆火烧云涌动，一会儿变幻成万千匹奔马，如徐悲鸿的《百骏图》。一会儿幻化成一床硕大无朋的蜀绣，万花齐放，千姿百态，妩媚娇妍。一会儿幻化成满天雪花，像漫天飞舞的白色纸钱，给天地间充满了苍凉悲戚。他应该是想起了儿时和麦锅一起玩耍、追逐、放牛、爬树、掏鸟窝逗乐的细节。还有他们相交五十多年所发生的诸多往事。他自言自语，麦锅，兄弟没送你最后一程啊！……

麦碗觉得再隐瞒下去，就有失厚道了，说，吴伯伯……不是我不想通知，是我爹不肯。麦锅的脾性，您是了解的。不说单位，连左邻右舍、亲朋好友都没报丧。

死人是大事，就算丧家没通知，鞭炮一响，哪有不知道的？

麦碗说，上次回家，我是深夜三点把他背进二叔家的，没有第二个人看见。他在二叔家躺了一个多月，也没通知左邻右舍和亲友来看望。麦锅是这样想的，若是有人来看望，短不了要捎带些礼物。而我和玉秀住这么远，欠下人情没人还。不还吧，这还情的义务终究会落在我二叔身上。二叔也穷。不能给二叔增添负担。

那天，我爹是半夜十二点咽的气，凌晨五点天亮之前，就悄悄下葬了。我二叔临时抽下几块楼板，钉了个木匣子。就葬在我生母坟旁，木匣子是我和二叔悄悄抬上山的。不但连鞭炮都没放一封，坟上还特意种了些草皮，看不出是个新坟堆。

麦碗，你生下地也就尺把长，麦锅既当爹，又当妈，把你拉扯成人……如今，你也做父亲了，如何一点孝心都没有？麦锅生前，你没送他住院开刀，不怪你。要怪，只能怪单位太穷。可死了，就是剐皮剥肉，也该替他办场丧事吧？

麦碗说，不是我怕欠账，是我爹怕我欠账，原本家里就欠着七万元贷款没还。确实是他咽气时执意吩咐我瞒着。他当时很凶，逼我跪着发誓，我不应承，他就落不下最后一口气。他不咽气，我就只能长跪不起。二叔就对我说，答应你爹吧？答应了，让他安心上路。我仔细一想，麦锅说的也在理，就是吹吹打打做七七四十九天道场，他也不知道。于是，我就发了誓。

吴舜发眼睛湿了。可怜天下父母心啊！麦锅仅仅是怕你办丧事欠账吗？他的用意恐怕还不在这里……麦碗，你一个男子汉，就这样没有担当？毛主席临终也有交代，死后把骨灰撒进祖国的江河湖海，可去世后还不是用药水泡着，一直泡了三十多年？麦锅没死，你照他吩咐做没错。既然闭了眼睛，你做儿子的就该自拿主张。做父亲的，一把屎一把尿把你养大，图你什么？不就图一场热热闹闹的丧事么？……

唉，……既然是你爹的逼迫，伯伯表示理解。麦碗，你今天来，什么也没当我说……你爹的工资，月底你照样来领。如果有人问起他的病情，你就说，好也不见好，坏也不见坏，还是老样子。

麦碗跪了下去，谢谢吴伯伯。

四

麦碗送了两斤干辣椒公司马总。马总虽然拥有四个亿家产，对麦碗的馈赠还是挺感兴趣，说，四川的辣椒，味道和湘北的硬是不同。谢谢你了。回来了就好。万方公司五百台的士，一千的哥，你麦碗是最佳员工。你不知道，那个给你代班的祥子，可不是什么好东西，抢红灯、逆向掉头、拼客、拒载，不是我亲自出面说情，就破无罚款纪录了。的士营运，政府是个头疼的事。网上骂声一片，说的士难搭，强烈要求再增加一千台。加车，政府和交通局是求之不得，数量越多，他们得到的份子钱和管理费越多。可一扩容，满街的士比蚊子还密，大都放空车，以前你们跑一个月，扩容一千台，的哥恐怕到手八百元都难。所以，两会期间全市的哥联合抵制，搞了两次罢运游行，这才阻止扩容的提案没有实行。

麦碗清楚马总在借钟馗闹鬼，的哥到手的少，政府抽去的份子钱占比例大不假，出租车公司老板落得太多才是关键，再懒的的哥，每月上交短不了八千，多的不少于一万，除去给的哥的那点零头，马总每台净赚六千以上，五百台加起来，每月就是三十万。但他没胆量顶撞马总，附和说，再扩容，我们还活不活呀。马总抽了一口雪茄，说，麦碗，你要带个好头，严守交通规章，不要轻慢乘客。要注意自身安全。万圣公司一台的士被劫，的哥被几个小混混捅了刀子，至今没有侦破。哎，你父亲病情怎么样？麦碗说，没好，也没死。还是现样子，就这么熬着。有我叔叔一家侍候呢。

马总说，开过会了，传达了上面精神，打算在全市五千多的哥中遴选个先进典型报到北京去，角逐全国诚信的哥百佳。条件比较苛刻，得诚实守信，遵纪守法，受到乘客广泛认可，最好还有见义勇为行为。如果这个百佳出在咱们万方，对打出公司名气大有好处。的哥本人，就更不用说了。这年月，最难的是出名；不管什么人，一旦成名，电视台打广告、做节目、商品代言、杂志作封面，都会找上门来。什么犀利哥、乞丐哥、最美男交警、最孝大学生、最美围巾男、感动中国的卖卖提、拯救中国道德的羊肉串、大年三十为打工农民送去欠薪丢了性命的诚信兄弟等等，你是知道的。一个人，哪怕社会地位再卑微，一朝出名，身份和地位就变了。别人不说，就说那个农民朱之文，说句话打得人死，模仿杨洪基滚滚长江东逝水，一下上了春晚，今后还会种地愁吃喝么？

麦碗说，麦碗是个平庸人，从来不作非分之想，能解决一家大小温饱就满足了。马总说，人活得要有底气，当然，公司也会为你冲刺百佳创造条件。万方一千的哥，我最看好的是你。

麦碗露出苦笑，麦碗有什么看好的呢？

跑车五年，没出过一丁点事故，没有过一次违章记录，媒体收到有关你的表扬信一百多次，乘客遗忘在车上的手机、钱包、戒指、笔记本电脑等贵重物品和重要证件，只要是你拾到，都及时归还了失主，硬是没收过一分答谢费，九十多次主动停车搀扶跌倒的老人，其中三次被人恶意碰瓷，肋骨打断过三次，多亏录像头和过往行人仗义执言为你作证，才还了你清白。像你这种人，已经比大熊猫还稀少。市委宣传部会同电视台记者九次在街上进行的哥诚信指数问卷调查，你得了九连冠。街上每一棵梧桐树都认可你诚信度最高。

换了别人，还不和我一样。都是些鸡毛蒜皮的小事呀。古人有言，不以善小而不为；不以恶小而为之。我不是让你非夺那个百佳不可，只是鼓励你积极创造条件。马总，您并不完全了解我，麦碗也有不守诚信的时候。我最怕的就是表扬。您夸我，还不如扇我几个耳光。

五

麦碗觉得自己犯下了一个大错，一个没有机会弥补的大错。一件价值连城的玉器送去了当铺，事后可以赎回。而这个大错，一旦铸成，一辈子也无法赎回了。父亲麦锅确确实实不在了，他不可能活过来，再死一次了。

自此，麦碗跑车不免常常分心。有时，明明前方有个人站在街边招手，很像麦锅的身影，开拢去，却是一副陌生脸孔。回到家里，儿子麦穗伸手要他抱抱，他就想起自己，麦锅显然也是这样抱过自己的。有时，麦穗闹肚子，拉得他一身粪便，他从来不觉得脏。而麦锅养育自己，未必不和自己养育麦穗一样？人啊，在生时不觉得，直到没了，回想起来尽是好处。

由此，麦碗有过拒载，比方，前方有两个人一远一近站着等车，他总是本能地把的士靠在带着孩子的女客面前。再比方，前方有一个年轻人和一个老年人同时在等车，他总是偏偏方向盘，把的士靠在年长者一方。相对而言，青、中年打车，出手比老年人和女人大方，他们到点后，表上明明标示着八元，扔下十元就头也不回走了。女人和老人则会斤斤计较，哪怕搜遍全身找不出一元两元零钱，也会坐在车里等上半天，直到那点找零到了手，才会慢腾腾地下车。而麦碗宁肯少收一元两元，也觉得是一种心理平衡。

要说，这是一种情感倾向的转移。他觉得欠下父亲太多，所以，类似父亲上了年纪的人，他有理由尽可能给予照顾。他觉得人死了，如若还有魂灵存在。那么，冥冥中的父亲也是赞许儿子这种担当精神的。

麦碗的车号受到了有史以来第一次投诉，并且，那些投诉的帖子还沾上了互联网，跟帖者十分踊跃，差一点撼动他诚信指数九连冠的地位。

那天，一位大肚子中年人急煎煎地拦住他的车，拉开车门一屁股坐在副驾驶座上，急！快开，八门楼盘龙大厦拆迁工地。娘的，搞什么公务车改革，死人发火了还得打车。麦碗随手扳下空车标示牌，严格依照四十码的市区规定速度往前开。不一会儿就遇上红灯，停了下来。

中年人说，往左打，闯过十字路口，从萱草巷插过去！没见亮着红灯吗？往左打严重违规呀。吊销了执照我负责，我是政府张副秘书长。左打直插萱草巷！工地发生了斗殴，我得十分钟赶到现场！麦碗只得违章左打驶入萱草巷。张秘书长，刚才严重违章，摄像头是拍了照的。您得给市交警大队打个电话，要他们把录像销掉。不然，罚款一千扣三分是铁定的。中年人还真掏出手机给什么人拨了个电话。

进入巷子，遇上了一列长长的送殡队伍，一色的白衣白褂，打头的是台披戴白花的灵车，八大金刚威风凛凛簇拥着一具高大威武的柏木棺材，躺在棺材中的死者是个老头，因为灵车驾驶室顶部立着个大镜框，框子里是个老头遗像。紧跟灵车走着一群和尚道士，扬着白幡，摇着铃铛，八只唢呐一齐吹着勾人心魄的曲调，一听就有想哭的感觉。打头的孝子腰上缠着粗草绳和麻袋片，手里提根哭丧棒。他身后的孝男孝女足足绵延半里地。送葬的队伍每经过一户人家，那户人家就会点燃早已预备好的鞭炮，响了个噼里啪啦。而鞭炮一响，整个队伍就会停下来，待那个领头的孝子下跪，三拜三叩头，扔下一包香烟，礼毕，队伍继续慢腾腾往前挪动。

麦碗不由自主地将车速降至十码，缓缓地尾随在队伍末后。萱草巷并没有堵住，的士往右靠一靠，还是能够超过的。但麦碗没有超车的意思。他被这个送殡的场面感动了。尤其那个领头的孝子，一路上燃放鞭炮的足足有三百户人家，他也起起落落跪拜了不下三百次。麦碗想，那位躺在柏木棺材里的人，不论生活的幸福指数高低如何，单就这种厚葬的礼遇，九泉之下也该瞑目啦。

而麦锅死后，连鞭炮都没有燃放一封，便悄无声息地躺在那座遥远的青山上，就如一皮树叶掉进了草堆。两相对比，麦碗不由泪水迷离。更要命的是，街坊们的嘀咕他也听了个大概，六十六岁的牛四大伯原是个清洁工，一辈子没进酒店吃过一餐好的，一辈子没穿过一件高于一百元的衣服，养下个儿子黑皮坐了十年牢，出监时身无分文，为办这场丧事，不惜举债五万多元，这样的孝子，世上少有啊！而他麦碗呢？连个劳改释放犯都差得远了。

秘书长冲麦碗吼，哎，还走不走啊？这死的不会是你爹吧？我不是说事情十万火急吗？加速，九十码，冲出巷子！麦碗说，政府和公司有规定，为了社会和谐，的士严禁和迎亲队伍、送殡队伍抢道。我只是个的哥，不敢违反规章制度。什么狗屁规章制度，听我的，一百码，超过去！

麦碗说，市委朱书记和王市长的小车都给送殡队伍让过道呢。可不，从前死了人，一律送殡仪馆火化，为了构建和谐社会，都允许在单位和自家屋前摆设灵堂了。婚丧嫁娶，从前严禁燃放鞭炮，眼下哪一条街上不是噼里啪啦鞭炮响个不停呢？再比方清明节，政府还定为一个法定假日，前后三天不上班，便于扫墓。就为这个扫墓，尽管火灾频发，损失惨重，政府还是依了老百姓意愿。百善孝为先啊！副秘书长不由怒火中烧，指着手表说，你一条巷子就耽搁了二十九分钟！我记住你车牌号码了，你是成心和政府作对！

我一个普通的哥，成心作什么对呢？蚂蚁敢和大象作对么？就当您是秘书长，也是父母生，父母养吧。网上说，毛主席的祖坟被人掏了，记恨了一辈子。人家牢里蹲了十年，对老父生前的孝敬是谈不上的，出监后替老父亲办场丧事，弥补生前的不孝，您就不能多一点理解吗？

好，好，成全你当孝子！王八蛋！副秘书长拉开车门，气咻咻地下了车，招手搭上另一台的士，飞也似的开走了。

这天上班，麦碗被马总叫到办公室谈话。马总开诚布公说，说来我都不敢相信。近来，T15488接到了好几次投诉，其中两人是科级公务员——应该不属于诬告。那个科长说，他正在某宾馆开会，中途赶去市委临时取回一份重要文件，而你却舍近求远，故意绕过他，去搭载一个女性。另一个属于副科，说你把他视为坐车不给钱的小混混，的士原本在他面前停下了，他正准备拉开车门，你却一踩油门，飙到了三十米开外一个老头面前。结果耽搁了他去银行汇款，生意大受损失。当然，还有一些投诉。我就不一一列举了。麦碗，这些都是事实么？

麦碗说，一人难满百人意，就像对春晚的评价。就当这些投诉属实吧。可我做错了吗？女人，瘦得像跟芦秆，还拖着个娃娃，又在下雨，优先一下不可以吗？讲到老人，也不正符合老人乘车优先的文明规范么？市委宣传部印发的《争当文明市民一百条》的小册子，我都能倒背如流了。

老人、妇女、儿童优先固然没错，而按先后远近次序搭客，恐怕更符合国情。你要理解中国特色社会主义这个名词。马总翻翻台历，还有一条投诉最重要，市政府张副秘书长打你的车，在萱草巷遇上送葬队伍。三分钟车程，据说你开了二十九分钟。可有这回事啊？你耽搁了人家的公务，待他改乘其他的士迟迟赶到，斗殴已经白热化，一个干警的胳膊打折了……麦碗，你道副秘书长怎么说？——让那个的哥立马滚蛋！

麦碗血往额头上一涌，说，有这回事。马总如果想让我滚蛋，我麦碗二话不说。从现在起，我得有点担当，不能事事处处顺从他人意志。只是，市委书记、市长都给迎亲和送殡的队伍让过道，电视和网上传为美谈。为什么一个副秘书长就不能给送殡队伍让让道呢？我只想弄清楚，麦碗向书记、市长学学亲民作风，有什么错。

马总意味深长地一笑，那是作秀，网民起名亲民秀。当不得真的。明显是事先安排嘛，事先安排，懂吗？就是设局的意思。不然，如何恰好让市电视台记者逮个正着？有句流行话，要想幸福指数高，看新闻联播；要想看到社会真实面，上互联网。麦碗，我试着帮你分析了一下心理动机。人有追求，有担当，这没错。但也有哲理，欲速则不达。这都是你为本市的哥诚信指数测评九连冠荣誉所累，再加上冲刺全国百佳心理过于迫切，便产生了一些南辕北辙的行为。麦碗，我分析得没错吧？

麦碗还真觉得这种分析驴唇不对马嘴。九连冠十连冠什么的，他压根儿就没当回事，冲刺全国百佳之类，他做梦都没想过，就如他从没想过花三元钱买张体育彩票中奖几千万一样。他有什么累啊？……而他确实又感觉很累……

马总说，当然，这些投诉，我都一一挡回去了。我说，那个拖着娃娃的女客患了急性阑尾炎，电话打了三家医院的120，结果九台救护车全都刚好出车未归，那女人就把求救电话打到了我这儿，我又给你打了电话，你才绕道送她去医院抢救。至于当孝子的事，全因丧家是个吸毒抢劫犯，老爹死在床上半个月，身子都发臭了，他回家才发现，差不多哭了个半死。为此，憋着一口恶气，事先就给八家的士公司老总提出了警告，谁的的士某一天敢超他送葬队伍，挡了他爹登天的道，他就白刀子进红刀子出。所以，作为老总，我事先给公司的哥们一个个作了预警。虽然某个干警折了一条胳膊，但总比白刀子进红刀子出要好。这不，网上那些批评的帖子，我让秘书身穿马甲发了十几条正面回帖，全都倒戈，几乎百分之百改为给两个科长和张副秘书长拍砖，几万人在狂顶你呢。麦碗，你不清楚吧，宣传部第十次的哥诚信指数问卷调查，你又夺了个第一名。坏事变好事，理该祝贺你。看来，这全国百佳，你有六分把握了。别把投诉的事搁在心上。从前怎么跑，以后还怎么跑。你这人，贵在深明大义。最近，公司开了董事会，作了个内部决议，可以给你透透风，倘若你评上了的哥百佳，你那七万元押金全额退还，这台爱丽舍就是你个人财产，跑车的收入全是你的……对了，眨眼过去了四个月，和老家联系没有？你父亲的病，是好了，还是恶化了？如果去世了，你得告诉公司，再远，公司也得派几个人去吊唁。

谢谢马总。联系了。好也不见好，坏也不见坏，还是老样子。

六

农历七月半，是湘北地区十分看重的鬼节。据说这一天，死者的魂灵都会光顾自己的家门，一是来看看家里人是否平安，二是来向家人要一点钱花。据说待阴间也要进行货币交换，而且凡间闹通胀，阴间照样闹通胀，凡间看重CPI指数，阴间也看重CPI指数。是夜，只要有子女后代或其他亲人的，几乎家家户户都要买一些纸钱，用黄表纸包好，用毛笔注明汇款数目，再写上东圣神州冥府银行故显妣（考）×××大人受用字样。然后放一封文武鞭，烧掉，昭示亡魂们前来领取。这种形式，虽然象征意义远远大于实际意义，但既然约定俗成，也就代表逝者在生者心中的尊严与地位。

麦碗已经记不清四川故乡是否也有这种风俗。据说人的记忆是从六岁开始的，而麦碗三岁未满就到了湘北。也就是说，他只能入乡随俗，后妈卫东怎么做，他和玉秀就怎么做。

农历七月十四，麦碗跑白班。玉秀打他手机，说，麦碗，小宇和梅生买回了一大捆冥币，卫东正在一叠一叠包扎写字。明天就是鬼节了。咱们怎么办啊？麦碗说，我也不是没考虑过，给麦锅烧点纸钱不花多少钱，问题是，鞭炮一响，村里人都知道了。村里人知道了，就等于六公司知道了。吴科长知道了不打紧，而公司其他领导知道了，就会引起麻烦，甚至连累吴科长。真是犯难啊。

玉秀说，没给你爹办丧事，已是一辈子亏欠，如果这次连鬼节都不表示，我这做媳妇的都得让人戳背脊骨。麦碗，你信不信？麦穗昨晚从学前班回来，还装模作样给我洗脚。他说，阿姨说的，爹妈是最好的老师，小娃娃要向爹妈学习，爹妈孝敬爷爷奶奶，小娃娃看在眼里，记在心里，长大也会孝敬爹妈。爹妈不孝敬父母，小孩子长大了也不懂孝道。听这话，我吓一跳。还有，麦穗突然问我，怎么好久不见爷爷了？麦碗，你拿个主意吧。

麦碗关掉手机，一会儿又拧开，对玉秀说，这几天打车的，大都是买纸钱的男人女人，有的还买了纸糊的平板电视机、苹果电脑、苹果5S手机、宝马小车，有的还搭上个纸剪的三陪小姐。我想想就难受。我看这样，卫东是个细心人，她也对我说过，麦锅对她也不是全无值得念叨之处。你装作不懂规矩的样子去楼下看看，如果她有什么意思，至少会对你有个暗示。你尤其要留个心眼，看她在纸钱包袱上写下的人名。懂我的意思了吗？玉秀说，懂了。

这天下午，玉秀去卫东家，见大门虚掩着，装作借东西的样子推开门进去了。果然看见卫东伏在饭桌上写包袱。见玉秀进来，忙把一桌子的包袱收拢，装进筐子。这样，哪一码是写给谁的，一眼看不出来。

卫东说，玉秀，麦碗明天是日班还是夜班？玉秀说，日班，他晚上不跑车。和麦碗说一声，明晚八点整，我和小宇、梅生、英子给小宇他生父，还有我的生母、生父烧些纸钱。他们都得到场跪着，一直待到纸钱烧尽。以前是各家各户自择地点烧的，引发过火灾。今年村里有规定，统一在村口农贸市场空地上烧，安排了防火员拿着灭火器守着。这样，就得比比排场，比比阵势了。谁家的纸钱烧得多，谁家的鞭炮燃放时间长，都会相互瞄一眼……你和麦碗、麦穗就不必到场了。但得关掉电视，在自家客厅点三炷线香，面西跪着，不待鞭炮声停息，不能起来。

玉秀说，为什么向西跪着呢？卫东说，第一，亡魂都去了西天，回家取钱自然从西方来。第二，你不记得你是谁的媳妇了？四川在哪个方向啊？玉秀说，奶奶，我懂了。

玉秀瞟瞟满满一筐纸钱包袱，意识到其中也有属于麦锅的一部分汇款，十分感动。说，奶奶，凡是我和麦碗没想到的，奶奶想到了，凡是我和麦碗想到了的，奶奶已经想在前面……我和麦碗打算把傍在外墙的水泥楼梯拆了，两家合一家。麦锅和麦碗，虽然属于亲父子，但论做人，还是有区别的。公公蛮不讲理，而我和麦碗心知肚明。眼下，麦碗、小宇也都大了，都能挣钱了。麦碗呢，公司看好他，工资也在往上涨。待到还清贷款，日子活泛一点，我们也会孝敬奶奶。再说，麦穗一时一刻都少不了奶奶照看。麦碗说过，别的回报没有，奶奶百年之后，他和小宇至少会给奶奶办场热热闹闹的丧事。

小宇、梅生也有这个意思。待他俩回来，我再和他们合计合计。

玉秀，刚才我的交代，记住了吗？

玉秀说，记住了。

七

是夜，农贸市场的鞭炮声陆陆续续响起来，烧纸钱的火光把夜空都映红了。麦碗关掉电视机和电扇，门上插上闩子，点燃线香，领着玉秀、麦穗向西跪在地板上。玉秀说，麦穗膝盖嫩，给他垫块棉絮吧？麦碗说，皇太子啊？和他老子相比，我麦碗三岁前过的什么日子——成日躺在屎尿堆里，自己拉下的蛔虫抓住当豆角吃。就跪地板。不搞特殊化。玉秀便依了麦碗。

麦穗不知道一家人为何跪着，几番挣扎着要起来。麦碗吩咐玉秀，把他按住。玉秀就按住麦穗，不许他捣蛋。麦碗自己跪得端端正正，听到鞭炮一响，便设想麦锅的魂灵驾着五彩祥云飘下来，飘到农贸市场，笑微微地领取汇款的样子。转而又想起那个故乡山村伤心的夜晚，麦锅逼他跪地发誓的样子，泪水从眼眶里涌出，喃喃地说，爹啊，宽恕麦碗的不孝吧。那晚，是儿子做得不对，麦碗悔不该没待你的身子变冷，就将你入殓下葬了。爹啊，您原是一名好父亲，一名优秀国家职工，理当受到厚葬，理该通知六公司开个追悼会的……今晚，麦碗、玉秀、麦穗给您赔罪、补上大礼了……麦碗还记得，您咽气后，眼睛是睁着的，圆鼓鼓像一对皂核，麦碗知道您死不瞑目的原因。您是惦记着爱丽舍的贷款没还，惦记着我们日子过不下去。爹要相信我们，只要我们诚实做人，勤恳干活，欠下的债务是会还清的！

玉秀也叨叨着，公公，玉秀对不起您。玉秀嫁麦碗，您没送我金戒指，我一直耿耿于怀。眼前，我知错了。不是您吝啬不想买，而是因为穷，怕欠账太多，我和麦碗还不起。您就不要记恨媳妇的不孝了。公公，今晚我和麦碗、麦穗替您烧纸钱了，您就大方些花吧。

农贸市场的鞭炮还在响着，而且正进入高潮。但时间已经过去半个小时。玉秀觉得跪着有点难受，反复扭动着屁股，说，麦碗，差不多了，可以起来了吧？麦碗说，不行。妈和小宇、梅生他们没回来，就证明包袱还没烧完。烧纸钱有个规矩，得架空慢慢烧，每一片纸钱都得烧透，要花一段时间，不然，亡魂到手的钱就会残缺不全。玉秀说，麦穗就不用继续跪着了，他身子嫩。麦碗横了玉秀一眼，哪一根竹子不是嫩笋变的？现时娇惯他，长大成人后对父母心就硬。玉秀说，假如温家宝总理这时登门给你送红包，你麦碗难道也不理睬？麦碗说，你这猪婆尽想些不着边际的事。

　　这当儿，手机还真响了，而且一直响到麦碗接听。玉秀说，什么事啊？不早不晚偏偏节骨眼上打过来。

　　麦碗仍然跪着，说，出事了，有人蓄意和咱们的爱丽舍碰瓷，马总、交警都赶到了现场，让我也赶过去处理。玉秀说，问题是，给公公行大礼的事给搅了。

　　麦碗犹豫了几秒钟，说，玉秀，你和麦穗继续跪着，直到卫东他们回来。我还是得赶过去。说着，开门悄悄下楼走了。

八

　　麦碗拦住一台的士赶到现场，路灯下瞅一眼，不由吃了一惊。之前和的士碰瓷，心怀鬼胎者大多是小混混和青、中年，而眼前趴在地上直哼哼的，却是个五十多近六十的老人。他的爱丽舍停在街道右侧，一台老掉牙的破摩托歪倒在爱丽舍旁边。马总站在自己的宝马前，黑着脸反剪双手瞅着，两名交警其中一个在拍照，另一个正用皮尺量着的士和摩托的距离，心里在推演事故的某种可能性。

　　麦碗想给祥子一记耳光，但手伸到半空又落下了。马总生气地说，麦碗，我就提醒过你，不要找祥子这种人搭档，你硬是不听。麦碗说，您不知道，祥子是个孤儿，二十五了，不说结婚成家，连三餐饭都不得到口，谁肯让他吃一餐，要他喊爹喊爷都应承。我实在不忍心他这个样子。马总，您要骂就骂麦碗吧。

　　交警们测量推演完了，其中一个朝那个倒地老人屁股不轻不重踹了一脚，厉声说，为老不尊，还好意思呼爹叫娘装死！换作别人的的士，我们倒还真会怀疑有可能违章，唯独T15488，自上道以来还没过违章记录。可不，爱丽舍靠右正常行驶，车速不过四十码，街道也宽，车辆行人稀少。你这破玩意儿既没牌照，原本就是台废车，见爱丽舍车速慢，故意横道绕过来，爱丽舍老远就刹了，它如何碰上你摩托？就算挂倒，也该有点痕迹吧？起来，你自个说说碰哪儿了？老子正想逮个碰瓷的典型，明天的现场会上亮亮相。走，上车，今晚丢号子里喂半晚蚊子，让你尝尝挨着马桶睡觉的滋味儿！

没想到交警这一骂，老人连忙爬起来，嗵的一声跪了下去。麦碗仔细一瞅，活脱脱一个麦锅，真还以为是父亲借尸还魂了。三根骨头挑着一个头不说，上半身穿着的一件灰色汗衫破成了一把布条，就像捆仙绳捆着的一串五花肉，脚上穿一双绿色旧军鞋，十个脚趾头露出了六个。麦碗想恨都恨不起来，说，您这么大年纪了，怎么还违规跑摩的呢？就没有儿女给您一口饭吃？站起来说话，跪着我麦碗折寿呢。老人瞅瞅马总和交警脸色，站了起来，说，唉，我知道，你们跑车也不容易，但实在也属迫不得已。一个独生女儿，十四岁被人贩子拐跑，八年了，至今没找回来。老伴得了肺癌，去年农历七月十五伸了脚。想起今晚过鬼节，又正巧是她的周年。有儿有女的都在替亡魂烧纸钱，我也想替她烧一点，实在掏不出钱来买鞭炮、冥币，一时犯糊涂，就临时冒出个损了心的法子。说着，哭了起来，嗓子沙哑，伤心伤肺，咱们家的娟子，要不是被人拐走，这会儿肯定也在给她妈烧纸钱的……

两位交警不时面面相觑，拿不定主意是带走老人好，还是放人好。带走吧，这老头还真是头一次，送进号子，别说得不到分文罚款，至少还得对付他三餐饭。放人吧，马总的脸色摆这儿呢。大概想到麦碗是个诚信的哥十连冠，说，麦碗，一看车号，我们就认出了你的爱丽舍，老头讹你，他也承认了。带走还是放人，我们今晚权力下放。你表个态吧。

马总冲麦碗打个挀笑，说，麦碗，你看你看，还是当名人好吧。人民警察都把你当高参了。麦碗心里很不是滋味。一是恼火碰瓷老人搅了他给麦锅行大礼，二是只道父亲命苦死得太早，没想到还有比麦锅更作难的老人存在。而麦锅再苦，每月还有一千元，眼前这位，连买点纸钱都得冒这个险。万一挂着了，这条老命不就交待了？而这个万一并非没有可能。这样一想，心就软下来。说，多亏交警同志到场，辛苦二位了。又劳驾马总亲自赶过来。我麦碗真不好意思。我看……还是放了他吧？

交警说，十连冠的哥说关就关，十连冠的哥说放就放。恭敬不如从命。滚吧！碰瓷老人抱拳作了三个揖，搀起摩托，准备离开。等等，麦碗从口袋里抠出两张皱巴巴的票子，递过去，二十元刚好买一封鞭炮三斤纸钱。老人双手抖抖嗦嗦地接过钱，说声谢谢好心兄弟，骑上破摩的，消失在街道尽头。

马总钻进宝马，伸出脑袋说，祥子，驾车把麦碗送回去，以后向麦碗学着点。为人处世不怕穷，就怕活得没底气。交警感到有点不可思议，麦碗，人家蓄意碰瓷讹你，你就怎么一点愤怒都没有？没有愤怒倒也罢了，还掏给人二十元钱。你怎么想的嘛？这事，我们回去就发帖。到时，你也看看帖子吧，百分之百会火起来。麦碗淡淡地一笑，我真的没怎么想，也就同情老人而已。

九

鞭炮声已经停息。听到楼下卫东一家四口返回的脚步声，这时，麦碗刚好回到家里。玉秀说，怎么处理的？没撞伤人吧？麦碗把事情经过说了一下。玉秀把已经趴在地板上睡熟了麦穗抱起来放到床上，哎呀，不对劲。麦碗，摸摸你儿子的额头吧。麦碗伸手摸摸麦穗的额头，有些烫手，吃了一惊，怎么回事，这么热的天气，如何让他感冒了？你这猪婆，就知道打麻将。

玉秀说，能怪我吗？你逼他在地板上跪了一个钟点，跪着跪着，就趴地上睡着了，沾了凉气，如何不感冒？麦碗说，我走后你开电扇了？玉秀说，这么热，不开电扇热死去啊？麦碗说，趴地板上睡着，电扇这么对着后背使劲一吹，如何不感冒？说着，抱起麦穗，下楼给卫东摸摸额头，这才确定是真正发烧了。卫东当即催麦碗给祥子打手机，要他驾车火速赶回来，把麦穗送医院看急诊。一直弄到凌晨四点，卫东、麦碗、麦穗才从医院回来。

第二天，麦碗跑夜班，傍晚六点在村口和祥子接车交班，恰好遇到小宇梅生下班回家，卫东抱着麦穗从卫生院看病回来，五口人刚好凑在一起。

梅生问卫东，还发烧吗？卫东说，37.2摄氏度，不碍事了。梅生一瞅玉秀不在，数落说，有你这个奶奶，玉秀真丢得开。麦碗，说你没底气，还真是没底气，婆娘的麻将瘾都治不了。明明儿子感冒了，麻将照打不误；说你有底气，还真是有底气，网上看到了表扬你的帖子，人家蓄意碰瓷，你不但不生气，反倒出手二十元，买个活雷锋名声。

其实，卫东也从卫生院看到了这个表扬帖子，心里有一丝说不出的滋味，便问麦碗怎么回事。麦碗就把经过复述了一遍。卫东似乎觉得麦碗也没有做错，而梅生的敲打要说也不是完全没道理，便笑了笑。

梅生没有见好就收，又补了一句，麦碗啊，生成一张乖嘴，待奶奶百年之后，你和小宇给她办场热热闹闹的丧事——可得兑现哦！亲爹尸骨未寒，奶奶悄悄替他烧些纸钱，连躲在屋里跪一会都做不到；死人嘛，想哄就哄吧，当腌牛肉拿去卖钱都不知道。可活人哄她，奶奶算是自作多情啦。麦碗有些尴尬，觉得互联网不是个好东西，你打个嗝放个屁都给你张扬出去。

卫东数落梅生，我还没满六十，就催麦碗给我办丧事，咒我快死啊？情况特殊，麦碗临时抽身去一下，要说错，也错得没离谱吧。梅生，你说话怎么嘴巴变毒了？小宇也觉得梅生说话太过，说，天下就你梅生是个孝女啊！亲娘夏日炎天背一大袋无籽西瓜，走三十多里山路来看英子，走时也就打发十元钱，刚够买一张汽车票；娘家自发集资修祠堂，大老远找上门来，为了给你长面子，我掏出一百元，硬是被你夺回去换成一张五十的。你杨梅生底气才足呢。梅生说，我待娘家抠门儿，还不是为你李家省钱？你和麦碗这对兄弟，对自家人都是口松屁眼紧。

卫东说，都是一家子，说话都不要太刻薄。麦碗有那片诚心，也就够了。今后，谁再借一丁点小事指葫芦骂冬瓜，我都不依不饶。麦碗，你跑车去吧，稳当点哦。麦碗说，妈放心，我会注意的。

第二天早晨麦碗交班后回家，头一次朝玉秀发了火，警告说，以后再拿麻将当饭吃，咱们就散伙。玉秀脸皮厚，笑着说，散伙？离婚？散了火还怕你不养条母狗泻火。不打麻将可以，你是我老公，替我找份活干啊。又怄了什么人的气吧？麦碗就把受梅生抢白的事说了，并叹了一口气，唉，真是一步错，步步错。去六公司，挨吴舜发一顿骂。回到家里，我都成个把死人当腌牛肉卖的逆子了。人一穷，猪八戒照镜子，前后不是人。

玉秀嘀咕道，要说呢，纸钱原是烧给活人看的，排场也是做给活人看的。咱们吊唁麦锅，只能像个贼一样躲着屋子里不敢露面，连的士出了事耽搁一会都好像犯了天条。虽说领了麦锅那点退休工资，可偷来的锣鼓打不得，又有什么意思？这做贼样的日子，何时是个头啊！

玉秀一句话平平常常的话，还不是她的原创，弄得麦碗心里一震。他觉得玉秀说的真是一个警句，偷来的锣鼓打不得，又有什么意思？但口头上，还是予以驳斥，活人给死人烧纸钱，明明是些假币，还得烧。这是为啥子呢？——图个心诚。妈说得好，举头三尺有神明。之所以讲个心诚，也毕竟是为日后活得有点底气。

玉秀说，麦碗，我看，那个什么百佳，你还真得去争，去夺。这也是碰瓷呢，万一碰中了，到手一台爱丽舍不说，奖个三五十万不是没有可能。那样，以后做人就大方了。麦碗说，你这猪婆又做白日梦了。马总怂恿我去争，是希图公司出名，你也跟着瞎嚷嚷？那个什么百佳，除非麦锅葬进了龙头地——伤痛不经意又一次被他自己勾起，眼睛一下就湿了。

不过，几天后，梅生还是给麦碗赔了不是，悄悄告诉他，你不清楚，那晚烧的纸钱包封一共是一百二十只，单单麦锅就占了八十封，加起来是七十万冥币。卫东还真是不记恨，烧纸钱时尽念麦锅的好处。麦碗没想到后妈如此讲感情，况且，两家已经合为一家，遇事有个妈照看掌舵，心里一下子舒展多了。

十

自此，他跑车更加勤快，态度更加和善，并且又创造了几次见义勇为的纪录。麦碗的形象，一次又一次出现在报纸和电视屏幕上。对此，麦碗虽然不很在意，但底气指数还是在悄悄攀升，说话的嗓门都大了一些。

眨眼之间，两年过去。两年之内的两个清明节和两个鬼节，卫东都给有关故人烧了不少纸钱，虽然麦碗一家三口仍然执行回避政策，但耗费全由麦碗一人支付。小宇和梅生抢着掏钱，他都挡了回去。由此，对麦锅的负疚，也随着时间的流逝而渐渐稀释了。

这天夜里，吴舜发科长打他手机，麦碗，是你跑夜班吗？麦碗说，我正好当夜班，吴伯伯您要用车？吴舜发犹豫一下，说，那好，你把的士开到蔡伦巷巷口，我有公事要出去一下。麦碗见是恩人要用车，自然乖乖绕过几条街，很快将爱丽舍开到吴舜发面前。

吴舜发特意理了头发，西服革履，胳膊下夹个小皮包，很风光很有钱的样子。他身边站着一位约莫四十来岁的女子，穿着打扮也是经过着意修饰的，算不上美女，倒也有三分姿色。吴舜发介绍说，这位是省发改委的肖处长，头次来公司检查工作，我陪她看看夜景，顺带汇报一下工作。麦碗说，既是上级领导，怎么能乘的士看夜景呢？吴舜发说，惭愧，六公司原本就一台桑塔纳，老总坐着出差了，打车逛街，想必领导也不会见怪。说着，朝那女子打个飞眼，两人相视一笑，眼光相触后又马上掉开了。

麦碗人虽老实，但 IQ 和 EQ 并不低。麦锅在世时就透露过，吴舜发和老婆闹离婚都有日子了，嫌发妻年纪老，相貌土，在外头找了个相好，才四十来岁，被发妻在宾馆捉过现场，吴舜发也挨过那女子丈夫的揍。开始，吴舜发死不承认，但调出宾馆楼梯间、电梯里的录像看看，两人出双入对的影子历历在目，只好对发妻认了错。好在发妻没工作，短不了丈夫的工资维持生计，最后选择了睁只眼闭只眼。麦锅怀疑卫东也有外遇，显然是拿他的光屁股结拜兄弟作了参照。

玩车震，麦碗不是没遇到过。车在街道上开着，坐后面的男女肆无忌惮逗乐调笑，脸皮厚的甚至动手动脚，嘴巴咬得吧唧吧唧响，全然不顾前座有个的哥。麦碗很反感，觉得自己的尊严受了亵渎，向马总汇报过。马总也就笑笑，说，如今越来越开放，买私家车的越来越多，打车的越来越少，为了保住客源，你就睁只眼闭只眼吧。世上还有几个男人不养小三呢？麦碗觉得马总说的也有道理，自此只是多了个心眼，遇上恶意调戏妇女或挟持妇女的，他决不听之任之。

吴舜发和那女子上车后，便双双坐到了后座，而且靠得很紧。麦碗说，吴伯伯，去哪？吴舜发对那中年女人说，领导说去哪好？女子有点扭捏，说，随便。吴舜发说，玉泉休闲山庄吧？女子说，你们公司穷，不必破费。吴舜发说，先绕沿城风光带溜一圈。

麦碗就以三十码车速，缓缓绕了一圈，说，吴伯伯还想去哪只管吩咐。今晚免单。吴舜发说，陪领导，属于公事，公司再穷，也没有让你免单的道理。去郊区湘妃竹林吧。

麦碗不再说话，把的士开出城，缓缓开到了湘妃公园的竹林间。这儿是个新开发的休闲山庄，湘妃竹和斑竹十分茂密，林间鸟雀啁啾，鹧鸪声声，离市区有三公里，夜间基本没有游人，也不收门票。爱丽舍开进竹林深处，吴舜发吩咐把车停下。中年女子说，吴科长，有什么要谈的，你就说吧。吴舜发说，忘了带点小吃来，要是能边吃边听我汇报，最好了。说吧，想吃点什么？中年女子说，那我就不客气了，现在最想吃的是烧烤羊肉串。吴舜发说，领导想吃，我得尽地主之谊。麦碗，你下车去附近小店买三十只羊肉串来。

麦碗说，这容易，开车去，开车回，不过十分钟。吴舜发说，一是领导有点晕车，想在这歇会儿，林子里石凳冰凉的，还是坐车上好。二是我的汇报属于公司人事安排机密，当着你的面有点不方便。说着，递给麦碗一张百元票子，拜托。麦碗觉得有点荒唐，这是在欺负人，把他当奴才使唤。

见麦碗坐着没动，吴舜发说，麦碗，你爹这个月工资，领了没有？麦碗不由心里一动，说，领了。吴舜发说，眼皮子一眨，快三年啦。现在兴了一个规矩，长期休病假或退休的，年底得亲自去单位拍个照。可能死后吃空饷的事其他单位也存在。你爹呢，我让电脑店PS

了一张照片，也就搪塞过去了。嘴巴千万得上把锁。

麦碗听出这是要挟。不错，我麦碗是的哥，是替路人开车的，但跑车是一种职业，不是当奴才。世界上有客人坐在车里，的哥徒步替临时雇主寻找羊肉串的吗？你的钱就这么大？但底气再也提不上来。在吴舜发的默契配合下，自己冒领了麦锅三年工资，这是事实。倘有挑逆，吴舜发随时可以找个借口，把麦锅的名字勾销啊！由此，他一下子陷入了沮丧，极不情愿接过钱，兀自下了车，缓缓走出竹林，拦住一台破摩的，开进城里，找了几条小巷，买回三十只羊肉串，用塑料薄膜袋子裹着，循着来路进了竹林。一个往返，足足花了四十分钟。

还隔二三十米，便听到吴舜发的喘气声和那年轻女子直哼哼，是那种极度放得开的叫床声。再靠近几步，便看到爱丽舍正在有节奏地颤动摇晃着，就像电影《红高粱》中的颠轿。麦碗已经意识到车里在干什么勾当了。又等了五分钟，才发觉一切归于平静。麦碗觉得有点恶心，走近去打开车门，把羊肉串递给那位满脸红潮的女子。

待到把两个人送回各自的住处，已是深夜十二点。吴舜发交给麦碗一百元车费。麦碗瞅瞅计价表，找给吴舜发九元纸币。吴舜发不肯收。麦碗说，吴伯伯，麦碗还没有过收费不找零的先例。吴舜发就把找零收下了。笑一笑，麦碗，理该成全你。伯伯差一点忘了，麦碗是本市诚信的哥十连冠呢。

离天亮交班还差六个小时，麦碗没再搭客，而是直接把的士开到家门口，把后座上黏黏糊糊、沾满卫生纸的蓝色布套撤下来，上楼抛在玉秀面前。玉秀正在看电视剧，瞧瞧麦碗脸色，拈起布套看一眼，说，怎么就收班了？莫不是又怄气了？麦碗说，不是提前收班，是后座套子弄脏了，得换换。玉秀说，才换下不到两天。打车人的屁股这么金贵？仔细看看布套，笑起来，知道了，如今的男人女人呀，嫌床上干那事不尽兴，改在小车里找乐子，一个个都骚闷了。麦碗说，你知道是谁干的吗？——吴舜发。

玉秀呵呵大笑，吴舜发这人，待人还是好，就是贪色。不过，专挑你麦碗的车干这事，也太过分了。麦碗又把吴舜发打发他徒步卖羊肉串的细节说了一遍。玉秀说，你有把柄在他手上捏着。其他的哥，他不可能有这么大胆子。麦碗，要不要告诉卫东？麦碗说，千万别。不然，她会气死。

玉秀找出洗过的干净布套，塞给麦碗，说，拿去换上吧。还可以跑五个小时。这撤下的垫套暂时不洗，你明天拿给马总瞅一眼。麦碗说，给马总看什么？他除了赚钱，还会管你什么野合不野合？巴不得五百台的士都办成流动妓院呢。

玉秀一想，觉得麦碗老受人欺负也不行，把撤下的脏布套塞进一只塑料袋，说，搁的士尾箱里，明早交班后送马总瞅一眼。麦碗说，你嫌我丑没丢够啊？玉秀说，你就不会脑子急转弯。你是马总的员工，你丢丑，他的丑丢得更大。这是激将法。我放一百个屁，就算九十九个臭的，剩下一个必定是香的。你照我说的去做，对你有好处。你试试。如若不灵验，屁股让你捶五十下。当然，见了马总，该说什么，不该说什么，你自己会拿捏。

麦碗还是不明白玉秀的用意，说，你倒是说说，这样对我有什么好处？玉秀说，到时候你自会明白。麦碗犹豫了几秒钟，想想玉秀的聪明，还真搂着干净布套，提上塑料袋下了楼。

十一

第二天上午，玉秀抢在麦碗前面给马总打了个电话，马总啊，您老人家说万方一千的哥，最看好麦碗，许诺公司为他冲刺百佳创造条件，网上公开投票已经弄了一年多，麦碗虽然进入了前五百名之列，可离前一百就差得远了。万方也得学唱刘欢的歌，该出手时就出手，红红火火闯九州啦！马总说，离投票截止日期还有一个月，公司自然会加大宣传力度。玉秀啊，论厚道，你不如麦碗。论机灵，麦碗不如你。你的老公你最了解，人品确实不错，但有点办事一根筋，枕头边上，多开导开导，让他也主动配合一下。玉秀说，他这人有点麦锅的遗传，我会帮他把这根筋扭一扭。

麦碗见了马总，还真把脏布套给他看了看。马总仔细一瞅，佯装生气的样子，说，什么鸟男女，也太放肆了，安全套都扔到 T15488

上了。打狗也看主人面吧？何况我的的哥离全国百佳只差一步之遥啦！麦碗……要成大事，还得有肚量，大将军韩信发迹之前还受过胯下之辱呢。好了好了，我都知道了。别搁心里去，你驾车七年，优秀事迹点点滴滴，早就整成了材料，网上登着，照片、视频也上了网。广大网民的赞成票也在日日攀升，我坚信你入选百佳不会有问题，倘若运气好，进入前十大有希望。老实人终有好报。这坐垫套子，你拿回去洗洗干净，安安心心跑你的车吧。马上就是国庆长假，打车的一多，说不准乱子也出得多。顺带和祥子交代一声，跑车多留个心眼儿。

麦碗从公司出来，也没感觉出玉秀的那第一百个屁有什么香味，傻子猪婆呢，怂恿老公又丢了一回丑。他悻悻地骂了一句，提着塑料袋子往回走。

十二

一周之后，正逢国庆长假第一天，麦碗跑白班。街上张灯结彩，游人如织，车如流水，的士变得难搭起来，走到哪儿都有人挥手拦车，这一拨儿还没下完，另一拨儿赶紧挤了进来。越是客源好，麦碗越是细心，越是注意温良恭俭让，每一拨客人下车后，他都要掉头看看后座是不是有人遗忘了什么物件。

约莫中午十二点四十分，他把一对喝得半醉的外国青年男女从伊丽莎白大酒店送至古银杏公园大门口，习惯性地掉头瞅瞅后座，发现坐垫夹缝里有一只布匣子，便赶紧拾起，冲那对红毛男女背影大叫，哎，哎，掉下东西啦！掉下东西啦！——可没人搭理他，打车人的影子眨眼就被人流湮灭了。这时，又一拨人要上车，麦碗说，对不起，的士抛锚了。

身穿制服的保安走过来，催他立即开走。麦碗说，不是抛锚，是客人遗失东西了，我得等他返回取走。倘若开走了，他们上哪儿找去？保安认出他的车牌号码，哟，T15488，真是名副其实。请稍微往边靠靠，行吗？麦碗说，这没关系。便把爱丽舍挪动了几米距离，停在一棵显眼的古银杏树下。并将写有此车抛锚字样的塑料牌立在驾驶室玻璃后面，并拜托保安若是有人前来寻找失物，请指指他的爱丽舍。

大约等了一个小时，并不见失主找来，麦碗就把布匣子拿在手上看看，沉甸甸，金晃晃，像只猪腰子，做工不是一般的精致，是一只金属匣子上蒙着厚厚一层绿色绒绸，白银绲边，扣子也是金晃晃的，绿色绒绸上的图案，不像常见的俗气，仔细一瞅，印着一些淡淡的英文字母，麦碗完全不认识。大约又等了一个小时，还是不见失主找来。麦碗试着将匣子打开，竟是一条铂金项链，上面镶着七颗碧绿色钻石，中间那颗最大，忽闪着幽光，刺得他眼睛发花；粘在项链上的是两方制作精美的小金属片，其中一片印着英文标签，另一片是一个小图案上烙着 GIA 三个字母，不知道是什么意思。除此之外，匣子里一无发票，二无名片电话号码什么的。麦碗把匣子扣上。他无法主动告知失物的主人，唯一的办法只能待这儿等候了。他有点着急，一是为失主着急，二是为耽搁了生意着急。

眼看日头偏西了，日头落水了，公园内外的路灯及装饰节日的奇形怪状的花树都亮了，游人也渐渐褪去，以至完全走空，还是不见失主找来。他给祥子打了个电话，让他搭公汽赶来公园大门左侧接班，他不能把爱丽舍开到村口去了。

半个小时后，祥子来了。麦碗告诉他拾到项链的事。祥子想看看。麦碗说，不能看，担心被抢。我们俩一起把车开回公司，交马总处理。祥子扮个鬼脸，说，看一眼有什么关系？如果是条真项链，硬是没人认领，拿去珠宝市场卖了，我祥子只要个零头，行么？麦碗说，这样想一想都是错误。祥子涎脸一笑，开玩笑呢。麦碗说，不是开玩笑，我踹掉你这个搭档了。

爱丽舍开到公司，马总恰好独自在办公室等着，好像预约看病的专家。麦碗说，这么晚了，马总还没下班啊？马总说，过节事情多，一时走不开。看看麦碗拾到的项链，淡淡地说，既然等了五个小时没人来找，要么玩具项链，小摊上十元一条，二十元三条；要么演员用的仿制品，更不值钱。你暂时拿着吧，再过一两天没人找，也没登寻物启事，你就给你儿子玩去。麦碗说，万一是真的呢？还不知急成什么样子呢。马总说，你说的，也有道理。这样，咱们三个人姑且去德鑫珠宝行找熟人验证一下再作决定。

接着，马总也坐进爱丽舍，径直开往福泽大道德鑫珠宝行。这是本市格局最大最具权威性的老字号珠宝行。总经理认识马总，听马总说明来意后，当即叫来珠宝行最权威的鉴宝师。

这是一个从香港特聘的珠宝鉴别老专家，秃顶，脸孔干扁如一枚核桃，一双小眼睛却像鹰眼一样毒，恐有九十多岁了。老头把三人领至有四名保安把守和不锈钢栏围住的里间，先用肉眼瞅了几眼，没说什么，随后取出放大镜，细细看了一遍，说，这是意大利米兰出产的世界知名蒲昔拉蒂祖母绿钻石项链，Buccellati 是它的英文名，小标牌上 GIA 三个字母是国际鉴定认证标志。总重三十一克，总长四十厘米。中间这颗祖母绿钻石超过了五克拉，七颗钻石总重超过了十克。铂金链条不说，单讲这祖母绿钻石，目前国际珠宝拍卖市场的价格，每克拉在二十万至二十六万元人民币之间波动。就是说，这条项链最保守的价值也在二百万到二百五十万元之间。本人在香港和纽约珠宝行供职三十八年，经手出售过这种项链也不过四十条。老头把项链放回匣子，递给马总，这仅仅是我的初步鉴定，如果需要百分之百的准确性和各种详细参数，还得经过一系列仪器检测。你也可以找其他专业珠宝鉴定机构鉴定，但得花一定的费用。

马总抱拳说，您老的鉴定我相信。拜谢了。祥子不由吐吐舌头，我的祖宗哎，二百五十万？忽悠吧？老头对祥子有点不屑，叮嘱马总，节日人多，老夫奉劝一句，如果是您太太的，最好不要在没有保安护卫的场合随意佩戴，卸下时最好置放在保险柜中，送其他珠宝行鉴定，一定得有人现场严密监视，以防无意中被人调换。多余的话我就不说了。

从珠宝行出来。马总说，麦碗，是你发现的？麦碗说，没错。拾物交给您了。我们还得跑晚班，不能耽搁生意。

马总说，刚才这个老头，是个中英混血儿，叫史蒂文森，国际知名鉴宝权威，过了他的眼，基本没有误差。麦碗，你放心。我会以公司名义，立即向公安部门、新闻媒体报告，让他们以最快的速度登出拾物招领。现在交通发达，飞机、高铁、火车、轮船，真是坐地日行八万里，行天遥看一千河。说不定失主早就离开本市，待在纽约握着刀叉了。所以，这个拾物招领还得上有影响的知名新闻媒体，央视什么的。消息一经公布，百分之百会造成轰动效应，如有新闻媒体采访，你实事求是说出经过就可以了。

麦碗说，物归原主就行，炒作就免了。记者我清楚，一丁点小事，会追问到十八代祖宗去。比方这拾金不昧，你不昧了一次，他会盘问你是不是一辈子拾金不昧。你见义勇为了一次，他会盘问你是不是穿开裆裤时就有见义勇为行为，是不是也有过贪生怕死的时候。

马总说，炒不炒，是政府和记者的事，你我都管不着。雷锋去世了四十多年，也炒作了四十多年，这次又翻出来爆炒，也由不得他本人做主了。一元的羊肉串可以拯救国人道德大滑坡，二百五十万元的钻石项链，能拯救世界末日来临啦！好了，去吧。

十三

回到家里，卫东带着英子和麦穗在看电视，一问玉秀，去了麻将馆。麦碗有点生气，当即打电话朝她恶，你给我死回来。奶奶一人带两个小的，想累死她啊？卫东说，国庆长假，小宇、梅生也打麻将去了。饭焖在锅里，自己吃吧。麻将瘾要治治，但也只能文火慢慢炖，不要吵。不怕穷，就怕家庭不安宁。我带他们看看电视，累得死吗？玉秀洗坐垫套，都搓了老半天呢。她也不是天生的懒骨头。再说，论聪明，这一家子她算第一。网上说，儿子的智商随娘走。玉秀智商高，麦穗智商也会高，长大考个重点大学不会有问题。

麦碗吃了饭，陪卫东看电视，说起了白天的事。刚说个开头，玉秀匆匆回来了。卫东说，还真有点怕处了？玉秀说，妈，您说我几时怕过麦碗？麦锅欺负妈这么多年，我可不怕麦碗欺负。他敢欺负，我就不许他沾我的身子，熬死他。我是回家报喜的。我们一边打麻将，一边看央视的国庆晚会，屏幕底部反复插播一条滚动新闻字幕——白果市的哥麦碗驾驶爱丽舍T15488，于今日中午行至银杏公园大门口，在后座上拾得祖母绿钻石项链一条，初步估价二百五十万元以上，失者可携带有效证件及失物所属证件发票前来认领。此项链现保存于市工行金库。的哥麦碗电话130×××××××；麦锅所属万方公司总经理电话139××××××××……市电视台、省卫视台，都在同时插播这条消息。麻将馆老板一上网，看到差不多所有网站，都在主页头条登出了这条消息！麦碗你走狗屎运啦！

卫东一喜，问麦碗，玉秀不会是扯白吧？麦碗点了一下头，事倒是真的。玉秀赶紧换台，将黑白电视机调到央视一台，拍拍机箱，节目现身了，再一瞅，果然看到了那条滚动字幕新闻像蛇一样重复着往前梭。

麦碗嘀咕道，怎么这样快呢？……从公司到家里，中途就吃了一碗饺子，加起来不到一小时，难道马总坐火箭去北京登出拾物招领了？马总玩手脚有一套，恐怕是什么人设了个局吧？

设你个头哟！玉秀说，真像麦锅一样没见识。现在是光纤时代，信息时代。编条短信，撳一下按键，一万公里之外的奥巴马一秒钟之内就能收到。清明节扫墓玉泉山发了火，消防队风忙火急刚赶到，全国的大小网站就播出了这条消息。这都是什么人设的局？你和祥子一走，马总肯定给什么记者打了电话，记者是睡觉都张着耳朵等新闻的，一听到二百五十万物归原主，又是个穷的哥，即便正干那事儿时都会抽出东西暂停，跳下床敲几下电脑，消息不就传上网了？记者是抢新闻，谁抢先一步，是会拿奖金的。加之丢物件的是美国人，恰好又是国庆，中央电视台正好给点脸色外国人瞧瞧，证明咱们社会主义不像你莎朗斯通妖婆说的那样糟，能不立马插播字幕？等着瞧，因为急，现在还只是字幕插播，不待一天，记者们就会苍蝇叮狗屎，把你追到厕所去，摄像啊，视频啊，采访啊，盘问你祖宗十八代属牛还是属鼠，黄蜂一样蜇死你！

卫东说，玉秀说的在理。谁敢拿二百五十万设什么局啊？假如麦碗隐匿不承认——我是假如，一无人证，二无物证，三无旁证，前一拨儿下，后一拨儿上，一个班上上下下几百上千人，的士里又没安摄像头，即便上了法庭，也没法下判吧。麦碗，你又做了件善事，麦锅算是养了个好儿子。

正说话间，小宇和梅生回来了，他们也是看到那条消息后赶回家的。小宇正待报告，卫东说，不用说了，都知道了。梅生开玩笑说，待麦碗评上全国百佳，有了钱，立马给奶奶提前办场热热闹闹的丧事。

麦碗一下又陷入了尴尬。那个史蒂文森眼毒，电视台的记者们眼更毒啊，顺着你九曲十八弯肠子往后捋，往前捋，捋了个人捋单位，捋了单位捋爹妈，若是捋出吃空饷的事儿，再加上那个什么方舟子一打假，别说全市十佳，全国百佳都会一撸到底。他麦碗还有脸在白果市待下去吗？

卫东见麦碗有点不安，说，梅生，原本一只香饽饽，经你咬一口，它就臭得生蛆了。小宇说，这猪婆简直是个丧门星，要提前给我妈办丧事，那索性连你爹你妈一起办了！玉秀就笑，少见识。提前办丧事修坟墓的多了去了，尤其修坟墓，修得越早，寿命越长。阎王爷误会你想早死早享福，偏不让你死，让你活到头上长角。网上花去几百千把万替活人造墓的消息多去了。

梅生说，其实，我是高兴，无论如何家里出了个名人，我也会沾点光，至少不至于卫生纸用多了几圈，小宇都要心疼得吃去痛片。我只是为麦碗犯难，这一回，动静闹得大了，采访的肯定是大牌记者，就怕麦碗扛不住。比方说问起麦锅的情况，麦碗如何回答？撒谎说他还待老家吧，别说四川，伊朗、叙利亚、美国不远？还不照样坐飞机去采访？

卫东说，梅生说的完全有可能。这样，除了麦碗，从今晚起，我们关门上锁，躲梅生娘家住几天，手机都关了。大伙赶紧收拾一下赶夜车。第二，麦碗能回避，尽量回避，理由是拾物归还原主，七年一贯制的做法，值不得采访。反正就那点事儿，全由马总扛着。麦碗，你的顾虑一家子都清楚，万一被记者逮着，你就事论事，不要扯远。电视里的新闻发布会都见过，不好回答的问题支吾过去。听懂我的意思了吗？麦碗说，听懂了。

第二天，麦碗跑白班。客源不是一般的好，上午八点，便接到了二十几个本市本省电视台记者要求现场采访的电话，麦碗一律拒绝，稍后干脆把手机调到漫游。约莫十点，接到马总一条短信：开机！我有重要事情交代。麦碗只好取消了漫游设置。

马总说，麦碗你听着，今晚九时整，由市委宣传部牵头组织的新闻发布会，在解放大道国际文化中心中央大厅举行，你务必提前30分钟到场。单北京方面就飞来了20多家权威媒体大牌记者。失主也找到了，是一对美国青年情侣，此时正在新加坡赶往省城的航班上，不会误点。已经敲定，发布会由央视著名女主持人担任。节目安排第一项，领导讲话，分三个梯次。第一梯次，市委书记、市长、市人大主任、市政协主席讲话；第二梯次，主管公交的副市长、主管文化教育的副市长、市公交局局长讲话；第三梯次，市出租车协会主席讲话，我代表万方公司发言。第二项，属于重头戏，初步安排两个小时，由你接受采访提问。从明天起，是各路记者后续采访，除了你本人，重点是采访父母亲人。我说过，你爹患病送去了四川老家，记者说，乘飞机飞成都，很简单，无论如何都要找到你父亲，问问他是怎样从小给予你诚信教育的。麦碗，赶紧准备一下。

麦碗不由冷汗直冒，说，马总，行行好，我就不接受采访了，您全权代表吧。马总说，物归原主的是你，不是我，我怎么代表你？这是央视特意安排的国庆长假的重头戏，很有可能上新闻联播。主角缺席，全盘砸锅。这可是政治任务。节目录制得好，不但给白果市长脸，也给中国长脸。

麦碗近乎哀求说，马总，放我一马吧，我害怕。害怕什么？你做贼啦？你偷人项链啦？美国人打车、上车、下车、你追还失主、坐车里等候，包括去德鑫珠宝行鉴宝，一切有录像作证，这些录像，全都调出来验证过了。届时，将在发布会的大屏幕播放。一对年轻大学生，会从新加坡赶来找你碰瓷讹你麦碗不成？人家是来认领失物，感谢你麦碗。

麦碗关掉手机，不理睬马总。他最担心的就是连带采访父母。真是哪壶不开提哪壶啊。他麦碗不会钻那个圈套。

这会，恰好有个老人去六公司，麦碗便打开车门，下车将他搀扶进去，并替他扣好安全带，以四十码车速缓缓往前开。待到把老人搀扶下车，麦碗关上车门坐在车内，远远瞅着公司财务室那个窗口，心里一阵阵发虚。

马总说他不是做贼，而他觉得自己确实做过贼，并且从那间屋子偷了整整三年零四个月，一共作案四十二次，每次偷窃一千元，加起来是四万二千元……若是这些丑行被揭出来，他麦碗，儿子麦穗，死去的父亲麦锅，善良的后妈卫东，乖巧的妻子玉秀，质朴的兄弟小宇，口恶心慈的弟媳梅生，加上天真无邪的英子，好心的吴舜发科长，将情何以堪？

想着那些无法抹杀的往事，麦碗悔恨交加，不知所措，忍不住给玉秀打电话，把马总的意思转述了一遍，让她拿个主意。

玉秀说，麦碗啊，我问你——你有鸟蛋没有？麦碗说，你这猪婆，我都急死了，还说痴话。玉秀说，有鸟蛋，就得像个男人。是男人，就得有底气。这事儿，你是第一主角，新闻发布会开不开，怎么开，一切得由你安排，不能由他人搓圆捏扁。主动打电话马总，不听你安排，你就闪人。总不能跨省追捕吧？打呀！

麦碗底气往上一提，打通马总的电话，说，我是第一主角，发布会如何安排，由我定。不听我的，我就闪人。总不能跨省追捕吧？

马总说，麦碗我的爷，我的老爷！书记市长们都预备讲稿了，中央大厅的布置也正紧锣密鼓进行，百十位大小记者已经开始进场，抢占有利位置，摄像机、照相机、话筒长枪短炮对准舞台，黑压压一大片。如何能由你安排呀？

麦碗说，发布会横竖我不到场。您说所有经过都有录像头录像，调出来给他们看看就成。那对美国男女来了，您和公安局验明正身，把东西还他就是。第二，这事与爹妈无关，取消亲友采访。第三，我忙着跑车，失主想和我见个面，我也说不准在哪里。针鼻大的眼，吹出碗大的风，完全没有必要。说着，关掉手机。

十四

卫东领着一家五口，躲在三十里外的梅生娘家，第一个晚上无事。第二天晚上，也就是国庆长假的第二天，都觉得山村里有些寂窦，小宇把地坪里那只电视信号接收盘弄了弄，收看电视节目。

入夜七点整，央视综合频道新闻联播，有关麦碗的新闻露脸了，虽然只有短短的三分零九四秒。镜头却剪辑得很朴素，很简洁，很真实。

在女主播甜美而略显平和的解说中，先是白果市节日街景的扫描，一排排古银杏从眼前掠过，让人感觉到这个江南古城深厚古朴的文化底蕴，切合路不拾遗，夜不闭户的民风，接着是的士上下客人井然有序的场面，再接着，推出一组的哥麦碗拾到项链，待在车内等候失主的镜头。日头高高悬在天上，直到日头西沉，麦碗和祥子驾着爱丽舍 T15488，一直开到公司，将拾物交到马总手上。

镜头切换，返回夜色中的市区，由一台警车开道，后面紧随一台敞篷小车，在人丛中缓缓穿行，走走停停。这时，主持人插话，失主终于找到了，他们是一对美国大学生，男生叫杰克，女生叫玛丽，从新加坡匆匆赶来，从万方公司老总手上取回了丢失的项链。但他们有个愿望，那就是和的哥麦碗见上一面。成问题的是，麦碗正在这座城市跑车，谁也不知道他此时身在何处。待到他们赶到一个地方，麦碗的爱丽舍又搭客开走了。出于对外宾的礼貌，随行的交警大队队长，只得给这座城市值勤的交警统一下达了一个指令——若是遇到 T15488，一定得截住。这不，指令还真灵——镜头切换，在一个街道拐角，麦碗终于被一名交警截住。交警向麦碗行了个举手礼，如果我们没认错，你就是的哥麦碗吧。有人想见见你。

杰克、玛丽从小车里下来，同时扮个鬼脸，眼一瞅，发现了麦碗。与此同时，麦碗也认出正是那对年轻男女。玛丽抢上前，用半生不熟的中文叫了一声，麦碗！紧紧地和他拥抱，弄得麦碗有些尴尬。杰克则从小车里拿出一束白色康乃馨，送给麦碗，也拥抱了麦碗。之后，以爱丽舍为背景，拍下一张三人合照。麦碗站在中间，左边是杰克，右边是玛丽，杰克和玛丽同时伸出大拇指，说，的哥，中国，OK！

看完新闻，卫东和玉秀总算松了口气。小宇说，麦碗这人，也太上不得台面了。女大学生拥抱一下，吓得像蟒蛇缠住了身子。梅生说，就你脸皮厚，巴望漂亮女人抱抱。小宇逗趣说，玉秀，麦碗回来，可别打翻醋坛子，我看得一清二楚，是女大学生主动拥抱麦碗。那个什么杰克，送花之后，也拥抱了麦碗。玉秀说，杰克都不吃醋，我吃什么醋啊？要说，我就一点想不通，这么值钱的东西，还给了你，就送一束花？马总说专门安排了失主送感谢费的项目，还特意叮嘱麦碗拒收；如果失主不给感谢费，万方公司事后也会悄悄给。既然电视里没这个镜头，恐怕马总会就汤下面，不给了。这等于万方借麦碗出了名，什么成本都没花。

卫东说，不收感谢费也好。收了，反而显得没境界。刚才，我一边看电视，一边琢磨，那些录像镜头我一个个盯着，眼都没眨一下。平时也没少看破案的电视新闻，警察调出的录像镜头，尤其夜里录下的，都是昏昏糊糊。怎么麦碗的录像这么清晰呢？还真像摄像机专门对准他拍下的。

玉秀说，城市建设日新月异，安在街道上的录像头、电子眼，也在不断更新换代，自然是越来越清晰。比方，我们用的旧手机，300像素，照张相根本看不清楚。而新上市的苹果5S手机，800万像素，照张相，蚊子分公母，蚂蚁辨雄雌。

卫东笑一笑，说，美国人富是富足，也不至于富到随便把一条价值二百五十万元的项链扔在的士里吧？并且还是看到中国打出拾物招领，才跑来领去的。美国占领华尔街游行，都闹了半年，这就证明他们日子也有些吃紧。第二，如果麦碗没那个境界，想隐匿，还真不成。把录像调出来一验证，你能不乖乖认账？这事儿，有没有人玩手脚，也未可知。

玉秀呵呵大笑，二百五十万，我们看起来蛮吓人，发达国家就不当回事。占领华尔街也好，占领伦敦也好，瘦死的骆驼比马儿肥。美国人的工资相当咱们三十倍。胡锦涛、温家宝年薪不过二十来万人民币，新加坡总理李显龙年薪五百万美元，相当人民币三千多万。往近处看，马总身价四个亿，抽支烟我们一家吃三天。他会玩这点手脚？奶奶，可以撤兵了吧？

卫东说，记者们既然千里迢迢来了，才在新闻联播里露一下脸，其他新闻媒体显然还没达到目的。估计后续采访还没结束。我们暂时还不能回去。等到麦碗通知确认记者撤兵了，再回吧。

国庆长假第三天上午，麦碗来了电话，他告诉玉秀，我一闪人，记者们就软了，全都撤了，书记、市长也没挽留他们。玉秀说，知道了，记者们撤了，我们也撤。

十五

马总把麦碗叫到办公室，说，白果市在新闻联播上露了脸，你光荣，万方公司光荣，全体市民都光荣。但你闪人，领导们还是有想法的……因为你不配合，记者们要走，也就没人挽留，好像采访不采访，和领导们没关系。就说那个新闻联播吧，安排在第二条，相当不容易了，领导们看了却说拍得差劲，把市民的道德素质与党的领导脱钩了。你这一闪人，只得开着车满街去找，新闻联播里露脸的角色就你一人，二十九位领导人没给零点一秒镜头。书记、市长见了我，脸色都不大好，意思是我没安排好。

麦碗说，我闪人，不正是为了把露脸的机会留给领导么？央视的编辑要剪掉，如何能怪我？马总说，当然啰，不去香港，不知钱多。不到北京，不知官大。你一个厅局级干部，在地方上蛮牛气，在央视大牌编辑眼里，简直就是芝麻。不过，话说回来，你麦碗还是有责任，如果你不闪人，所有节目都在台上进行，而领导们坐在你身后，他们想剪都剪不掉。好了，不说这事了。告你一个喜讯，你这电视一上，网上的投票，一下就窜进了前二十，而且还在飙升，说不准会夺个第一名。你要做好去北京出席颁奖大会的准备。你这扮相、身材也不错，成名后短不了有企业找你拍广告、当形象大使什么的。那个何炅就是小跑车形象大使。而你，说不准会当爱丽舍、捷达的形象大使呢。俗话说，人怕出名猪怕壮，你看看各个网站和近一向的报纸，已经开始炒你了。你是万方员工，进了百佳，万方就是当然的全国优秀出租车公司。说着，从抽屉里掏出一只鼓鼓囊囊的信袋，递给麦碗，这是失主给的三万元感谢费。

麦碗说，我已经弄清楚，发达国家不兴给什么感谢费，拾物归还失主，就像无意间绊倒一把椅子，顺手扶起来一样平常。能感谢一束鲜花，就算高看了。而给钱，就是人身侮辱。再说这项链，不但是我，连我后妈，都觉得有点巧……街上那些录像头，好像美国的制导炸弹，专门锁定拉登、萨达姆一样，一个接一个，都清晰得过分。我走到哪个弯弯角角里，都录了下来，而平时，录像头根本涉及不到有些死角。我就是有心隐瞒不交，还真不成。

马总深感错愕，哈哈大笑，麦碗你多心了，实话实说吧，录像头确实录下了一些镜头，但大都昏昏糊糊，为了开好发布会，请 IT 专家作了进一步加工，把每一段录像都增强了亮色，有几个镜头还翻拍成 3D 动画，就像美国大片《阿凡达》。这次的拾物值钱一点，你怀疑设什么局，你之前一百多次拾金不昧，难道都是人设什么局不成？麦碗，你有什么心事藏着掖着吧？麦碗说，能吃能睡能跑车，我有什么心事呢？

马总说，没心事就该有点底气，问心无愧就行。这三万元，不说什么感谢费，改称公司的奖励，总该可以了吧。美国人不兴感谢费什么的，那是价值观不同。我们是中国特色社会主义，放过你这种行为不奖励，每一个市民都要骂我抠门。不但公司要奖励你，关于你破格提干的材料，公司已经上报市公交局、市人事局了。估计待你从北京领奖回来，就会批下来。到时，你就属于国家编制。说着，把钱袋塞进麦碗的口袋。见麦碗还有犹豫，补了一句，你老婆玉秀跟得上时代，该不该奖励，你问问她。

麦碗觉得口袋里塞着三万元，浑身不自在。还真的站在大门口花坛边给玉秀打了电话，要她拍板。

玉秀说，一没偷，二没抢，三没骗，公司给的奖励凭什么不收？你就不会想一想，一个月赚一万多，政府和马总拿走了百分之九十，给你的工资只是个零头。拿着，心安理得！卫东如果有什么想法，我给她脑子里那根筋也扭一扭。市场经济搞了三十多年，见了钱还打哆嗦。

十六

入选全国百佳的正式通知下来了。颁奖仪式在北京人民大会堂举行。马总和麦碗一齐参加了会议。

大会宣布评选结果，麦碗被排在百佳第一名，拿到了一尊精巧别致的水晶奖杯，另获奖金二万元。这一回，麦碗没有闪人，不是不想闪，而是闪不了，仪式刚结束，麦碗走到哪儿都被记者堵住，连去一下卫生间，门外都有人守着。你越是说值不得采访，记者们越是盘根究底。麦碗只好死猪任凭开水烫，怎么盘问，就一句话作答——换作谁都一样。

马总也获得了一面全国优秀出租车公司的大红奖旗，理所当然地和麦碗一起上了新闻联播头条。只是首长们接见时他站在后面第十排，没能和中央首长握上手。有遗憾，但也够得上亢奋。

返程时，候机大厅坐着，马总分别给市公交局局长马识途和主管交通的副市长尤之颖打电话，想汇报一下表彰大会盛况，按他的设想，为白果市争得了名气，他们理该弄个简短的欢迎仪式什么的，没想到马局长也就淡淡一句话打发，获奖了，是好事。知道了。忙，在开会。尤副市长反应更加冷淡，说，忙得不亦乐乎，一个会接着一个会。给你们主管局长说说就可以了。

马总说，党和国家领导人都接见了我们，芝麻大的局长和副市长听听汇报，就忙得不亦乐乎了？我能不知道这些人忙些什么。待到的士司机闹事，游行挡道了，这才大会强调，小会预警，口口声声出租车这一块安定了，城市就稳定了，就差冲公司老总喊爷爷。一说要在新闻联播上露露脸，一个个高兴得屁眼里炖得鸡蛋熟。露脸的镜头被剪，卵子冷成个冰雪球。变色龙啊！

麦碗，我想出补救的法子了！——这样，我们俩这一回去，径直把奖杯和奖旗送到马局长办公室去，就说，这个荣誉是在马局长和尤副市长领导下取得的，奖杯奖旗理该摆放在局长办公室和副市长办公室。你赞成吗？

麦碗瞅瞅那尊金晃晃的水晶奖杯，又有了一点不舍。说，回去征求一下我妈的意见吧。马总说，要打铁趁热，我们一回白果，连家里都没落，就把荣誉拱手相让，足见我们对领导的尊重，效果必然会好。现在就给你妈打电话。打呀。用我的手机，不用你花钱。

麦碗还真打了。卫东说，我也不好做主，马总这么安排，应该有他的道理。你还是和玉秀打个商量吧。玉秀听麦碗一说，不由怒火直冒，牛种田，马吃谷，你开车，他享福。你麦碗获的奖杯，凭什么摆马识途办公室里？你跑车，挨刀子，吃拳头，断肋骨，给偷情的男女卖羊肉串，受尽了侮辱，局长、副市长哪儿去了？邪门！你给拿回来。

　　麦碗对马总说，我妈不表态，玉秀坚决不赞成，她说，牛种田，马吃谷，你开车，他享福。邪门。马总想想，说，玉秀说的当然有道理，但这是个不讲道理的世界，你就不能讲道理。如今是强者通吃……你麦碗当不了自己的家，我就只能单个儿给马局长送奖旗了。其实，按我说的做，对你是利大于弊。可你参不透禅机，我也不能勉强你。

　　飞机到达省城，小车司机早在那儿等着，待到他和麦碗坐上车，马总看看手表，说，还早。一百三十码，力争八点三十分之前到达白果市，径直开往公交局……对了，是我兑现承诺的时候了，麦碗，你明天上午来公司，去财务室把七万元押金领去，爱丽舍 T15488 从此就是你的啦。你还是万方的员工，跑车的收入除了政府的份子钱，不用再上交公司。当然，保险尤其第三者责任交强险归你自己买。建议你买三份。这样，万一出了车祸，自个儿就不用掏一分钱腰包了。麦碗感到一阵兴奋，说，还真兑现啊？马总一笑，现代企业经营管理的精髓就两个字——诚信。我几时说话空口打漂漂啦？

十七

　　第二天傍晚，麦碗开着自己的爱丽舍 T15488 回来，一家人都很欢喜，围着车子左看右瞧，像迎接新娘一样。卫东特地做了一桌子好菜，庆贺麦碗有了出息。饭间麦碗如实报告说，跑车第一天，毛收入八百元，除去祥子的工资、油费、税费、上交政府的份子钱，还落下三百零九元干净钱，三三得九，一个月能净挣九千，这还是淡季。而以前，最高也只拿过一次二千，一般时间是一千。大家都为此兴奋不已。

　　卫东说，这几天我接到几个电话，有大老板请麦碗拍广告，当的士的形象代理人。他们还说，从网上调取你的照片交电视台广告部调试了，蛮上镜，只要稍稍化妆，蛮合适。当形象代理不难，对观众讲一句话就成，老板的报价数额蛮吓人，有的开价一百万以上了。

麦碗说，在北京开会时，好多人就找过我，我没应承。玉秀说，三两黄金四两福，我们不像何炅、汪涵福大，打广告、当代言人，一年赚几千万。钱来得太猛，票子也是咬人的。

麦碗说，先把我这一向的收入交一下底，项链交了，公司给了三万元奖金，去北京开会，拿了二万元奖金，爱丽舍小车，公司退回了七万，合计是十二万；还掉贷款六万五，手上还有五万五。这笔钱我和玉秀一分不落，交奶奶处理。

卫东说，玉秀，你想怎么花？玉秀说，我不管，每月奶奶给一点麻将钱就成。大家扑哧一笑。梅生说，以后改称你麻将婆得了。不成不成，一个婆字把我说老了，怕麦碗嫌我老土养小三。称麻将仙我倒蛮高兴。大伙又笑。玉秀说，笑什么，我主张奶奶当家管钱，怕的就是麦碗找小三。

卫东说，一张臭嘴！麦碗这么老实，哪里会找什么小三啊。玉秀说，没见他和美国女学生抱得多紧？硬是不想松开呢。我呢，干那事时他就抱得紧，平时可从没抱过我。男人有钱就变坏，女人变坏就有钱。真是至理名言。麦碗说，你这猪婆，脸皮越来越厚，干脆去宾馆当三陪算了。满屋子人笑得死去活来。

玉秀说，昨晚，马总给我打电话，暗示我把五万元奖金打个大红包，趁尤副市长嫁女请客的机会送去。那样，麦碗转为公务员就有百分之九十的可能。我没答应。五万元，我的爷，血汗钱呀。姓尤的女儿金枝玉叶啊？还珠格格啊？麦锅床上躺了三年，呼爹叫娘痛了三年，一百四十斤身子痛成六十斤骨头，你姓尤的看在麦碗全市十连冠份上，登门瞅一眼，我送你五万心服口服。我是宁可麦碗的士开到老，也不稀罕什么公务员。以前，我把那些看得重，现在，我倒是看淡了。何况我们今后不用再愁钱。

卫东说，玉秀，一个晚上，你好像变了个人呀？玉秀说，多亏夏菊花上了一课。梅生说，夏菊花什么人啊？玉秀说，也是个麻将婆，我们的邻桌。我那桌打的小牌，一元钱一颗子儿。她那桌打的大牌，一百元一颗子儿，夏菊花还嫌小，硬要提到二百元一颗子儿，一场牌十几万输赢，老公是个常务副市长，钱多啊。那得意忘形劲儿，好像打个屁都比别人香，好像中国的银行都为她开的。上个礼拜三市检察院突然来一拨子人，不声不响给上了铐子，带走了。老公受贿贪污四个亿，在外包了三个小三，最小的才十六岁……老实人，总要受一点苦，但苦中有乐；不老实，可以多享一点福，但福中有忧；遇事有忧，也就乐不起来。这是我从麻将桌上悟出的道理。

卫东说，打麻将，原本是为了找乐，入了境界，就像参禅入了定，人自然变得通达起来。玉秀真是个麻将仙了。麦碗，这些钱，你想派什么用场，还是没说呀？

麦碗说，其实，我事先就和玉秀商量好了，派什么用场，等会单独和奶奶交换意见。眼前可以公开说一句，眼看不久又是农历七月半，我不想再过那种做贼似的日子了。

卫东就说，饭也吃完了，碗筷不用你们收拾。除了麦碗，其他人都到各自房间里去。小宇、梅生带着英子走了，玉秀也抱着麦穗上了楼。

卫东对麦碗说，其实，你和我想到了一块。只是，我前后考虑了很久……那样，势必牵连吴舜发。人家为你打掩护，原是好心。这事，恐怕还得先和他打好商量。麦碗说，我也一直在琢磨这事儿。做贼难，改邪归正也难。犹豫一会，把玉秀的主意和卫东说了。

卫东说，这办法好。就照玉秀说的做。至于拍广告当形象代理人的事，暂时不能应承。树大招风，钱多招祸。钱多了，名声坏了，又有什么意思？选你当百佳，你也配得上。但毕竟有赶鸭子上架的性质，赶鸭子的棍子全在于那条项链。至少，到今天为止，还不能断定究竟是不是什么人设的局。但纸包不住火，日子长了，自会水落石出。这年月，老百姓的眼睛都不好蒙，蒙得了一时，蒙不了一世。明天第一桩事，你去六公司了断，不能再拖。

十八

麦碗把几沓现金装进一只小布袋，紧紧揣在怀里，来到六公司刘总经理办公室门口，见里面有人说话，不好贸然敲门，站在过道上等着，来来去去踱着步子。吴舜发科长经过时，一下认出他，这不是麦碗吗？小兄弟，真是士别三日，当刮目相看啦！了不得，了不得啊！你找刘总有事？麦碗按照玉秀事先的预案说，是刘总给我打电话，说有急事，让我尽快到他办公室来一下。所以，我就没来吴伯伯办公室。

吴舜发一惊，找你有急事？该不是你爹的事吧？麦碗说，就算是为这事找我，我也有了心理准备。好汉办事好汉当，跟吴伯伯毫无关系。伯伯放心。吴舜发颇受感动，说，麦碗和以前大不相同了，说话做事底气足了一些。现在，刘总在和一个房产开发商谈话，一会就完。我在楼下办公室等着，有什么结果，走时告诉我一声。说着，拍拍麦碗肩膀，匆匆走开。

果然一个人从刘总办公室出来，麦碗敲门进去，瞅瞅满脸和蔼的总经理，说，我叫麦碗，麦锅是我爹，公司的老电焊工。刘总也感到吃惊，欢迎你，全国百佳原是咱们六公司子弟，破窑出好货，向你祝贺！说着，起身给麦碗泡茶让座，对了，你爹麦锅情况怎么样啊？公司天天扯皮结筋，对退休职工有所疏忽，惭愧。麦碗没喝茶，也没坐下，说，刘总，我是来报丧的，我爹过世了。

刘总身子一抖，过世了？什么时候？在哪里过世的？吴科长说你把他送去了四川老家，打算在老家治丧？说着，立即拨通了吴舜发电话，麦锅过世了，来一下，商量派人去四川治丧的事。眨眨眼，吴舜发就赶到了。没待两个领导开口，麦碗说，用不着派人去四川，他已经下葬了。

是吗？刘总一惊。为什么当时不告诉公司呢？脸上便有了愠怒之色，吴舜发啊，你作为人事科科长，真有点乱弹琴。我早就说过，公司穷是穷一点，对于下岗职工和退休人员，特别是病退的，还是要尽力给予安抚，最起码，人死了，要开个热热闹闹的追悼会，让他们入土为安。可麦锅下葬几天了，他儿子不来报丧，公司还不知道。麦碗小兄弟，我代表公司向你致歉，致哀，也表示安慰。事到如今，也只能请你节哀顺变了。吴舜发说，这事，我有责任，主要是太远。麦碗，你有什么要求没有？有要求，就说出来，刘总对待自己员工，是很人性化的。

麦碗说，想请求公司给麦锅补开个追悼会，这也是我爹生前的遗愿，他是热爱公司的。搭个灵堂，把它的遗像挂上，放放哀乐，领导念念悼词就行。如果有人来吊丧，我和小宇当孝子跪拜还礼，还有玉秀、梅生两个媳妇以及麦穗、英子两个孙辈，也会穿孝衣跪拜还礼。我后妈卫东也会参加，虽说他们早已离婚，但是她把我从三岁养大，我的儿子她也一直养着，待我算是恩重如山。她和麦锅分手，是麦锅的错。麦锅家暴倾向严重。说句不孝的话，我和后妈之间，胜于亲生母子。我今天来，也是她的支使。她说，不管外人怎么说，只要公司给麦锅补开追悼会，她会来戴黑纱。

刘总说，这个要求不苛刻。吴科长，你立即张罗，追悼会就定在后天上午九点。你这就去办，要把悼词写好，写到位，不妨写长点。你最熟悉麦锅了。你先去吧。吴舜发领先走了。

麦碗按照玉秀的预案，说，刘总，还有一件事，属于大事。我今天，是特意来向公司领导坦白错误的。其实，麦锅已经死了三年零四个月。

三年零四个月？刘总一怔，脸上有了怒容，你一直瞒着吃空饷？你不清楚六公司穷到什么程度？

麦碗说，您生气有道理。那一年，我把他送去四川老家养病，不到两个月，他就死了，草草下了葬，因为穷，耗不起，连左邻右舍都没报丧。回来，我没有及时报告公司任何人，一直领着他那份工资。我这个做儿子的，不孝，更谈不上诚信。我也不求刘总原谅。这次，我前后拿到五万元奖金，钱带来了，冒领的工资一共是四万二千元，如数退还公司。说着，把四沓纸币从袋子里掏出来，搁在刘总办公桌上。

刘总不由为之动容。作为公司的一名老员工，一名转战南北，为公司和国家争取过荣誉的老员工，身患癌症得不到及时治疗，退休三年零四个月，也就拿到四万二千元，而且还是冒领，抵不上高官公款吃喝的一顿酒饭钱，心中五味杂陈。

麦碗再一次想起麦锅死不咽气的样子，不由泪水横流，刘总，我对不起公司。如果刘总通知万方辞退我，通知北京把百佳撤销，我没有半句怨言。我错了就是错了。任凭公司发落。

刘总说，麦碗，我有一事想不通。你明知吃空饷与诚信二字是相矛盾的，为何又去争那个百佳呢？就我所知，现在的评奖、评优、评职称、包括选院士，大多是造假。

麦碗说，我没争，是有人硬要把我往上托，我怎么都推不脱。第一回上新闻联播，您肯定看了，新闻发布会我就闪人了。我知道自己不够格。后来强迫我到北京开会，也想闪人，可北京不是白果市，闪不了，躲进卫生间，都有人守在门口。

刘总说，报上和网上介绍你有过一百多次拾金不昧拾物不昧，还有数十次见义勇为行为，那些都是造假？

麦碗说，那些，都是真的。我从没造过假。只是报道的文章有些强加于人，比方，总说我想起了雷锋，才如何如何。其实，我从没想起过雷锋。还有文章说，我想起了大年三十给打工农民送还欠薪遭遇车祸身亡的诚信兄弟，才如何如何，其实，我从没想起过他们。我只是觉得，一名的哥，理应那么做。麦锅死后，我没向公司报丧，那也是因为实在太穷，三口人吃饭，原本就欠下七万贷款，跑车每月一千左右收入，还了利息四百七十元，余剩不到五百元，再扣除水电费、闭路电视费、电话费，一家三口硬是活不下去。麦锅死了，我连买棺材的钱都掏不出。后来，日子稍有起色，而欠下六公司的良心账，成日压得我喘不过气来，人前伸不直腰杆，比起麦锅受的折磨，我受的折磨轻不了多少，磨磨蹭蹭三年多，今天这才来了。

刘总说，钻石项链的事，应该是冲刺百佳的最后推手，你自己怎么解释？麦碗说，直到我当了百佳第一名，一家人还是感到不地道。而拾到项链，交给马总归还失主，却又是我的亲身经历。我不认识那对外国人。如果有一天他们站出来，承认是他们设的局。我肯定会把奖金退回。富有富的活法，穷有穷的活法。不该要的就不能要。

刘总挥挥手，别说了。说得越多，我越难过。至于这项链，我有个看法，就算有人设什么局，只要你麦碗不知内情，诚信二字刻在你额头上，你也脸不红，心不虚。暂且把你家和公司的两个穷字抛开不谈，单凭你主动上门退钱一举，就足以证明你的诚信名副其实。你能做到这一步，我刘思源做不到，我哪有资格发落你？说着，当即又给吴舜发拨电话，赶紧来一下。

吴舜发屁颠屁颠进来，刘总，有吩咐？刘总指指办公桌上的纸币，三言两语把麦碗的交代作了转述，说，你主管人事工资这一块，职工去世应该享受什么待遇，具体给我说说，就高不就低。

吴舜发说，企业这一块，没个准数。比方，安宁保险公司老总，年薪五千万，您也是老总，正厅级，年薪不过二万出头。政策是，企业员工福利待遇单位自行定夺。具体点说，第一，带垄断性质的国有企业，人死后，和公务员一样，家属领取十一个月全额工资，医药费报销百分之八十至百分之百，单位包办丧事，发放安葬费一万五。除此之外，有困难的家属，都会给予一定的补助，等等。第二，像我们这种特困企业，死后家属可领六到十个月工资，发放家属六百至八千元安葬费。至于医药费，刘总知道。刘总说，我当然知道，我是要听听你对麦锅家属安置的具体方案。

吴舜发会意，第一，建议补发安葬费一万一千元，理由是公司没有治丧费花销；第二，建议仿效行政单位，补发十一个月足额工资，也就是一万一千元，理由是麦锅患病仅仅住院十五天。第三，给予死者子女适当照顾，理由是，麦锅在职时，就有过让儿子顶职的要求，但公司当时已经显出颓势，没有批准。麦锅顾全大局，也就没再提出。直至今日，麦锅的儿子、媳妇都没有就业，并且麦锅的孙子都有五岁了。作为特困家属，补助八百到一万元，都没话说。

刘总说，你说的，我一笔一笔心里都记住了，特困家属补助就高不就低，一万元，加起来是三万二千整。麦锅今天退还的现金是四万二千元，你领他去财务室，给打个一万元收条，剩下的麦碗拿回去。追悼会的事不变，就在这退还的一万元之内开销。搞隆重一点。凡在单位的领导、职工，包括麦锅生前友好，一律佩戴黑纱。和我们有联系的单位，都报个丧，有单位来吊唁，一律欢迎。有自愿募捐的，一律收下。麦锅的真实死期，绝对保密。今天是二十七号，悼词就说于本月二十五日在四川老家去世。吴舜发说，知道了。我先走一步。麦碗，我在四楼财务室等你。

刘总说，麦碗，你犯的错误，我予以包容、原谅；但并不等于否认。你理解我的话了吗？麦碗说，理解了。他把那些纸币装进袋子，向刘总鞠了个躬。刘总说，除了追悼会，以后常来啊。单位是穷一点，麦锅也不在了，可公司仍然以你为荣。麦碗说，子不嫌母丑，狗不嫌家贫。我会常来。

<h2 style="text-align:center">十九</h2>

马总把奖旗送去公交局，原本忙得不亦乐乎的马识途不忙了，笑嘻嘻假惺惺推让了一番，心里却十分高兴，当即表扬了万方公司。奖旗在办公室挂了一周，召集属下九十六个二级单位一把手开了会，让大家分享了荣耀。之后，他取下奖旗，送去了主管交通的常务副市长尤之颖办公室，尤副市长的冷鸟蛋变成了热汤丸，笑呵呵地推让了一番，接受了，吩咐秘书挂在会议室显眼处，成了白果市交通战线辉煌政绩的象征。

稍后，马识途递交的白果市的士扩容报告得到批复。全市增加一千台的士营运，万方拿到了扩容五百台的指标。全市共有八个出租车公司，万方切到了这块蛋糕的二分之一。这就意味着万方的年纯收入，保守点估计，增加了四千一百六十万元。

马总想到麦碗，觉得他功不可灭。若是没有这颗卒子浑浑噩噩一路拱上前，万方的可持续发展就没有这样顺当；并且，百佳第一名的社会影响力，还有待进一步发掘利用。麦碗虽然没能转为公务员，他还是想给予一点补偿，想让他挂个公司名誉副总经理的虚衔，不参加股份分红，不坐班，每年由公司发放两万元特殊津贴。

这天，他给麦碗打电话，把意思告诉了他。麦碗不知道马总的深层用意，回话说和后妈商量后再回个准信。

这天傍晚，麦碗交班回家，发现卫东、小宇、梅生、玉秀正团坐在客厅沙发上说着什么。卫东见麦碗回来，说，原本想开个家庭会，把我的一些想法交交底，不意傍晚收到一封信，北京寄来的，收信人名字是你麦碗。内文全是英文。小宇印刷中专毕业，英语才过三级，拿本英汉字典逐句翻译，怎么也翻译不成句子。

麦碗说，能断定是写给我的吗？小宇说，这个能断定。我琢磨着，信里有白色、康乃馨、追回等单词，好像是追回康乃馨的意思。追回？追你个头哟！玉秀说，还你二百五十万元的钻石项链，就送一束花。还追回呢？小宇英语水平太臭。

小宇指着英汉词典说，你看你看，replevy 这个单词只有一个意思，追回，或者追还。卫东也还记得一些单词，嘀咕道，康乃馨，追回，追还，有可能吗？……好像又说得通，送过你一束花，现在情况有变，打算追还。当然，不是真正要追还那束花，而是带有象征意义。似可解释为你不配享受那束花所代表的荣誉。梅生说，那花早扔了，拿什么还？美国人抠门，也抠得太出格了吧？还世界首富呢。

卫东拿过信，折好，塞进口袋，说，还没看懂信，都不要妄加猜测。隔壁的田秋秋要高考了，英语成绩不好，在白果大学外语系请了个教授补习英语。我见过她几面，人挺和气。待到周末人来了，我把信送她看看。有了结果，我会及时告诉你们。咱们吃饭吧。

周末过去了。

又一个周末过去了。

卫东迟迟没向家人通报外语教授翻译的结果。倒是麦碗对此耿耿于怀。这天，他单独和后妈在一起，主动追问这事。卫东瞅瞅麦碗的脸，说，遇到难事了，比六公司的事还难……

杰克、玛丽原是北京一所大学的留学生，并且和马总的儿子马皓同一个班。国庆长假，马总邀请他们来白果市旅游，受到了盛情款待。其间，马总请他们帮个小忙，说想将一名员工提拔为公司领班，要考验一下他的忠诚度，那条钻石项链就是马总交给他们的。杰克和玛丽原本喜欢闹恶作剧，微醉间答应了请托，接下来就有了古银杏公园大门口一幕。

稍后，杰克和玛丽看到上了电视，尤其是你当选为全国百佳第一名，觉得恶作剧闹得大了，性质发生了变化，便向马总提出了抗议，马总矢口否认造假，声称也就是临时测试一下员工的诚信度，纯属企业用人谋略，没有其他意图。他们不依不饶，找去了北京一些相关的新闻媒体以及主持评奖的那个部门领导，承认了错误，要求还原事情真相，纠正评选结果，遭到严词拒绝。那个领导声称百佳认定的依据是网上投票，冰冻三尺非一日之寒，好比一个人吃了三十只核桃，最后一只吃出了虫子，不能否认前二十九只核桃都有虫子一样。

杰克和玛丽感到不可思议，便在那个大学的网上发了帖子，为恶作剧引起的不良后果作了反思。没想到帖子不仅很快被封，他们还受到了那个大学党委书记的诫勉谈话，警告他们不要搅局留学国的政治生活，兜售西方价值观，否则将通报美国大使馆，予以辞退。他们感到很无奈，才给你写信。由此看来，小宇的翻译还真没错。

麦碗的心往下一沉，他们也没错啊。该怎么办哪？如果把奖金和奖杯退回去，他们会接受吗？卫东说，当然是不会了……这不是我们母子改变得了的。麦碗说，我倒觉得杰克和玛丽……蛮可爱，犯了错，敢于承认，我好像一点都不恨他们。

卫东说，妈知道你秉性善良，对人很少憎恨。而杰克和玛丽，全在于不了解你的全部，对你确实带有偏见。我前思后想了两周，托付那个教授给他们回了一封信，这就是以底气压倒挑衅，以诚实PK傲慢与偏见。我特别在信里强调，你们所谓的恶作剧，是以蠡测海；如果确实有人成心作伪，但耻辱不属于麦碗，而属于作伪者以及它的托儿。所以，你们赠送的康乃馨，麦碗早扔了。

麦碗说，您的信回得好，只是，拿了五万元奖金，我驾车可能又会分心……卫东想了想，说，藤生儿子被拐，两个老的疯了一个，脑出血瘫了一个，家底全耗光了，夫妇俩正四处借钱，打算出外流浪寻找儿子，找不到就不再回来。是人都会同情。北京给的二万奖金，捐给他们作为路费。马总给的三万，你明天退给他。麦碗说，这样，我就落心了。万方那个名誉副总经理，还要吗？卫东说，不能再让人当牌打了。多这三万元，吃不胖；少这三万元，饿不瘦。麦碗说，妈和我想法一致，不要。

原载《创作与评论》